Andreas Heßelmann
Kommt davon
Eine ganz andere Geschichte

Bibliografische Information der
Deutschen Nationalbibliothek:
Die Deutsche Nationalbibliothek verzeichnet diese
Publikation in der Deutschen Nationalbibliografie;
detaillierte bibliografische Daten sind im Internet über
http://dnb.dnb.de abrufbar.

TWENTYSIX – Der Self-Publishing-Verlag
Eine Kooperation zwischen der
Verlagsgruppe Random House
und BoD – Books on Demand
Alle Rechte vorbehalten.

© 2018 Andreas Heßelmann
andreas-hesselmann.de

Herstellung und Verlag:
BoD – Books on Demand, Norderstedt

ISBN: 978-3-7407-4828-9

Korrektorat: Judith Laaber
Cover: Andreas Heßelmann
Autorenbild: Rainer Simon

*»Vier Jahre Idiotie kulminieren in diesem Abend.«*
*(Joey Goebel, Ich gegen Osborne)*

# I.

## Eierlaufen

Lange Zeit bestand Katharinas einziger Makel darin, immer einen Freund gehabt zu haben, der durch sein bloßes Vorhandensein verhinderte, dass wir schon vor ungefähr einem halben Jahr miteinander schliefen. Dass er dies ohne sein Wissen über all die Jahre auch zuvor geschafft hatte, zu vereiteln, verdankte er meinem tiefen Respekt, denn vor langer Zeit verkaufte er mir einen kleinen Fernseher, der bis vorgestern Abend einwandfrei funktionierte. Doch dann löste sich kurz vor Mitternacht sowohl der Fernseher als auch meine Achtung buchstäblich in Rauch auf. Ausgerechnet in dem Moment als Baby zu Johnny sagte[1]: »*Tja, wenn du gehen musst, musst du wohl gehen*«. Ich prügelte auf den Kasten ein, schlug ihn und schrie ihn an. Nichts. Er hörte nicht auf mich. Meine Autorität versagte wieder einmal kläglich. Voller Missachtung lächelte mich das Ding mit seinem schwarzen Schirm völlig mitleidlos und kälter werdend an.

Nach den Debakeln meiner ganzen Liebschaften, bei denen ich von der letzten glaubte, sie würde ewig halten, weil man sich einig war, einen Ring zu tragen, war ich dazu übergegangen, die in Zukunft notwendigen Korrekturen mit dem Studieren verschiedenster Filmszenen anzugehen. Bezüglich Katharina hatte ich keine Lust, ein weiteres Mal zu scheitern. Diese sollte eine große Liebe werden. Alles sollte von Anfang an richtig laufen. Da spielte das Genre keine Rolle, Hauptsache der Film enthielt sehenswerte und beispielgebende Liebesszenen, die als Lehrmaterial taugten. Dabei spielte

---

[1] „Dirty Dancing" von Eleanor Bergstein

nicht so sehr der Sex eine Rolle, als die Dialoge. Zu den meisten war ich in meinen missglückten Beziehungen nicht fähig gewesen, weil ich viel zu häufig doofe Antworten oder Kommentare gab. Also suchte ich die verschiedensten Videotheken der Umgebung heim und deckte mich über viele Wochenenden mit „Filmchen" ein. Natürlich auch mit den bekannten Klassikern: Casablanca, *Ich seh dir in die Augen, Kleines!*, Love Story, *Liebe heißt, niemals um Verzeihung bitten zu müssen*, Harry und Sally, *Ein hinreißend romantischer Jux* stand auf dem Plakat, was mich veranlasste, Meg Ryans vorgegaukelten Orgasmus ernster zu nehmen als alle anderen es wahrscheinlich getan haben, oder auch, weil sie umwerfend gut aussieht und dem Film mit Sophie Marceau, *Und nebenbei das große Glück*. Aber bis genau auf diesen Film sind die meisten in ihrer Wirkung auf einen berühmten Satz reduziert, den jeder kennt und nachplappert. Oder wer weiß noch, dass Humphrey Bogart auch *Eines Tages wirst du verstehen und mir recht geben*, gesagt hat. Ein Satz, der jedem Mann gut zu Gesicht stünde und von dem ich hoffte, ihn bei richtiger Gelegenheit sagen zu können.

Doch einen der besten Streifen für mich, wenn nicht sogar den besten, hatte ich mir nicht in einer dieser Videotheken ausgeliehen, sondern gekauft und vorhin zum soundsovielten Mal in den Recorder geschoben. Er war das optimale Lehrmaterial. Er hielt mich in all den Monaten über Wasser. Was auch daran lag, dass Baby zumindest aufgrund der Frisur Katharina wie aus dem Gesicht geschnitten war. Beziehungsweise umgekehrt. Das gespielte Alter der Hauptdarsteller, der Ort der Handlung und dass ich kaum einen Schritt tanzen kann, spielt in diesem Zusammenhang keine Rolle. Der Film war durch Babys Aussehen einfach bestens geeignet, für den Ernstfall zu trainieren.

Man kann mich ja für bescheuert oder einen Weichling halten, dass ich solche Filmchen liebe und immer wieder ansehe, aber gerade deswegen wusste ich auch ziemlich genau, dass Johnny dicht über Babys süßem Gesicht schon längst die Frage »*Wie heißt du eigentlich wirklich?*« gestellt hatte und damit nicht nur meine Lieblingsstelle in dem Film, sondern auch, was Liebe, Lust und Leben anbelangte, ein einfaches, aber für alle Zeiten gültiges Lehrstück für mich vorbei war, bei dem ich jedes Mal Tränen in die Augen bekam. Er, Johnny, wollte sich in Zukunft nicht nur an eine Liebe, an irgendeinem Nachmittag, sondern auch an ihren Namen erinnern. An jemanden, mit dem er diesen Tag in Verbindung bringen wollte. Alles andere wäre Schall und Rauch gewesen. Anonyme Quickies kamen für ihn nicht in Frage. Das machte uns nahezu zu Seelenverwandten.

Nebenbei bemerkt, habe ich nie kapiert, warum ich bei der Filmmusik einen hörbar alten Knacker ertragen musste, der zusammen mit einer jung und sexy klingenden Frauenstimme das Titellied sang. Und weshalb sich Jennifer Grey alias Baby alias Frances später genau dieses süße Gesicht, über dem Johnnys schwebte, operieren ließ, habe ich auch nicht verstanden. Ihren mindestens genauso süßen Hintern entdeckte ich danach auch in keinem weiteren Film mehr. Kein Wunder bei ihrer Einstellung zum Thema Aussehen. Möglicherweise hatte sie sich selbst nicht genug geliebt und gedacht, sie müsste dafür schöner sein. Ging halt daneben. Das hässliche Entlein, wie die Presse immer tat, war sie für mich nie gewesen. Immerhin schaut man einem Menschen in die Augen, wenn man ihn näher kennenlernen will und nicht auf die Nase. Zumindest in dieser Beziehung hatte Humphrey Bogart recht. Womit wir beim Thema wären. Aber gut. Sei's drum. Diesen Film, Dirty

Dancing, mit ihr, mit Jennifer Grey, alias Baby, alias Frances, mit dem Lächeln und dem Song, bei dem ich mir immer vorstelle, dass es ihre Stimme sei, habe ich auf jeden Fall gebunkert und guck ihn mir immer wieder an. Animation und Lehrstück. *Ich hab eine Wassermelone getragen.*

Es gibt ja tatsächlich Menschen, die ziehen Erfahrungen aus dem gelebten Leben, also dem realen, damit dieses überhaupt oder beim nächsten Mal besser klappt, was aber bei mir gehörig danebengegangen ist oder zumindest überhaupt nicht funktioniert hat, worauf wir vielleicht noch zu reden kommen; auf jeden Fall hat alles dazu geführt, dass ich deshalb glaubte, meine Erfahrungen stattdessen durch das gespielte Leben in Filmen machen zu müssen, was mich allerdings letztendlich auch nicht besonders weiterbrachte, mich dafür aber an vielen Abenden gut unterhielt.

Das sollte auch zur Genüge meine Reaktion erklären können, warum ich minutenlang auf dem Teppich an mein Sofa gelehnt hocken blieb und vollkommen verständnislos die soeben verstorbene Flimmerkiste anstarrte. Denn wer sollte mich nun unterweisen? Wer würde mir den entscheidenden Tipp geben können? Sagen, was ich zu tun hätte? So blieb mir nichts weiter als die halbvolle und inzwischen lauwarme Dose Bier in meiner Hand. Ansonsten glich mein Kopf leeren Sprechblasen in einem Heft, das ein Comic hätte werden können. Mit Tonnen von „?" gefüllt, die durch die letzte Seite der Betriebsanleitung nicht in „!" verwandelt wurden. Die letzte Schulstunde war einfach vor der Zeit ausgegangen. Irgendwie wartete ich dennoch – vielleicht aus Trotz – darauf, dass Baby aus dem Fernseher zu mir gekrochen käme und mir ins Ohr flüstern würde: Wollte nur wissen, ob du mich auch wirklich vermisst.

Aber daraus wurde nichts. Aus dem als schön gedachten Single-Männer-Abend war so was wie eine Totenfeier geworden. Der zweite Wutausbruch von Babys Vater, von wegen »*Wir reisen morgen ab*«, blieb Frances zwar dadurch in meinem Wohnzimmer erspart, aber die den Exitus des Kastens erklärende Ausdünstung, die sich langsam im Zimmer verteilte, war lähmend genug. Im Nachhinein war ich froh, dass er nicht abfackelte. Wer weiß, ob ich in der Lage gewesen wäre, die Feuerwehr anzurufen. Wäre mir richtige die Nummer eingefallen? Und wie macht man das eigentlich? Minuten später griff ich dennoch zum Telefon, aber nur um Katharina anzurufen. Nachts um viertel nach eins. In der Hoffnung, dass sie abnehmen würde:

„Die blöde Glotze ist kaputt."

„Ja und? Hier kannst du nicht gucken", ihre Stimme klang nicht wie sonst. Ich meinte einen Schluchzer zu hören. Sofort machte ich mir Sorgen und lauschte ihrem seltsamen Seufzen.

„Was hast du?", fragte ich daher.

„Meine Beziehung ist kaputt", kam es zeitverzögert mit einem Schniefen zurück.

„Hä?"

„Gerd ist vor 'ner Stunde mit seinem Koffer raus."

„Ich komme", antwortete ich sofort und hatte mich schon hochgerappelt.
Ich war ja nicht dieser Mister Houseman, Babys Vater, und ließ mein Liebstes im Stich, nur weil die Elektronik zu Hause versagte. So viel hatte ich inzwischen aus dem Film gelernt. Schon halb aufgestanden, hörte ich so etwas Ähnliches, wie:

„Du bleibst, wo du bist", den kleinen Lautsprecher zurückquäken.

„Dann komm du!"

Ich ließ mich wieder gegen das Sofa fallen.

„*Pfff* …", Katharinas gepusteter Kommentar.
„Ich könnt dich trösten."
„Wie soll das denn funktionieren?"
„Na, da wird uns wohl schon was einfallen …"
„Oh, Mann! – Warum bist du manchmal nur so'n Arsch?"
Und damit war die nächste elektrisch verstärkte Tonquelle gestorben. Denn sie hatte den Hörer aus geschätzt zwei Meter Entfernung auf die Gabel geworfen. Beziehungsweise das Mobilteil quer durch ihr Wohnzimmer gepfeffert. Ich glaubte noch das Aufplatzen des Batteriefachs mitbekommen zu haben, bevor ich dem Verbindungstod erlag. Automatisch duckte ich mich und rieb mir den Kopf, als wenn ich mit voller Wucht und samt dem Ding bei Katharina an der Zimmerwand gelandet wäre. Ich glaube, mir entfuhr sogar ein kleiner Jammerlaut.

Ich sagte ja Erfahrungen. Andere haben gelernt, dass Herdplatten heiß, Glasscherben scharf und Beziehungen zerbrechlich sein können. Sie wissen, dass man sich verschlucken, verlieren und vergucken kann. Die Erfahrungen haben ihnen gesagt, geh mir aus dem Weg oder für alles gibt es einen Ausweg. Ich hingegen hatte Pflaster an den Händen, weil die Herdplatte heiß und die Glasscherben scharf waren, und dass Beziehungen zerbrechlich sein konnten, sollte ich eigentlich zur Genüge wissen, wie sich noch herausstellen wird, nur schien ich in all diesen Fällen wenig einsichtig zu sein – oder ganz besonders schwer erziehbar.

Somit hielt ich die schlechte Nachricht schlicht für eine gute. Davon ging ich einfach aus. Gleich von der ersten Sekunde an. Gerd war ausgezogen und von nun an musste Trost gespendet werden. Natürlich von mir. In gewisser Weise auf zwei Seiten. Das war doch was.

Ein kleiner Anfang. Kurz bildete ich mir ein, sogar daran schuld und dadurch Nutznießer geworden zu sein. Denn seit einem halben Jahr rief ich zumindest einmal in der Woche bei ihr an. Und nahezu täglich schrieb ich ihr mindestens eine SMS, die sie manchmal sogar beantwortete. Gerd war deshalb sicher not amused und hatte seine Kommentare gemacht. *Was will'n der Kerl dauernd von dir?* Sicher wären sie noch eindeutiger ausgefallen, wenn er den Inhalt ihrer ganzen SMS-Antworten gekannt hätte, die ich allesamt abspeicherte, auch wenn sie nicht besonders tiefsinnig waren: *Klingt nicht komisch. Ist doch bei mir das gleiche. Find ich schön, dass wir uns so gut verstehen.* Oder Ähnliches. Er wahrscheinlich nicht. Dabei war es gar nicht mein Anliegen ihn zu vertreiben, er konnte bleiben, wo er war. Allerdings nicht zusammen mit Katharina.

Ich mochte mich gar nicht damit beschäftigen, dass alles womöglich etwas einseitig war, angeblich schreibt man Dinge in dieses kleine Ding hinein, ohne sich Gedanken darüber zu machen, geschweige das Geschreibsel ernst zu meinen. Darüber kursieren sogar belegte Studien in einschlägigen Kreisen. Und in diesem Fall wäre *man* Katharina gewesen. Aber seit ein paar Wochen fand ich es dennoch mehr als schön, dass wir uns so gut verstanden. Ohne ihr davon erzählt zu haben, machte sie meinen Alltag aufgeräumter, freundlicher und damit ertragbarer und meine Empfindungen ihr gegenüber immer klarer. Ich kaufte nicht nur häufiger frische Sachen, um mir ein Essen zu machen, statt Tiefkühlpizzas, Fertiglasagne oder Dosenravioli in die Mikro zu schieben, sondern knabberte mit einem breiten Lächeln Äpfel, Birnen und anderes Obst. Schaute dabei alle naslang auf das Display meines Handys, um ja nicht den Eingang einer weiteren Nachricht von ihr zu verpassen und ging, ohne mich vorher zugedröhnt zu haben, wieder gerne früh ins Bett, weil ich mit nahezu somnambuler Sucht auf die Fortsetzung der wohligen Fantasien aus den Nächten davor hoffte. Und alles war so prima, dass ich zu stottern, beziehungsweise zu krächzen anfing oder durch plötzliche Schluckbeschwerden kein Wort mehr herausbekam, wenn ich mit ihr von Angesicht zu Angesicht sprach. Und wenn sich jemand anderes dazustellte, war es sogar ganz aus. Was spielte es da für eine Rolle, dass sie mich nun am Telefon einen Arsch genannt hatte. Wolke sieben war deshalb nicht weiter von mir entfernt als vorher. Im Gegenteil. Ich stand mitten auf ihr drauf und für alle Eventualitäten bereit. So war es immer schon bei mir, so habe ich es in zig Filmen gesehen, so habe ich es für mein Leben übernommen. Gut, manche meiner Dialogbeiträge waren noch verbesserungswürdig.

Tags drauf rief ich sie wieder an. Im Hinterkopf nun auch meine langjährige, nicht zu bejubelnde Vergangenheit – von der sie keine Ahnung hatte –, die Szene, während der sich mein Fernseher ins Jenseits verabschiedet hatte, die plötzlichen Gelüste, die mit dieser entstanden waren und mit denen ich nicht allein sein wollte und die Info der letzten Nacht: *Meine Beziehung ist kaputt.* Vermutlich durch diese Mischung angeregt, versuchte ich den Totalangriff, schon sicher darin, dass dieser danebengehen würde. Aber ohne Mut wird nichts gut. Ohne Singen kann kein Lied gelingen. Wird der Alltag grau, nimm dir eine Frau. Später könnte ich dann immer noch alles abstreiten und behaupten, in diesem Moment nicht ganz knäcke gewesen zu sein, weil ich mich partout nicht daran erinnern würde, jemals so etwas geäußert zu haben, aber all meine Empfindungen waren ja nun viel klarer:
„Hallo. – Ich bin's."

Ich strich meine Haare nach hinten.
„Du?!"
„Ja, warum nicht? Wen hast du erwartet?"
Sie ging nicht darauf ein, sondern:
„Ich dachte nur. – Ist nicht deine Zeit."
„Zeit wofür?"
„Na, wenn überhaupt schreibste ja 'ne SMS."
„Mit einer SMS geht das aber grad nicht."
„Das kenn ich ja gar nicht von dir."
„Mag sein. Aber ..."
Ich holte tief Luft:
„... ich habe grad Lust auf dich."
„Was?"
„Ich – habe – Lust – auf – dich."
„Ich glaub, ich versteh nicht."
„Meine Hose ist ausgebeult."
„Was? – Biste jetzt vollkommen plemplem?"
„Wenn du das so nennen willst?! – Ich nenn das anders."
„Und wie stellst du dir das vor?"
„Du kommst hierher. Ich mach auf, reiß dir die Klamotten vom Leib und wir machen's gleich hier im Flur."
„Du *bist* vollkommen plemplem."
„Nach dem Arsch von gestern nicht weiter schlimm, aber ich kann dir 'n Foto schicken, damit du weißt, wie ernst es mir ist."
Pause.
Ich hörte sie regelrecht rot werden.
Pause zwei.
Keine Ahnung, warum sie nicht ausflippte oder zumindest schimpfte oder nicht auflegte oder mich weiß Gott was nannte, sondern nur aufgehört hatte zu sprechen.
Keine Ahnung, wie ich auf diesen ganzen Mist kam, weil kein Film bisher solche Tipps gab und auch keine Ahnung, was sie nun von mir erwartete.

„Oh Mann ..."
„Und?", fragte ich deshalb.
Pause.
Aller guten Dinge sind drei.
Am anderen Ende hörte ich ihr Atmen. Wenigstens das.
„Sonst noch was?", war ihre Antwort nach einer Minute *Pfff-tststs-pfff*-Atmung.
„Und anschließend gehen wir zusammen ins Bett."
Am anderen Ende Atemlosigkeit – und nach zwei, drei Sekunden:
„Wie stellst du dir das eigentlich immer vor?"
„Schön."
„Im Flur auf'm Teppich?"
„Nein mit dir."
„Ich bin nicht so fürs Kuscheln."
„Vielleicht weißt du es nur noch nicht."
„Hä?"
„Na, das mit dem Kuscheln."
„Alles zu seiner Zeit."
„Sag ich ja."
„Aber nicht um diese."
„Sondern? Morgen? Oder übermorgen?"
„Also ... ich weiß nicht ... also ..."
Sooo abgeneigt klang es nicht einmal, bildete ich mir ein. Doch die Leitung krachte, deshalb, vorsichtshalber:
„Ist schon gut. Vergiss es! War nur Spaß. Ehrlich!", (gelogen, logischerweise), „aber ich habe einen Neuen", (ungelogen, ehrlich), „magst du ihn mit mir einweihen?"
„Biste noch ganz gesund? 'Nen Neuen? Was nun?"
„Einen neuen Fernseher."
Zuerst hörte ich einen Seufzer. Leise und gar nicht entspannt, sondern nun hörbar genervt. Ich erwartete einen passenden Kommentar, das endgültige *Auf Wiedersehen*, vielmehr *Adieu*, oder stattdessen dieses Mal ein

für alle Mal und final durch ihr Wohnzimmer zu fliegen und bereitete mich vor. Augen geschlossen und Kopf zwischen die Schultern. Doch dann fragte sie überraschenderweise:

„Soll ich was mitbringen?"

„Keinen Schlafanzug, ist ja immerhin jetzt Wochenende, da hätten wir schön Zeit", meine ehrliche Antwort mit einem Grinsen im Gesicht, dass sie nicht sehen konnte. *Du bist ja nun frei*, hätte ich noch am liebsten hinzugefügt und auch nochmal das mit den Klamotten im Flur und so.

„Oh Mann!"

Wieder mit dem tatsächlich nicht kuschelig klingenden Ton. Ich zog ein zweites Mal den Kopf ein, versuchte mich an passende Filme zu erinnern, was misslang, weil es keine gab und von *Dirty Dancing* nichts anderes als *Dirty* übriggeblieben war – und ging in Deckung. Doch außer ein paar erbosten Schnaufern war nichts zu hören. Und das erwartete, aber nun dezente *Klack* des Hörers, als sie auflegte.

Zwanzig Minuten später klingelte es.
Sie.
Nichtsdestotrotz. Trotz. Allem. Ungeachtet.
Genau das Girl aus dem Hörer, hinter dem ich in den letzten Monaten, Wochen, vor allem Tagen und Stunden her war, ohne es ihr jedoch groß mitgeteilt zu haben. Die Krabbe, die ich vor einer halben Stunde auf dem Teppich im Flur anknabbern und vernaschen wollte. Das Girl, das gnädigerweise auf meinen Anfall nicht eingegangen war. Aber auch das Mädchen, das sonst vor jedem Schritt im Leben eine Frage stellte. Und nach jedem Zweifel bekam, den richtigen getan zu haben, um nicht unbedacht zu einer Krabbe zu werden.

*Was ist, wenn es andersrum besser gewesen wäre? – Vielleicht hätte ich versuchen sollen, Gerd zum Hierbleiben zu bewegen und es dabei belassen sollen? – Mein Gott, wir waren über acht Jahre zusammen. Ich glaub nicht, dass ich das kann, dass das gut, anständig, clever, passend, gescheit, qualifiziert, geschickt, schlau, vernünftig, klug, richtig, sonderlich intelligent war.*
Aber vielleicht *willst* du es? Genau so? Und du tust nur so. Nach acht Jahren kann man ein Hemd ruhig wechseln. Hätte eigentlich meine Antwort jedes Mal sein können. Die blieb aber unausgesprochen. Jedes Mal. Genau sie stand also vor der Tür, ohne das entsprechende Zaudern, Zögern, Zagen, doch mit – als seien damit alle Schutzwälle der Welt aufgebaut:
„Ich weiß nicht, ob das jetzt so eine gute Idee war, nach dem, was du vorhin alles verzapft hast", öffnete sie ihre Tasche unter meiner Nase, verzog ihr Gesicht und ließ mich reinschauen. Der komplette Inhalt eines Kaufhauses war zu sehen, von Augencreme bis Zahnseide, von Aspirin bis Zwieback. Angeblich alles normal bei Frauen mit solchen Taschen. Was so groß gekauft wurde, musste auch gefüllt werden, sonst sah es armselig aus. Und wer weiß, was für Zeiten noch kamen. Ich schaute grinsend in ihr Gesicht und bekam zu meiner Überraschung im Vorbeigehen „Kein Schlafanzug!", zu hören und die Gebrauchsanweisung:
„Aber nicht, dass du denkst! Ein Filmchen, ein Glas zum Trinken und Schluss. Will nur nicht allein sein und vielleicht ein bisschen quatschen. Oder auch nicht. Um spätestens zehn bin ich wieder weg. Da lieg ich nämlich normalerweise längst im Bett."
Dann schaufelte sie ihre Mähne hinter den Kopf. Putzwolle, wie ein Kumpel meinte. Mopp, ihr Vater. Ihren beiläufigen Kommentar honorierend zog ich die Augenbrauen hoch und schielte auf ihren Po. Ausgiebig und

ohne schlechtes Gewissen. Immerhin einen der feinsten von denen, die ich kannte. Kaum besser als durch diese zwei runden Buchstaben beschreibbar. Dazu ihre Figur. Keine für High Heels und einen Laufsteg. Gott sei Dank. Sondern zum Anfassen, was ich allerdings in dem Sinne bisher unterlassen hatte – mehr oder weniger – trotz meines ganzen Zaubers vorher am Telefon. Gleichzeitig ärgerte ich mich, ihr da gesagt zu haben: *Vergiss es! War nur Spaß.* Und über das Wo für den Standort des Bettes konnten wir ja immer noch reden, dachte ich.

Allein für all diese Gedanken würde mich Silke im Nachhinein wahrscheinlich noch killen, vor allem, wenn sie dann noch erführe, dass ich Katharina schon lange sogar verdammt erotisch fand. *So einer schaust du hinterher? Die überblätterst du doch in Zeitschriften für gewöhnlich, sogar, wenn sie nackt wäre.* Tja. Ich schaute ihr nicht nur hinterher, sondern auch oft in die Augen.

„Alles klar jetzt? Oder soll ich gleich wieder gehen?"
„Hab doch gesagt: Vergiss es! War nur Spaß."
„Pfff!", und schon war sie an mir vorbei.

„Was ist passiert?", fragte ich relativ neugierig auf dem Weg zur Küche, inzwischen mit dem delirierten Blick eines Robert Crumb, der in seinen Comics nichts anderes tat, als Frauen auf ihr Hinterteil zu schauen, das allerdings mit dem Wort Po nicht mehr zu beschreiben und er deshalb kurz vor dem Durchdrehen war. Im Gegensatz zu ihm mochte ich dann doch die etwas kleineren Formate und genoss das längst kribbelnde Kribbeln in meinem Bauch. Kurz erinnerte mich Katharinas auch ein bisschen an früher, an ein paar beschwingte Wochen – über die ich vielleicht auch noch reden werde – lang bevor Silke eine Rolle zu spielen begann und denen kein längeres Happy End als ein paar Nächte vergönnt waren. Leider. Gott sei Dank. Wie auch immer.

„Ach, dreh deine Geschichte ein paar Mal um. Dann weißt du's."

Ich verzog das Gesicht und wollte weder daran denken, noch irgendwas umdrehen. Katharina konnte unmöglich die gleiche Sprachlosigkeit erlebt haben, wie sie als letztes zwischen Silke und mir geherrscht hatte, am Ende unserer Zeit. Denn Gerd und Katharina hatten bei mir nicht den Eindruck hinterlassen, sich ständig aus dem Weg gegangen zu sein. Sah ich die beiden, sah ich sprichwörtlich Friede, Freude, Eierkuchen.

„Kann ich kaum glauben. Bei euch war ich immer eifersüchtig, weil immer alles so schön stimmte."

„Ja, genau. Es stimmte alles so schön. Wie bei Bruder und Schwester, bei Oma und Opa, bei Paul und Tina im Kindergarten und den doofen Bilderbüchern ... ach, Scheiße! – Ist halt so."

Sie ließ die Tasche hinter dem Sofa auf den Boden fallen. Dort klappte sie wie ein abgestürztes Buch auf und verteilte nicht lose Buchstaben, sondern ihren Inhalt um sich herum. Neben den Dingen von A bis Z landeten Haarbürste, weitere Täschchen, Schminkutensilien und anderer Weiberkram. Katharina warf ihre beiden Fäuste in die Luft, als wollte sie mit dieser Geste auch ihren Frust und Ärger weit von sich werfen.

„Ist halt so!", wiederholte sie. Ihre Augen glänzten tränenfeucht. Ihre Jacke landete neben der Tasche. Was sie in ihr verborgen hatte, war genauso sehenswert. Quittungen, Schlüssel und vollgeschniefte Tempos zusammen mit ungebrauchten.

„Hat Gerd 'ne Neue?", fragte ich leicht abgelenkt und stierte in das Innere ihrer Tasche.

„Gerd? – Vielleicht wäre es nicht schlecht gewesen, dann hätten wir uns wenigstens richtig in die Wolle kriegen können. Eifersuchtsdrama und so. Mit Teller werfen und rumschreien – vielleicht noch 'n bisschen prügeln wie in schlechten Filmen", ihr Lachen klang bitter und sie wischte sich übers Gesicht, „nee, es war einfach Schluss. Atemstillstand. Luft raus. Stecker gezogen. Fertig! – Kommt für mich nicht völlig überraschend."

„Ich könnte ..." Meine Bestandsaufnahme des Tascheninhalts war beendet, samt einer vorübergehenden Planung für eine Beschilderung in ihr. In so einem Kaufhaus könnten auch Rolltreppen funktionieren, lästerte ich in mich hinein. Ich hob meinen Kopf und meine Stimme hatte plötzlich wieder diesen merkwürdigen Klang. Katharina hatte keine Fragen gestellt, sondern Entscheidungen getroffen, *es war einfach Schluss. Stecker gezogen. Fertig!* Und nun stand sie hier. Ich räusperte mich und musterte stattdessen nun Katharina. Ehe ich irgendeinen Blödsinn sagen konnte, wedelte sie mit ihren Händen und bremste mich:

„Ok! Is gut. Alles klar. Schluss für heut. Keine Beileidskundgebungen. Jetzt geht's wieder alleine. Hat die ersten vierzehn Jahre meines Lebens auch geklappt."
Ich presste meine Lippen zusammen und hatte Mitleid. Mit einer Hand tätschelte ich Katharinas Seite und fühlte augenblicklich ihre Wärme. Aber hinter der Fassade ihres Gesichts sah ich, dass sie die letzten Tage gelitten hatte. So viel bekam ich dann doch noch mit. Egal, wie sie nun zu lachen versuchte. Da machte es auch nichts, ob es überraschend war oder nicht. Obgleich und andererseits sie immer, egal was passierte, die Ausgeglichene mimte. Bloß nichts anmerken lassen, war ihre verinnerlichte Anordnung an sich selber. Doch mir konnte sie nichts vormachen. Ihre Seele war angedellt. Um das zu wissen, musste ich die Geschichte mit Silke beim besten Willen nicht großartig umdrehen. Auch wenn sich bei uns das Ende, im Gegensatz zu meinen

vorherigen Beziehungen, schon seit langer Zeit angekündigt, unsere Beziehung auf dem Mischpult des Lebens sich allmählich ausgeblendet hatte. Irgendwann kann man eine Birne halt nicht noch dunkler dimmen. Auch wird keine Dunkelkammer der Welt nur durch Worte, Gespräche oder Diskussionen heller.

Ich war, als es dann soweit war, trotzdem ziemlich neben der Kappe – und die erste Woche ohne Silke mit bekloppten Reaktionen von mir gespickt. Als erstes nahm ich ein paar Tage später mein kleines Telefonbuch und rief zunächst statt Katharina, sie war ja vergeben, die ein oder andere Verflossene an. Totale Idiotie. Und gottlob ein Unternehmen der Firma Danebengegangen. Drei der ehemaligen Mädels, inzwischen verheiratete Frauen, aber in meinem Kopf immer noch die unbeschwerten Twens, die mir einst den Kopf verdreht und die Sachen mit den Colaflaschen mitgemacht haben, fragten mich nämlich mehr oder weniger das Gleiche: *Und warum genau rufst du mich jetzt an?*

Mit einer Flasche Sekt unterm Arm und einem Tablett voller Brotwürfel, tapasähnlicher Fertigkost und kleingeschnittener Überreste aus dem Kühlschrank hockten wir uns aufs Sofa. Katharina machte es sich gemütlich, schlug ihr linkes Bein unter und richtete ihre Optik. Als hätten wir Logenplatz. Großes Schauspiel. Ich schaute zu ihr rüber. Mit ihren Fingern lockerte sie den Mop. Unter der unzähmbaren Löwenmähne gleicher Farbe ein blasses, stilles Pokerface, das die letzte und eigentliche Regung fantastisch versteckte. In ihrer Hand ein Lippenstift und ein Spiegel, nicht größer als eine Scherbe. Mit drei, höchstens vier Schwüngen waren zumindest die Lippen wieder mit Farbe versehen. Anziehend. Aber mit Sicherheit nicht so gedacht. Eher Abwehrmaßnahme, Mauerbau oder das Ergebnis eines weiblichen Automatismus. Trotzdem hätte ich uns nun damit am liebsten beide verschmiert. Und das nicht nur auf unseren Lippen. Obwohl der feuchte Schimmer in ihren Augen noch zu sehen war.

Seit ich sie kannte, war es trotz der ein oder anderen Nachricht per Handy leichter, mit einer Schaufel durch eine Betondecke zu stechen, als in Katharinas Gefühlswelt einzudringen. Obwohl sie ständig behauptete, ein offenes Buch zu sein. Aber sie war eben immer schon diejenige, die eher Fragen stellen konnte, statt welche zu beantworten. *Und wie geht's dir? – Gut! Warum fragst du?*

Ok, meine Vorgehensweise war nicht sonderlich einfühlsam, aber... Ich seufzte leise vor mich hin und überlegte kurz eine andere Version, *du siehst unglücklich aus, vielleicht sollten wir zwei einmal...* doch darauf wäre höchstens ein *Oh Mann, fang nich schon wieder an!* zu hören gewesen. Mit ihr Pferde stehlen konnte ich jederzeit, auch um Mitternacht, aber als Herzensbrecher hatte ich keine Chance. In der plumpen Version sowieso nicht. Ich würde üben müssen. Schnell und flott.

Zusammen glotzten wir dann auf den nie mehr flimmernden Bildschirm des neuen Ungetüms und prosteten uns schweigend zu. Er war höflich und stellte sich vor. Das Firmenlogo flatterte aus einer Ecke in die Mitte und drehte eine Pirouette, nachdem ich den Knopf der Fernbedienung gedrückt hatte. Von nun an würde also die Unterhaltung aus aller Welt digitalen Einzug in mein Wohnzimmer halten. Riesig, in HD und *best resolution*, flach und dünn wie eine Butterstulle oder ein guter Schmöker. Mit neunzig Zentimetern in der Diagonalen. Zusammen mit Katharina wahrlich ein Grund zum Feiern. *Endlich!* war Katharinas einziger Kommentar nach dem ersten Schluck, als sie den Trumm musterte. Und das, obwohl sie noch nie zuvor bei mir gewesen war. *Endlich!*, auch meiner, als sie neben mir saß.

Ich wartete auf Ergänzungen: *Wurde auch Zeit, jetzt gehörst du auch zu den Normalen* oder *Was hast du abends eigentlich sonst gemacht?* Vorsorglich fielen mir sofort einige Dinge ein, die ihren dauernden Fernsehhunger in Zukunft bremsen würden. Die Pirouette war abgeschlossen. Das Ding erwartete den nächsten Befehl.

Augenblicke später hatten wir den kleinen Tisch zur Seite gestellt und uns vor dem Sofa auf Kissen und Boden gehockt. War eh mein bevorzugter Platz. Denn nicht nur wie sonst Bier und Erdnüsse, sondern auch Sekt und Futter hatten, nebst uns, mehr Platz und die Hände waren für den Fall der Fälle auch frei. Unter Umständen würde der Fernseher ja anderen Hunger erzeugen. Und damit es uns dann nicht fror, lag ganz zufällig eine riesige Decke griffbereit. Jetzt, wo Gerd weg war.

Trotzdem waren Johnny und Baby sicher auch in dieser Situation nicht unbedingt Katharinas Fall und die ganzen historischen Schmachtfetzen, Kultur- und Reisefilmchen oder auch Fernsehserien, wie *Starsky and Hutch, Die Zwei* oder *Die Straßen von Manhattan*, aus uralten Zeiten übriggeblieben, ebenso nicht. Von den vielen Disneys ganz zu schweigen. An einem Kiosk hatte ich in eine Fernsehzeitung geschaut. Filme mit der perfekten Mischung aus Liebe und Gefecht gab es heute Abend nicht. Oder noch nicht um diese Uhrzeit. Keine weitere Folge der Fernsehserie *Gladiator*, keine *Neuneinhalb Wochen*, keine *Emanuelle*; die Zeiten waren ohnehin vorbei. Und die freizügige erste Staffel *Games of Thrones* stand noch nicht für eine Wiederholung bereit. Andere Serien kannte ich nicht. Auch die vor Jahren nach irgendeinem Alphabet sortierten DVDs gaben, bis auf höchstens zwei, drei Stück, nichts her. *Entzückend!* Irgendwie hatte ich in Erinnerung, *Eyes Wide Shut, Black Swan* und *Henry and June* mal gekauft zu haben. Waren wohl beim Umzug abhandengekommen.

„Nach was steht dir denn der Sinn?", fragte ich deshalb skeptisch geworden in dem Regal suchend, in dem auch noch die viel älteren Video-Kassetten standen.

„Mann, das hab' ich gern, groß Einladungen machen und das war's dann schon. Hätte wohl doch was mitbringen sollen?!"

„Du kennst mich doch, nach deinen blutrünstigen Filmen, die du mir ausleihst, kann ich nie schlafen."

„Mein Gott! Hab dich nicht so! Ich guck ja nicht immer so was. Irgendwas, was einen auf andere Gedanken bringt, wirste doch wohl haben, oder?"

Ich zupfte eine unscheinbare Plastikschachtel aus dem Regal. Zufrieden mit meiner Wahl, Besseres war wirklich nicht da, nickte ich mit dem Kopf. Das Cover versprach Wärme und Nähe. Körpernähe. Nicht auf die platte Art. Eine meiner Lieblingsschauspielerinnen lag zwar nicht alleine, weil von dem in diesem Film unsäglichen Michel Piccoli, der einen Maler mimte, im Nacken gehalten, aber *nackt* auf einer gesteppten Matratze. Emmanuelle Béart, *Die schöne Querulantin*, daraus ließe sich eventuell was machen. Bis die entscheidenden Stellen kämen, wäre die Flasche zur Genüge leergetrunken, die Nähe zueinander selbstverständlich und dadurch Platz für Romantik. So mein plötzlich entstandener Plan.

Gerd war ja weg und Katharina vertrug nicht viel. Schon sah ich meine Hände ihren Bauch freilegen und meinen Kopf auf ihn sinken. Während meine Hände flugs die nächste Barriere beseitigten, küsste ich den Weg nach oben und unten frei. Das kribbelig kribbelnde Kribbeln wurde stärker, kurz schloss ich die Augen. Auf stimmungsvolle Verführungen stand ich nämlich auch. Schade also, dass ich nicht noch mehr solche Filme hatte. Vor allem eindeutigere. Wenn die nicht ablenken würden?!

Ich hatte also versäumt, mir einen größeren Vorrat mit passendem Material zuzulegen, denn mit Silke war es absolut nicht möglich, solche Videos anzusehen. Und das trotz unseres vielversprechenden Anfangs. Selbst im Kino wurde sie schon bei der Liebesszene im Vorspann von *Betty Blue – 37,2°C am Morgen* richtiggehend nervös – *Das ist doch nicht der richtige Film, oder? Jemine, wir sind sicher im falschen Kinosaal, komm!* – weil diese in ihren Augen übertrieben lang war. Doch die sensationelle Béatrice Dalle in der Rolle der etwas durchgeknallten Betty ließ sich nicht abhalten und stöhnte trotz Silkes Kommentar *Du lieber Himmel!* ihre Lust heraus.

*Den* Film hätte ich mir auch kaufen sollen, denn im Gegensatz zu dieser für mich verwirrend schön gedrehten Szene, ließ sich die Querulantin selbst nach meinem Geschmack ausgerechnet heute etwas zu viel Zeit, und ich schaute daher auf meine Armbanduhr. Irgendwie glaubte ich die Handlung anders zu kennen. So war ich bemüht, Katharina mit Schnittchen und Nachgießen bei Laune zu halten. Vor allem, weil ich ihr in diesen Sekunden besonders auf die Pelle rücken konnte.

„'N bisschen arg intellektuell", meinte sie dann.

„Warte! Warte! – Nicht nervös werden! Die scharfen Stellen kommen ja noch."

„In dem Streifen da?"

„Wenn ich mich recht erinnere", gab ich mit einem halben Fragezeichen zurück, „und die Béart finde ich einfach gut. Ist doch 'ne tolle Frau?!"

„Oh Mann, du stehst immer auf so fürchterlich komplizierte Frauen."

„Bist du etwa kompliziert?"

Sie schnitt eine Grimasse, rutschte ein wenig auf ihrem Kissen herunter und trank ihr Glas leer. Ihre langen Haare lagen wie eine Aureole auf der Sitzfläche des

Sofas. Gab's Katharina als Heilige? Zumindest als Große, soweit ich wusste.

„Nächste Woche muss ich schon wieder zum Arzt. Echt ein Scheißjahr."

Wieder einmal ging sie nicht auf eine letzte Bemerkung ein. Statt *un*kompliziert zu sein war sie nun lieber *un*pässlich. Fragend schaute ich meine eben noch Angehimmelte an und warf gleichzeitig einen Blick auf ihren Busen, von nicht viel mehr als einem dunkelgrünen Shirt und ein bisschen BH verborgen. Erster Teil meiner vorbereitenden Gefechtsfelderforschung. Katharina brauchte unbedingt jemanden, der sie aus ihren Tälern rausholte und ihr neue Höhepunkte bot, dachte ich. Die Béart war bereits weiter und dabei, ihr Oberteil auszuziehen. Katharina nahm davon keine Notiz. Vielleicht sollte ich ...?

„Irgendeine verschleppte Entzündung im Magen, wenn ich Glück hab. Braucht man echt nicht. – Und die Überschwemmung unterm Dach mit Blitzschlag. Überall 'n Kurzschluss. Weißt du ja. Alles war kaputt ..."

Ich wusste es. Was elektronische Todeserfahrungen anging, konnten wir uns in letzter Zeit die Hand geben. Ich nun durch meinen Fernseher, sie durch ihre vom Blitz getroffene Stereoanlage und den Computer, der sich gleich mit verabschiedete. Dessen Festplatte mit einer Speicherkapazität ausgestattet war, die meine gigantischsten Vorstellungen übertraf und einen Wust von diversen Filmchen, Spielen und Musikstücken enthielt, die mich allesamt in diesem Jahrhundert nie wieder schlafen lassen, sondern selbstmörderisch in den Tod treiben würden. Während der Rechner hochfuhr und die Festplatte startete, waren schon mindestens fünfzig Leute abgeschlachtet und genauso viel Liter Blut vergossen. Von der passenden, immer wummernden Musik begleitet.

Nach dem Unwetter hatte ich das Ding auf die Schnelle gerettet. Zu schnell. Sozusagen im Handumdrehen. Nur weil ich zufällig einen Trick für unkooperative Festplatten kannte. Hätte ich eine Sekunde länger nachgedacht, wäre die Sache naturgemäß viel komplizierter gewesen. *Komm mit dem Ding am besten mal vorbei. Zwei, drei Stunden sind nix. Und wenn ich Dateien finden sollte, weißt du vielleicht, was sich hinter denen verbirgt, und dann gucken wir mal, was zu machen ist.* Natürlich um die Sache schön zu dehnen und langsam zu machen. Sie neben mir, mit einem Blick über meine Schulter, und meine Hand krabbelt derweil hin und wieder an ihren Beinen eher hinauf als hinab.

„... dann noch der ganze Mist mit Gerd und jetzt 'ne nackte Schauspielerin, die mich weichkochen soll. Mann, du hast Vorstellungen?!"

„Oder dich nach dem ganzen Mist auf andere Gedanken bringt. Wie du es wolltest."

„Da reichst du vollkommen. Du und deine Sprüche am Telefon. Da brauch ich die Alte da nicht."

„Na, dann lass ich mich als Medizin für dich verschreiben."

„Ich glaub, ich ahne bereits, in welchen Darreichungsformen du dich für mich verordnen lassen würdest."

„Wenn du dabei für dich an die Gleichen denkst, tät's ja passen", lächelte ich sie so willenlos machend wie möglich an und war schon fast mit einer Hand unterwegs zu ihr. Aber das Gucken hatte ich wohl verlernt. Denn sie verdrehte wieder nur die Augen und stoppte meine Bewegung, indem sie sich von mir abwendete und nach ihrem frisch gefüllten Glas griff. Dabei hatte ich erst neulich durch ein junges Mädchen in einer S-Bahn entsprechenden Unterricht erhalten und gedacht, es kapiert zu haben.

Vielleicht sechzehn oder siebzehn Jahre alt schaute sie mich von ihrem Sitz gegenüber an, und ich beantwortete ihren Blick mit einem Dauerlächeln. Einerseits froh darüber, nicht wie sie rückwärtsfahren zu müssen, weil mir sonst sofort schlecht geworden wäre, andererseits, weil ich selten genug ein so schönes Ding mich anlächeln sah. Kurz bevor sie ausstieg, blieb sie vor mir stehen und beugte sich zu mir runter. Mit einer schelmischen Miene flüsterte sie dicht an meinem Ohr: *Du hast so süße Augen und scheinst auch 'n ganz netter Kerl zu sein, aber insgesamt guckst du echt vollscheiße. Guck mal, so geht das.* Dabei guckte sie mich aus höchstens zwanzig Zentimetern mit einem ziemlich gefährlich schmachtenden Blick an. Große Augen, glänzende Lippen und eine balletttanzende Zungenspitze auf diesen. Ich wurde rot und schaute mit einem entsprechenden Blick zurück. Sie kniff ihre Augen etwas zusammen, stülpte ihre Lippen nach vorne, nickte dann und klopfte mir leicht auf die Schulter. *Genau!* meinte sie noch und stieg aus.

„Jetzt ist erst mal dein komischer Film dran", sagte aber Katharina.

„Komisch? Ich find den gut. Die Zankerei da ist doch wie im wahren Leben."

„Ach, du stehst auf so ein Gezerre? – Warum hast du dann deines mit Silke nicht klar bekommen? Muss doch der Himmel auf Erden gewesen sein."

Inzwischen stand die Béart vollkommen entblößt vor Piccoli, und er goutierte es auch diesmal nicht, wie ich es jedes Mal an seiner Stelle täte. Sondern versuchte sie minutenlang zu verbiegen. Linker Arm nach hinten, Schulter vor, verdrehter Oberkörper, bis er ein passendes Motiv für ein Gemälde hatte oder sie einen Bandscheibenvorfall. Dabei war sie genau in dem Moment betörend schön, als ihre Bluse nach hinten über ihre

Schultern glitt. So simpel kann Erotik sein, aber dem Maler dort war es wohl zu einfach. Kurz stellte ich mir Katharina anstatt der Béart vor. Hinreißend. Doch da waren ihre Worte: *Warum hast du dann deines mit Silke nicht klar bekommen?* Knock-out-Frage. Gar nicht ihr üblicher Stil. Mist!

„Streiten ist nicht mein Ding", meine kläglliche Antwort.

„Aber mir dafür Tipps geben."

„Der Unterschied ist, dass ich mit dir von Anfang an über alles reden konnte. Das ging mit Silke nicht. Egal welches Problem oder so da war", ich machte eine Pause und schaute sie von der Seite an, keine Regung, reines Abwarten, „selbst wenn du den letzten Satz deiner Empfindungen, Eindrücke und Gefühle immer für dich behältst, denn auf die letzte Frage oder Anspielung antwortest du ja nie. – Wenn's ernst wird kneifst du oder hast Angst, sentimental zu werden."
Ich Idiot! Ich hätte sie küssen, in den Arm nehmen oder sonst was mit ihr machen sollen, statt auf der Suche nach einer Ausrede einen solch moralsauren Quatsch von mir zu geben. Die Ohrfeige folgte prompt:

„Das ist ja eine tolle Feststellung nach den ganzen letzten Tagen. Hilft mir jetzt echt weiter. Hast du etwa danebengestanden? – Oh Mann!"

„Sorry, so hab ich's nicht gemeint. Aber wenn ich dir zum Beispiel wie neulich eine entsprechende SMS schreibe, kommt von dir keine mehr."
Was plapperte ich denn da? Reinen Schwachsinn. Ungebremst kam er aus mir heraus. Für derlei Beschwerden war jetzt wirklich keine Zeit.

„Ich schreib immer zurück."

„Aber nicht, als ich dir auf dein *Was machst du? – Lieg grad auf dem Sofa und stell mir vor, wie ich dir dein*

*Shirt ausziehe, damit ich dich besser streicheln kann*, zurückgeschrieben hab."
Mein Gott! Halt doch endlich das Maul, Alter, dachte ich noch und versuchte es mit einem herausfordernden Grinsen.

„Sehr witzig! Hast du auch mal was anderes in deinem Kopf als so was? An dem Abend hab' ich versucht mit Gerd zu reden, um vielleicht noch was zu retten. Man schmeißt eine Freundschaft ja nicht so einfach weg wie einen alten Spüllumpen. Da hatte ich echt keinen Sinn für deine doppeldeutigen Spielchen."
Mein Grinsen erstarb und Katharina fügte noch hinzu:

„Du kannst im Übrigen ganz ruhig sein. Von dir hört man auch nicht alles. Wenn man dich fragt, geht's dir dauernd gut, selbst wenn man dir ein Bein gestellt hat, dich zusammenstaucht oder gar anscheißt. Man kann dich die Treppe runterwerfen, du fällst in die schönste Kacke und freust dich dann noch wie'n kleines Kind. Deshalb frag ich schon manchmal nicht mehr. Und wütend werden ist für dich wohl 'n Verbrechen. Entschuldigst dich immer schon im Vorhinein. Wie gerade eben: Sorry, hab's nicht so gemeint! – Bist du nicht auch mal sauer? Mensch, du musst deine Wut doch auch mal rauslassen. Wenn ihr zwei das von Anfang an gekonnt hättet, wäre vielleicht nichts passiert."

„Passiert ist ja auch so nix."
„Das hättest du ihr mal sagen müssen!"
„Ich glaub nicht, dass es geholfen hätte."
„Glauben heißt nicht wissen."
„Aber fast."
„Feigling! – Wie war das? Wenn's ernst wird, kneifst du", konterte sie.
„Stimmt nicht. Ich habe dich angerufen und eingeladen. Und in den letzten Wochen warst du doch quasi live dabei."

„Ja sicher! Ganz dicht! Bei jedem Wort. Und weil's so laut war, hab ich vor lauter Lärm nix mitbekommen."

„Aber angerufen habe ich."

„Ja. *Haste Lust einen Kaffee mit mir zu trinken?* – Und was noch? Dass du keine Lust hast auf dieses Meeting. Und gestern die Sache mit dem Flur. Eine echt tolle Mischung!"

Am liebsten hätte ich jetzt gesagt, dass ich mir das Sortieren von Gefühlen nach dem ganzen Theater mit Silke auch einfacher vorgestellt hatte, nachdem der erste Schritt für mich klar war: So geht's nicht weiter.

Gescheitert war ich allerdings schon am nächsten, dem zweiten Schritt. Denn ich hatte keine Idee, was ich nun machen wollte, wie es weitergehen könnte. Außer erst die Mädels und dann Katharina nach kurzer Zeit mit einer abstrusen Hoffnung im Kopf anzurufen, da sie, trotz Gerd, nach einer Woche, in dem ganzen Wirrwarr meiner rudimentären Gedankenspiele, begonnen hatte, die Hauptrolle zu spielen und somit meine Gefühle herumeierten. Mehr als ihr recht sein konnte. Der Anruf dauerte sowieso keine halbe Minute und war somit zu kurz für ungelenke Liebesbezeugungen. Sie hatte nur abgenommen, weil ich nach dem sechsten oder siebten Klingeln nicht auflegte. Es blieb also bei einem dümmlichen Geschwafel von mir und sie kehrte unter ihre Dusche zurück.

„Hab gemerkt, dass ich störte."

„Wenn ich mich grad halbnackt im Bad herumtreibe und mich fertig mach, kann ich ja wohl keine Reden schwingen, außer ich will den Teppich mit Duschwasser gießen", wendete sie ein, „und später im Café hättest du ja loslegen können, aber was kam von dir? Nix!"

„Wie bei dir", ich schaltete wieder auf Angriff um.

„Gegen dich bin ich doch ein offenes Buch."

Wieder mal. Deshalb ich:

„Mit weißen Seiten."

„Blödmann!"

Als Antwort prostete ich ihr zu und fragte:

„Willste noch was?"

Ich hob die Flasche hoch. Bevor der Abend zu einem Fiasko wurde, war ich auf der Suche nach einem Notausgang. Katharina nickte und deutete auf den Bildschirm.

„Anders ist das ja kaum auszuhalten. – Ich geb den zweien noch zehn Minuten, dann möchte ich mehr sehen oder wenigstens kapieren, warum die sich dauernd zanken."

„Er hat Probleme mit seiner Frau. – Guck sie dir an, sie ist eifersüchtig hoch drei."

„Der macht doch gar nix außer sie malen."

„Stimmt eigentlich. Vielleicht sollte er."

„Vielleicht will er nicht. Er ist ja ein Maler. Oder er denkt, es ist Betrug oder so."

„Wäre es das für dich? – Jetzt noch?"

„Wie kommst du denn jetzt da drauf?"

Ich überlegte, wie umständlich ich mich über sie beugen könnte, um einerseits etwas nachzuschenken und andererseits etwas zärtlich zu werden, damit ich auf diese Frage eine Art Antwort erhielt. Aber mit einer Flasche in der Hand, während ich mich mit der anderen abstützte, war dies, wenn es nicht bloß ein platter Kuss werden sollte, kaum möglich. Somit reichte ich ihr die Flasche nur rüber und änderte meine Taktik: Ich eierte einfach anders herum.

„Lass einfach los! Das wäre nicht schlecht."

„Hä? – Loslassen?", in ihrem Gesicht ein Fragezeichen. „Rat mal wie Gerd sonst zur Tür raus wär! Wenn ich ihn nicht losgelassen hätte."

Der Konter saß. Was Silke anging, konnte ich das nämlich nicht sagen. An jenem Tag war ich nicht zu Hause.

Ich hatte keine Lust, beim Aushöhlen der Wohnung zuzusehen und es mir lieber später von Nachbarn erzählen lassen. Vor dem Haus stand ein Lieferwagen und ein Kollege – komisch, bis heute kam die Variante *ihr neuer Freund* in meinem Kopf nicht vor. Zusammen luden sie die Karre voll. Am nächsten Tag fehlten die abgesprochenen Möbel und Haushaltsgegenstände und, nachdem ich alles kontrolliert hatte, mindestens ein Dutzend Dinge, von denen sie wusste, dass deren Verlust mir weh tun würde. Vielleicht auch mehr. Vielleicht waren die vermissten DVDs darunter. Als ich dann die kränkende Inventur abgeschlossen hatte, stand ich mindestens eine Stunde an einem Fenster und schaute hinaus. Mit einer kuriosen Mischung aus Selbstmitleid, Einsamkeit, Ernüchterung und sinnlos gewordener Freiheit. Teile dieser Mischung wuchsen gerade in mir wieder an.

„Ich mein ja nur."

„Du meinst ja nur? Was soll das mit dem Loslassen?"

„Es tut dann weniger weh."

„Weh? – Weh hat es schon die ganze Zeit vorher getan. Weil nichts mehr war, wie es mal gewesen ist. Da ist dein Loslassen der kleinste Eingriff. Und das am offenen Herzen. Sozusagen. – Oh Mann!"

Ich zog die Augenbrauen hoch und seufzte. Pause. Ich war bei der Aufzählung innerhalb der Mischung bei Ernüchterung angekommen und versuchte zu retten, was zu retten war.

„Wie lange kennen wir uns schon?", gab ich leise von mir und schlingerte mit meinem Rettungsring in den Händen wunderbar weiter. Katharina schien nichts davon zu merken und verfolgte wieder das gerade langweilige Geschehen im Film. Die zwei Frauen standen im Garten und versuchten ein Gespräch. Tatsächlich etwas arg intellektuell.

„Na ja, so richtig erst seit ein paar Jahren. Paar wenigen Jahren. Und was heißt schon kennen? So oft sind wir ja nun auch wieder nicht zusammen."

„Aber ich finde, wir haben schon über verdammt viel gequatscht, oder? Allein heute Abend." Ich deutete auf den Fernseher, als gäbe es zwischen den Geschehnissen dort und hier eine Verbindung.

„Ja, ja, wir sind so richtige alte Waschweiber", erwiderte sie schmunzelnd, fast lachend, „siehe neulich im Café."

„Also sagen wir drei oder vier."

„Das bedeutet?"

„Dass wir echt viel voneinander wissen."

„Oder auch nicht. – Was meinst du genau? – Worauf willst du hinaus. Du sprichst dauernd in Rätseln."
Ihr Schmunzeln nun in einem schief gelegten und gleichzeitig forschenden Gesicht, „oder kriegst *du* jetzt den letzten Satz nicht raus?"

„Doch, aber ich will dich nicht immer mit meiner Gefühlsduselei belämmern."

„Du weißt genau, dass du mich nicht belämmerst."
Immerhin. Ich hypnotisierte den Fernseher und spürte, wie mir das Blut in den Kopf schoss.

„Es wäre doch eine Basis."

„Basis wofür?"

„Ich mag dich – ziemlich sehr sogar – schon lange."
Verstohlen schaute ich zu ihr rüber. Jetzt schluckte sie doch und schaute mich aus zusammengekniffenen Augen an:

„Danke für das Angebot! Ich bin kurz davor, jetzt schon weich zu werden. Aber es klingt nicht ultimativ genug."

„Dann stürz ich mich jetzt auf dich", ich machte so eine Art Andeutung.

„Das lässt du schön bleiben."

Die Béart war wieder ins Studio zurückgekehrt und Piccoli inzwischen um Emmanuelle, die sich auf eine Chaiselongue drapieren musste, herumgegangen und strich über ihre Schulter. Zärtlich sah aber anders aus. Sein Gesichtsausdruck glich eher einem unzufriedenen Dirigenten, der gleich sein Orchester anpflaumen würde, als dem eines Malers auf der Suche nach dem perfekten Motiv. Trotzdem machte mich diese Szene immer neidisch. Weil sie sicher nicht schon nach dem ersten Mal im Kasten war. Ich an seiner Stelle hätte sie auch mehrmals verhunzt und genauso komisch geguckt, nur um Emmanuelles Schulter wieder und wieder zu liebkosen oder zumindest zu berühren.

Dafür wollte ich heute meine Chance nutzen. Katharinas war zwar von Stoff verhüllt, doch dann fiel mir ein, wie ich es Monsieur Piccoli für zwei, drei Sekunden nachmachen könnte. Jedoch nicht ultimativ genug (um Katharina zu zitieren): Statt nämlich meinen Satz bezüglich meiner Gefühle etwas genauer zu formulieren und zärtlich zu werden, stand ich nur auf, nahm wedelnd die leere Sektflasche und massierte mit der anderen Hand am ausgestreckten Arm leicht Katharinas Schulter.

„Ich hätt' noch eine."

„Ey, was hast du vor? So viel vertrag ich nun auch wieder nicht. Ist auch schon fast neun."

„Filmchen mit dir gucken."

„Ah! Solche? Dann brauch ich doch noch 'n Glas. Ich dachte, da passiert noch was bei ein paar guten Liebesszenen? Aber bei denen da wird keinem warm. Dann kann ich auch deinen kalten Sekt trinken."

Sie verzog gelangweilt das Gesicht und ich überhörte die Ironie in ihrer Stimme.

„Für Wärme könnten wir doch sorgen", schlug ich vor, „wusste gar nicht, dass du …"

„... so was guckst? Oh Mann, wo glaubst du, lebe ich. Was glaubst du, hat man mir schon alles vorgespielt? Schon mal was von Internet gehört oder so? Da kannst du dir alle Varianten runterladen und ansehen. Von schön bis säuisch. Von ganz flott biste keine Luft mehr kriegst vor lauter Rotwerden. Da gibt's sogar bei so alten Filmen Besseres als das, *Insatiable* zum Beispiel oder *Ken Park*. Bei dem kannst du unbegrenzt Nachhilfe bekommen. Geht sogar auf so einem Fernseher. Im Großformat also. Mit Bluetooth und was weiß ich. Brauchst dafür nicht mal was zu zahlen. Manche brauchen das zum Anturnen. Ihr Männer seid doch so, dachte ich. Bin ich jetzt etwa informierter als du? Oder machste das heimlich. Rollladen runter und so?"
Mir wurde flau wie in der S-Bahn und ich schaute weg.
„Ich kann dir doch nicht solche Filme vorsetzen", murmelte ich.
„Haste überhaupt welche?"
Bevor ich zu stottern anfing, blieb ich lieber stumm. Doch Katharina setzte eins drauf:
„Also guckst du die doch lieber alleine?"

**Rewind**

In der ersten Nacht nach Silke konnte ich natürlich nicht schlafen. Zwischen Sofa und Küche durch nun leere Zimmer und fehlende Möbel hin und her wandelnd, suchte ich nach irgendeiner Beschäftigung, die mich ablenken würde und nicht zuließ, dass ich mir groß Gedanken machte. Aber außer die dritte oder vierte Dose Bier hinunterzustürzen und die geschätzte hundertste DVD einzulegen und wieder herauszuholen fiel mir nichts ein. Knöpfchen drücken zum Wegklicken. Dafür war mein Selbstmitleid grenzenlos. Obwohl ich die letzten Jahre genug hätte tun können, um es nicht so weit kommen zu lassen. Aber wer's Maul nicht aufkriegt ...

Sinnigerweise blätterte ich nebenbei in einem alten Album, *Unsere Hochzeit* und die anschließende Reise, und wunderte mich, wie weit weg die abgelichteten Situationen waren und im gleichen Moment, dass ich Situationen dachte, statt Erlebnisse, Begebenheiten oder einfach *Unser Urlaub*, weil genau dieser zu sehen war. Aber solche *Sachen*, wie Silke es nannte, waren seit jeher bei uns nur abgehandelt worden. Alles, Urlaube, Einkäufe, Besuche, Konzerte und Essengehen Pflichtprogramm, nichts anderes. Wie auch sonst? Die anderen taten es ja auch und man musste mithalten. Sich vergleichen können. Mit wechselnden Zielen und ohne nachhaltige Erinnerungen.

„Klaus und Gabi sind da auch hingefahren und waren begeistert."
Mein Einwand:
„Ich möchte dennoch lieber in die Wärme und einfach ausruhen", half nicht.
Für Wochen als Ignorant dazustehen, wäre die Quittung gewesen. Vorfreude und Zufriedenheit, weil man einer Meinung war oder das Gleiche wollte oder plante, waren schon bald nicht mehr vorhanden. Im Grunde genommen nur sehr kurz. Der Egoismus, seinen Willen und seine Vorstellungen durchzusetzen, überwog. Zugegebenermaßen auf beiden Seiten. Auch ich kannte meine Refugien, Schlupflöcher, Wünsche und Ziele. Die anfängliche Euphorie war somit bald verflogen, und Gespräche über das, was wir gerade dachten, fühlten, wollten, taten oder sahen, endeten schon, bevor sie begonnen hatten. *Hmh*, *och* oder *nun ja*, waren schon aus-

führliche Bemerkungen. Als Ausrede diente die Erkältung, die einen in den Wochen zuvor lahmgelegt hatte, eine Fernsehserie, die es nicht duldete, wenn man nicht alle Teile aufmerksam verfolgte oder die schwere Arbeit, von der man auf Biegen und Brechen Abstand gewinnen musste. Auch noch in der zweiten Woche eines Urlaubs oder an dessen letztem Tag.

Dazu *passierte Es* in den gemeinsam verbrachten Nächten eher aus Langeweile und befriedigte lediglich einen weiteren Egoismus. Liebe wurde während dieser Zeit nie kundgetan, sie wurde maximal bewerkstelligt. In einem Lied von Grönemeyer heißt es: mechanisch. Mehr war auch nicht nötig. Dazu brauchte man keine Anfeuerung, kein Glitzern in den Augen, keine Vokabeln. Und schon gar keine, die womöglich unwahr waren und den Weg in den Himmel versperrten. Die gute Kirche würde ihre Kommentare noch früh genug abgeben oder genau dies sogar für gut heißen. Danach kurzes Luftschnappen, Taschentuch, fertig. Allenfalls noch ein kurzes Duschen, damit der Duft des Geschehenen gar nicht erst zu einem Parfüm für weitere Gefühle werden konnte. Hier war Nachhaltigkeit erst recht nicht gewünscht. Nach dieser Notwendigkeit häufig zwei, drei oder mehr Wochen Funkstille. Manchmal noch länger. Am Ende Monate. Waren wir so einfallslos, dass wir es uns abgewöhnt hatten? Von dem andere behaupten, die Jahre würden es immer schöner, ja sogar intimer machen? Weil man wusste, wie *es* gemacht werden musste.

Selbst in unserem letzten Urlaub erwartete keiner von uns mehr, trotz endlich mehr Ruhe und fehlender Hektik. Alles andere wäre ein falsches Versprechen und genau dieses kaum durchzuhalten gewesen. Verärgert blätterte ich weiter: Sie, Siegfriedbrunnen. Ich, Heidelberger Schloss. Sie, Rathaus Miltenberg. Ich, Dom zu

Speyer. Sie, auf einer Bank am Rhein. Immer in Pose. Immer etwas steif wirkend. Immer lächelnd. Unsere Gesichter wie der Hintergrund: Tapete. Originelle Andenken waren das nicht.

Diese gipfelten in einen Abend im Februar. Die Kälte war trotz der rauschenden Heizung durch die Rollläden ins Zimmer gekrochen. Silke saß auf ihrem Sessel. Eingewickelt von einer riesigen Decke, wenige Tage vorher in einem High-End-Laden gekauft, und hatte einen Kopfhörer übergestülpt. Durch ein paar schmale Lücken suppten Lieder der letzten Platte von den Nits hervor. Ihre Augen waren geschlossen. Der Kopf wippte. Sie machte einen zufriedenen Eindruck. Plötzlich riss sie den Kopfhörer herunter, schüttelte sich und meinte:

„Mich friert's!", dazu passend tat sie, als zittere sie.

„Ich könnte dich wärmen", ich erinnere mich nicht an einen anzüglichen Ton von mir. An eine Geste, die dieses *Thema* weiter herausgefordert hätte. Sondern an einen lieben, ja nahezu zärtlichen Ton. Dennoch ihr Blick undefinierbar. Bevor ich meine Arme für eine Umarmung ausbreiten konnte, stach ein Finger von ihr in die Luft des Raumes. Schnell und spitz wie eine Rakete.

„Hier!"

Dann machte er eine Kehrtwendung und deutete vage auf ihren Körper, Bauch oder Schoß, „und nicht hier!" Nicht nur wohlweislich blieb ich stumm.

Das letzte Bild aufgeschlagen, glotzte ich in unbestimmbaren Gefühlen herumirrend in den alten Fernseher. Das Geflimmer passte. Eigentlich wahllos und doch gezielt hatte ich vor Minuten die einzig mögliche DVD mit eindeutigem Inhalt aus dem Regal gezogen. Der Bildschirm war jedoch zu klein, um mehr Lust auf oder gar durch die Handlung zu bekommen und zu groß, um nicht doch hinzusehen. Immerhin waren die beiden

Hauptpersonen nackt. Was ich sah, war also die erste Facette von lebenswichtigen Auseinandersetzungen, die mir nach dem letzten Tag zu zweit eingefallen war: Marie sieht Paolo, den sie vorher in einer Kneipe aufgerissen hatte, dabei zu, wie er sich einen Gummi über sein formidabel steifes Ding zieht[2]. Anschließend philosophiert sie ihn schier damit zu Tode, während sie den Sitz des Gummis genauestens kontrolliert, warum sie's jetzt mit ihm macht, und dass das eigentlich nicht ihre Art sei, aber sie daheim Tantalusqualen aushalten müsse, weil sie dort nicht begehrt werde und so Typen wie er eigentlich nicht ihr Fall sind, aber ihn genau deshalb benutzen muss, damit sie mal wieder ihren Körper spürt und wenigstens so eine Art Befriedigung, und ihn, weil er es ihr machen wird, dabei nicht ansehen will und so weiter und so weiter, und legt sich dann etwas breitbeinig auf den Bauch. Doggy-Style, wegen des Nicht-sehen-wollens. *Dies* war als Situation eindeutig. Logischerweise eine Einladung für Paolo und er verschwand mit seinem gut gefüllten Verhüterli zwischen ihren Beinen.

Aber das komisch sachliche Gelaber, ein paar Bewegungen später, hätten sich die beiden sparen können. »*Ich will, dass du mich bumst, weil ich noch nicht genug hab*«. Sie fügte kein *von Dir* oder *weil ich dich liebe* oder so hinzu, sondern sagte einfach »*noch nicht genug hab*«. Marie setzte sogar noch eins drauf und meinte »*die, die mich bumsen, liebe ich nicht. Ich hasse sie. Ich mag keine Zärtlichkeit*«. Demnach auch da purer Egoismus, mit gefühllosen Worten, die ich nicht mochte, die dazu führren, dass ich Bücher, beim Lesen an solchen Stellen angekommen, zur Seite lege und dort verstauben lasse. Genauso wie all die Kermanis, Knechts und so weiter

---

2   „XXX Romance" von Catherine Breillat

mit ihren komischen Romanen, die seitenlang aufgesetzt witzig und daher doch humorlos über ihren Liebesfrust philosophieren und dozieren. Mein Gott, man kann sich nämlich auch mit dauerndem Lesen von angeblichen Liebesromanen der Liebe fernhalten. Mit diesem ständigen voyeuristischen Sezieren von Gefühlen, was sein müsste, hätte sein können, nun folgen sollte, gewesen wäre, wenn, ja, wenn... Allerdings merkt man in diesem Fall zu spät, dass die Wand, gegen die man dann gelaufen, vielmehr gelesen war, das Ende einer Sackgasse darstellte. In so einem Moment sollte man froh sein, nicht in einem Auto gesessen zu haben. Und dabei nicht schneller als 30 gewesen zu sein.

Altbekannte Spiegelbilder brauche ich nicht. Die Chose habe ich hinter mir. Auch Silke hatte an dem Abend, als ich ihr meinen Entschluss mitteilte, möglicherweise von einer inzwischen irrelevant gewordenen Einsicht getrieben, als letzte Amtshandlung vorgeschlagen: *Komm! Lass uns miteinander schlafen! Das war doch immer schön mit uns!* Nein! Lügnerin! In den Wochen zuvor doch auch nicht. Nun nicht mehr! Diese Lust ist mir vergangen, dachte ich, ohne auch nur einen Ton davon zu sagen, damit kannst du keine Ehe retten, sondern höchstens einen Blutstau abschwächen. Der Blödsinn half mir also nicht weiter. Nicht nur Souvenirs, über die man immer wieder gerne lächelt, sondern auch Animationen sahen anders aus.

Ich machte die Lautstärke leiser und wählte Katharinas Nummer. Mit dem Ton der letzten gewählten Zahl legte ich wieder auf. Ohne Ahnung, was ich ihr hätte sagen wollen. *Komm her, ich brauch dich! Ich seh grad so'n blöden Film?* Denn einen hormonellen Notstand verspürte ich trotz der Szenen vor mir nicht. Wäre auch unangebracht gewesen, immerhin hatte sie Gerd zu Hause, der ungeschickte Fragen stellen würde. Und ihre

Antwort: *Jetzt biste aber durchgeknallt* oder *Biste jetzt vollkommen plemplem?*, wäre mir auch sicher gewesen. Marie rutschte derweil auf dem Laken, von Paolos wachsender Erregung getrieben, vor und zurück. Es war schwer auszumachen, ob sie Spaß dabei hatte und ihre Befriedigung fand, denn ihr Gesicht verriet nichts. Trotzig drückte ich die Wahlwiederholung. Kurz bevor die Verbindung automatisch unterbrochen wurde, nahm sie ab.

„Oh Mann, bist du bekloppt! Lass uns morgen darüber reden!"

Doch ihre Stimme genügte. Ich war Mann genug. Auf diese Weise beflügelt, bescherte mir die erste Nacht nach Silke doch noch einen flotten Dreier. Als ich irgendwann wegen des Traumkinos aufgedreht aufwachte, brauchte ich einige Zeit, um zu mir zu kommen. Gleichzeitig waren Marie und Katharina in dieser Fantasie gesichtslos geworden. Die gerade noch beteiligten weiblichen Hauptpersonen in meinem Traumstreifen hätten nun alle sein können. Verflossene, Nachbarinnen, ehemalige Schulkameradinnen, unwissende Angehimmelte. Die ganze weibliche Vergangenheit meines bisher absolvierten Lebens. Aufgereiht in Reih und Glied in der Dunkelheit des Zimmers, in das ich nun starrte. Ich lehnte mich an das Kopfende und versuchte aufzuwachen.

Seltsamerweise sah ich keine nackte Katharina vor mir, sondern mir fiel als erstes die Fastaffäre mit der roten Regine ein. Dabei beanspruchte diese nicht mehr als zwanzig Minuten meines Daseins. Nun gut, fünfundzwanzig. Ist ohnehin unglaublich, was alles in den Umbruchphasen eines Lebens mit einem passiert. In diesem Fall aus echtem Zufall. Wäre ich an diesem Tag, nach dem gemeinsamen Abendessen nach dem Meeting, nicht nüchtern gewesen, hätte diese Regine leichtes Spiel mit mir gehabt. Oder ich mit ihr. Wie man's nimmt. Diese junge, eher unscheinbare Frau aus der Verwaltung eines befreundeten Unternehmens, eine Sekretärin mit rötlichen Locken, etwas hager und mit vielen Sommersprossen, stand, nachdem ich sie nach einem ziemlich heftigen Umtrunk, bei dem sie unbedingt im Mittelpunkt stehen musste, die Treppe zu ihrem Zimmer hinaufbegleitet hatte und sie mir noch unbedingt einen Drink aus der Hausbar spendieren wollte, plötzlich nur mit einem knallroten Höschen bekleidet – sofern das bisschen Stoff diese Bezeichnung wert war – in der Zimmertür, nachdem sie zuvor kichernd im Badezimmer verschwunden war.

Normalerweise hätte ihr rötliches Haar in jeder anderen Situation schon genügt, mich während des Essens mit ihr zu beschäftigen, zumal sie kaum eine Sekunde ausließ, mich immer wieder anzublinzeln. Aber dass ich ihr anschließend bis auf ihr Zimmer gefolgt war, war dann doch mehr aus Not geboren. Denn sie gehörte nicht zu der Gattung der trinkfesten Damen und war deshalb nicht nur beschwipst. Aus Sorge, sie könnte sich daher in dem Haus noch verlaufen oder aus einem Fenster stürzen oder die Treppe rauf- und runterfallen und sich den Hals brechen – so wie sie mit recht lautem, kaum zu bändigendem Gekicher hinternwedelnd die Stufen hinaufstocherte und in den Gang hineinschwankte – nahm ich sie unter meinen Arm.

Natürlich betrachtete ich sie, fast nackig wie sie war und sicher wie in diesem Moment von ihr gewünscht, mit dem richtigen Gesichtsausdruck. Ihre roten Haare, offen und von der über den Kopf ausgezogenen Kleidung zerzaust, drohten meinen Blick völlig zu verglühen. Doch ehe ich überhaupt richtig kapierte, was los war, kam sie auf mich zu, wartete bis ich lang genug auf den dunklen Schatten unter dem roten Etwas gestarrt hatte und aufgestanden war. Gleich darauf griff sie nach meiner Hand. *Gefall ich dir? – Ja? – Ich bin schon seit Stunden ganz geil. – Das ganze Essen war wie 'ne Vorspeise! – Merkste doch, oder?*

Unbeholfen, schwankend, aber unerwartet kräftig und zielgenau schob sie meine Hand in ihr Höschen, tief zwischen die Beine. Gleichzeitig hatte sie den anderen Arm fest um meinen Hals gelegt, mich an sich gepresst, die Hand damit in ihrem tatsächlich nassen Schoß eingeklemmt und versuchte, meinen Mund mit ihren Lippen zu treffen und damit vorsorglich mundtot zu machen. Für wenige Augenblicke roch ich den süßen Alkohol, von dem sie eindeutig zu viel abbekommen hatte und der mich auf Grund des dieselnden Geruchs etwas hemmte. Beziehungsweise meinen Kopf auf ihrer Schulter landen ließ, damit ich ihren Atem nicht riechen musste.

Dennoch wunderte ich mich über die Kraft, die ihr zierlicher und eigentlich zu betrunkener Körper entwickelte. Über die unmissverständliche Art, nahezu hartnäckig zielstrebig, weil sie mich stieß und schubste und sich mit mir auf den Boden fallen ließ und mich immer wieder mit schwerer schmatzender Zunge aufforderte, *Komm schon, mach doch! Passiert nix. Tu'n rein!* Ich spürte das Zerren und Ziehen, ihre Hände an meinem Gürtel, am Reißverschluss, unter meiner Hose, *Mann! Das is'n Ding!* die rudernden Füße auf meinem Rücken, ihre nackte Haut, die piksigen Brüste, die nassen saugenden Lippen, *Du schmeckst so gut!*, die vorpreschende Zunge, die trotzdem ungelenken Küsse, den aufreizend rot strubbeligen, feuchten Schoß. Und dann mein doch drohendes Nachgeben, weil sie mich schon halb und sich selbst gänzlich freigelegt hatte, und während sie an mir herummachte, mit ihrem Unterleib an meinem herumturnte. – *Mann is' das geil,* rülpste sie da in mein Ohr, und mir war es vergangen.

Das war's also, was einem passieren konnte, wenn der Überschwang von vermeintlichen Gefühlen nach jedem Schluck Likör einen Purzelbaum nach dem anderen schlug. Was andere Kollegen hin und wieder ausnutzten, egal, ob oder gerade, weil man genügend betrunken war und dadurch im Fall eines Falles eine Ausrede hatte. – Wenn die Statistiken nicht logen. Ich sah sie förmlich in den Zimmern neben und über uns, alle zusammen, in Schwärmen, wie Marie und Paolo, in schmalen Einzelzimmer-Betten rumfummeln. Anderes war zu zweit in diesen durchgelegenen Dingern ja fast nicht möglich. Vielleicht sogar in all den Jahren zuvor mit dieser Regine.

Aber nur, weil ich an diesem Abend nicht genug Alkohol getrunken hatte und ich kieksende und kichernde Nackedeis nicht mag, auch wenn sie rothaarig sind, mich glühend und schmachtend hypnotisieren, schoss mir in jenen Sekunden diese Weisheit durch den Kopf. Und die, dass ich selbst, wenn ich betrunken gewesen wäre, lieber an jemand anderes denken wollte als an Regine.

Schlussendlich rollte ich, mehr aus Furcht vor eventuellen Kommentaren von Kollegen am nächsten Morgen wenn sie es erführen, als aufgrund von Bedenken, etwas Ungehöriges zu tun, auf den Rücken. Meine Kleider von oben bis unten delikat derangiert und deplatziert. Nebst dem, was ein Mann für ein gelingendes Liebesspiel bräuchte und ich in diesem Moment ziemlich unsittlich vorwies. Aus den Tiefen ihres Bauches kullerte die nächste Luftblase, und ihre Hand ruckte in genau diesem Moment noch ein paar Mal in meinem gebrauchsfertigen Schoß auf und ab, wieder hartnäckig zielstrebig und von einem Glucksen begleitet. Aber die warme, nun emporsteigende Wolke aus ihrer Kehle erstickte ein weiteres Mal die letzte Lüsternheit, als sie wieder in mein Ohr rülpste.

Ich schob sie sachte von mir weg, als sie versuchte, sich auf meinen Schoß zu setzen, hielt dabei ihren Kopf zwischen den Händen und brabbelte irgendeinen Schwachsinn. *Danke! Geht heut nicht, hab 'ne Blasenentzündung* oder Ähnliches. Den sie mit: *Macht doch nichts, ist auch so scheißgut!*, beantwortete. Gleichzeitig schob sie mit einem Fuß die restliche Kleidung zwischen meinen Beinen in Richtung meiner Füße und beugte sich mit ihrem Kopf über meinen Schoß. Als sie das tat, was jeder Mann in seinem Leben mal erhoffte, zog ich sie aber wieder zu mir hoch.

Vielleicht weil ich ihr Gesicht währenddessen – eigentlich tröstend gemeint – streichelte und sie es für Zärtlichkeit hielt, vielleicht weil ich ihr unnötigerweise dann doch noch, nun befreit von aller textilen Last wieder halb auf ihr, einen Kuss gab und sie diesen erstens mit aller Hingabe und ihren wieder rudernden Beinen erwiderte und zweitens deshalb als ein Versprechen wertete – vielleicht auch, weil ich sie dabei etwas zu liebevoll in den Arm nahm und sie dies in ihrem dunen Kopf schon für den gewünschten Akt auffasste – ließ auch sie mich nach einigen Minuten langsam los und auf mein Zimmer gehen. Vielleicht weil sie auch kurz davor war wegzunicken, weil der Wein oder was auch immer seinen Tribut forderte.

Am liebsten hätte ich gleich danach Katharina angerufen und ihr davon berichtet, um natürlich damit auch zu beweisen, dass sie mir viel wichtiger war. Aber den Telefonhörer bereits in der Hand, legte ich auch diesmal auf. Wahrscheinlich hätte sie mich nur wieder für verrückt erklärt. *Und? Warum hast du das Angebot nicht richtig angenommen? Wegen mir? Mein Gott, du hast ja echt keine Ahnung! – Du hast sie doch nicht alle! Mach doch keine halben Sachen! – Oh Mann!*

Stattdessen machte ich mit meinem Handy mitten in der Nacht ein Bild von meinem riesigen Zimmer, das mühelos eine Turnhalle für alles hätte sein können, und der unbenutzten Seite des Bettes und schickte es ihr mit den Worten *Ich hätte Dich jetzt gerne hier* als altmodisches MMS zu. Sie antwortete nicht.

Ich rutschte wieder unter die Decke, schloss die Augen und suchte weniger nach Marie und der roten Regine als nach Katharina. Manchmal klappt es und man kann einen schönen Traum an der richtigen Stelle fortsetzen. Doch der Schwung war raus, Katharina zuppelte nur immer wieder ihren BH zurecht.

Am nächsten Tag zurückgekehrt, tranken Katharina und ich zusammen Kaffee. Die Pinte war voll und wir saßen nebeneinander. Herrlich eingekeilt. Also schön eng. Ihr Kopf und die Haare wie so oft zur Seite gelegt. Plus der üblichen Uniform: dunkelblaue Jeans, dunkelgrünes Shirt, dunkelkariertes Halstuch. Ihre Hände sogar in die Ärmel gezogen. Außer ihrem Gesicht alles versteckt. Die Erinnerungen in meiner Hand von letzter Nacht meldeten sich und ich sah mehr, als ihr lieb sein konnte. Wenn sie eine Verkleidungsstrategie hatte, war diese nicht aufgegangen. Egal, wie viel Schichten sie zuvor angezogen hätte. Gerade wollte ich eine Hand auf ihren Oberschenkel legen, alles gestehen und ihr anbieten, bei der Planung ihrer Zukunft, also auch beim Packen und Umziehen zu helfen, als sie die dafür notwendigen zwei Sekunden mit:

„Alles klar?", wie in alten Zeiten unterbrach. Nüchtern, trocken und nicht besonders neugierig. Ihr rechter Oberschenkel auf Suche nach Entfernung. Meine Hand bewegungslos. Und ihre zuppelte nicht am BH, sondern am Shirt herum. Das *Ähm*, das mir auf der Zunge lag, hätte maximal einen Lacher provoziert. Stattdessen dachte ich, irgendwann würde ihre Reaktion, diese Bewegung mitsamt dieser Verkleidung, in der sie sich wahrscheinlich verstecken wollte, sie nicht unsichtbar, sondern erkennbar machen. Irgendwann wäre also genau das Gegenteil der Fall. Ach, schau! Da drüben. Katharina. Die Zupplerin. Ist ihr Markenzeichen.

„Wenn ich dich seh', immer", lächelte ich deshalb zurück.

„ – "

Mehr war nicht. Mehr kam nicht. Ich hatte es vermasselt. Das war's. Sie trank Kaffee, drehte die Tasse, schaute zum Eingang, nicht mal zu mir. Aussprache mit Gerd nach meiner dämlichen nächtlichen Störung und den passenden Fragen allem Anschein nach erfolgt. Meine ersten echten, nicht nur theoretisch durchgespielten, aber dafür ungelenken Avancen gegenüber Katharina hatte er abgeschmettert; quasi noch am Telefon meinen genussfreudigen Gedanken fürs Erste ein Ende bereitet. Das Helfen beim Kofferpacken und Umziehen war in weite Ferne gerückt und damit alles, was ich mir nächtens zusammenfantasierte. Wenn ich's also immer noch ernst meinte, müsste ich hartnäckiger werden – dachte ich.

## Weiter geht's – forward

Wenige Minuten nachdem Colin Farrell die superschöne Leyla, von der genauso schönen Bridget Moynahan gespielt, vor unseren Augen, in der Küche amerikanisch prüde, also nahezu angezogen – jedenfalls sieht man keinen Millimeter nackte Haut, wenn Nasen nicht zählen, und das, obwohl sie für Maxim-Online viel mehr ihres hinreißenden Körpers zeigte – vernascht hatte, ballerte er mit seinem Schießeisen, wie kürzlich dieser durchgedrehte 19-jährige Amokläufer an der Marjory Stoneman Highschool in Parkland ausgerechnet am Valentinstag oder dieser gehirnamputierte aus einem Hotel in Las Vegas, im Eisenbahnreparaturwerk der Washington Union Station herum[3]. Katharina und ich waren inzwischen doch auf die etwas härteren Movies umgestiegen. Zumindest härter für das, was ich gewohnt war. Ich hatte ohnehin nur die zwei oder drei. Die ohnehin knappen Liebesszenen in diesen allerdings auch wenig animierend.

„Vielleicht solltest du mal für eine Zeit von zu Hause weg?"

„Du hast gut reden. So preiswert lebe ich nie wieder."

„Na, es muss ja nicht alleine sein", mein Plan für Zukunft, Umzug und Kofferpacken musste neu eingekleidet werden, „dann rechnet es sich vielleicht."
Katharina schaute mich zuerst nachdenklich und dann herausfordernd an, während Farrell den Falschen, nämlich Zack über den Haufen schießt und dies kurz darauf Mister Al Pacino per Handy mitteilen muss. *»Zack ist tot. Ich hab ihn getötet, er hat mit Leyla zusammengearbeitet«.*

„Und du würdest natürlich das Sponsoring in jegliche Richtung übernehmen?"
Ich nickte und zuckte gleichzeitig mit den Schultern.

„Liebe unter dem Dach der Eltern ist doch wie Seepferdchen machen", begann ich zu dozieren, „ein bisschen Mutprobe, ein bisschen frivol, während die Eltern am Rand stehen, zuschauen und anerkennend nicken.

---

3  „Der Einsatz" von Roger Donaldson

Aber mit Freischwimmen hat's nicht zu tun. Da werden nicht mal die Klamotten nass. Nach einer Viertelstunde fühlt man sich dann doch ziemlich beobachtet und kriegt 'n schlechtes Gewissen. Mittendrin sagt man dann: *Jetzt lass mal gut sein*, zieht die Klamotten wieder hoch, statt loszulassen und zu genießen, weil's sonst die Falschen hören."

„Und das ist natürlich das Hauptmerkmal von Zusammensein?"

„Zumindest ein wesentliches. Oder? – Den Rest des Lebens organisiert in so einem Fall ohnehin der unter dem Dach, dem die Wohnung gehört. Ist grad so, als sei man noch fünfzehn."

Katharinas Augen wurden zu Pfeilspitzen.

„Na, klasse! Du hast echt tolle Sprüche. Leider nur keine Garantie auf lebenslange Harmonie. Du bist mit Silke ja auch gescheitert, trotz Freischwimmer und deiner sagenhaften Theorie. Und soweit ich weiß, war genau *das* bei euch nicht an der Tagesordnung."

Ich verzog mein Gesicht, *das* war mindestens drei Jahre her, derweil meinte Katharina noch:

„Du hast wirklich gut reden, aber manchmal läuft das Leben nicht so wie es in ...", sie wedelte mit ihrer Hand herum, „... diesen ... diesen Filmchen da oder auf den tollen Seiten der schlauen Illustrierten oder in blöden Gesprächen unter Bekannten geschildert wird. So einen Absprung macht man in einer Beziehung nicht alleine, da muss der andere schon mitmachen. Sonst stehst du tatsächlich alleine da. Zumal du für so was, ganz nebenbei, noch ein bisschen Geld brauchst. Diese Chose ist halt bei *uns* danebengegangen. Bei dir und Silke eine andere. Da ist es scheißegal, ob du bei deinen Eltern wohnst oder nicht. Abgesehen davon hab ich da eine eigene Wohnung und nicht nur 'n Zimmer. Und deshalb guckt mir auch keiner ständig auf den Teller."

„Aber manchmal ... ich weiß nicht, wie ich es sagen soll, hemmst du dich vielleicht selber, und wenn du für dich wärst, würdest du dich noch weniger beobachtet fühlen. Immer ist jemand um dich rum, plant für dich, gibt Ratschläge und stellt dir saubere Schuhe vor die Tür. Manchmal musst Du nicht einmal ans Kochen denken. Du bist im Grunde genommen nie wirklich allein. Man könnte glatt meinen, du hättest Angst davor."

„Ok! Mag sein. Aber ich behaupte, es macht mir nichts aus."

Die schöne Leyla wird von Farrell komisch angeguckt. War zwischen ihr und Zack mehr gewesen? Hatte Colin etwa ihren Lover umgebracht? Die gemeinsamen wilden Nächte, obgleich nicht unter dem Dach der Eltern, haben die so oder so schief gelaufene Sache nicht genügend klären können. Jetzt war sein vermeintlicher Freund tot oder gar ihrer? Farrell ist kurz vorm Heulen oder Ausflippen. Für wen arbeitet sie nur? Viel zu schwere Fragen für einen solchen Abend.

„Aber es schlägt dir vielleicht auf den Magen."

„Ich hab nix am Magen."

„Na ja, glücklich wirkst du trotzdem nicht immer."

Die schöne Katharina schaut mich komisch an. Der gemeinsame Abend scheint allzu schnell zu Ende zu gehen. Ich Trottel habe immer die Gabe, mit meinem Gequatsche viel zu unüberlegt zu sein und mich damit zu sehr in die Leben der andren und jetzt in ihr Leben einzumischen. Dabei kriege ich mein eigenes nicht auf die Reihe. Katharina stellt ihr Glas ab und steht auf, guckt sich um, als entdecke sie plötzlich, nicht zu Hause zu sein und was sie daher nun ganz schnell zu ändern hat. Über mir stehend, wirft sie ihre Lockenpracht hinter den Kopf und fixiert mich dabei. Dann geht sie wortlos aufs Klo. Ich schaue auf die Uhr neben dem Fernseher, halb elf durch. Wahrscheinlich wusste sie es bereits.

Wenn sie fertig ist, zieht sie sich ihre Jacke über, schnappt sich ihre Tasche und schaut sich meine Wohnungstür auch deshalb von außen an. – Nachdem sie die geschlossen hat.

Der Video-Rekorder bastelte ungeachtet die Handlung auf dem Bildschirm weiter zusammen. Die letzten fünf Minuten flossen auch ohne unsere Aufmerksamkeit dahin. Gerade wollte ich aufstehen und an die Badtür klopfen, um mich zu entschuldigen, als sie herauskam und noch im Flur mit wedelnden Händen atemlos meinte:

„Ich kann mir dein vielgepriesenes Glück nicht backen. Glück gibt's nur im Lotto. Wenn's stimmt. Und das hast du nur, weil du ein paar Zahlen scheiß zufällig richtig getippt hast. Ob das allerdings für ein glückliches Leben schon reicht? Aber möglicherweise seid ihr Kerls ja alle gleich. Da spielt Glück keine Rolle", sie stach an mir vorbei ins Wohnzimmer. Jetzt würde sie ihre Sachen nehmen und gehen. Doch setzte sie sich zu meiner Überraschung wieder vor das Sofa, „ihr bedient euch und macht's euch gemütlich. Manche schnippen sogar nur mit den Fingern. Weißt du, vor ein paar Wochen hab ich deshalb gedacht, ist das jetzt alles? War's das? Hast jetzt auch 'n Freund, der rumhängt, der sein Bierchen trinkt und alle zwei, drei Minuten in 'ne Chipstüte greift. Ok. Wie tausend andere auch. Vielleicht Millionen. Ist ja nix Besonderes mehr. Und, ok, gegen 'ne schnelle Lust weiß ich mir zu helfen, da brauch ich keinen Gerd oder so. Das kann ich auch mal solo. Du als Kerl weißt das. Du kannst das auch prima alleine, wenn's dich überkommt. Trotz deines komischen Anrufs. Aber als wenn *das* immer das Wichtigste wäre und es nur darauf ankäme. Da gehen die Ansichten zwischen euch und uns vielleicht ein bisschen auseinander. Als Frau ist man da noch etwas anders gestrickt. Sei's wegen der Gene, Veranlagung, Erziehung, Einbildung oder wie heißt das, Konventionen? Oh Mann, null Ahnung. Immerhin kriegen wir ja die Kinder und sind wir die, die für sie und im Endeffekt eine Familie sorgen müssen. Wärme, Essen, Zuwendung und so. Später darfste dann noch die Hausaufgaben betreuen, Streits schlichten und den ersten Liebeskummer stillen. Hat meine Mama auch müssen. Aber wenn alles scheiße gelaufen ist, stehen wir alleine da, mit den Kindern. Gut, Kinder hat's jetzt bei uns nicht gegeben, trotzdem möchte ich dann bestimmte Sicherheiten. Der Kerl will ja auch umsorgt, bekocht, gepflegt und manchmal doch gestreichelt werden, weil er sonst keine Ruhe gibt. Heimelige Gefühle, wenn du verstehst, was ich meine. Ein Zuhause und nicht nur 'ne Adresse mit Freund. Klingt komisch, aber ich hatte gedacht, Gerd würde mich auch dann noch heiraten, wenn wir nur zu zweit blieben. Aber gesagt hat er nix. Und wissen wollte er in letzter Zeit auch nichts mehr von mir. Und das hat weder mit deinem Freischwimmer von vorhin, noch mit Glück zu tun. – Da bin ich ungeduldig geworden und hab ihn drauf angesprochen. Mit fast Mitte dreißig denkst du über die eigene Zukunft anders nach als mit fünfzehn oder sechzehn oder als Mann, der dann immer noch seine Chance hat und vielleicht sogar schon nutzt. Ich hab' keine Lust alleine zu Hause rumzuhängen und jedes Mal unters Bett gucken zu müssen. Ich will und wollte nicht alleine sein. Und jetzt hab' ich den Schritt gemacht und weiß nicht, ob's gut war. Ich kann mich nicht alle fünf Minuten anders entscheiden, nur weil das Wetter wechselt. Ihr macht euch da keine Gedanken drüber. Guck dich an. Oder wie war das damals mit Barbara, von der du mir neulich erzählt hast? Die hat sich vielleicht auch Hoffnungen gemacht, und statt jetzt was von dir zu haben, hast du sie fallen lassen ..."

„Ich hab' sie doch nicht fallen lassen!", protestierte ich, „auch an so einem Abend haben zwei Schuld."

„Ja! Aber irgendwas muss ja schiefgegangen sein. Vielleicht auch schon vorher. Oder machst du das immer so? Dann sollte ich besser gleich gehen." Schon machte sie Anstalten aufzustehen. Oder drohte sie mir nur damit?

Barbara. Kurze freundschaftliche Vergangenheit aus Schulzeiten. Nach Jahren und zeitgleich kurz nach Silkes Auszug in einem Café getroffen und Minuten später abgeschleppt. Allerdings blieb unklar, wer von wem. Das muss ich betonen! Nicht immer ist der Mann, bin ich alleine schuld. Wieder Minuten später spielte das auch schon keine Rolle mehr. *Lass uns irgendwo hingehen, es gibt so viel zu erzählen*, hauchte sie mit entsprechendem Blick. *Ich wohn nicht weit weg*, ich. In meinem Kühlschrank hatte ich eine Flasche Sekt gebunkert. Für eine irgendwann zu erwartende sogenannte Feier des Tages, wie diese. – Könnte man denken.

Sie hakte sich ein. Klebte eng an meinen Kleidern. Dann saß sie neben mir, drehte das Glas zwischen ihren Handflächen und berichtete. Europäisches Standardschicksal einer jungen Frau. In diesem Fall mit einem allzu früh bekommenen Kind, Simon, da war sie nicht mal zwanzig, und einem Mann, der sie erst geschwängert und dann geschlagen hatte. Sie berichtete davon wie ein Nachrichtensprecher. Aufrecht sitzend, sachlich und emotionslos. Aber tief in ihr drin saß die Demütigung. Immer noch spürbar. Nicht zuletzt weil sie den Sekt zwischen jedem Satz schniefend hinunterstürzte und den ganzen erlebten Mist mit jedem Schluck ertränken wollte. Am liebsten wäre ich sofort losgezogen und hätte das Arschloch zur Rede gestellt, wenn nicht sogar verprügelt. Frauen schlagen gehört für mich mit Vergewaltigung und Missbrauch von Kindern zu den schlimmsten Verbrechen. Ich bin jederzeit bereit, solche Idioten mit Freuden ins Jenseits zu befördern oder ihren Schniepel abzuhacken. Da kenne ich keinen christlichen Anstand. Diskussion zwecklos.

Barbara hatte meine Stimmung gespürt, schüttelte den Kopf und hielt meinen Arm fest. *Ist schon wieder vergessen, kommt nur manchmal noch hoch, und ich hab keinen, dem ich das erzählen kann*, dann ging durch sie ein Ruck, als wenn sie sich durch diese Erschütterung von allem befreien könnte, und sie beugte sich über mich, um an die Flasche auf dem kleinen Tisch neben mir zu kommen. *Siehste?! Schon vergessen. Für so was ist der nämlich zu schade!*, meinte sie und schwang die Flasche halb über meinen Beinen liegend hin und her.

Ich kann nicht sagen warum, Trost, Mitleid, eine überfällige Zärtlichkeit oder spontane Lust aufgrund einer alten Erinnerung, oder doch mein ureigener Egoismus, der genauso bestrafenswert gewesen wäre – als sie mit ihrem Bauch fast quer auf meinen Oberschenkeln lag und nach dem Sekt griff, küsste ich ihr den Nacken und fuhr mit einer Hand unter den Pulli. Reglos, aber ohne abweisend dabei zu sein, blieb sie nach ihren Worten für einen Moment in dieser Haltung. Wie in meiner Erinnerung, – nach derselben Bewegung Jahre zuvor auf der Schulparty. Nur damals stand sie neben mir und beugte sich nach vorne, um eine Flasche Cola aus einem Kasten zu fischen. Halb hinter ihr schlüpfte ich mit meiner Hand, als ihr Arm ausgestreckt nach der Flasche griff und dabei ihre Bluse hochrutschte, geradeso unter den leichten Stoff. Darunter war seinerzeit ihre Haut gänzlich nackt, zart und elektrisierend. Eine bewusste Herausforderung. Erst recht für einen so jungen Kerl wie mich. Sicher darauf angelegt. So dicht bei mir. In aller Seelenruhe nahm sie die Flasche, streckte den Arm sogar noch mehr, bot damit Zentimeter um

Zentimeter mehr ihrer Haut meiner Hand an, die Zeit hätte gereicht, den Kasten auszuräumen, und richtete sich wieder auf. Meine Finger glitten wie von alleine nach oben und sie, eng an mich geschmiegt, drehte sich um, alle meine Bewegungen vorausahnend, meine Finger von der Bluse verborgen immer ruheloser auf Wanderschaft und damit beschäftigt, sie dicht an mich zu pressen. In meiner Hand barg ich dann ihre linke Brust. Rund, warm und fest, während sie weiter unten sicher meine wachsende Erregung spürte.

Damals trug sie also keinen BH. Und jetzt, an diesem besagten Abend, war er das einzige Hindernis und ich erfahren genug. Ich öffnete ihn, fühlte wieder ihre Brust in meiner Hand, wie einst, rund, warm und fest, und sie schob ihre auf meinen Reißverschluss und zog ihn auf. Der weitere Verlauf des Abends war ab diesem Augenblick somit klar. Er wiederholte sich ein paar Tage später für ein weiteres Mal bei ihr zu Hause. Aber eine eventuell vorhandene Verpflichtung bezüglich irgendwelchen, in meinen Augen irrwitzigen Zukunftsplänen hatte ich weder in diesem Moment noch in dem darauffolgenden gesehen, zumal ich am nächsten Tag eher wieder ein schlechtes Gewissen gegenüber Katharina bekam. Deren Stimme mich nun wieder ins Diesseits holte:

„Ich bin mir sicher, dass sie nach einem solchen Abend etwas anderes erwartet hat."
Kurz überlegte ich, welche Details ich ihr alle mitgeteilt hatte, dann fiel mir ein, dass ich ab den Getränkekästen nicht alles erzählt hatte und es im Grunde genommen nur bei einem nackten Busen und neugierigen Händen belassen hatte.

„Es täte mir leid", behauptete ich, „ich glaube nicht, dass es ein Thema war. – Wir waren jung."
Ein Abend konnte noch als fehlgeschlagener Versuch

gelten, der von beiden Seiten keine Wiederholung oder gar Bindung forderte, sondern nur Befriedigung brachte, eine wenn auch nur kurze Sättigung, eine Zufriedenheit, die man viel zu lang vermissen musste. Bei gutem Sex mit einem alten Bekannten. Der mit seinem Egoismus, *es* auch zu tun, die Hemmungen genommen hatte.

Von dem zweiten Treffen hatte Katharina allerdings nie etwas erfahren, sonst hätte ich ihr recht geben müssen. Denn Barbara war an jenem Abend tatsächlich auf der Suche nach mehr Bindung mit mir. Aber genauso tatsächlich wollte ich damals nur meinen Egoismus befriedigen. So versuchte ich jetzt, von Barbara abzulenken und ergänzte:

„Wenn zwei nur wegen so etwas zusammenbleiben, droht ihnen dasselbe wie mir und Silke. Das war nämlich auch unser Start, für eine kurze Zeit ist man wie von Sinnen, bei euch sah das sicher anders aus."

„Wie kommst du da drauf? Mehr oder weniger beginnen doch so die meisten Beziehungen. Ich war keine zwanzig als ich Gerd kennengelernt hab. In dem Alter fackelt man nicht sehr lange rum. Nach dem zweiten oder dritten Mal hatte der seine Hände schon weiß Gott wo und ich dachte mir, so eklig wird's sicher nicht sein. Als Start ist das weder gut noch schlecht. Höchstens schön oder schmerzhaft. Nur was man daraus macht zählt. Aber zu einer Katze, die jemandem ständig auf'm Schoß hockt, hat es mich jedenfalls nicht gemacht."

„Eine Katze will man ja auch nicht immer."

„Aber eine Katze weiß in der Regel, wo ihr Zuhause ist."

„Dann habe ich ein paar Sachen nicht kapiert."

„Oder hast zu schnell aufgegeben."

Ich wedelte mit meinem Zeigefinger:

„Auch darin kannst du kein Beispiel sein."

Katharina lachte bitter auf:

„Gerd hatte zum Schluss immerhin die Position des Super-Schwiegersohns."

„Aber nach so vielen Jahren hättest du eigene Ansprüche kundtun oder dich wehren dürfen", entgegnete ich und biss mir innerlich auf die Zunge.

„Zu wehren? Wie klingt das denn? Er hat mir doch nichts getan. Im Gegenteil, er war ein guter Kerl. Leider zu sehr Freund als möglicher Ehepartner oder wie man das sagen soll. Kann sein, dass sich das auch so eingeschliffen hat. Ich habe ihn ja die ganze Zeit gemocht. Verstehst du?"

„Mögen tu ich auch viele. Das reicht nun mal nicht."

„Ist aber besser als nix, wenn man nicht alleine bleiben will. Barbara hast du ja auch nicht gehasst, oder?" Ans Sofa gelehnt verzog ich mein Gesicht, starrte an die Decke und murmelte eher zu mir selbst:

„Und warum kriegen wir's trotzdem nicht hin? So auf Dauer, mein' ich."

„Keine Ahnung! Weil die Ansprüche ans Leben sich geändert haben? Weil die Ansprüche an uns sich geändert haben? Weil die Arbeit einen auffrisst, weil mich mein Alltag nervte, weil Gerd nicht in die Pötte kam, weil man niemanden hat, mit dem man reden kann – über so etwas. Weil ich vielleicht auch deshalb nicht weiß, ob ich alles richtig gemacht habe, ob ich nicht besser dies oder das hätte noch machen müssen, weil ich im Grunde genommen auch lethargisch bin und lieber nix tu als etwas ändere, weil ich immer Schwierigkeiten hab, mich zu entscheiden, weil mir keiner ... ich hab nicht den blassesten Schimmer. Vielleicht weil es auch zu wenige nette Millionäre gibt."

„Oder wir einfach Angst haben, was falsch anzugehen. – Oder zu früh, zu spät – zu einem unbedachten

Zeitpunkt halt. Aufgrund von angewöhnten, fadenscheinigen, eingeredeten, antrainierten Bedenken und Befürchtungen. Weil wir immer glauben, eine Ahnung von unserem Leben zu haben, von dem, was uns erwarten könnte – und das, was da kommt, ist ja in jedem Fall schlimm. Dabei wissen wir nichts. Das Gespür, einen Riecher oder sechsten Sinn für unser Schicksal oder Glück gibt es nicht. Wir finden ihn nur deshalb bewiesen, weil irgendwann und irgendwie ja doch alles genauso gekommen ist. Vor allem genauso schlimm wie von uns vorhergesagt. Nach unendlich vielen Anläufen. Das einzige Schicksal, das wir wirklich zu kennen glauben, ist keines, – der Tod wartet auf jeden."

So ist es doch immer. Oder? Nach einiger Zeit glaubt man, einen Plan für sein Leben zu haben. Wohl durchdacht, bis ins letzte Detail. Dass sich etwas anderes ergeben könnte, sei es durch andere Wünsche, Einsichten, Krankheiten oder sonstige Unberechenbarkeiten, oder ganz schnöde Dinge wie Wetter, Busverspätungen oder irgendwelche Vergesslichkeiten, hat man nicht einkalkuliert und das wirft uns aus der Bahn. Das Leben, unser durchdachtes, ist uns in diesem Moment dann genauso nah wie zum Beispiel dasjenige auf der anderen Seite einer dünnen Wand, in einem hellhörigen Hotel, während eines Urlaubs. Man hat es für ein, zwei, drei Wochen dazugebucht, mitsamt den Geräuschen, die von dort zu hören sind, der gehauchten und gestöhnten Liebe, dem Schnarchen, den Streitereien, Gesprächen und dem Fernseher, der auch in einem Urlaub von nebenan dröhnt, den Telefonaten mit irgendwelchen Neugierigen oder gar Therapeuten, da dieser Urlaub ein hoffnungsvoller Neuanfang werden sollte.

Nicht nur weil wir dies hören, verläuft alles anders, als wir es uns vorgestellt, als wir es geplant haben. Das auf der anderen Seite ist nicht im Ansatz Spiegelbild unserer Vorhaben. Aber ändern können wir es nicht, außer wir haben den Mut an die Wand zu klopfen und ertragen die uneinschätzbaren Reaktionen, die von noch brunftigerem Gestöhne beim Akt, über einen noch lauteren Fernseher, bis deutlich hörbaren Abfälligkeiten über uns reichen können. Katharinas Miene verriet einen gewissen Frust, ja Enttäuschung, sie hatte sich mehr von meinen Schlaubergereien erhofft. Mein nächster Satz sollte daher ein Trost sein.

„Vielleicht ist alles auch viel einfacher: wir haben schlicht verlernt, miteinander zu sprechen. So wie wir beide habe ich mit Silke nie reden können."

„Oder es ist zu lange her und du kannst dich nicht mehr erinnern."

„Wie bei dir mit Gerd?"

„Könnte sein."

„Meine Mutter hat mir mal einen Spruch ins Album geschrieben: *Um zu erlangen, was du nicht weißt, geh dorthin, wo du nichts weißt*. Ich bin dort gewesen, einfach abgehauen. Eine Woche nach Barbara und zwei nachdem Silke fort war und ich auf all meine Fragen von niemandem eine Antwort erhalten habe. In meinem Schrank lag eine Landkarte. Ich habe sie aufgeklappt, bin mit meinem Finger über sie gekreist und hab einfach draufgetippt und Møn getroffen, ist eine kleine dänische Insel. Da bin ich mit Auto und Fähre hin. Ohne Reiseführer, ohne Wissen, und habe nichts anderes mitgebracht als Erinnerungen, bunte Fotos, eine Handvoll Prospekte, ein Glas voller Kreidesand, einen weißen Stein mit einem Loch, ein Stück Holz, das wie eine Echse aussieht, eine Tüte Tee und zwei, drei Zuckertütchen. Zeug, das jetzt herumsteht und herumliegt. Aber die Gedanken von damals, als ich auf eine der Dünen

saß und in meinem Kopf nach etwas Greifbarem fahndete, sind ausnahmslos vergessen. Obwohl die Bilder dieser Landschaften im Kopf geblieben sind. Keine Ahnung, warum ich mich nicht an mehr erinnere. – Als ich zurückkam, habe ich dann gedacht, allein zu bleiben wäre besser. Würde alles einfacher machen. Schließt ja auch nicht unbedingt aus, mit jemanden mal was zu unternehmen. Hauptsache, es macht dann beiden Spaß und keiner sieht eine Verpflichtung in dem, was vielleicht noch passiert, weil man sich sympathisch oder so war. – Und danach?"
In meinem Kopf stauten sich die Gedanken. Knäulten sich zusammen und fielen wieder auseinander. So eine Art gordischer Knoten. Das Paket beinhaltete schwerwiegende Fragen. Fragen, die man sich im Fall von Liebe allesamt nicht stellen sollte. Sie und der Sinn des Lebens passen in meinen Augen nicht zusammen. Selbstverständlich sollte man die Liebe ernst nehmen, aber der Ernst des Lebens ist sie nicht. Zu oft wird sie für falsch befunden und ausgewechselt. Bei vielen ist Liebe sozusagen auf der Strecke geblieben. Vielleicht liebten sie, ohne zu wissen, dass es Liebe war. Der Liebe geht es manchmal wie Flüchtlingen, die verwahrlost eine neue Heimat suchen, aber obwohl in Freiheit, verlottert bei vielen der Zustand noch mehr, da die Freiheit auch nahezu jede Ordnung außer Kraft setzt. Hat man deshalb in diesen Jahren den ganzen Ernst des Lebens verwirkt?

Doch auf welche Liebe wartet man? Es gibt doch nur die paar wenigen Menschen, die uns im alltäglichen Leben umgeben, die wir in diesem kennenlernen. Lassen wir es ein, zwei Dutzend sein, wenn es besonders viele wären. Oft genug sind es *nur* zwei oder drei. Angefangen im Kindergarten, dann in der Schule oder später während Ausbildung und Beruf und, ja, auch in einem

Urlaub. Die meisten wohnen Tür an Tür, Haus an Haus, im gleichen Dorf, ein, zwei Straßen auseinander, einige kehren mit dunkelhäutigen oder asiatischen – Lästermäuler behaupten importierten – Frauen zurück. Als wenn man ein solches Glück importieren könnte. Doch jeder von ihnen träumt von einem Partner fürs Leben. Hofft auf das dauernde Glück. Viele haben lang gesucht. Aber die meisten von uns haben sie am Ende doch in der Nachbarschaft gefunden. Unabhängig von Herkünften.

Ich kenne einen, der hat seine spätere Frau in einem Einkaufszentrum auf der Toilette kennengelernt. Er war neugierig, weil eine solche Frau in seinen Klischees hier nichts zu suchen hatte. Denn sie machte dort sauber und erzählte ihm, während er sich die Hände wusch, warum. So merkte er sich die Uhrzeit und kam wieder. Mal war sie da, mal nicht. Aber das Happy End ist klar. – Und einen anderen, der regelmäßig die Mülltonnen seiner zwei Jahre danach Angetrauten leerte. Da war sie es, die jeden Mittwoch, wenn sie den Laster sah, nach unten ging und neben der Tonne auf ihn wartete. In beiden Fällen nicht unbedingt die angeblich klassische Situation. Ist das deshalb Schicksal? Ist das Glück? Hat das was mit dem Ernst des Lebens zu tun? Nein! Die Vier haben ihr Schicksal und Glück selbst in die Hand genommen und Liebe daraus entstehen lassen. Katharina hätte also recht: sich gut verstehen wäre eine Voraussetzung.

Aber was lässt einen sicher sein, dass der eine passt und der andere nicht? Dass es mit der einen klappt und der anderen nicht? Warum lächelt man häufig genug in sich hinein, wenn man Jahre später genau diejenige wiedersieht, die man einst umschwärmt und angebaggert hat und genau ab diesem Augenblick froh darüber ist, dass alles so geworden ist, wie es wurde? Nämlich nichts daraus. Und das nur, weil man sie gesehen hat?

Wenn man verliebt ist, war der andere schon immer, das heißt, schon vorher da. Man hat ihn nicht gesucht, sondern ist ihm häufig zuvor oft begegnet. Und hat man ihn endlich getroffen, ist die Liebe schon da, also dieses Gefühl, weil bereits ab der ersten Begegnung eine Hoffnung mitschwang.

Liebe kann man aber auch nicht einfach ausprobieren, außer man reduziert sie auf das Körperliche. Das ist in manchen Augenblicken legitim. Es sollte nur beiden Seiten klar sein. Beiden! Doch wird später daraus ein unbeholfenes Zögern und Zweifeln, ohne es kundzutun, sondern nur mit Ausreden bestückt, bleibt man – und das verdammt schnell – allein. Ständig mit dem quälenden Gedanken im Hirn, dass just in diesem Augenblick, irgendwo am anderen Ende der Welt, womöglich exakt der Mensch geboren wurde, der mich und – viel wichtiger – den *ich* lieben könnte. Logischerweise auch nur dann, wenn ich seine Koordinaten kenne, und ich etwaige Schwierigkeiten, wie Hin- und Zurückkommen oder einen beträchtlichen Altersunterschied – immerhin ist derjenige ja gerade erst auf die Welt gekommen und ich möglicherweise schon im Rentenalter – missachten könnte.

Da oben, an diesem sandigen Kap auf Møn, habe ich auf jeden Fall keine Antwort gefunden, also würde ich auch hier keine finden. Das war das Wissen, die Erkenntnis, die ich bei dieser Reise auf eine entlegene Insel gewonnen hatte. Aber es fehlt mehr, denn eine zeitweilige Zweisamkeit macht häufig noch hungriger. Nur das *Auf was* wäre dann noch zu klären. Auf den Menschen, das Nicht-mehr-Alleinsein, das Gefühl, die Liebe, den Körper, die mögliche Erfüllung? All das ging mir durch den Kopf, all das beschäftigte mich. Ich hätte es Katharina sagen können, aber es wurde nur ein:

„Jetzt weiß ich wenigstens, dass wir uns immer was vormachen und selbst bescheißen."

## Search function

Da konnte mir auch ein Blick in prähistorische Vergangenheiten nicht helfen. Ein Blick in die Wochen mit Yasmin. Wohlgemerkt Yasmin und nicht Jasmin; was für ein Name für eine junge Frau, die bei schnellem Hinsehen nicht einem der überkommenen Vorstellungen hierzu entsprach. Denn sie war nicht die orientalische Schönheit, die man sich beim Klang dieses Namens vielleicht nun ausdenken mag, sondern, so vermutete ich anfangs auch fälschlicherweise, eher ein von Frustbonbons und Schokoladen gefülltes Mädchen, dünnhaarig, korpulent und stramm. Allerdings ein Fall für den Katalog von der Popken. Als Model. Denn ihr Gesicht war äußerst hübsch und wurde von zwei ständig leuchtenden Augen bestimmt, in die ich mich vom ersten Moment an verlor. Somit war der Rest eher unbedeutend für mich. Dadurch ähnelte sie, jetzt im Nachhinein betrachtet, eigentlich noch am ehesten Katharina, beziehungsweise Katharina ihr. Zumal beide eine vielleicht stärkere, aber durchaus gut proportionierte Figur besaßen und besitzen.

Henning, mein damals bester, jetzt fast in Vergessenheit geratener und gleichzeitig seit frühesten Kindheitstagen Yasmins nachbarlicher Freund, was ich allerdings erst spät, sehr spät erfahren habe, sie beide und ich machten seinerzeit für eine knappe Woche einen Ausflug ins bayrische Outback. Dort hatten wir nach stundenlangem und feuchtfröhlichem Durchsuchen von Kleinanzeigen die letzten und einzigen Einzelzimmer einer Pension in der Nähe eines typisch riechenden

Bauernhofs ergattert, die zumindest in diesem Jahr gewiss noch nicht vermietet worden waren, was mich nicht wunderte, erstens weil sie trotz Lüften muffig blieben und zweitens schaute Yasmin auf eine vielbefahrene Eisenbahnstrecke, ich auf die Holzwand der Scheune – fünfzig Zentimeter vom Fenster entfernt – und Henning in den frisch aufgehäuften und daher entsprechend duftenden Misthaufen des Bauernhofs neben uns. Ideale Kulisse für einen Heimatfilm, Geruch inklusive. Beschwerden waren unmöglich, ländliche Idylle war gesucht.

Jeder der folgenden Tage ähnelte eher einem unorganisierten Hin und Her als einem durchdachten Wanderurlaub. Wir trotteten ziellos in der Landschaft umher, auf der Suche nach dem Stück Heimat mit Aussicht, das in dem Text der Anzeige versprochen worden war, um dann doch nachmittags bei einem Wiesenwirt ein Bier zu trinken, das an den Ursprung der Reise erinnerte, die sich nämlich bei einem zufällig gemeinsamem Bier ergeben hatte:

„Hat jemand von euch Lust in vierzehn Tagen mit mir für 'ne Woche oder so an den Chiemsee zu fahren?", fragte nämlich Henning einige Tage vor der Reise etwas angesäuselt und hatte es sicher nicht besonders ernst gemeint. Aber weil nur Yasmin und ich angesprochen sein konnten, echoten wir fast in Stereo:

„Das lässt sich wohl organisieren."
Von uns gewiss genauso wenig ernst gemeint. Doch Henning schaute mich und besonders Yasmin mit schmalen Augen an und meinte mit einem Mal ganz nüchtern:

„Also lasst uns in die Planung einsteigen."
Somit schwammen wir nach der erfolgreichen Sichtung von Katalogen und Kleinanzeigen vierzehn Tage später im Chiemsee, erklommen statt zu Fuß mit der Seilbahn

den Hochfelln, liefen mindestens zwei Kilometer auf dem kleinen Plateau des Ruhesteins herum, hockten bei Petting in einer Wiese neben einer Feuerstelle und wärmten Dosen voller Ravioli in ihr auf. Lachten Tränen über den Namen des Ortes und machten entsprechende Witze, während mich der Ortsname und die Ansicht von Yasmin die ganze Zeit fantasieren ließ. Gerade so, als sei ich über das für den Ortsnamen üblicherweise handelnde Alter noch nicht hinaus.

Abends futterten wir, bevor wir wieder in unsere Zimmer auseinanderstrebten, in einer einfachen Pizzeria im Ort immer die gleiche Pizza. A la Diavolo. Im Biergarten mit Strandurlaub und Campingflairfeeling, das heißt Klapptische mit Plastikstühlen drumrum. Schauten zu der seit Jahrmillionen pennenden *Jungfrau* hinauf und erzählten ansonsten von Belanglosigkeiten. Bei allen Unternehmungen ertappte ich mich dabei, immer häufiger hinter Yasmin herzulaufen, nur weil ich ihren Po, der wie ihre Figur obgleich üppig nichts Voluminöses an sich hatte, quasi als Ansporn für die langen Wege begucken wollte.

Yasmin betrachtete uns dafür bei jeder Gelegenheit wohldosiert zu gleichen Teilen. Ihr Gesicht verlockend schön. Wir – so bildete ich mir ein – genossen diesen Blick, jeder mit dem Gefühl, in diversen Fantasien derjenige welcher zu sein. Das Selbstbewusstsein, welches sie dadurch ausstrahlte, stand ihr gut und weckte in uns Hoffnungen. Dafür bedankten Henning und ich uns im Laufe der Tage mit linkischen, meist missglückten Zärtlichkeiten: Einer Hand auf ihrer Schulter, einer in ihren Händen, wenn ein vermeintliches Hindernis lauerte, einem kurzen In-den-Arm-Nehmen aber natürlich nur, wenn der andere nicht schaute – einem tapsigen Tätscheln auf ihrem Rücken, einem Finger auf ihrer Wange oder einer Kusshand.

Zur Belohnung trug sie am dritten Tag eine kurze Hose und bewies mit ihr, die vorher scheinbar dicken Schenkel waren fest und hatten durchaus etwas Anziehendes, wenn der knappe Stoff sie so ausgezogen zeigte. Am vierten Tag scheute sie sich nicht, sich am Ufer des Sees bis auf ihren knappen Slip zu entkleiden, der sie erstens dort unten wie eine zweite Haut bedeckte und zweitens deswegen die Anziehungskraft auch auf die anderen Regionen ihres Körpers ausweitete. Insbesondere weil ihre Brüste alles andere als riesig oder gar schwabbelig waren, sondern unvermutet fest und klein, als ganz anders al ihre weite Bluse mich hatte glauben lassen. Ich konnte sekundenlang nirgendwo anders hinsehen und musste ständig an zwei helle Milchbrötchen denken, rund und fest, mit jeweils einer dunklen Krume darauf.

Als sei damit eine stille Abmachung getroffen worden, blieben wir und warteten bis es dunkel wurde. Leerten bis dahin ein mitgebrachtes Sixpack warmes Bayernbier, sagten einem Schwarm Mücken und Fliegen den Kampf an, den wir nur teilweise gewinnen konnten, lauschten dem Klatschen der Wellen und Gequake der Enten, ein paar Fröschen, die sich darüber mokierten, dass wir ihr Refugium beanspruchten und unseren leisen Wünschen, die sich womöglich bei jedem von uns lauthals in den Köpfen breit machten, weil wir – beide – natürlich auf nichts anderes starrten als ihre Brüste, den gar nicht dicken Bauch, den dunklen Schatten unter dem Stoff ihres Höschens. Über irgendwas Persönliches zu sprechen traute sich keiner. Dafür über uns ein kreischendes und übermütig kurvendes Quartett Schwalben, das zum Gegenangriff aufrief und nach knapp einer Minute über zwanzig Gleichgesinnte zusammengetrommelt hatte, um zumindest den Bremsen den Garaus zu machen.

Yasmin hatte sich auf den Bauch gelegt, immer noch nur mit dem Slip bekleidet, und ich war deshalb so lange hin und her gerutscht, bis ihr schöner runder Po aus meiner Perspektive zu einem herrlich kugeligen Vorgebirge für die Alpen wurde. Ich schielte unablässig hinüber und war versucht, mit einem Finger in der Falte zwischen ihrem Po und den Schenkeln entlangzufahren. Doch bildete ich mir ein, von Henning mit Argusaugen beobachtet zu werden.

Alsdann, keine zwei Stunden später, ähnelte der See einem glänzenden Spiegel, in dem sich weiter hinten ein paar Lichter von Dörfern, Wirtschaften oder Biergärten spiegelten. Darüber ein klarer und rabenschwarzer Himmel. Voller Sternbilder, von denen ich nur wenige kannte. Gerade als sich meine Gedanken anschickten, einen Wunsch zu formulieren, der mit meinen Fingern und Yasmin zu tun hatte, mit einem Gefühl, das in einem keimt und dem man sich ohne zu zögern hingeben würde, schoss eine Sternschnuppe durch den Großen Wagen.

„Habt ihr sie auch gesehen?", wollte Yasmin prompt wissen und ließ sich auf den Rücken rollen, nun aber züchtig das Handtuch um sich geschlungen.

„Klar!", intonierten wir zusammen.

„Und?", hakte sie nach.

„Kann ich dir nicht sagen. Feind hört mit!", gluckste Henning.

„Blödmann!", die Entrüstung in ihrer Stimme war nicht gespielt, dann zu mir:

„Und Du?"

„Ich dachte, man darf die Wünsche nicht verraten, sonst gehen sie doch nicht in Erfüllung", antwortete ich lächelnd. Ihre Augen glänzten, aber der Blick war neutral. Ich glaubte, bemüht. Meiner war hoffentlich eindeutig genug. Jedenfalls kam von ihr kein Einspruch, sondern nach drei Sekunden schaute sie wieder in den Himmel und später die obligatorische Pizza an.

In der folgenden Nacht Kühle an meinen nackten Beinen und ein sachter Hauch an meinem Ohr. Das Fenster hatte ich doch geschlossen, und eigentlich war es Sommer, überlegte ich noch im Dämmer und suchte die Decke, die ich nicht hatte, um sie mir über die Ohren zu ziehen, und spürte dennoch etwas Warmes über meine Seite streichen. Ich brauchte eine Handvoll Sekunden, um alles einzuordnen. Dann tröpfelte es in die Reste meines dazu passenden wilden Traums.

„Mich friert's", sagte nun der warme Hauch an meinem Ohr und presste sich noch dichter an mich. Umarmte mich von hinten und schob eine tatsächlich eiskalte Hand unter mein Shirt.

„Bleib einfach so liegen!", sagte der warme Hauch, den ich endlich Yasmin zuordnen konnte und der ich mich zuwenden wollte.

„Ich geh wieder, wenn mir wärmer ist", drohte sie mir mit ihrer sehr nahen Stimme, und ich spürte, wie mir deswegen immer heißer wurde. Spürte, dass sie wesentlich weniger anhatte als ich und spürte, wie es ihr, für das angedrohte Vorhaben, da mein Körper wie eine Heizung im Winter schnell die Betriebstemperatur erreichte, leider viel zu schnell warm werden würde. Aber ich blieb *so liegen*, auf der rechten Seite, das Gesicht fast in die Wand gequetscht, trotz einer gewissen Atemnot, allein schon deswegen, weil mein Körper und meine Vorstellungen die gesamten männlichen Register zogen und ich mich dummerweise zu schämen begann.

Nach einer halben Stunde hatte mich ihr weicher Körper umrankt, wie Efeu eine Mauer oder Wicken einen Zaun. Wie ein Oktopus seine Beute, nur von der falschen Seite. Trotzdem, ich blieb bewegungslos. Ihren

Wunsch So-liegen-zu-bleiben wollte ich gehorsam erfüllen. In der Hoffnung, eine nächste, viel befriedigendere Aufforderung doch noch befolgen zu dürfen, weil die Sternschnuppe mitsamt meinem Wunsch gleich durchs Dach knallen, dann hier im Zimmer landen und uns mit verführerisch glitzerndem Wunschstaub überziehen würde. Ich wartete, aber nach einigen Minuten waren wir wohl beide stattdessen eingeschlafen. Ihr Schoß an meinem Po. Ihr Bauch an meinem Rücken. Ihre Arme und Beine um mich herumgeschlungen. Immerhin war es ihr wohl nicht warm genug geworden, um mich wieder allein zu lassen.

Beim Frühstück hypnotisierte ich meinen Teller, in der Gewissheit, dass Yasmin das Gleiche mit mir tat und stocherte dabei auf dem Porzellan herum. Suchte auf ihm Butter-, Wurst- und Obststückchen und fand stattdessen unerwartete Gefühle in mir. Hätte ich aufgeschaut, hätte mein Gesicht rot wie ein Bremslicht ausgesehen. Also ließ ich es unten, auf die immer noch leere Scheibe Brot vor mir geheftet. Während Henning ohne Unterlass versuchte, diesen Tag zu planen und mich nicht zu großartigem Weiterdenken kommen ließ.

„Salzburg ist nicht weit weg. Ruhpolding oder der Königssee auch nicht. Der Wildalpsee auf der anderen Seite der Grenze soll auch schön sein. Da lohnt es sich in den Bergen zu wandern. Wir könnten sogar nach Kufstein, geht flott über die Autobahn." Und schon fing er an zu singen: *„Umrahmt von Bergen so lieblich ..."*

„Dann lass uns nach Salzburg fahren, auf die Burg", unterbrach ihn Yasmin – und ich – die Brotscheibe vor mir schwebte trotz aller Anstrengungen immer noch nicht – nickte. Wäre Henning nicht da gewesen, hätte ich hunderttausend andere Vorschläge gehabt und das Bremslicht in meinem Gesicht ausgeschaltet.

Also Salzburg. Eine Stunde später. Henning und sie

lachten, tratschten, rissen Witze und schäkerten miteinander vorne im Auto. Seine rechte Hand tätschelte mindestens zehn Mal Yasmins Oberschenkel. Am Knie. In der Mitte. Außen und sogar innen. Ihr Rock verrutschte. Sie ließ es geschehen. Sie kannten sich ja seit Jahren. Sandkasten, Kindergarten, Schule. Ich hatte folglich keine Chance, die vorher gefundenen Gefühle tauten wie Schneeflocken, die es ohnehin im Sommer nicht gab. Sternschnuppe hin oder her. Erst recht die gestrige Nacht. Alles Traum oder gar Einbildung.

„Und heute Abend schmeiß ich mich noch in den See", nahm Henning sich vor und spielte damit womöglich auf den Sternschnuppen-Abend an und den unausgesprochenen Wunsch, den er gehabt hatte. Herausfordernd schaute er zu Yasmin, und seine Hand landete wieder auf ihrem Schenkel. Nun auf dem vom Rock entblößten Teil. Er sah hin, verschob den Saum einen weiteren Zentimeter. Fehlinterpretationen unmöglich.

„Haste überhaupt Sachen dabei?", fragte Yasmin. Ihr Ton nicht minder herausfordernd. Erst dann hob sie seine Hand langsam weg und beförderte sie zurück ans Lenkrad.

„Brauch ich die?"

„Was sollen die Fische von dir denken?"

„Der kann aber gut schwimmen."

Eifersüchtig und stumm geworden, sah und hörte ich zu, schaute von dem Geschwätz und seiner zuvor unverschämten Hand genervt aus dem Autofenster und überlegte, ob Yasmin bei Henning weicher werden könnte als bei mir an meinem Rücken oder es längst geworden ist und es sich jetzt nur nicht getraut hatte. Ich taugte ja wohl bloß zum Wärmeaustauscher. Rechts in der Ferne ein paar scheue Gipfel, unsicher, ob sie schon Alpen genug waren oder nur Berge. Davor reckten sich ab und zu ein paar Türme mit Zwiebelspitzen.

Komisch wirkend.

Zusammen hakten wir dann die Sehenswürdigkeiten ab. Nahezu im Viertelstundentakt. Nach Manier japanischer Reisegruppen. Residenz, Dom, Kapuzinerkloster, Sankt Peter, den Petersfriedhof mit den Katakomben, Fischer von Erlachs Hochaltar, die Felsenreitschule, Pferdeschwemme, das Barockschloss Mirabell, Mozarts Geburtshaus und natürlich die Hohensalzburg. Der Reiseführer erklärte alles. Aber mir fehlten nach wie vor die Worte. Wusste nicht, was ich nach ihren Unterhaltungen während der ganzen Fahrt und dieser Nacht mit ihr an meinem Rücken zum Besten geben könnte. Nach einer Nacht, die eigentlich nur wie ein harmloser Traum verlaufen war. Hatte ich sie mir am Ende tatsächlich sogar nur eingebildet? Mit den Fantasien, die ich vom Hinterherlaufen bekommen hatte? So guckte ich blöde durch den Sucher der Kamera und versuchte, so zufällig wie möglich Yasmin alleine abzulichten. Natürlich wenn ihr Po, nur von dem kurzen Rock bedeckt, besonders gut sichtbar war.

Auf der Dachterrasse des Café Stein tranken wir Kaffee mit Schlagobers und schauten zur Stadt hinüber und hinunter. Wir Kerle durften an der Brüstung sitzen. Denn ihr wurde leicht schwindelig. Plötzlich, Henning war von irgendeinem Geschehen unter uns fasziniert, vielleicht sah er gerade die gelandete Sternschnuppe in Form einer Nacktbadenden in der Saalach, schlüpfte verdeckt von der Tischplatte, ein nackter Fuß unter ein Hosenbein von mir. Yasmin schaute prüfend zu Henning und dann mich mit einem Mal ganz anders lächelnd aus ihren großen Augen an. Von ihren Lippen leckte sie sich mit ihrer Zungenspitze ein rotglänzendes Stück Kirschschnitte. Ein Versprechen ohne Worte, das mich ein dummes Gesicht machen ließ. Ein Tauen, das mich warm werden ließ. Derweil ihr Fuß das Hosenbein nicht mehr weiter hinaufschieben konnte. Und ich die Tischplatte verfluchte, weil sie den Blick auf den sicherlich verrutschten Rock und damit auf ihre Schenkel verwehrte.

„Salzburg ist echt schön!", sagte sie. Ihre Augen nun noch größer, dunkler und verführerischer auf mich gerichtet.

„Was?", Henning hatte sich kurz zu uns gedreht und blickte sogleich wieder in die Tiefe. Demnach musste dort unten doch eine viel anziehendere Ungehörigkeit stattfinden.

„Nichts!", Yasmins Antwort.
Sie rückte mit ihrem Stuhl etwas vor, lehnte sich in ihm rutschend nach hinten, präsentierte ein Stück ihres dadurch freigelegten Bauchs, den ich nun statt Salzburgs Schönheiten anstarrte, und ihre von den Sandalen befreiten Zehen fahndeten währenddessen eine Sekunde an der Innenseite meiner Oberschenkel entlang. Bis knapp davor. Ihr Fuß oder Bein war nur ein, zwei Zentimeter zu kurz und ich viel zu feige, ihr entgegenzurücken. Ich wurde knallrot und tat, was gut erzogene Jungs stattdessen in so einem Fall tun – ich hüstelte.

Auf dem Weg zur Pension machten wir Hennings Wunsch-Stopp am See. Er hatte dort am Vortag eine Art Privatzugang nach seinen Vorstellungen gefunden. Von einem Atoll aus Schilfrohren geschützt, kühlten wir uns im Wasser ab. Ein einsames Teichhuhn nahm mit einem kleinen Fisch im Schnabel vor dermaßen viel Sportlichkeit Reißaus. So im Schlick stehend, erinnerte mich der See hier eher an einen Tümpel und dieses Bild mit uns an eine kurze Szene aus dem Film *Die Heiden von Kummerow*, in der die Jungs nackt in einem Bach „getauft" wurden. Im Gegensatz zu denen, ich jedoch sittsam in einer dunkelblauen Unterhose, Yasmin allerdings schon weniger tugendhaft wieder nur in einem dünnen weißen sogenannten Panty und ohne BH und Henning sogar gänzlich nackt. So hatte er es sich wohl von Anfang an gedacht. Denn seine Augen waren ohne Unterlass mit dem Erforschen von Yasmins Körper befasst, der aber auch durch die figurformende Unterwäsche alles bot, was verführerisch war. Von deutlich sichtbaren Knöpfchen bis zum durchscheinenden Stoff, unter dem die Härchen zu zählen waren. Auch im Wasser tollte er ständig in ihrer Nähe herum. Ich war nur der Störenfried und zog mich daher zurück und machte Naturstudien am Uferrand.

Die Darbietung seines, im Gegensatz zu meinem, durchtrainierten Körpers und einer trotz der Kühle des Wassers leicht aufquellenden Männlichkeit, kurz bevor wir uns wieder nebeneinander ins Gras legten, reichte jedoch nicht. Denn kaum zurückgekehrt, stand Yasmin gleich wieder auf, missachtete ihn und schwamm Augenblicke später durch eine schmale Lücke in den See hinaus.

Dort drehte sie sich auf den Rücken und ließ sich mit nach hinten ausgestreckten Armen treiben. Wie einst die Klassenkameradinnen in der 7. oder 8. Klasse im Freibad, als sie uns Jungs während heißer Sommertage auf diese Art ihre neuen, schnell sprießenden Brüste unter ihren noch neueren Bikinis vorführten und wir am Beckenrand versuchten, mit derart überhitzten Gedanken und auf dem Bauch liegend, unsere Wahl aus all den Birgits, Monikas und Astrids zu treffen. Während lediglich Dagmar, die schon damals nicht mehr wie ein kleines Mädchen aussah, die trotz allem Unscheinbare, mit der etwas krummen Nase, den schmalen Lippen und den grünen Augen, in einem unsäglichen Badeanzug chancenlos ihre Bahnen zog. Der ich dennoch hinterherguckte, weil ich keine halbe Stunde zuvor durch ein Loch der Umkleidekabine ihr beim Aus- und Anziehen zuschaute und dabei meine ersten anatomischen Erkundungen in natura machte und der Badeanzug sich aufgrund dieser für mich nach und nach in Luft auflöste. Der kleine runde Ausschnitt in der Trennwand reichte für schnell schwellende Auswirkungen an mir, da ihr Po und dessen gegenüberliegende Seite für mein damaliges Alter in jeder Hinsicht bewegend genug waren. Erst dachte ich, einer Frau zugeschaut zu haben, da ihr schwarzer, vollkommen dichter Busch gar nicht den Beschreibungen der anderen Jungs entsprach, *Die Astrid sieht da unten immer noch aus wie meine Oma unter der Achsel!* oder *Da hab ich ja mehr!* oder *Selbst meine Tante hat mehr Haare auf den Zähnen, als Birgit zwischen den großen Zehen!*, ich habe mich nie gefragt, woher sie es wussten, doch dann erkannte ich Dagmar an ihrem Badeanzug wieder, den sie wunderbar langsam angezogen hatte.

Indes blieb das Ergebnis unserer Wahl ohne weitere Annäherungsversuche unverkündet. Auch den anderen war es nach einigen Minuten nämlich nicht möglich aufzustehen, weil während des langen Betrachtens auch für sie die Bestandteile der Bikinis immer kleiner, aber dafür ganz spezielle eigene ihrer Körper auf den glühenden Bodenfliesen immer größer wurden und wir alle dadurch nicht vorzeigbar waren. Nur Stefan ließ sich mit einem seltsam wirkenden Robben ins Wasser gleiten. Doch auf dem Weg zu Birgit, Monika und Astrid gab er dann doch lieber auf und lehnte sich mit seinem Bauch an den Beckenrand.

Ohnehin wurden wir nur untereinander zu Männern. Auf dem Pausenhof, in der Turnhalle oder in den Großraumduschen der Schwimmbäder. Oder allein daheim. Unter der Decke. Atemlos erstaunt mit einer Packung Taschentücher neben dem Bett. Danach wagten wir uns stundenlang nicht unter die Augen der Eltern, sondern machten für sie überraschend – Hausaufgaben.

Die unflätigen Gespräche, vor allem über das andere Geschlecht, trauten wir uns lediglich unter Ausschluss der Mädels zu führen, und als das überschäumende Alter es von uns verlangte, uns in den sogenannten Mannschaftskabinen der Sporthalle blöde kichernd und grölend und lästernd, beziehungsweise, wenn der vermeintliche Konkurrent schon fast nackt war, einander buchstäblich handgreiflich zu messen. Wer nicht mitmachte war entweder prüde, mit zwei Kilo Minderwertigkeitskomplexen gesegnet oder wurde von uns als Zeuge Jehovas oder sonst was beschimpft. Waren aber Birgit, Monika und Astrid dabei, waren wir kleine, dennoch großspurige Jungs, die höchstens Achtjährigen glichen. Nur eine stille, in diesen Fällen wortlose Neugier ließ uns zu ihnen hinüberschielen wie im Freibad. Absolut stumm.

Zwei Monate später verlief die Suche nach ersten Erfahrungen auf diesem Gebiet schon anders. Laut prustend kam ich aus dem frisch gefüllten und daher ziemlich kalten Sprungbecken an unseren Platz zurück. Gerade hatte ich allen Mut zusammengenommen und mich vom Turm hinuntergestürzt. Wie ich glaubte nicht besonders sehenswert, deshalb wollte ich so schnell wie möglich raus aus dem Wasser. Die anderen blieben noch oben auf dem Zehnmeterbrett und machten ihre Faxen. Den Girls musste ja was geboten werden. Ich hingegen fühlte mich, was das betraf, unfähig, schlotterte und umarmte reibend meinen Brustkasten. An unserem Platz angekommen, lag nur Dagmar auf dem großen Tuch und lächelte mir entgegen. Überrascht von ihrem Blick versuchte ich auch ein Lächeln, allerdings mit gefühlt blauen Lippen und gequält, und musterte sie dabei. Wochenlang war sie die Unberührbare gewesen und nun, allein schon durch ihren Blick jetzt und meinen vor zwei Wochen durch die Trennwand, ein Objekt meiner werdenden jugendlichen Begierde.

Sie hatte sich wohl von einem der Mädchen einen Bikini ausgeliehen. Nicht gerade der letzte Schrei. In einem komischen Grün und eine Nummer zu groß. Dafür mit viel mehr nackter Haut als Wochen zuvor, auch weil beide Teile dauernd verrutschten. Ich hoffte absichtlich und schaute auf eine noch nie nackt gesehene Stelle unterhalb des ebenfalls verrutschten BHs. Als sie meinen Blick sah, änderte sie nichts, sondern beugte sich, die Stelle noch freizügiger präsentierend, zur Seite und tauchte eine Hand in den Eimer mit den kalten Getränkeflaschen neben sich, sprang auf und keine Sekunde später auf meinen Rücken. Mit ihrem linken Arm umklammerte sie meine Schulter und hielt sich fest. Ich grunzte dummes Zeug, hüpfte herum und verschränkte die Arme hinter mir. Genau unter ihrem Po, den ich seit Tagen für den schönsten, knubbeligsten, verführerischsten und daher für heimlich unter der Bettdecke gemachte Aktionen bestens geeignet hielt. Meine Arme waren ein perfekter Sitz für sie. Der Stoff der zu großen Bikinihose war nämlich weiter verrutscht und ich spürte nicht nur dort ihre Haut. Sondern auch am Rücken ihren Bauch und unter dem Stoff die kühlen, etwas spitzen Brüste. Doch meine Konzentration war eher auf ihre Scham gerichtet, die sie fest auf eine Stelle über meinem Steißbein drückte. Meine Fantasie ging mit mir durch und sie kicherte und gluckste. Dann fragte sie:

„Frierste?"

„Jau! – Mir einen ab!"

Plötzlich rieb sie mit der rechten Hand über meinen Bauch. Diese war logischerweise eiskalt und voll mit den Würfeln aus dem Eimer. Ich hielt die Luft an und schnaufte gleich darauf wie eine verendende Lok.

„Dir einen ab?", hakte sie nach und lachte laut auf, „da unten etwa?"
Und schon plumpste ihre Hand in meine Badehose. Wieder hörte ich auf zu atmen. Während sie mit den eisigen Dingern neben meinem Ding herumklimperte.

„Was machste dann? – Ich mein, wenn er weg ist?"
Ich zuckte und zappelte und sie fummelte und knibbelte mit kalten Fingerspitzen. Ließ das Eis, oder was auch immer es war, durch ihre Finger flutschen und packte dafür meine pubertierende Männlichkeit. Die trotz der Kälte schon längst reagiert hatte. Ihr Kichern erstarb Momente später und eine Scham eroberte sie so schnell wie die Neugier zuvor. Mit einem Mal starr hockte sie auf den Armen. Verharrte für einen Moment, ließ mich dort unten los und hüpfte auf den Boden. Dabei zog sie mir fast die Hose aus. Umständlich zog ich sie wieder zurecht und versuchte dabei zu verbergen, was nicht mehr zu verbergen war. Mit großen Augen schaute sie mich und den verräterischen Stoff an und wich sichtlich erschrocken zurück. Erschrocken über sich selbst, über diese Neugier, ihren Mut, den sie in diesem Moment dafür gehabt hatte oder auch nicht. Erschrocken über das Geschehen, den Ort, an dem sich das alles abspielte und dem es herzlich egal war, dass es dafür Zeugen hätte geben können, die Wirkung ihrer Hand unter dem Stoff meiner Badeshorts, den Lauf der Welt, der genau jetzt und hier das von ihr verlangte, was sie eben getan hatte, als in ihrer Hand mein Ding für sie ins Unermessliche gewachsen war.

„Mann! Geht das immer so schnell bei dir?"
„Klar! Ich bin von der schnellen Truppe", meine absolut bescheuerte Antwort. In meinem Gesicht mehr Bremslichter als in einem guten Stau.

„Scheiße!", ihre. Sie schaute wieder auf meine Hose und hinter mich. Da hörte ich schon die Stimmen der anderen, und ich ließ mich unbeholfen auf den Bauch fallen. Wenn alles an mir wieder normal sein würde, musste ich unbedingt nochmal ins Wasser und bei ein paar Schwimmzügen den Stoff auswaschen, damit es zu Hause keine dummen Fragen gab, schoss mir noch durch den Kopf. Derweil spürte ich schon auf meinem Rücken eine Hand und Stefan meinte über mir:

„War doch gar nicht so schlecht dein Sprung."
Mehr als vier Jahre kam Dagmar mir dann nicht mehr näher als einen Meter. Vier Jahre war ihr Blick, wenn er sich zu meinem verirrte, ausdruckslos, ja, neutral. Wahrscheinlich sollte ich mich schuldig fühlen, zumindest schämen. Das war vielleicht die Anforderung oder Erwartung. Ich tat ihr nicht den Gefallen. Sondern viereinhalb Jahre später einen anderen. Aber dazu kommen wir noch.

Dass dies alles nichts mit Gefühlen und schon gar nicht mit Liebe zu tun hatte, war mir als halber Jugendlicher natürlich nicht klar. Damals kannten wir in solchen Augenblicken nur den fast berauschenden Effekt, aus der Kontrolle zu geraten. Einige Zeit später habe ich mich gefragt, über was wir damals eigentlich gesprochen haben. Ob da irgendwas dabei war, das den sogenannten sittlichen Nährwert hatte. Aber mir fiel nichts Wesentliches ein. Außer unser pubertäres Gehabe. Das andere war loses, Welt-verbessern-wollendes Geschwätz. Da können sich die schlauen Autoren in ihren Biographien erinnern so viel sie wollen. Viel war nicht dahinter, selbst wenn sie versuchen, es mit schlauen Sätzen zu erklären. Dass die Lehrer sich an diesem Geplapper beteiligt haben, beweist nun, Jahre später, nur ihre pädagogische Aufgabe, aber nicht eine eventuell vorhandene Qualität.

Jetzt war ich also mehr als doppelt so alt. Und immerhin schaltete sich etwas wie Eifersucht dazu. Ein Gefühl, das angeblich mit Liebe in Verbindung stand. So planschte da draußen nun Yasmin, fast bewegungslos und durch den Tunnel des Schilfs nahezu nur für mich sichtbar, auf dem Wasser herum. Ihr Angebot war gegenüber all den Birgits, Monikas und Astrids und trotz Dagmars geliehenem Bikini sozusagen optimiert, denn das Oberteil lag schon die ganze Zeit nur einen Meter von meinen Füßen entfernt am Ufer und ihr dünner Panty dort draußen im Wasser war so gut wie unsichtbar. Ich dachte an das kleine runde Loch und Henning richtete sich auf, schielte hinüber, verzog das Gesicht und legte ein Handtuch über seinen Schoß, in dem nun doch zu viel zu sehen gewesen wäre, als dass er ihr hätte noch einmal ungeniert folgen können. Statt umständlich wie einst Stefan an den Uferrand zu robben und dabei auch noch den Schlamm auf seinem Körper zu verteilen, meinte er:

„Seit Urzeiten schon wohnt sie neben uns im Nachbarhaus. Wir haben gemeinsam gespielt, den Kindergarten besucht und da den Sandkasten umgepflügt, den gleichen Schulbus genommen, zusammen Hausaufgaben gemacht, uns im Sommer ins Freibad gelegt und sind oft genug zur gleichen Party gegangen. Jetzt sind wir sogar seit bald einer Woche mehr oder weniger zusammen. Wie in dem Lied vom Heinz-Rudolf Kunze ist nie was passiert, aber als sie vorhin neben mir geschwommen ist und ich unter ihr durchgetaucht bin, hätte ich mich glatt vergessen können. Ich komm mir vor wie'n Siebzehnjähriger. Ist doch scheißegal, dass sie ein bisschen Speck, Bauch und feste Schenkel hat. Fühlt sich alles verdammt gut an, hab's grad unter Wasser ausprobiert. Was kümmert's mich, wenn ihr in vierzig Jahren die Falten und das Fett am Körper schlabbern.

Dann ist sie eh nicht mehr mein Ding. Aber grad eben hätte ich sie nehmen und du wegsehen sollen."

Ich schaute ihn verblüfft an. Was für ein Tonfall. Ausgerechnet von Henning. Gut. Okay. Freibad. Da waren wir ja auch zugange gewesen. Auch wenn es schon viele Jahre her war und er nie dabei sein wollte. Da hatte keiner auf das Publikum geachtet. Trotzdem, warum sollte nicht auch er hinter Frauen her sein? Aber so? Zumal er seit einer kaputt gegangenen Liebe jeden Satz dreimal wendete, quatschte er jetzt so was: *Dann ist sie eh nicht mehr mein Ding.*

Nun, vorher hatte es solche Zeiten gegeben. Da gab es einen Henning, mit dem ich am Tag der Beerdigung seines Großvaters in der Gaststätte einen Spielautomaten mit zwei Mark Einsatz knackte, während im Nebenraum der Leichenschmaus stattfand. Mit dem ich seine alte Blechkiste, einen blauen R6, reparierte und sie optisch in ein Rallyefahrzeug verwandelte. Und in der wir, noch mitten in der Nacht, weiß Gott wie viele Kilometer gen Süden fuhren, um oberhalb des Bodensees in einem Nachtcafé einen Cappuccino nach dem anderen zu trinken und dabei über das Leben philosophierten. *Da kannst du machen was du willst, aber Automaten erfüllen keine Wünsche, und selbst getunte Autos bringen uns nicht näher an sie ran. Wie soll ich nach all dem das Leben kapieren.*

Ich glaubte also, seine Frauengeschichten zu kennen, die sich ohnehin auf maximal zwei beschränkten und nichts mit Mädchen auf seinem Rücken zu tun hatten, die auf der Suche nach dem Sinn von Erregungen waren. In der ersten spielte ein junges, viel zu unschuldiges, fast schüchternes Mädel die Hauptrolle. Sie hatte keine Ahnung, wie ernst man das Leben in einer solchen Hinsicht nehmen konnte. Vor allem keine Vorstellung darüber, wie ernst Henning glaubte, ihres in Anspruch nehmen zu dürfen. Er grübelte noch, was er alles mit ihr vorhaben könnte, beziehungsweise wollte, aber bevor die Sache ernster werden konnte, war sie deshalb auch schon wieder vorbei.

So war es also die zweite, deren Verlauf und plötzliches Ende ihn ziemlich umgehauen hatte. Vom ersten bis zum letzten Tag. Und sie begann damit, dass ihn ein Hammergirl angelte, Petra. Ihr Aussehen hätte nach Spanien, Italien oder Frankreich gepasst. Alles an ihr war dunkel, die glitzernden Augen, die wilden Haare, die schimmernde Haut, der rote Lippenstift, die hypnotisierende Stimme. Und über ihre Absichten hatte sie ihn erst recht nicht im Dunkeln gelassen. Was mit seiner Sportlichkeit, Schlagfertigkeit und drolligen einstigen Sittsamkeit zu tun hatte. Wegen ihr kaufte er sich einen Kombi. Einen für damalige Verhältnisse riesigen weißen Ford Taunus, der nur ein Kriterium zu erfüllen hatte:

„... der muss groß genug sein, um Liebe in ihm machen zu können. – Sie liebt es, es draußen in der Landschaft zu tun", erklärte er augenzwinkernd und fügte bedeutungsschwanger hinzu, „die Rücksitzbank kann man umlegen ..."

Belustigt schaute ich ihn an, nur um ein paar Wochen später den Beweis dafür zu sehen. Wir waren an einem herrlichen Wochenende ins Grüne gefahren und suchten uns einen Platz, an dem wir grillen, trinken, quatschen, Indiaca spielen und notfalls übernachten konnten. Je nachdem wie Lust und Launen sich entwickeln würden. Das vierrädrige Ungetüm schluckte für ein solches Vorhaben alles ohne Mühe. Die nötige Matratze, Rucksäcke, Kartons voller Lebensmittel, einen Kasten Bier und andere Getränke in einer Kühltasche.

Die Türen standen offen und der Kassetten-Recorder schickte den Sound der 80er auf die Reise zu den Lautsprechern. Morgens, kurz vor der Dämmerung, verkrümelte ich mich mit zwei Lumas und zwei Schlafsäcken, die man durch Reißverschlüsse zu einem machen konnte, weiteren Decken und einem Mädchen, das ich am Abend zuvor kennengelernt und in der Woche darauf schon wieder verloren hatte, in die Büsche. Hinter uns waren Türen und Heckklappe gleich darauf geschlossen. Nur die Musik, Barry White, und in diesem Moment sein *It's ecstasy when you lay down next to me*, wummerte noch leise durch das Blech nach außen, und vermutlich nur deswegen schoben wir alle vier neugierige Finger durch die Gegend.

Es war schon richtig hell und ich in den letzten Stunden trotz aller Bemühungen nicht sonderlich zum Zuge gekommen – *Gott, wenn jetzt einer von denen kommt ...*, giggelte Ute, Beate, Cordula – ihr Name fällt mir beim besten Willen nicht mehr ein –, als ich auf der Suche nach einer Flasche Wasser durch die hinteren Seitenscheiben in den Ford sah und Henning mir seinen nackten und pelzigen Hintern unter einer Decke hervorstreckte. Allzu lang konnten sie es noch nicht hinter sich gehabt haben. Wahrgenommen oder Entsprechendes gehört hatte ich zwar nichts, aber Petra lag breitbeinig unter der Decke und hielt mit geschlossenen Augen leise lächelnd ein verräterisches Taschentuch in Händen. Neidisch betrachtete ich für eine Sekunde ihren Körper, der sich gut sichtbar unter der dünnen Decke abzeichnete und kehrte ohne Flasche zu meinem Platz zurück, um einen neuen Versuch zu starten. Doch mehr als den Reißverschluss ihres Schlafsacks und anschließend den ihrer Jeans durfte ich nicht öffnen. Meine Hand ließ ich daher bewegungslos zwischen ihren Schenkeln liegen. Ihr schien es recht zu sein.

Genau ein Jahr später erlebte Henning dann allerdings das Debakel einer Trennung live, damit in 3D und mit allem Drum und Dran. Bei der Geburtstagsparty eines Bekannten. In den zwölf Monaten zuvor musste er, ähnlich und doch anders als ich Jahre später, etwas übersehen, etwas missverstanden haben. In den zwölf Monaten zuvor musste bei ihm etwas gehörig falsch gelaufen sein, etwas, was können, dürfen, sollen zu sehr durcheinandergebracht hatte. Innerhalb einer Stunde gehörten er, die vielversprechenden Wochenenden und sein Ford Taunus zum Alteisen. Wenn vorher so etwas wie Liebe im Spiel war, so hatte sich ihr eigentlicher Effekt umorientiert. Petra hatte Ersatz gefunden. Vor seinen Augen. Mit voller Wucht. Mit aller Frechheit. Egal, ob Alkohol einem dabei das Leben leichter macht. In einem solchen Moment sollten Hände nicht den Freund zum Zeugen haben, wenn sie fremdes Gebiet erobern. Henning und ich haben nie darüber gesprochen. Nicht an diesem Abend. Nicht am nächsten Tag. Nie.

„Sei ruhig! Damit hast du nichts zu tun! Kümmer dich um deinen Kram."
Danach veränderte er sich. Wurde still, schweigsam und in sich gekehrt. Ich dachte, nun würde er ein Fall für den Psychiater oder Priester werden, Ministrant war er schon. Seit Jahren.

Und jetzt so ein Spruch. Nicht mal in Zeiten des Fords war so einer zu hören gewesen. Weil im Grunde genommen nie etwas Emotionales von ihm zu hören war. Ich unterließ einen Kommentar ähnlich Yasmins im Auto, er schielte auf die Beule unter seinem Handtuch und kommentierte diese mit einem leisen Fluch:

„Wir Kerle sind in solchen Situationen einfach nicht öffentlichkeitstauglich", damit stand er auf.
Abgewendet von mir zog er sich wieder an. Dann saß

Henning in seinen Kleidern, als Yasmin mit ihrer provozierend feuchten Unterwäsche und tropfenden Brüsten aus dem Wasser stieg, ganz keusch wirkend in der Wiese. Frech gönnte sie uns ihren Anblick, das Schauspiel, das kälter werdende Brustspitzen veranstalten, das ein Slip hinterließ, wenn die letzten Luftbläschen zwischen Stoff und Härchen verschwinden, und das fliegende Haare mit fortgeschleuderten Wassertröpfchen im letzten Sonnenlicht kreieren.

Jede dieser Bewegungen machte sie nicht zum ersten Mal. Sie schien das Wasser und das Wasser schien sie zu lieben, so innig glitt und perlte es an ihrem Körper herunter. Und sie wusste das. Es war dabei auch mir wirklich vollkommen schnurz, dass ihre Figur genau genommen nicht den in Illustrierten verkündeten Schönheitsidealen entsprach. Im Gegenteil, jeder Millimeter lockte mit einer üppigen und lasziven Weiblichkeit. Unverfälscht. Und daher mit der ehrlichsten überhaupt. Alles andere war Twiggy. Alles andere war *Lass-mich-in-Ruh!* Alles andere war Rappeln in der Holzkiste. In diesem Moment änderten sich meine Vorstellungen über bestimmte Reize. Denn ein Michelin-Männchen, wie auch Henning es von ihr behauptete, war sie für mich deshalb immer noch nicht.

Nach allem, was Henning gesagt und die letzte Nacht nicht gebracht hatte, nach allem, wie er sich gegenüber ihr benommen hatte, war ich zwar in gewisser Weise erregt, aber trotz ihrer großzügig gezeigten nackten Haut zu wenig berauscht. Henning schien ihr gegenüber trotz markiger Art im Vorteil zu sein. Seine bescheuerten Bemerkungen hatte sie ja nicht mitbekommen. Ich legte mich daher wieder auf mein Handtuch zurück, sicher darin, aus dem Rennen zu sein und dass an mir nichts Verfängliches zu erkennen war. Für einen Kerl mit bald dreißig hätte es sich auch nicht geziemt.

Schon gar nicht in so einem Dreier. Aber sie sah auch kein einziges Mal zu mir herüber. Oder ich bekam es nicht mit. Zwanzig Minuten später fuhren wir zu unserer Pizzeria. Die letzte Pizza Diavolo des Urlaubs wartete auf uns.

Wir aßen und tranken, erzählten und quatschten, als sei unser Urlaub frühestens in Wochen und nicht am nächsten Morgen zu Ende. Yasmin rollte Kuchenstück ähnliche Teile ihrer Pizza auf, biss unfein in sie hinein und kicherte, bis ein Tropfen der Tomatensoße an ihrem Kinn herunterlief, den sie mit dem Handrücken abwischte. Ich starrte derweil ungehörig auf ihr Dekolleté, welches in keinem Bierzelt der Welt hätte besser sein können. Dabei fiel mir ein, dass sie in den ganzen Tagen nicht ein einziges Mal Schokolade oder andere süße Dinge gefuttert hatte. Ich bildete mir sogar ein, dass sie in dieser Zeit abgenommen hatte. Kauend bedachte sie uns wieder mit gerecht verteilten Blicken. Jeder mit ihren großen, jetzt lächelnden Augen. Als wenn sie etwas ausheckte. Plötzlich:

„Was biste noch mal für'n Sternzeichen, Henning?"

„Hä? Jungfrau, weißt du doch."

„Au, das geht ja gar nicht. Löwe wär besser. Viel besser", erklärte sie, trotzdem klang es zufrieden. Sie schaute kurz zu mir und ich schöpfte Hoffnung. Löwe, damit konnte ich dienen und wurde wieder mal rot. Die Verkehrsnachrichten würden sicher einen Stau melden.

In der Nacht fand ich nicht in den Schlaf. Egal auf welche Seite ich mich drehte. Egal welchen Anfang eines Traumes ich mir auswählte. Egal wie viele Schäfchen statt Yasmins ich zählte. Spätestens alle halbe Stunde schaute ich auf die Uhr. Halb eins. Eins. Halb zwei. Zwei. Kurz vor halb drei öffnete sich die Tür. Ich stellte mich schlafend. War bei dem Geräusch mit dem Rücken etwas an die Wand gerückt und lag nun auf der linken Seite. Für alles, was folgen könnte, ihr zugewandt. Eine funzelnde Straßenlaterne illuminierte das Zimmer und gewährte mir den Anblick einer sich langsam entkleidenden Yasmin. Wohl eine Minute stand sie mit etwas Abstand neben meinem Bett und schien ihr Tun zu überdenken. Das schwache weiße Licht malte das Muster der Gardine und der Fensterläden auf ihre Haut. Umschmeichelte sie und ließ sie wie eine von Rodin geschaffene Figur erscheinen. Ein unglaubliches und nicht zu entkleidendes Kostüm für das, was geschehen und das alles viel nackter erscheinen lassen würde als in einem üblichen Licht, das häufig genug aus Dunkelheit bestand. Yasmin ist doch gar nicht so dick, wie Henning immer tut, beileibe nicht, dachte ich, erinnerte mich an den Film mit Gwyneth Paltrow und öffnete etwas mehr die Augen, um sie, ihre vollen Brüste, die molligen Seiten und ihren glitzernden Busch, der eine kleine, deutliche Anhöhe zierte, besser sehen zu können. Genau in diesem Augenblick kroch sie zu mir unter die Decke. Kalt und sehnsüchtig.

„Bleib einfach so liegen!", wiederholte sie ihren Satz der letzten Nacht, ohne sich diesmal an mich zu pressen. Sie krabbelte lediglich mit einer Hand wieder unter mein Shirt und kraulte meinen Bauch, den ich meinte einziehen zu müssen.

„Lass den Quatsch! Ich weiß, dass ich keine Kate Moss bin. Dann musst du nicht Adonis spielen!" Die Hand war mittlerweile auf meine Brust gerutscht. Ich entspannte mich und gab ein kurzes Grunzen von mir.

„Zieh das Ding doch aus", befahl sie mir, strampelte die Decke ans Fußende und zog an dem Stoff des Shirts, als ihre andere Hand unter meiner Shorts meine längst gewachsene Männlichkeit zu fassen bekam. Dabei ruckte ihr Gesicht nach vorne und ihre Lippen trafen zielgenau meine. Umständlich erwiderte ich ihren ungestümen Kuss und versuchte dabei, meine Hose auszuziehen, ohne dabei ihre Hand zu vertreiben. Doch Yasmin ließ sich weder dort unten noch von meinen Lippen vertreiben. Als ich endlich genauso nackt neben ihr lag, wanderte sie mit der anderen Hand von meiner Brust auf den Rücken, zog mich ganz dicht an sich heran und ließ mich minutenlang in Atemnot geraten. Kurz bevor ich mich nicht mehr zurückhalten konnte – ihre Hand war die ganze Zeit über ruhelos geblieben – rutschte sie mit ihrem Schenkel unter mich und ich dadurch in ihren Schoß.

Etwas zur Seite gerollt lag ich nassgeschwitzt halb auf und halb neben ihr. Mehr ließ das schmale Bett nicht zu. Aber von ihr ließ ich mich gern an die Wand pressen. Der Schweiß auf meinem Rücken hinterließ dort vermutlich einen herrlichen feuchten Fleck auf der ollen Blümchentapete, während er sich vorne mit Yasmins vereinigte und zwischen uns ins Laken floss. Ihr linkes Bein war leicht aufgestellt, ihr rechtes lag nach wie vor unter mir. Mit einer Hand erkundete ich das freie Feld. Doch eine ihrer viel zu kuscheligen Seiten hielt mich auf. Das Licht der Laterne von draußen vermischte sich mit dem des anbrechenden Morgens. Es musste also um die fünf Uhr sein. Der weiche Farbton tauchte Yasmins Haut in einen zauberhaften Schimmer. Rodin hatte posthum ein Meisterwerk geschaffen. Davon fasziniert betrachtete ich ihren Körper. Sie wusste es und hatte ihre Augen geschlossen. Genoss, so vermutete ich, meinen neugierigen Blick auf die sanfte Wölbung ihres Bauches, die wie von Buschwerk bewachsene Scham und ihre tatsächlich statuenhaft festen Brüste. Es blieb nicht ohne Wirkung. Denn von allem erregt, glitschte mein wieder bereitwilliges Glied auf ihrer Beinbeuge empor. Wie beiläufig lag ihre rechte Hand darauf und schien den Zustand zu prüfen. Meine Nacktheit machte mir nun nichts mehr aus.

„Als ich noch ein Mädchen war, haben sie mich Kartoffelstampfer genannt, weil ...", sie klopfte mit der linken Hand auf ihre Hüfte, „... seit ich zwölf war, wurde ich breiter. Überall haben sie mich gehänselt. Dem Henning war das immer egal."
Henning. Schon wieder.

„Mir auch!", warf ich deshalb beleidigt ein, „was ich seh, gefällt mir."
Sie lächelte mich kurz an.

„Ihm war auch schnuppe, was alle sagten. Er war trotzdem manchmal mittags bei uns zum Essen und ich abends bei denen. Dazwischen hat er mir in Mathe geholfen oder ich ihn Vokabeln abgefragt."
Ich lächelte gequält zurück und beugte mich runter zu ihrem Bauch. Küsste ihn und pustete anschließend in ihren Bauchnabel. Trompetenkonzert. Ihre Bauchdecke vibrierte. Sie wand und bog sich ein wenig, was ungeheuer sexy aussah und kicherte. Hauptsache sie machte Henning jetzt nicht zum Hauptdarsteller. Ich machte einen weiteren Anlauf und holte Luft, eher in Erwartung endlich einen Satz zu hören wie: *Ich könnt mich glatt an dich gewöhnen*, doch:

„Das hat Henning auch gemacht. Fand ich immer schon klasse."
Wie vom Donner gerührt blieb ich krumm und steif auf ihr liegen. Meine Zunge bremste auf der Fahrt weiter nach unten und meine Körperhaltung ähnelte dadurch einem Fragezeichen.

„Hat Henning auch gemacht?", röchelte ich von unten herauf.

„Hast du's nicht gewusst? Fast wäre was aus uns geworden. – Mein Gott, hab dich nicht so, ich bin doch

keine Nonne! Ist bald fünfzehn Jahre her. Da war ich vierzehn, fuffzehn oder sechzehn Jahre alt. Ich glaub, er wollt nur mal mit 'ner Dicken. Der hatte doch genug, die für ihn schwärmten. Du kennst doch seine letzte Flamme. War für mich also eine Ehre und hätte beinahe geklappt. Glaubst du, so eine wie ich bekommt die große Auswahl? Aber keine Sorge, ist eh nix passiert. Seine Mutter kam früher nach Hause und wäre schier noch in die Vorstellung geplatzt. Eine Sekunde später und ich wäre ganz nackig gewesen, aber so ... – Jetzt weiß ich immerhin wie Kerle es sich machen."
Super! Henning. Von dem ich einstmals dachte, er sei einer gewesen, der zur schüchternen Garde gehörte. Er wollte nur mal mit einer Dicken. Hätte ich wissen können, ja müssen. Seine Sprüche, als Petra noch aktuell war, hatte ich nur vergessen. Und jetzt am See hatte er ja auch getönt: Was kümmert's mich, wenn ihr in vierzig Jahren die Falten und das Fett am Körper schlabbern. – Ich dachte, ihn seit Jahren zu kennen, hatte ihn aber wohl falsch eingeschätzt.
Womöglich all die Jahre.

Am Morgen duschten Yasmin und ich zusammen. Der Vorhang, immer kälter als das Wasser, saugte sich an unsere Körper. Jedes Mal prusteten wir. Jedes Mal wichen wir ihm aus, indem wir uns abwechselnd und ohne Unterlass knutschend in die gekachelte Ecke stellten und gegenseitig abseiften und abduschten und abfummelten und wieder einseiften. Nach dem dritten Mal liebten wir uns. Heftig und geräuschvoll. Denn Rücken, Schenkel, Haut, Hände und Füße glitschten und quietschten laut auf den Kacheln an der Wand und dem Email der Wanne herum. Den Zimmern nebenan boten wir etwas zum Lauschen und Rotwerden. Vielleicht auch etwas zum Nachmachen. Ich grinste in mich hinein und freute mich, als Yasmin zunächst die Luft anhielt und dann eine Hand auf ihren Mund presste. Es gelang nur halbwegs. Der gute Henning war sicher nicht taub. Danach hockten wir eng nebeneinander in der Duschwanne und fabrizierten beinahe eine Überschwemmung, weil ich auf dem Abfluss saß. Über uns der bauschende Vorhang. Unsere Köpfe lagen auf den Knien und wir schauten uns an. In ihrem Blick war etwas Sonderbares. Ich versuchte mich zu ihr zu beugen und streichelte einen Wulst ihres Bauches.

„Ganz schön viel Fett", meinte sie.

„Nee, ganz schön viel Frau", hielt ich dagegen, „find ich schön", streichelte weiter ihren Bauch, küsste ihre Schulterspitze und spielte mit dem Brausenkopf herum, fuhr mit ihm unter ihre angewinkelten Beine hindurch und richtete den warmen Wasserstrahl auf ihren Schoß. Sogleich schloss sie die Augen, formte ihren Mund zu einem spitzen O, atmete durch diesen Ring tief ein und etwas pustend wieder aus, als würde sie gleich zu pfeifen beginnen. Kurz spannte sich ihr Körper an, legte sie ihren Kopf in den Nacken, öffnete ein wenig ihre Schenkel und schien dem nun zitternden, harten Wasserstrahl nachzugeben. Ich suchte ihre Lippen, die sie mir verweigerte. Sekunden später lehnte sie sich an die Kacheln, streckte die Beine unter dem Vorhang aus und schob das sprühende Teil weg.

„Geht nicht. Ich hab in den letzten Stunden mehr bekommen, als ich zu hoffen gewagt habe, mehr ist nicht drin, leider auch in der nächsten Zeit nicht."
Ohne mich zu Wort kommen zu lassen, griff sie nach meinem Kopf und zog ihn an ihr Gesicht. Ihr Kuss war nass, ungestüm und sie biss in meine Zungenspitze, dass ich glaubte, mein Blut zu schmecken. Ich war vollkommen spitz. Mit einer Hand glitt ich wieder auf ihren

Bauch. Weiter kam ich nicht. Mehr ließ sie nicht zu. Sie schob mich etwas weg. Lächelte, als sie in meinen Schoß sah, umschloss daraufhin mein Glied und machte, ohne mich auch nur einen Moment aus den Augen zu lassen, das, was ich für gewöhnlich alleine und ohne Zeugen tat. *Ich möcht's in deinen Augen sehen.* Dabei spielte auch sie mit dem Duschkopf herum. Und ich empfand es als unfair, dass ich mich ohne Gegenleistung ihrer Hand hingab.

Dann stand sie auf und schob den Vorhang zur Seite, während ich weiterhin in der kleinen Wanne saß und nach irgendwelchen Worten suchte. Als seien ihr gespreizter Daumen und Zeigefinger Gummilippen zog sie das Wasser von ihrer Haut ab. Glitt provozierend langsam über ihre Arme, Schenkel, Brüste. Das hatte etwas unglaublich Vertrautes und Intimes. Ja, auch etwas Betörendes. Auf jeden Fall etwas, das man vor dem anderen erst nach vielen gemeinsamen Wochen tun würde.

Ich brauchte bis ich wieder zu mir kam. Zu gerne hätte ich das Gleiche für sie getan, sie gestreichelt, um ebenso noch einmal ihr entrücktes, selbstvergessenes und von einem egoistischen Glück verzerrtes Gesicht zu sehen. Beim Abtrocknen endlich wieder zu Luft gekommen, fragte ich sie dann:

„Warum ich? Henning kennst du doch viel länger und ich weiß, er mag dich."

„Mögen? Er? Der hat eher ein paar Defizite – und seine Tür hatte er auch abgeschlossen. Laut und deutlich. – Und nur, weil er meinte, er müsste gestern den Larry raushängen und mir im See, ohne Kommentar, zwischen die Beine langen und an meinen Oberschenkeln rummachen, muss ich nicht schon Lust auf ihn haben. – Das vor fünfzehn Jahren wiederholt man nicht so einfach aus dem Stand. Das bräuchte Vorlauf. – Und auch ein paar Gefühle. Wenigstens die sollten vorhanden sein. – Es passt halt nicht immer so, wie der andere es meint."

In der folgenden Woche trafen Yasmin und ich uns jeden Abend bei mir. Immer nach der Arbeit. Wir aßen und tranken gemeinsam zu Abend und landeten danach in schöner Regelmäßigkeit auf meinem Sofa. Fernsehguckend, quatschend oder bisweilen auch ein bisschen fummelnd. Schon bald hatten wir genug Übung, um uns Stunden damit zu beschäftigen. Für Petting am Waginger See hätte es der Doktor-Titel sein können.

Aber um ganz bestimmte Fragen und die passenden, das heißt die dazugehörigen Antworten, eierten wir dann erfolgreich herum, oder besser ich. Für sie selbst schien der Satz zu gelten, den sie Tage zuvor unter der Dusche ausgesprochen hatte, *ich hab mehr bekommen als ich zu hoffen gewagt habe, mehr ist nicht drin.* Mit dem, was an diesen Abenden folgte, konnte sie sich zufriedengeben.

Dennoch schwang etwas im Hintergrund ungesagt mit, wurde nicht ausgesprochen, blieb ungeplant, lag in der Luft und hinderte mich, eine bestimmte Frage zu stellen. So begnügten wir uns damit, nach ein bisschen Geplänkel, *schön jetzt hier zu sein, der Tag war irgendwie vollscheiße*, und ein, zwei Dosen Bier auf dem Sofa wie Jugendliche miteinander rumzumachen und dann für die ernsthaftere Fortsetzung nicht jedes Mal, doch ab und an ins Bett zu verschwinden. Sie blieb meist bis zum frühen Morgen. Das Leben hatte in diesen Tagen eine verräterische Leichtigkeit erhalten.

Am elften Samstag nach unserem Urlaub kam sie jedoch nicht. Ich wartete und blies nach einer Stunde die Kerzen aus. Neugierig fuhr ich zu ihrem Haus, wollte ihr endlich die Frage stellen, beziehungsweise einen

Vorschlag machen. Denn seit ein paar Tagen spukte eine Idee durch meinen Kopf, die nicht nur damit zu tun hatte, dass ich mir vorstellen konnte, mit ihr zusammenzuleben. Es hätte alles gepasst. Vieles schien wie selbstverständlich zu klappen. Dieses dazu passende und für mich eigenartige Wort mit fünf Buchstaben hatte nach und nach mein Gefühlszentrum besetzt. Es schien sogar immer schon da gewesen zu sein.

Als ich endlich vor Yasmins Haus stand, hatte ich das Gefühl, von Henning, in der Küche seiner Eltern stehend, beobachtet zu werden. Ich ging zum Eingang. Sofort fielen mir die leeren Fenster neben diesem auf. Mit klopfendem Herz klingelte ich. Doch mein böser sofortiger Verdacht bestätigte sich, nachdem Frau Hornikel ein Fenster öffnete.

„Da gibt's keine Kartons mehr zu holen", rief sie heraus, „da kommst du zu spät, vor drei Stunden haben die den letzten Laster beladen. – Haben die beiden nicht Bescheid gesagt?"

Die beiden. Nein, weder Henning noch sie hatten Bescheid gesagt. Wer sonst als die beiden? Und Henning hatte überhaupt nichts in den letzten Tagen gesagt. Ich hatte ihn nicht einmal gesehen. Sofort schaute ich zu dem Küchenfenster und sah, wie er sich tatsächlich in den hinteren Teil des Raums zurückzog. Als ich ihn später anrufen wollte, nahm er nicht ab. Auch am nächsten und übernächsten Tag nicht. Ihn deswegen zu besuchen und zur Rede zu stellen, hatte ich auch keine Lust. Nicht an den folgenden Tagen und den folgenden Wochen. Nicht in den folgenden Monaten. Nie wieder. Wo er nun wohnt, habe ich nie erfahren.

**Review**

Vielleicht hätte ich Frau Hornikel fragen sollen. Vielleicht auch mich selbst. Bezüglich dem, was die Schleifspur der fünf Buchstaben in mir hinterlassen hatte. Statt zu lamentieren. Vielleicht säße dann jetzt Yasmin und nicht Katharina neben mir, die nicht die leiseste Ahnung von meinen Erinnerungen hatte, die sich durch ihren Anblick einstellten. Vielleicht hätte ich sie nie kennengelernt und all die anderen nicht und keine dieser Geschichten zu erzählen. Vielleicht sollte ich mich gerade deshalb zu Katharina rüberbeugen und an der Stelle weitermachen, an der ich Yasmin in den Nabel pustete oder in der Dusche über ihren Bauch strich. Aber das von damals würde es nun auch nicht mehr ändern. Das von damals hatte mit dem Heute auch nichts zu tun. Das von damals war längst tatsächlich nur zu einer Geschichte geworden.

Schon allein deswegen hätte alles ganz anders kommen können. Vielleicht auch mit Silke. Vielleicht das mit meinem Leben, das mit meinem Job, mit meiner Mutter, mit den Erfahrungen, mit allem. Trotzdem drei Stunden. Laut Frau Hornikel. Chancen hätte es gegeben. Ich hatte mich nur nicht diesem Lehrstück stellen wollen. Demnach hatte es doch nicht gepasst, wurde meine Ausrede, und ich machte einen Haken dran. Auch so können Selbstvorwürfe aussehen. Dadurch beginnt im Leben manches von vorne, als hätte es nie zuvor stattgefunden, beziehungsweise es wiederholt sich, weil das Schicksal nach einem besseren Schluss sucht. Nein! Weil das Leben einen besseren Schluss braucht. Vielleicht trifft dies auch auf die Sache mit Silke zu:

Kennengelernt hatten wir uns in einer Kneipe im Nachbarort. Viele Jahre später. Zu einer Zeit, als in den Lokalen noch kräftig geraucht werden durfte. Ausgerechnet in diesem schienen sich alle Kettenraucher regelmäßig zu treffen. Denn unter der Decke klebte eine dicke, zäh wabernde Schicht Smog. Steckte der Kopf in ihm drin, blieb man unerkannt. Dafür lief man Gefahr, seine Lunge besonders üppig zu teeren.

Auf einem knallrot gepolsterten Barhocker, mit Bier und einem Buch in der Hand vor dem Tresen sitzend und umwölkt vom Qualm, interessierte ich mich für nichts anderes als Silke, deren Namen ich in diesem Moment noch nicht kannte, und die hinter dieser Balustrade die Sauberkeit der Gläser kontrollierte. Elegant, stilvoll und anmutig. Ihr brauner, nicht mal schulterlanger Haarschopf schwang einem Bühnenvorhang gleich hin und her und schien mir zuzuwinken. Nicht nur das sah gut aus. So geschützt von den Rauchschwaden, konnte ich sie an jenem Abend immer dann für einen kurzen Moment anschauen, wenn ich einen Schluck trank und sie gerade Gläser polierte. Oder ich eine Seite umblätterte, vielmehr so tat. Ich brauchte sie nicht einmal direkt anzusehen, denn durch die spiegelnden Glasscheiben eines alten Vitrinenschranks hinter ihr hatte ich die beste Komplettansicht. Panoramaspiegelrundumsicht. Mit den Augen von vorne. Mit den Glasscheiben als Mitspieler von hinten.

Das funktionierte auch, wenn ich mit gebeugtem Kopf über den Rand des Buches schaute. Komischerweise fielen mir jedoch zuerst ihre ringlosen Finger auf. Erst dann ihre Figur, die durch ein langes blaues und enganliegendes Baumwollkleid mehr als betont wurde. Nicht nur durch das Bier im Kopf war diese berauschend. Nach meinem geschätzten 489. Aufschauen, blickte sie unvermittelt zurück.

„Auf Durchreise?"

Ich setzte mein Glas ab.
Sie ihr blankpoliertes.
Ich schüttelte den Kopf.
Sie das Handtuch.
Neugierig. Lächelnd. Erwartungsvoll.
Ich fummelte im Kopf eine Antwort zusammen.

„Ne, komm ganz aus der Nähe. Sieben Kilometer von hier. War nur noch nie bei euch."
Was mich gerade ärgert, hätte ich am liebsten noch hinzugefügt.

„Ach so. Deshalb hab' ich dich noch nicht gesehen."
Ihre Augen maßen mich etwas zu lang. Ich wurde rot, nahm mein Glas und nickte. Zuckte zusätzlich mit den Schultern und schubberte mit den Sohlen an der Theke entlang. So eine konnte unmöglich solo sein. Trotz der fehlenden Ringe.

„Dein Laden?", eine Hand von mir glitt durch die Luft. Diesmal schüttelte sie den Kopf.

„Gehört einer Freundin. Bin nur zweimal die Woche hier, damit sie mal Luft schnappen kann. – Noch 'n Bier?"
Schütteln. Nicken. Schütteln. Ich hatte aufgepasst. Jetzt war wieder nicken dran. Ich klappte das Buch zu. Urs Widmers *Gelbe Männer* konnten warten. Anschließend großer Schluck mit gefährlicher Blickstarre auf ihren Körper.

„Und was verschafft uns heute die Ehre?", fragte sie, betätigte den Zapfhahn, als hätte sie nie etwas anderes gemacht und drehte mir gleich darauf ihren Rücken zu, beugte sich vor und öffnete die untere Tür des alten Schranks, in dem oben die ganzen Gläser standen. Statt, wie vielleicht üblich, dabei in die Hocke zu gehen, gönnte sie mir nun einen Blick auf ihren Po. Nicht erst seit Yasmin mochte ich diese Ansicht, aber nun liebte ich sie. Der war jetzt nur von dem Blau und einem Slip bedeckt, der sich gut sichtbar durch den Stoff des Kleides abzeichnete. Die Distanz zu mir ein knapper Meter. Sie musste es wissen. Ich nahm den Kopf aus dem Dunst und neigte mich etwas vor. Das diffuse Deckenlicht blendete mich nun tatsächlich weniger. Kurzes Luftholen von mir. Dann tauchte sie wieder mit zwei Flaschen auf und ich zu Tarnung meines Blickes wieder in den Dunst hinein. In ihrer linken Hand Cognac, in der rechten Schnaps. Der Ausschnitt des Kleides war am Hals verrutscht. Auf der Schulter war kein Träger zu sehen.

„War praktisch doch auf Durchreise. Normal fahre ich anders nach Hause. – Von außen sah es nett aus", ich blickte frech auf eine Stelle ihrer Hüfte und fuhr die Kurve bis zu ihrer nackten Schulter hoch, „und jetzt von innen auch."

„Na, dann is' ja gut", lachte sie zurück und verstaute die Flaschen in einem Fach unter dem Thekenrand.

„Was machst du sonst?", wollte ich nun wissen, „davon kann man ja nicht leben."

„Bin bei 'ner großen Firma, Abteilung Public Relations wie sich das inzwischen Neudeutsch schimpft. Klingt spannender als es ist. Deshalb freu ich mich immer auf die paar Stunden hier. – Selbst wenn ich nur einen netten Kunden hab, ist das doppelt so viel wie bei uns in der Firma. Und du?"
Nun stand sie mir genau gegenüber und stützte sich etwas nach vorne gebeugt auf die eingelassene Spüle in der Theke. Ihr Gesicht dadurch nur noch zwei Handspannen von mir entfernt. Leider mit dem Schanktisch dazwischen. Ich würde mir die Rippen brechen, wenn ich sie schnappen und küssen wollte, schoss mir durch den Kopf. Sie lächelte mich seidenweich an. Ein etwas schiefer Schneidezahn schob sich vorwitzig in den Vordergrund. Den Sitz des Kleides hatte sie immer noch

nicht korrigiert. Ich schielte wieder auf die nackte Schulter. Ein Rippenbruch konnte auch reizvoll sein.

„Entgegengesetzte Richtung. Verkaufe Bücher in der Innenstadt. Demnach liest du nicht, sonst hätten wir uns da schon mal gesehen."

„Das sach mal leise. Vielleicht liegt das daran, dass ich erst seit ein paar Monaten hier bin und noch nicht alle Kartons ausgepackt hab. – Kannst schon mal in deinen Regalen suchen, was mir gefallen könnte. Irving, Green, Hemingway, Frisch, Nooteboom, Volo ..."

Ah, dachte ich, wieder das Leben. Erst auf Suche nach Seiten, dann Zeilen. Denn ihre Bücher waren vollgefüllt damit. Für die Ewigkeit. Von der nach 80 Jahre Leben keiner eine Ahnung hat. Einiges verabschiedet sich in dunklen Kartons und manches kehrt in anderen zurück. Wie beim Monopoly gleichen sich die Runden, nach jedem Über-Los-Gehen. Dabei kassiert man immer wieder die gleiche Summe. Ich hob ob der Namen erstaunt und anerkennend die Augenbrauen. Irving, Green, Hemingway, Frisch, Nooteboom, Volo. Dann richtete sie sich auf und steckte sich eine Zigarette an.

„Auch eine?"

Silke hielt mir die Schachtel hin. Genickt hatte ich vorhin, nun also wieder Kopfschütteln. Sie sog dafür den Rauch genüsslich tief ein. Und blies ihn erst Sekunden später, von ihrer vorgeschobenen Lippe umgeleitet, nach oben an die Decke. Sah etwas ulkig aus. Störte mich aber nicht. In dem Lampenschirm über uns sammelte sich für einen Moment der Rauch, dann quoll er wie aus einem dampfenden Krater wieder heraus und vermählte sich mit dem immer noch dichter werdenden Nebel unter der Decke.

„Nichtraucher also?!"

„Militanter sogar", lachte ich, „hab vor ein paar Jahren aufgehört."

„Habe ich mir auch vorgenommen."
„Dann mal los."
„Wart's ab. – Ich schaff das. – Noch eins?"
„Wenn ich dir auch eins spendieren darf?"
„Nichts dagegen."
Ich blieb bis halb zwei. Obwohl um viertel vor eins die letzten Gäste gegangen waren. Silke blieb hinter der Theke, und während wir palaverten, räumte ich die Tische ab. Reichte ihr die vollen Tabletts hinüber, die sie leerte und mir mit einem sauberen Lappen zum Abwischen der Tische wieder zurückgab. Wir quasselten Belangloses über Bücher, Beruf und Heimat. Vergangenes ließen wir aus. Vielleicht schon da wohlweißlich. Anschließend fegte ich sogar noch kurz durch. Gönnerhaft und im nebenbei. Dann blieb ich arbeitslos und unschlüssig vor dem Tresen stehen. Neugierig. Lächelnd. Erwartungsvoll. Wie sie ein, zwei Stunden vorher. Sekundenlang gingen mir irgendwelche romantische Kussszenen durch den Kopf. Vielleicht auch wilde. Keine Ahnung. Aber natürlich auch Johnny und Baby. Mein Lehrstück. Außerhalb der Literatur. Obwohl gerade der Erste und Letzte, Irving und Volo, viel zu bieten gehabt hätten. Sie ahnte nichts davon und kam auch nicht hinter ihrer kleinen Mauer hervor, um mit mir wenigstens noch ein letztes Bierchen zu trinken oder mich entsprechend zu verabschieden.

„Dann mal tschüss", sagte ich daher etwas frustriert nach einer Handvoll wortloser Sekunden und hampelte von einem Bein aufs andere.

„Kommst du mal wieder?", ihre Augen schmale, forschende Schlitze, während sie einen nassen Lappen ohne hinzusehen zielgenau in die Spüle beförderte.

„Soll ich?"
„Wäre nett."

Natürlich kam ich am nächsten Abend wieder und durfte sofort feststellen, dass ich nicht gut genug zugehört hatte. Kommt davon. Denn nun war die Freundin da. Die, der die Kneipe gehörte. Trotzdem setzte ich mich an die Theke und trank ein Bier. Mit einer allzu unbedachten Reaktion, *Entschuldigung! Hab mich in der Tür geirrt*, oder anderem Schwachsinn, musste ich mich ja nicht gleich verraten. Als ich das Glas halbleer getrunken hatte, fragte ich so beiläufig wie möglich:

„Ist Silke morgen wieder da?"

„Dienstags und freitags. Und wenn viel zu tun ist, auch schon mal an einem Wochenende. Alles klar?"
Ihr Lächeln zeigte Wissen. Standardmäßig wurde ich wieder rot und schaute in mein Glas.

„Ach so. Danke!"
Um nicht zu zeigen, dass ich mich ertappt fühlte, zog ich mein Buch von Widmer aus der Tasche und trank ein zweites Bier. Ich kam keine fünf Seiten weit und musste wieder von vorne anfangen. Insgesamt zwölf Mal. Jedes Mal hatte ich komplett den Faden verloren. Immer an derselben Stelle: Ich schrak auf, als plötzlich die Tür aufging und Karl vor mir stand. Ob derjenige dann tatsächlich so hieß, weiß ich nicht. Er setzte sich an den Tresen und wollte nichts von mir. Alle weiteren Karls gingen an einen der anderen Tische und fragten dort: Hast du Streichhölzer?

Am Freitag kam ich erst spätabends, gegen elf. Als wenn Silke es hätte beeinflussen können, war der Stuhl ganz rechts in der Ecke vor der Theke noch frei. So konnte ich mich an die Wand lehnen und Silke mit etwas mehr Abstand einfach beobachten. Sie diesmal in Jeans, weißem T-Shirt und einem karierten Holzfällerhemd, dessen Zipfel sie über der Gürtelschnalle verknotet hatte. Kein *Guten Abend* oder *Ach, wie schön*, sondern mit dem Glas Bier, das sie vor mir abstellte:

„Bleibst du bis zum Schluss?"
„Soll ich?"
„Wäre nett."
Die verbalen Spielregeln waren also bereits nach dem zweiten Mal bekannt. Der Rest war die Kopie des ersten Abends. Bis auf Karl. Denn einer von denen fragte mich an diesem Abend tatsächlich ob ich Feuer hätte.
Am folgenden Dienstag, spätabends, in der dritten Nacht, nahm sie mich nach dem ganzen Saubermachen ganz selbstverständlich mit in ihre kleine Wohnung. Kaum hundert Meter entfernt. Ein behagliches Provisorium voller Kartons. Einem Sofa vom Flohmarkt, Weinkisten als Bücherregale, Bilder der Art *Röhrender Hirsch* aus einem Kalender, gerahmt an nahezu allen restlichen Wänden und einer breiten, nein, zwei breiten Matratzen übereinander. Grund und Effekt benötigten nur drei Worte: Wein, Sekt, Bett. Und bis zu diesem brauchten wir nur eine Viertelstunde. Stolpernd, hüpfend und fast stürzend rissen wir uns die Kleider vom Leib. Noch ihren Slip über den Fuß ziehend, schlang sie einen Arm um meinen Hals und warf mich Faxen machend auf das weiche, federnde Ensemble. In diesem fielen wir, gedopt von Bier, Wein und Sekt fast animalisch wild und noch umwölkt von dem säuerlichen Geruch der Kneipe übereinander her. Ihre Wangen und Haare rochen nach Zigaretten. Ihre Arme nach einer betäubenden Kombination aus Essig, Wischlappen, Alkohol, Qualm und Haut. Selbst ihr Schoß schmeckte nach Nikotin. Während ich mich an ihm mit meiner Zunge zu schaffen machte, rutschte sie Richtung Kopfende und presste sich mit den Schultern dagegen. Zugleich zog sie das Kopfkissen vor und schob es sich unter ihren Hintern. Gemütlich und entspannt konnte diese Haltung nicht sein, doch erlaubte ihr diese, meinen Kopf und damit die Zunge

bei sich punktgenau zu positionieren und sich, kurz bevor sie kam, unter mich hindurchzuschieben, um mich sofort in sie eindringen zu lassen. Ich kann mich nicht daran erinnern, dass wir bis zu unserem ersten Frühstück auch nur eine Sekunde geschlafen haben. Nur noch daran, dass ich sie selbst nach einer halben Stunde gemeinsamen Duschen an meinen Händen roch.

Nie wieder glitschten unsere Körper so aufeinander herum. Nie wieder ergriff uns eine solche Gier. Genauer gesagt, sie. Nie wieder bekundete sie deren kleinste Variante. Kann sein, dass wir in dieser einen Nacht allzu leichtfüßig in Bilder eingedrungen waren, die für immer zu persönlich und intim blieben. Dies jedoch fiel uns erst lange Zeit danach auf. Beziehungsweise mir. Und das, als alles längst schon wieder vorbei war und ich überlegte, was wohl Jahre zuvor passiert wäre, hätte Yasmin vor ihrem Haus mit den ganzen Kartons eine andere Richtung eingeschlagen als zu dem Laster.

So aber waren Silkes und nicht Yasmins unausgepackte Kartons nach dieser allzu leichtfüßigen Nacht längst in meiner Wohnung gelandet und deren Inhalt und Vergangenheiten mitgeteilt. Beziehungsweise ausgerichtet. Was Silke anbelangte, hatte sie diese einfach gekappt. Die da noch vorhandene Beziehung, den Beruf, die einstigen Ziele. Gegen alle Empfehlungen, Ratschläge und Tipps. Erklärt hatte sie die Gründe niemandem, auch mir nicht. Sie hatten mit mir ja auch kein bisschen, nichts, nicht das Geringste, also keine Spur zu tun. *Spielt doch keine Rolle, wollte mal was Neues beginnen und keiner hat mitgemacht. Deshalb bin ich hier. Alleine. Ohne Schatten von damals. Fertig.* Mir blieb deshalb nur ein Schulterzucken.

Seltsamerweise hatte ich mich über diesen Entschluss von ihr nie gewundert und ihn deshalb nie weiter hinterfragt. Unsere Liebschaft erschien mir für lange Zeit neu genug, was ihre Definition anging und für das, was Silke beginnen wollte. Erst viel später ahnte ich, dass ich ihr – durch unsere spätere Trennung – womöglich einer Wiederholung durch sie, etwas Neues zu beginnen, zuvorgekommen war. Doch bis dahin sollten noch viele Monate ins Land ziehen und kurzsilbige Mahlzeiten eingenommen werden..

Irgendwann, wir waren vielleicht ein dreiviertel Jahr zusammen, lagen wir nebeneinander, kurz vor dem Schlaf. Ihr Atem ging schon gleichmäßig, als ich mich, ihren halb entblößten Rücken betrachtend, sehnsüchtig an unsere erste Nacht erinnerte und deshalb unbändige Lust verspürte. Rasant anschwellend. Nahezu fieberhaft. Hart. An die morgendlichen, bisweilen heftigen Erektionen erinnernd, an welchen angeblich kein Traum schuld sein soll, sei er noch so animierend. Ich krabbelte mit einer Hand unter ihre Pyjamahose, durchkämmte die dünnen Härchen ihrer Scham und schob meine Finger zwischen die Schenkel. Silke verharrte, tat nichts dafür. Ich fingerte weiter, als säße ich in einem Sandkasten und würde für meine Matchbox-Autos Tunnel graben. Eher widerwillig ließ sie sich endlich von mir die Hose ein wenig an ihren Schenkeln herunterrollen, *Muss das jetzt sein?*, und spreizte ein paar Zentimeter ihre Beine, doch reichte es nicht, selbst nur einen Finger als freudig gedachte Animation in sie zu versenken. Halb auf ihr liegend und voller Erregung zog ich meine Hose aus und versuchte sie in dieser Position zu nehmen. Fehlanzeige.

„Muss doch nicht sein oder? Ist doch schon so spät. Mein Gott, was du immer hast?", ihr Kommentar. Unwillig, unwirsch, ungehalten. Sie zog sich den Stoff wieder hoch, ohne sich auch nur eine Sekunde lang mit mir abgegeben, geschweige denn, mich in irgendeiner Weise berührt zu haben und drehte sich gänzlich weg.

Ich ließ mich erstaunt auf den Rücken rollen, suchte nach einer passenden Antwort, hörte schon wieder ihr gleichmäßiges Atmen und machte es mir schließlich selber. Wütend. Schweigend. Leise. Silke kümmerte es nicht. Sie schlief tatsächlich längst, leicht röchelnd, bevor ich fertig war.

Einen Abend später saß sie in ihrem Sessel und blätterte einen der unzähligen Kataloge durch, die wir wöchentlich mehrmals in unserem Briefkasten fanden, egal was wir auf ihn draufklebten. Sie schien ausgeglichen. Das von gestern Nacht vergessen zu haben. Was gab es auch für sie, das eine Erinnerung wert gewesen wäre? Einen der Kataloge halb durchgeblättert hob sie ihn in die Höhe und deutete dabei auf ein Bild. Es war ein Mode-Heftchen.

„So ein Kleid kauf ich mir auch noch", meinte sie mit einer gewissen Begeisterung. Ich schaute kurz auf. Auf dem Foto war ein Kleid abgebildet, das ihrem von damals in der Kneipe ähnelte. Nur nicht in Blau. Sondern einem dunklen Rot. Vielleicht waren auch noch ein paar weitere Details anders. Saum. Kragen. Ärmellänge. Aber für mich war es das von hinter der Theke. Genauso enganliegend und daher genauso verführerisch. Doch in der Sekunde, in der sie noch hinzufügte:

„Gabi hat ein ähnliches. Hast du sicher schon mal gesehen", hatte ich schon den falschen Gesichtsausdruck. Nicht weil Gabi so gar nicht meinem Geschmack entsprach. Tat sie nämlich auch nicht. In keiner Weise. Sie war unnahbar, fürchterlich ichbezogen und trocken wie Herbstlaub. Und auch nicht, weil ich sie trotzdem darin sexy fand. Nein, tat ich auch nicht. Herbstlaub ist nur auf Fotos des Indian Summers schön anzusehen. Sondern weil ich mich wunderte, dass Silke in unserer alten Zeit gelandet zu sein schien, was ich als einen etwaigen Neuanfang empfand. Doch Silke sah nur meine hochgezogenen Brauen und meinen dadurch anerkennenden Blick, in dem sie die Wirkung der Erinnerung sah.

„Oh, wenn ich das schon wieder sehe. Man sieht ja förmlich wie du ihr auf den Arsch guckst. Mein Gott, gibt es auch etwas anderes bei Dir?"
Die gestrige Nacht war zurückgekehrt. Ich fasste mich und tat unbeeindruckt.

„Ich schau ihr nicht auf den Hintern, wann auch, sondern erinnere mich daran, was du für ein Kleid getragen hast als wir uns kennenlernten. Es war blau und ähnlich geschnitten."

„Das blaue. Doofe Ausrede! Das ist vollkommen anders. Das beweist nur, dass du auch da für nichts anderes Augen hattest. Immer schön auf Busen und Hintern gucken. Das kannst du!", ihre Stimme war kurz davor sich zu überschlagen. Zu klippen. Zum ersten Mal in meinem Leben hatte ich die Nase voll und verlor die Geduld:

„Warum ziehst du dich dann so an? Warum bewegst du dich so? Warum hast du dich hinter dem Tresen nach vorne gebeugt und bist nicht in die Hocke gegangen, wenn du mir nicht deinen herrlichen Arsch zeigen, wenn du mir nicht den Kopf verdrehen wolltest? – Überhaupt, warum hast du mich am dritten Abend mit in deine Wohnung genommen? Wenn nicht für ... für ... diesen wunderbaren Fick, den wir hatten? Falls du dich überhaupt noch daran erinnern kannst."

„Du bist der unanständigste und widerlichste Kerl, der herumläuft und den ich kenne."

„Zieh doch 'ne Kittelschürze an, das ist sexy genug."
Dann stand ich auf und ging Zigaretten holen. Zumindest hatte ich es in diesem Moment vor. Draußen boxte ich ein paar Mal gegen die Mauer neben der Haustür und rannte los. Katharina hatte unrecht, ich konnte

doch aus mir herausgehen.

Die Tage häuften sich mit belanglosem Quatsch. In Worten und dem alltäglichen Leben, dem Nebeneinander. Jeder Satz vergrößerte das sauerstoffarme und gefühllose Vakuum unseres Daseins. Keiner brachte den Mut auf, zumindest die Fenster zu öffnen. Für ein bisschen frischen Wind. In Luft, Raum und Zeit. In unsere eher vegetative Lebensform. Wir lebten spiegelbildlich im Nichts. Waren nicht einmal mehr Hülsen aus Wörtern fähig, die aus diesem Nichts ein Nur-Bedenklich-Wenig machten. Streit endete nicht in Auseinandersetzungen, sondern längst abgefeuerten Projektilen. Aus dem Nichts. Tödlich. Wie beim Schiffe-versenken auf Papier. Nur deshalb überlebten wir. Nein, die Paranoia mancher Schriftsteller, dafür Worte finden zu wollen, liegt mir nicht.

Doch Tage später schien sie wie umgewandelt. Da streckte sie mir ihren bereits nackten Schoß entgegen, nachdem sie gerade erst unter die Decke geschlüpft war. Dann schaute sie mich an, griff nach mir und schob sich mit einem schwingenden Bein dicht an mich ran. Meine hoffende Illusion zerstob. Denn ihr Blick war ohne Verlangen und leider auf andere Art eindeutig: weniger Lust als die praktische Durchführung einer insgeheim gemachten Familienplanung. So nötig hatte ich es nun auch wieder nicht, dass ich mich dafür vergessen wollte.

„Irgendwas hat sich doch geändert zwischen uns?", fragte ich sie beim Frühstück. Und sprach damit einen seit Wochen gewachsenen Verdacht aus.

„Was denn speziell?", kam kauend zurück. Mit einem Blick in den leeren Brotkorb.

„Wir leben nebeneinander her. Wie von einer dünnen Wand getrennt. Sie reicht aus, dass keiner von uns an dem Leben des anderen mehr teilnimmt. Wir lesen uns höchstens beim Frühstück was aus der Zeitung vor, diktieren den Einkaufszettel, gehen ins Kino, wo wir nichts reden müssen oder mosern allenfalls über doofe Kollegen. Unser gemeinsames Leben hat in allem keinen Platz. Das beschweigen wir. Keiner von uns kennt die Wünsche des anderen, Vorstellungen oder gar sein Verlangen. – Und der dritte Abend mit all seinen Verführungen, Betäubungen und überschäumenden Gefühlen ist lange her. Anfassen darf ich dich seitdem kaum noch."

„Du sagst es gerade doch selber: Betäubungen und überschäumende Gefühle. Partnerschaft bedeutet aber mehr als Blödsinn quatschen und bumsen: Vertrauen, miteinander einstehen für dir Zukunft, Beistand, Probleme beseitigen ... "

„... es ist ein Problem für mich."

„Die Lösung dafür ist nicht dauernd das Bett."

„Die Lösung dafür? – Dauernd?"

Entgeistert schaute ich sie an. Hatten wir mathematische Probleme zu lösen? Verstand sie unter *Einstehen für die Zukunft* einfach mal Kinder in die Welt zu setzen? Der nötige Samen abrufbar mit einem Blick auf den Kalender? Heute klappt's! Dann hab ich die nächsten Monate meine Ruh? Schon von Anfang an ohne das eigentlich nötige Gefühl? Mal sehen, was draus wird? Hauptsache Bindung. Dadurch. Oder weil Klaus und Gabi das Gleiche vorhatten? Oder es Mode war? Hatten wir damals nur einem verspäteten jugendlichen Gefühl nachgegeben, weil wir durch Bier, Wein und Sekt unter Strom standen? Weil Atmosphäre und Emotionen gerade passten? Und wir nur bis Drei zählen konnten? War das ihre Vorstellung von einem Neuanfang? Demnach hätten wir schon viel früher ehrlich sein müssen und alles auf einer *Durchreise* beruhen lassen sollen.

„Jetzt stell dich nicht so an. Morgen oder übermorgen können wir es doch auch noch machen."
*Es.* Prima. Silke stand auf, ging um mich herum und pikste mit einem Finger in meinen Oberarm. Ein immer noch verliebtes Stupsen, mit einem passenden verliebten, zumindest herzlichen Gesichtsausdruck fühlte sich anders an als das, was sie mit *es* bezeichnete. Auch Vertrauen, miteinander einstehen für die Zukunft und Beistand. *Es.* Diese Vokabel war also für alles noch übriggeblieben. Zwei Buchstaben. Für Liebe und diese zu leben oder auch zu machen, wie ein gemeinsames Leben, Zukunft - oder wie hätte sie es gern? Zwei Buchstaben. Nicht zu unterbieten. *Es* blieb aus. Sie schien *es* nicht zu vermissen.

Das, was sie in diesem Moment suchte, waren ein paar frische Brötchen, die sie in der Küche in den Brotkorb legte. Nichts deutete in den noch folgenden drei Jahren darauf hin, dass sie dafür oder für mich, denjenigen, der *es* zu bewerkstelligen hätte, einen Ersatz gesucht und gefunden hatte. Mit Gefühlen war *es* ja ohnehin nicht mehr verbunden.

Übriggeblieben waren nur noch die Worte für Verletzungen ohne Schmerz, aber mit weitreichenden Folgen. Für eine unsichtbare aber fühlbare Narbe dicht neben dem Herz, für ein abgrundtiefes Loch, oben links in der Seele, das zuwächst, bis es wie ein spitzer, schmollender Mund oder ein frischer, blutiger Nabel oder ein Karpfenmaul aussieht oder das Bild zu dem passenden unschönen Wort, das man sagt, wenn man kein anderes Wort mehr zu sagen vermag. Worüber will man denn auch noch reden, wenn man sich sogar nackt angeschwiegen hat.

## Stop

Ich hasse Kaugummikauen. Alle haben recht, wenn sie sagen Kühe könnten es eleganter. Silke allerdings liebte es, nachdem sie tatsächlich das Rauchen aufgegeben hatte. *Bild dir bloß nichts darauf ein! Hat mit dir gar nichts zu tun, wollte ich schon immer. Hab ich dir auch schon mal gesagt, aber du erinnerst dich ja nie an etwas, ja, ich weiß, damals.* Und schon blies sie wie eine Achtjährige einen Ballon auf. Leider blieb dieser nie in ihrem Gesicht kleben.

Katharina hingegen war eher auf meiner Seite. Zumindest wüsste ich nicht, sie jemals mahlen gesehen zu haben als hätte sie ein Büschel Gras zwischen den Zähnen. Genauso regt mich weißer Lippenstift auf. Trotzdem liebte es Silke, hin und wieder wie eine Erfrorene auszusehen. À la Grimms *Schneewittchen* oder Shakespears *The Winter's Tale*. Vor allem in den letzten Monaten und Wochen unserer parallelen Lebensform. Wiederbelebungsversuche meinerseits im Stil von Dornröschen waren allerdings dadurch ausgeschlossen, weil unerwünscht. Auf Lippen Eislaufen zu gehen hatte ich ohnehin keine Lust. Ich glaube, sie wusste es und tat es eben genau deshalb. Katharina mag glücklicherweise die klaren Farben. Dunkelrot und unverschämt anziehend. Nur getraut hatte ich mich bisher noch nicht.

Im Prinzip mag ich Ordnung, aber sie ist nicht immer durchzuhalten, spätestens wenn sie in einem Zweifrontenkrieg ihre Grundstruktur verliert. In diesem Bereich sind aber die meisten Frauen gleich, sie kennen sämtliche Angriffsszenarien, um ein Gefüge ad absurdum zu führen und zu ihrem zu machen. Haushalt oder eine gemeinsame Wohnung ist das eine, Besitztümer aufzubewahren das andere. Irgendwo müssen ja die Unmassen von Schuhen, Taschen und Kleidern verstaut werden. Wie war das noch mit Jägern und Sammlern? Auch wenn mir Katharina versichert, eher überschaubare Mengen davon zu haben. *Was, glaubst du, habe ich für ein Gehalt?* Aufgeräumt ist es bei ihr trotzdem nur samstagnachmittags. – Und bei mir immer seltener. Trotz allem.

Früher dachte ich, Männer seien diejenigen, die abends, damit sie gefährlichen Gesprächen ausweichen konnten, den Fernseher einschalteten und Interesse an einer Sendung vortäuschten. Aber auch Silke kannte den Trick. *Muss mal eben sehen, was Der und Die dazu gesagt hat* oder *Was da schon wieder passiert ist.* Setzte ich mich daneben und schaute eine Sekunde zu lang zu ihr hinüber, das obligatorische *Is' was?* Doch setzte ich mich bald schon nicht mehr neben sie und schaute auch schon lang nicht mehr zu ihr hinüber, sondern ließ mich von dem Flimmern des Kastens stupid geworden willenlos machen.

Das war lange vor Silke eigentlich anders gewesen. Aber so ist das manchmal im Leben. Man nimmt Sachen für Oberflächlichkeiten in Kauf. Man tauscht, wirft weg und ersetzt liebgewonnene Gewohnheiten, erkennt dies nur nicht sofort und später erinnert man sich nicht mehr daran. Die Wiese war dann schon gemäht. Will man dann irgendwann wieder darauf zurückkommen, kann man mit dem Heu nichts mehr anfangen.

Viele Jahre zuvor, während meiner Ausbildung, lernte ich kulturelle Aspekte zu schätzen, statt Fernsehen zogen mich Kirchen, Burgen und alte Städte magisch an. Weil jemand da gewesen war, der in mir das Interesse dafür geweckt hatte. Gut, manchmal erwachen Interessen auch aus anderen Gründen. Aber dass man diese dann in seinem Leben dennoch nicht verliert, hat mit einer gewissen Nachhaltigkeit, die Beziehungen hinterlassen können, zu tun.

Und daran war seinerzeit Svenja schuld. Ihr hatte ich gesagt, dass mir Ilka gefallen würde, denn Svenja war – bildete ich mir ein – auf direktem Weg unerreichbar für mich. Da dachte ich, wenn sie sieht, wie gut, lieb und nett ich sein könnte, würde dieser dunkelblonde und blauäugige Kracher vielleicht doch nachgeben und mir eine Chance geben. Also ließ ich sie dieses Treffen arrangieren. Höchst raffiniert von mir eingefädelt, wie ich glaubte. Ich ließ mich also einfach auf einen Kaffee bei Svenja einladen, an einem Tag an dem auch Ilka bei ihr zu Besuch wäre. Das sähe nach Zufall aus und wäre unverfänglich. Nach einer gewissen Zeit würde sie sicher dann gehen und mir das Feld überlassen. Es dauerte fast den ganzen Nachmittag. Aber dann saß ich allein neben Ilka, statt Svenja, vor meiner Tasse und fing das Stottern an. Wer hätte auch an das gedacht, was folgen sollte. Ilka schaute mich mit ihren hellen grünen Augen an und lächelte – und in diesem Moment hatte sie Svenja hinter sich gelassen. Das mit dem gut, lieb und nett sein würde mir sicher keine Schwierigkeiten machen. Wenn ich mich zurückhalten könnte. Der Anfang war auf jeden Fall gut, denn bei jedem Blick von ihr wurde ich rot. Und das wurde ich seitdem nun die ganze Zeit und konfus dazu, wenn es darum ging, mich mit ihr zu unterhalten. Etwas besonders Intelligentes fiel mir nicht ein.

„Du hast den Schulze als Klassenlehrer gehabt?"

„Woher kennst du den denn? Du warst doch gar nicht bei uns auf der Schule?"

„Von unserer Schülerzeitung. Ich hab mal ein Interview mit ihm gemacht."

„Ist ein bisschen schwierig der Mann, oder?"

„Er ist glitschig wie ein Fisch. Über das neue Projekt

war kein Wörtchen aus ihm herauszubekommen. Und als ich was über seine Entscheidung wegen der SMV wissen wollte, meinte er bloß, der Direx bei uns würde sich über solche Fragen sicher genauso wundern."
Ilka lachte auf und sah mich noch intensiver an. Mir wurde nicht nur etwas warm ums Herz. Dann meinte sie:
„Gut, dass die Zeiten vorbei sind."
„Da kannst du drauf an."
Ich überlegte, ob ich sie nun küssen dürfte und unterließ es, weil mein Kopf wieder mal zu lange brauchte. Irgendwie hatte sie auch etwas von Svenja an sich. Das gleiche Unnahbare. Die gleiche, nahezu unüberwindbare Distanz. Immerhin waren sie ja auch schon seit Jahren beste Freundinnen. Seit dem Kindergarten, wenn's stimmte. Da färbte so manches ab. Da gleicht man sich an. Diesen Abstand, den es mit ein bisschen Mut zu überwinden galt, wenn man erreichen wollte, dass auch der andere Lust auf mehr bekam.

Aber angeblich gefiel ich auch Ilka, hatte Svenja später behauptet, nachdem ich sie von einer Party nach Hause gefahren hatte. Deshalb ließ ich mich jetzt nur halbwegs auf dieses distanzierende Gefühl ein und fasste nach einer Hand von ihr. Ilka zog ihre nicht zurück und verschränkte ihre Finger sogar in meine. Ergriffen betrachtete ich den Knoten. Das mit dem Küssen würde ich nachher, wenn ich ginge, an der Türe nachholen. Vielleicht auch das mit dem Umarmen.

„War ganz nett neulich Abend?!", stellte ich fragend fest und spielte auf diese Party an.

„Die Musik war nur etwas laut", gab sie zurück.

„Auf solchen Partys kann man sich selten gut unterhalten. Entweder man tut so als ob oder hopst herum", erwiderte ich besonders schlau.

„Jetzt bist du ja hier", sie drückte meine Hand fester,

„was machst du sonst so?"

„Nun ja, erst mal die Ausbildung zu Ende, dann wird man sehen, vielleicht übernehmen sie mich, wäre auch gut. Ist ein schöner Beruf. Meine Mutter ist sogar neidisch deswegen."

Ilka trank den letzten Schluck aus ihrer Tasse, stellte sie ab und drehte ihren Stuhl zu mir. Die nächste Stunde unterhielten wir uns weiterhin über meinen Beruf, die Eltern, Freunde und die neuesten Nachrichten. Diesbezüglich war ich froh, aufgepasst zu haben. Selbst einen bis dahin so unpolitischen Menschen wie mich, hatten die Nachrichten über den Brandanschlag in Solingen erreicht und selbstverständlich auch wütend gemacht. Ansonsten sorgte meine Mutter jeden Morgen mit stoischer Geduld dafür, dass ich wenigstens die Schlagzeilen las. Trotzdem reichte es nicht immer, bei den Diskussionen in der Schule mitreden zu können. Allein schon deswegen vermisste ich diese Zeit nicht. Ausgerechnet Ilka brachte mich nun wieder ins Schwitzen. Sie war bis ins letzte Detail unterrichtet und hatte ganz dezidierte Meinungen zu sämtlichen Themen. Egal, ob es sich um die massenhaften Rücktritte von Politikern, den Krieg im ehemaligen Jugoslawien oder die Ölkatastrophe in der Nordsee ging. Sie war ein wandelnder Jahresrückblickkommentar mit eigenen Ansichten. Meine Achtung stieg daher unaufhörlich, mit ihr aber auch die Sorge, dass nach dem heutigen Treffen mit dieser dunkelhaarigen Schönheit keine Wiederholung mehr stattfinden würde. Wenn ich mithalten wollte, durfte ich morgens nicht nur die Schlagzeilen lesen. Nach einer weiteren halben Stunde war ich von allen negativen Auswirkungen schon so gut wie überzeugt, da mir als Antworten nichts weiter als unreflektierte Halbsätze einfielen. Als Ilka plötzlich wieder meine Hand nahm und meinte:

„Wir können ja zusammen auf das Gartenfest von Martin gehen. – Wenn du magst."
Meine Finger vollführten einen regelrechten Tango auf ihrem Handrücken und stolzierten daher etwas steif auf der Haut ihres Armes entlang. Durch meinen Kopf schoss so was wie eine kilometerlange Zustimmungsjawortkaskade, aus der mein Mund nur ein Wort machen konnte, nämlich:
„Gerne!"
„Holst du mich ab?", fragte sie, und schon sah ich mich im Geiste meinen Arm auf der Rückenlehne oder meine Hand auf ihre Schenkel ablegen, während ich lässig mit der anderen Hand lenkte und wir uns langsam dem Gartengrundstück näherten. Mit so viel Film im Kopf blieb mir nur ein krächzendes:
„Na klar!"

Aus der Hand auf ihrem Schenkel wurde nichts. Ich war feige und traute mich nicht. Statt einer Jeans hatte sie nämlich einen Rock an. Weit und ungewöhnlich mädchenhaft. Ungewöhnlich viel nackte Haut zeigend, ungewöhnlich, da ohne weitere Verkleidung. Ilka kannte ich sonst nur in Hosen mit einer Bluse. Eigentlich eher bis oben hin zugeknöpft und streng wirkend. Fast aristokratisch. Nun aber nicht nur eine dunkelhaarige Schönheit, sondern obendrein auch noch verführerisch. Als sie eingestiegen war, küsste ich sie lediglich knapp neben den Mund. Eine Hand dabei umständlich zwischen den Sitzen auf dem Rücksitz abgestützt, die andre neben ihrer Schulter an der Rückenlehne. Es ähnelte einer Turnübung. Zärtlich gemeinter Liegestütz oder so. Sie hingegen fasste eine Schulter, verschob ihre Lippen und erwiderte meinen Kuss ziemlich eindeutig. Ziemlich sehr sogar. Vermutlich hätte sie nicht mal was gesagt, wenn ich meine Hände anders genutzt hätte. Stattdessen schmeckte ich extralang ihre Zunge, auf der noch Reste von Orangensaft waren, bevor ich mich etwas widerwillig abwendete, um endlich loszufahren. Mit einem Auge auf ihre Schenkel und die filigranen Finger, die sie unterhalb des Saumes auf ihnen abgelegt hatte, waren wir eine halbe Stunde später angekommen.

Wir begrüßten die Leute und setzten uns irgendwann unter einen der Apfelbäume und nicht zu den anderen. Führten die Gespräche aus dem Auto fort, und ich stellte mir hin und wieder die Frage, wie lange ich wohl bräuchte, um so schlau zu werden wie Ilka.

„Und? Gefällt's dir hier?"

„Ist ein schöner Garten. Bin vorhin ein bisschen rumgegangen. Hinter der Hecke hat man einen schönen Blick aufs Dorf."

„Ist mir noch nie aufgefallen. Wir sitzen immer nur um die Feuerstelle rum, ob sie brennt oder nicht, und quatschen über – nichts. Glaub ich. Wir können ja mal nachher rübergehen", schlug ich vor und schaute wieder nur auf ihre Beine, weil sie diesmal im Schneidersitz mir gegenübersaß und den Rock anhatte, dessen Stoff sie etwas nachlässig zwischen ihre Schenkel gestopft hatte. So nachlässig, dass ich mindestens zwei Handbreit von diesen sah. Oberhalb der Knie! Sie, die sonst nur Jeans kannte und meinte, Kleider seien nichts für sie. Bevor ich mich fragen konnte, warum ausgerechnet heute, antwortete sie:

„Klar. Warum nicht?!"

Schon wollte ich aufstehen, als sie sagte:

„Kannst du mir mal die Flasche rübergeben?"

Ich langte hinter mich und bekam die Bierflasche zu fassen.

„Nein, bitte die mit Apfelsaft."

Wenn ich hinter der Hecke irgendwas vorhaben wollte, war das vielleicht die bessere Idee, schoss es mir durch den Kopf. Apfelsaft. Ich nahm die Flasche und reichte sie ihr. Die Bierflasche ließ ich also stehen. Wie ein Kerl setzte sie die Flasche an den Mund und trank einige große Schlucke. Spätestens beim dritten wäre mir die Hälfte danebengegangen und am Hals heruntergelaufen. Aus der Flasche trinken konnte ich nämlich auch nicht. Dann lehnte sie sich nach hinten an den Baumstamm und schenkte mir eine weitere Handbreit Haut auf ihren Schenkeln. Ich verfolgte auf ihr das Schattenmuster der Äste mit meinen Augen, bis fast zu ihrer Beinbeuge.

„Warst du schon mal in Heidelberg?", wollte sie nun wissen, während ich versuchte, den restlichen Stoff mitsamt einem wahrscheinlichen Slip darunter wegzuhexen.

„Heidelberg?", erwiderte ich daher verwirrt und verwundert. „Ich glaub', als kleiner Junge, ja, auf der Burg. Irgend'n Turm steht da, glaub ich, schief."

„Ist nur ein Teil einer Wand", verbesserte sie mich, „ich werde da vielleicht studieren."
Und falls ich im Sinn hatte, etwas mit ihr in nächster Zeit anzufangen, sollte ich mich nun sputen und etwas Bindendes schaffen. Einfach so mal nach Heidelberg fahren und sie überraschen und sie dann doch mit einem anderen ertappen, war keine so gute Idee.

„Oh, wir können ja hin und dann kannst du mir das alles mal zeigen", erwiderte ich deshalb sofort.

„Das wäre nett ...", war alles was ich verstand, denn in diesem Moment war Martin ins Häuschen gegangen und hatte die Anlage aufgedreht, prompt dröhnte Kurt Cobain mit seiner Band Nirvana aus den Lautsprechern, die er an die kleinen Fenster gestellt hatte und

jubilierte »*Smells like Teen Spirit*«. So wie die es delirierten konnte sein Hirn gar nicht schmelzen, sondern nur langsam zerbröseln. Martin kam wieder heraus, tat, als würde er mit seiner Bierflasche tanzen und rülpste plötzlich lauthals. Ich zog die Augenbrauen hoch und beugte mich vor, etwas tollpatschig und doch zielführend, denn fast wäre ich in Ilkas Schoß gefallen. So stützte ich mich irgendwo auf ihrem linken Schenkel ab, ohne dass sie eine Möglichkeit hatte auszuweichen, und spürte ihre zarte Haut. Ich hatte Mühe, meine Finger stillzuhalten und nicht zu verschieben. Vielleicht hätte ich's tun sollen, gewehrt hat sie sich nämlich nicht. Dicht an ihrem Ohr meinte ich dann nur noch:
„Komm, lass uns woanders hingehen."
Schon stand sie auf. Etwas umständlich. Zwischen mir-bloß-nicht-zu-nahe-kommen und die Nähe meiner Finger doch bis zur letzten Sekunde genießen, zwei Zentimeter von dem Punkt entfernt, an dem mein Geist ansonsten geschmolzen wäre. Keine Minute später gingen wir zum Gartentor hinaus und zehn Meter später umfasste ich zunächst ihre Schulter. Dann ließ ich meine Hand hinunterrutschen und landete auf ihrer Hüfte. Wow! Was für ein Gefühl. Unter dem Kleid direkt ihr Körper, ihre Haut und der Bund ihres Slips. Ich hüstelte und suchte nach irgendeinem vernünftigen Satz. Aber außer der in diesem Jahr vorgesehenen Einführung der fünfstelligen Postleitzahlen fiel mir nichts ein. Ilka war schneller:
„Im Oktober möchte ich zu Midnight Oil nach Hamburg, wenn's klappt."
*Some people tell me stories, wasting all my time. Some trying not receiving, someone else's lies. It's my time, yes, it's my time. So, why don't you tell me ...,* summte ich und sie schaute mich an. Mein kleiner Finger auf dem

Kleid bereits über den Bund des Slips auf ihren Po gerutscht. Gleich würde der nächste folgen. So bogen wir in einen schmalen Weg nach links ab. Der zweite Finger da, wo der erste gewesen war. Wieder bogen wir ab. Martins Garten längst nicht mehr zu sehen. An einem Zaun blieben wir von einigen Büschen verborgen stehen. ›Ne australische Band, flüsterte ich. Ilka drehte sich zu mir. Unmittelbar hinter dem Zaun nichts weiter als eine abfallende Wiese. Hinter dieser, einen guten Kilometer entfernt, das Dorf. Wiederum dahinter der nächste Wald und 150 Millionen Kilometer weiter die untergehende Sonne. Dichter würden das Bild in Reime fassen und dadurch romantisch machen. Ich fand es einfach nur geil. Eine Hand an ihrer Seite, die andere mehr oder weniger auf ihrem Po. Sekunden später mehr.

„Ich hab zwanzig Mark für die Opfer gespendet", sagte sie und lehnte sich an mich. Eine Hand auf meinem Rücken, die andere auch, aber eigentlich fast schon in meinem Nacken.

„Warum hast du nichts gesagt, ich hätte mitgemacht", erwiderte ich und zog sie sacht an mich.

„Wusste ich ja nicht."

„Aber jetzt", lächelte ich vielsagend.

„Ich mag dich", sagte sie und ihr Unterleib drängte sich ein wenig an meinen. Ein wenig von der Seite. Ein wenig zu ungefährlich.

Ich liebe dich, sagte ich – nicht, sondern hüstelte stattdessen. Das konnte ich gut. Rutschte aber mit meiner Hand, als würde dies alles ersetzen oder erklären, unter den oberen Rand des Slips auf ihren Po.

„Lass uns ein wenig Zeit", bat sie leise, Kopf und Mund nahe an meinem Hals. Dann ihre Lippen auf der Haut nah am Kragen meines T-Shirts. Lass uns ein wenig Zeit. In Gedanken zählte ich bis drei. Vielleicht würde das reichen.

Ich will dich – jetzt, erwiderte ich – ohne ein Wort. Der Daumen der anderen Hand mit dem dünnen Stoff des T-Shirts unter den BH gefluppt. Mit dem kleinen Finger zog ich den Stoff nach oben. Stück für Stück. Und die Hand an ihrem Po nun schon auf dem Weg zum Saum ihres Slips.

„Du kannst das im Übrigen immer noch tun."

„Was?", fragte ich aufgewühlt, dachte an alles, was mit ihrem Körper zu tun hatte, weil mein kleiner Finger, dann der Ringfinger, dann der Mittelfinger ihre Haut spürte und ich mich daranmachte, mit allen nun unter das Höschen zu schlüpfen, während die andere es schon unter das Shirt geschafft hatte und nun auf ihrem Rücken lag.

„Das mit dem Spenden", küsste ihr Mund unter meinem Ohr. Ich schaute über ihre Schulter. Die Sonne schaute drüben nur noch zwei Millimeter über den Wipfeln des Waldes heraus. Die letzten Strahlen zauberten einen roten Schimmer in ihr Haar. Vom Gartengrundstück tönte nun Whitney Houston, *I will allways love you*, zu uns. Martin hatte den Kampf um den Kassettenrecorder wohl verloren. Nun legten die Mädels auf. Wo wir bei solchen Schnulzen bei Schulfeten vor Jahren noch kleine Cola-Flaschen hingeschoben hatten, hätte eine solche nun keinen Platz mehr gehabt. Damals lachten wir, denn alle wussten, dass dies eher eine Spielerei oder Angeberei war. Manche, besonders mutige Girls taten uns den Gefallen und griffen uns in den Schritt – auf die Flasche. Davon war Ilka allerdings meilenweit entfernt. Mit ihrem Schoß, der in etwa auf Höhe meiner Schwellung war, untersuchte sie vielleicht auch ihren Mut. Aber im Gegensatz zu mir, ich hatte meine Finger endlich unter das Höschen geschoben, hielt sie sich mit ihren Händen lediglich in meinem Nacken dicht an mir fest und verhinderte mit dieser viel zu engen Nähe weitere Zudringlichkeiten von mir. So blieb ich auf der Hälfte des Weges hängen und fühlte nur ihre warme, zarte, Fantasie beschleunigende Haut und ihren Leib an mich gepresst. Doch leider ein wenig von der Seite. Ein wenig zu ungefährlich. Bis ich es ein wenig korrigieren konnte.

Die Wirkung war kolossal. Ich versuchte mich mit einem Kuss zu retten. Diesen erwiderte sie mit allem was dazu gehörte, einschließlich mit dem Druck ihres Unterleibes, der nun an die richtige Stelle rückte. Als sie das Pochen spürte, blieb sie ganz ruhig stehen und ich schaffte es nicht mal mehr, daran zu denken, wenigstens ihren BH noch heraufzuschieben, um vielleicht eine Brustspitze zu küssen. Nach einer Weile lösten sich unsere Lippen und sie schaute mich wissend an. Lächelnd mit glänzenden Augen. – Seit Beginn meiner Ausbildung wusch ich meine Wäsche selber. Mutter konnte also keine gefährlichen Fragen stellen.

Am nächsten Wochenende standen wir über der Stadt. Heidelberg. Ich hatte die gleiche Haltung eingenommen wie am Zaun als Whitney Houston trällerte. Doch dieses Mal lag meine Hand nur auf einem breiten ledernen Gürtel, der nichts anderes als eine gewöhnliche Jeans auf ihrer Hüfte festhielt, in der auch noch bis zu den Knien, so glaubte ich, eine Bluse und ein Hemdchen steckte. Fühlen tat ich somit nichts mehr, weder mit dem kleinen Finger noch mit dem Rest meiner Hand.

„Seit über 700 Jahren gibt es dort schon eine Brücke", Ilka deutete mit einer Hand hinunter auf die Alte Brücke, an deren Ende das Brückentor stand, „die erste ist durch Eisschollen kaputtgegangen. Bei dem Wetter heutzutage kaum noch vorstellbar, oder?"
Sie beugte sich vor und stütze sich auf der Mauer ab.

Meine Hand rutscht ihren Rücken hoch, fühlte den Verschluss des BHs und blieb dort liegen. Cola-Kästen standen nicht in der Nähe und die Bluse wollte auch so nicht aus der Hose rutschen.

„Was möchtest du denn studieren?", wollte ich wissen.

„Irgendwas mit Sprachen, vielleicht in Verbindung mit Wirtschaftswissenschaften", meinte sie, „ich weiß es noch nicht so genau."
Gerade wollte ich meine Hand in ihren Nacken schieben, als sie sich umdrehte und mich forschend ansah.

„Weil ... weil ... ich habe eine Einladung bekommen, eine ganz tolle Möglichkeit. Ich werde wohl eine Zeitlang nicht da sein."
Meine Hand machte ein paar komische Bewegungen, ein paar Saltos und Kreise, bis sie in meinem eigenen Nacken landete, da sie ansonsten nicht wusste, wo auf ihrem Körper sie hätte nun landen dürfen.

„Na, das ist doch was. Vorher noch in Urlaub."

„Ja ... nun", sie schaute an mir vorbei, die allein auf sich gestellte Fassade des Ottheinrichsbau, oder wie der durchlöcherte Rest des Baus geheißen hat, hinauf. Meine Hand stieg in die Luft, testete die Temperatur und Windgeschwindigkeit und flatterte irgendwo auf ihre Seite, in Höhe ihres Nabels, mit den fünf Schichten Gürtel, Jeans, Bluse, Hemdchen und Schlüpfer dazwischen. Keine Gelegenheit um große Gefühle zu entwickeln, „es sind mehr als ein paar Wochen", sie schob ihre Finger zwischen meine, „ich würde erst im nächsten Jahr wiederkommen. Ungefähr zur gleichen Zeit, im August. – Das ist schneller rum, als man denkt. – Wir können uns doch schreiben."

„Schreiben", wiederholte ich und überlegte schon, was ich dann zu schreiben hätte. *Seit Tagen regnet es und für einen Sommer ist es ungewöhnlich kalt. Ich habe keine Lust nach der Berufsschule schon wieder ins Hallenbad oder Kino zu gehen. Es läuft auch gerade kein Film, der mich interessiert und das letzte gute Buch habe ich schon vor zwei Wochen ausgelesen. Ehrlich gesagt wäre mir ein Strand, so wie der auf deiner Postkarte, lieber. – Zusammen mit Dir.*

Oder Ähnliches. Ein Brief würde aus dem Geschwafel und der Langeweile nicht werden. Außer ich fügte noch die Beschreibung meines Frühstücks, den letzten zusammengesetzten Dreisatz, den ich nicht kapierte oder die Inhaltsangabe vom zwölften Band Tim und Struppi hinzu.

„Ich schreibe dir schon im Flugzeug", meinte sie, hob plötzlich eine Hand, streichelte mit ihr meine rechte Wange und schob sie anschließend in meinen Nacken, um meinen Kopf zu sich herunterzuziehen. Ihr Kuss schmeckte nach der Schokolade, die wir vorher gegessen hatten, etwas bitter und ein wenig süß und nach dem Abend am letzten Wochenende und damit auch nach der Sehnsucht, von der ich glaubte, sie mit ihr zu teilen. Leider brach sie ihn nach zwei Sekunden wieder ab und fügte ein:

„Versprochen!", hinzu, „ja?"

Warum fragte sie mich, wenn sie es war, die es versprochen hatte?!

Auf der Fahrt nach Hause lag meine rechte Hand fast ununterbrochen auf ihrem linken Schenkel, nur zum Schalten zog ich sie kurz herunter, um sie dann einen weiteren Zentimeter weiter oben wieder auf ihm abzulegen, dass der von einer Jeans umhüllt war, missachtete ich. Derweil ich die Innenseite mehr und mehr zu erobern und den Stoff wegzureiben versuchte und Ilka nicht wusste, ob sie nun die Schenkel zusammenpressen oder entspannt lassen sollte, redeten wir darüber, wie wir nach so einer kurzen Zeit, die wir uns kannten, in einem Jahr weitermachen könnten. Ist man an diesem Punkt, haben solche Beziehungen doch eher etwas Mathematisches.

„Ich mag dich", wiederholte sie.
Ich liebe dich, sagte ich wieder – nicht.
„Ich meine das ganz ehrlich", ergänzte sie.
„Ich auch." Mein kleiner Finger hatte die Kreuznaht erreicht, die sich sinnigerweise immer verdammt nahe erogener Zonen befindet. Ilka hatte sich entschieden zu entspannen und ließ zehn Sekunden seine reibenden Bewegungen zu. Bei mehr als 120 auf der Autobahn. Dann schob sie langsam ihre linke Hand über meine und den Daumen zwischen Finger und Stoff.

„Lass uns ein wenig Zeit damit!", sagte sie mit zurückgelegtem Kopf. Es klang als wollte sie ihrer eigenen Bitte nicht folgen, als glaubte sie nicht den Gefühlen, als würden solche Zärtlichkeiten eine unumkehrbare Nähe einfordern.
Ich will dich jetzt, erwiderte ich wieder – ohne ein Wort. Der Tacho zeigte immerhin noch 110 an.

„Ich hab erst vor ein paar Monaten solchen Gefühlen zu früh nachgegeben und dann war alles vorbei. Ein großer geplatzter Luftballon. Ich möchte, dass es bei uns anders wird, ist – und bleibt."
Ihre Hand umschloss meine und rückte sie drei Zentimeter Richtung Knie. Nur drei Zentimeter, fühlte ich, dachte ich. Spürte gleichzeitig ihren Blick und sah kurz hinüber. Hungrig und doch kontrolliert. Ihrer. Hungrig und nichts anderes meiner. Eine Vollbremsung mit anschließendem Parken auf dem Standstreifen wäre nun nicht schlecht gewesen.

„Und wenn wir uns nächstes Jahr wiedersehen, du mich vielleicht abholen magst und deine Hand wieder hier liegt, werde ich mich bei nichts zurückhalten."

Bis dahin werde ich meine sämtlichen Geschichts- und Gemeinschaftskundebücher aus alten Schulzeiten herausgeholt und Zeile für Zeile gelesen haben, dachte ich.

Zu Hause, vor ihrem Haus, bat sie mich nicht mehr mit hinein. *Zu gefährlich, bin zu aufgewühlt*, meinte sie und küsste mich, als wollte sie genau das Gegenteil. Schmatzend, laut und unanständig. Kurz ließ sie sogar eine meiner Hände eine ihrer Brüste streicheln, dieweil ich darauf wartete, dass sie wenigstens ihre Hand auf meinen Reißverschluss legte, doch dann stieg sie abrupt aus.

„Okay?", fragte sie und schloss gleichzeitig die Tür. *Nicht ganz*, wollte ich antworten, nickte aber bloß und spürte meine schon wieder fast schmerzhaft erwachte Männlichkeit, der ich mit einer Hand in meiner Hose umständlich etwas Platz verschaffen musste. Ilka sah dies schon nicht mehr. Sie war schon im Haus verschwunden, sie war an dem Punkt angelangt, an dem das viele Wissen in ihrem Kopf, das häufig genug spontan aus ihm hervorquoll, eventuell vorhandene Emotionen plattmachte und verhinderte. Und ich war deswegen fünf Minuten später in der Dunkelheit auf einen Wanderparkplatz abgebogen, um es mir selber zu machen.

Fünf Wochen später war sie längst in Australien gelandet und ich wartete sehnsuchtsvoll auf ihren ersten Brief. Doch entweder hatte die Post keine Lust ihn auszutragen oder sie sich einfach anders entschlossen. Ich war wegen der sofort in Betracht gezogenen Möglichkeit des „anders entschlossen" jedenfalls sauer, beleidigt und eingeschnappt, warum auch immer und wollte trotzdem nichts unversucht lassen. Also nahm ich mir ein DIN-A4-Blatt und begann zu schreiben: *Seit Tagen regnet es und für einen Sommer ist es ungewöhnlich kalt.*

*Ich habe keine Lust nach der Berufsschule schon wieder ins Hallenbad oder Kino zu gehen. Es läuft auch gerade kein Film, der mich interessiert und das letzte gute Buch habe ich schon vor zwei Wochen ausgelesen. Ehrlich gesagt wäre mir ein Strand, so wie der auf deiner Postkarte, die ich noch nicht erhalten habe, lieber.*

Zwei Wochen später lernte ich Katja kennen. Die Woche drauf kam Ilkas erster Brief an. Der Poststempel nahezu vier Wochen alt. *Mein Lieber, ich bin gut in Melbourne angekommen. Alles hier ist überwältigend, die Weite, die Menschen, die Freundlichkeit. Aber vor allem vermisse ich Dich jetzt schon ganz fürchterlich und ärgere mich, so vernünftig gewesen zu sein. Gleich nachdem ich wieder zurück sein werde, werden wir beide alles, aber auch alles nachholen ...*

Vor einem Jahr, mehr als zwanzig Jahre danach, stand sie auf dem Sankt-Bastian-Platz plötzlich vor mir. Ohne Vorwarnung. Wie aus dem Himmel gefallen. Keine fünf Minuten später hatten wir uns für den Abend verabredet. Auf ein Glas Wein oder Sekt. Für ein Stündchen Schwelgen in alten Zeiten. Für ein Stündchen Jugendliche werden. Für ein Stündchen alte Gefühle. Bei mir wieder von Stottern und einem roten Gesicht begleitet. Dieses Stündchen dauerte drei, vier oder fünf. Auf jeden Fall bis weit nach Mitternacht. Bis wir uns neben ihrem Wagen in der Tiefgarage verabschiedeten. Die automatische Steuerung ließ das Deckenlicht flackern. Wir redeten über uns, als hätten wir nur noch fünf Sekunden Zeit, als würde gleich die Welt untergehen. Schnell, emotionsgeladen und aufgeregt. Als das Licht ausging, umarmten wir uns sofort. Als hätten wir nur darauf gewartet. Als hätten wir nur darauf gewartet, waren unsere Hände wieder höchstens achtzehn oder neunzehn Jahre alt. Neugierig strebsam. Neugierig direkt. Gürtel, Jeansknopf, Reißverschluss. Es war der gleiche lederne Gürtel wie einst in Heidelberg. Ottheinrichsbau, fiel mir ein, einer der schönsten und frühesten Palastbauten der deutschen Renaissance. Erbaut kurz bevor die kleine Eiszeit begann, zerstört kaum hundert Jahre später. Ihr Wissen hatte seit damals Platz in meinem Kopf erobert. Ich brauchte nur ein, zwei Sekunden. So viele wie sie.

Dann verschwand meine rechte Hand unter ihrem Slip und ihre auf meinem. Noch heute spüre ich jede Pore, jedes Härchen auf ihrem Schoß, die Nässe, die zwischen ihren Schenkeln entstanden war, während sie meine Erektion rieb. Wir hätten es machen können. Ohne Probleme. Auf dem Rücksitz ihres Wagens. Ohne Probleme. Haut auf Haut. Ohne Probleme. Dass um diese Zeit noch einer in die Tiefgarage fahren würde, war so gut wie ausgeschlossen.

Als auch sie daran dachte, ließ sie mich langsam los und trat einen Schritt zurück. Drei Notausgangsschilder hüllten uns in ein echsenhaftes Grün. In ihren Augen blitzten Tränen. Ihre Lippen schmal. Unsere Hosen offen. Gürtelschnallen und Knöpfe wie ein V zur Seite geklappt. Verrückt, verlockend, verzaubernd. Über ihrem Slip eine Handbreit nackte Haut. Unter meinem das, was Männer in solchen Momenten nicht unsichtbar machen können.

Fahrig strich sie mit den Fingern durch ihre Haare, sah sie auf meine heruntergerutschte Hose, vielmehr auf das, was diese freigelegt hatte. Ein leichtes Lächeln um ihren Mund. Verliebt, verknallt oder wenigstens verschossen war nicht darin. Langsam zog sie ihre Jeans wieder hoch, stopfte sie Hemdchen und Bluse gar nicht ordentlich wieder hinter den geschlossenen Bund und Gürtel.

„Es tut mir so leid, das mit damals, das mit den Briefen, dass auch jetzt wieder alles unerfüllt bleibt. Aber ich muss zurück."

„Wann sehen wir uns wieder?"

Ilka blickte auf ihren Wagen, auf einen der Reifen, auf das, was sie aus dieser Gefühlswelt herauskatapultieren würde und schüttelte den Kopf. Rieb sich mit einem Handrücken unter ihrer Nase entlang. Unfein, wie noch nie an ihr gesehen.

„Ich muss zurück", wiederholte sie, „es wird lange dauern. Ich wohne inzwischen weit weg. Ausgerechnet da, wohin ich damals für ein Jahr gegangen bin. In Australien. Aber das Heute hat mit dem Damals nichts zu tun. – Ich habe hier eigentlich nur meine Verwandten besuchen wollen."

Manchmal denke ich daran zurück. Bin von den Bildern damals gefangen. Von diesen unzensierten Gefühlen. Die einerseits ungestüm wuchsen, andererseits noch vor der richtigen Blüte abgeschnitten wurden und nur in einer Vase landeten. Selbst nach all den geschilderten, denen, die danach kamen und nun ebenfalls hinter mir lagen. Es hätte eine große Liebe werden können. Davon bin ich überzeugt. Aber die Größe einer Liebe misst sich auch an der Intimität. Wie weit man sie zulässt oder mit ihr geht. In dem Moment, als es das Konglomerat aus Gefühlen, Wünschen, Vorstellungen und Unbändigkeit verlangt hätte. Diese Liebe war uns, warum auch immer, nicht erlaubt. Ein paar Postkarten und Briefe konnten seinerzeit daran nichts ändern. So bleibt es bei einer konjunktivischen Liebe. Bei einer, die unerfüllt blieb.

Doch auch die nächste fand keinen besseren, keinen harmonischeren Abschluss, obwohl sie dieser so ähnlich war, obwohl ich etwas hätte gelernt haben müssen, obwohl mit ihr alles anders war. Doch auch als Schüler lernt man nur, wenn man gewillt ist, wenn man es kapiert hätte, zu lernen.

Bis ich Katja kennenlernte. Diese strohblonde und explosive Mischung aus beiden. Svenja und Ilka, meine ich. Aufrecht. Gerade, als hätte sie gerade aus einem hohen Regal ein Buch herausgenommen. Mädchenhaft weiblich. Mit der typischen jugendlichen Süffisanz um die Mundwinkel: Erzähl-mir-nichts-Ich weiß-es-schon. In einer weißen Jeans, ohne Angst vor Flecken, *Joyride* von Roxette von irgendwo aus einem Radio, *Hello you fool – I love you*. Darüber eine flatternde Bluse, genauso weiß, selbstbewusst, frech, nach dem Verlassen des Hauses um einen Knopf weiter geöffnet. So ganz in Weiß engelsgleich. Dabei war sie alles andere als ein Engel. Oder sphärisch. Himmlisch schön schon eher. Und auch etwas burschikos. Ein strubbeliger Sonnenaufgang ihr Gesicht. Per Gessles Pfeifen im Hintergrund, *Joyride* – und ein wenig *Manta – der Film*, wegen der Brennicke und ihrem Blick, den die manchmal draufhatte, allerdings im vollkommen falschen Plott.

Katja also. Stand eines Tages da. Vor mir. Keine Ahnung wo das war. Party. Kirche. Schulbus. Nein, der wieder nicht. Darüber war ich hinaus. Ich aber – vermutlich – in ihrem Weg. Vielleicht hätte deshalb ein Du-auch-hier? von ihr gepasst, oder besser ein Was-machst-du-denn-hier? Aber es wurde sicher nicht mehr als ein Na du?! von mir. Fast hätte ich mich dabei sogar noch verschluckt.

Katja war diejenige, die in diesem Moment alles auslöschte, mich faszinierte und tröstete. Und sie war das, was vielleicht, unter Umständen, möglicherweise Ilka hätte werden können. Wenn, wenn, wenn. Die große Liebe also. Ihre ebenso hellen grünen Augen waren der verführerisch verlockende Eingang zu einem dunklen verwunschenen Wald unbekannter Gefühle. Jedoch war sie noch so blutjung, im Vergleich zu mir – nein, wirklich blutjung, nicht nur im Vergleich zu mir, gerade mal sechzehn, wenn ich den fehlenden Monat hinzurechnete –, dass ich sie in unseren ersten Ferien auf einem Bauernhof in Österreich kurzerhand drei Jahre älter machen musste, damit es geziemt und nicht ungehörig wirkte. Man war damals noch katholischer als die angebrochenen, modernen Zeiten vermuten ließen.

In den ersten beiden Tagen horchte man uns dann auch entsprechend aus, um die Ernsthaftigkeit unseres Zusammenseins auszuloten. Am dritten ließ man uns dann beizeiten von der Leine, wir nutzten es und machten einen Ausflug an einen See, dessen Name ich vergessen habe und den ich nie wieder auf einer Landkarte gefunden habe. Für ihn und die Landschaft hatte ich auch keinen Blick, sondern nur den durch die Linse meiner Kamera. Das Objekt meiner Begierde war Katja. Auf einem Baumstumpf sitzend, auf dem Weg vor mir, mit einem Radler in der Hand, eine steile Bergwand hinaufschauend, alleine vor einem riesigen grünen Feld einer Alm und, wie sich dann herausstellte, vor, auf, hinter dreiundfünfzig weiteren Motiven. Am vierten Tag begann es zu regnen, was dazu führte, dass wir nach dem Frühstück uns wieder hinlegten und kaum aus den Betten kamen. So auch am fünften und sechsten Tag, obwohl es inzwischen aufgehört hatte zu regnen, weil ihre Art Liebe zu machen unfassbar erwachsen war.

Spätestens jetzt könnte man meinen, ich hätte, wenn ich Mädchen und Frauen kennenlernte, mit ihnen zusammen war, ich mich von ihnen angezogen fühlte, nichts anderes im Sinn. Ich suchte sie mir womöglich nur nach passenden Kriterien aus. Wird schon nichts

Ernstes werden, aber *das* machen wir so lange es geht. Das stimmt natürlich nicht, denn sieht der Beginn einer Liebe so sehr anders aus, wenn diese über die ersten Tage hinausgeht? Oder ist es so, wie es in den Büchern mit zumeist schwarzen Covern und darauf erkennbaren anatomischen Details erzählt wird? In fünfzig verschiedenen Varianten, nach der Versuchung eine Offenbarung.

Wobei ich aller Wahrscheinlichkeit nach nicht besser bin als das Gros der Männer, wenn sie an das andere Geschlecht denken oder ihm hinterherrennen. Genauso wie nahezu ausschließlich Männer, also über neunzig Prozent, darauf kommen, ihre Süße in allen Lebenslagen fotografieren zu wollen, wie beim Ausziehen, unter der Dusche, beim Liebesspiel oder wenigstens in einer lasziven Pose – zum Beispiel nur von einem feuchten und daher durchschimmernden Tuch bedeckt. Ich hatte es, was den durchschimmernden Slip von Yasmin angeht, nicht nur bei ihr versäumt, sondern seinerzeit auch bei Katja versucht. Genau in der vorher erwähnten Reihenfolge. Nicht auf diesem Bauernhof aber in Italien. Beim Ausziehen, unter der Dusche, beim Liebesspiel oder wenigstens in einer lasziven Pose.

Beim Ausziehen vor der ersten Nacht, das hatte ich geschafft. Mit zwei aufregenden Fotos. Dann unter der Dusche nach einem nicht ganz rund verlaufenen Tag. Das erste Bild funktionierte, dann richtete sie den Duschkopf auf mich und die Kamera. Damit waren die Vorhaben Liebesspiel und dünnes nasses Laken auf ihrem nackten, gerade geliebten Körper gestorben. Zu Hause war ich froh, den Film mit den drei anderen Bildern noch retten zu können. Dafür war die Kamera hinüber. Zack. Stopptaste. Künstlerpech. Wiederholung in nächster Zeit ausgeschlossen.

Natürlich hatte sie es, noch unter der Dusche, mitbekommen, schob den Vorhang ganz zur Seite und streichelte mir übers Gesicht. In ihrem Blick mitleidiges Schadenfreudenschmunzeln. Dann stieß sie mich zum Bett und tröstete mich auf die weiblichste Art. Wassernass wie sie war und später verschwitzt. Anschließend hätte ich vermutet, würde sie sich noch einmal abseifen, da sie das Gefühl eines feuchten Körpers normalerweise nur in innigen Momenten mochte. Doch sie zog sich an. Extrem langsam. Ein dünnes Hemdchen. Im letzten Licht des Tages am Fenster stehend. Mich beobachtend. Wissend, dass kein Bild mehr folgen konnte. Das dünne Hemdchen und der weiße Schlüpfer wurden feucht. Yasmin. Darüber eine weiße offene Bluse, nach Sekunden genauso feucht wie der Rest. Verführerisch. Transparent. Sexy. Mit vehementen Folgen für meine Männlichkeit. Ihren Slip im Schritt zur Seite schiebend, meinte sie auf meinem Schoß hockend: *Wenn du dies nicht vergisst, liebst du mich.*

Ich habe es bis heute nicht vergessen, keine Sekunde, keine Bewegung, kaum ein Wort oder die Geräusche um uns herum, das Tapsen eines Marders auf dem Dach über uns, das Schlagen von unzähligen Autotüren, das Reiben von Batist, nicht ihren entrückten Blick mit offenen Augen, nicht ihr Aussehen, nicht die Hingabe, trotz all der fehlenden Fotos. Aber wohin war dann die Liebe verschwunden? Es hieß doch: Liebe bleibt.

Als sie von mir langsam herunterrollte, schubberte das Gummi ihres Slips an meinem Schaft entlang und schnalzte in ihren Schritt zurück. Auf dem Rücken liegend schnaufte sie ein wenig. Ich drehte mich zu ihr und betrachtete sie. Nun waren ihre Augen geschlossen. Ein leichtes Lächeln umspielte ihren Mund und ihre Haare piksten stachelig in die Luft, wie ihre drolligen Brustwarzen unter dem immer noch feuchten Stoff. Kleine Erdnüsse. Zum sofortigen Naschen angeboten. Nur Hemdchen und Bluse müssten noch weg. Ihre Nase stach mit einem Mal unbekannt lang nach oben. Ich küsste deren Spitze, und mit einer Hand rutschte ich zielstrebig unter die viel zu verführerisch durchscheinenden Stofflagen, während der dünne Stoff zwischen ihren Schenkeln meine aus ihr herausrinnende Hinterlassenschaft aufsaugte.

„Was bedeute ich in deinem Leben?", fragte sie plötzlich und knüpfte damit an die kleine Kollision vom Nachmittag an.

*Alles!* hätte ich sagen müssen. *Alles* wäre gerecht gewesen. *Alles* wäre Beweis von Liebe gewesen. *Alles* war damals schon im Vorhinein gelogen, wie so vieles, was ich von mir gegeben, aber nicht verstanden hatte, weil ich mich nicht kümmerte.

„Dass du mich zulässt", war daher meine Antwort.

„In fünf Jahren bin ich zwanzig. Wirst du mich dann noch mit der gleichen Leidenschaft nehmen? Mich lieben? Und uns ein Kind zeugen? Genauso vorbehaltlos? Wie gerade eben? Damit aus unserer Liebe eine Familie wird?"

Vom Fenster drang das dumpfe Licht einer alten gelben Straßenlaterne herein. Der Stoff der Kissen schimmerte silbern, ihre Haut gar golden. Ihre Brust hob und senkte sich unter der verschobenen Bluse mit jedem Atemzug, nun ruhig und gleichmäßig. An ihren Füßen ein Stoffballen bestehend aus unseren Jeans. Ein Moment vollkommener Entspannung. Scheinbarer Glückseligkeit. Ihr Kopf kullerte zu mir herum und ihr Blick fand sofort meine Augen. In nicht einmal einem Jahr würde sie siebzehn werden und sie dachte jetzt schon an eine bindende Zukunft. An Sicherheiten. In einer Weise, die eine Dreißigjährige ehren würde. Ich lächelte sie begriffsstutzig an, weil ich wieder nichts verstanden hatte und schob meine Hand unter ihrem Slip in meine eigene Nässe.

„Und?", hakte sie nach und machte meine Finger bewegungsunfähig, indem sie die Beine übereinanderschlug und an sich zog.

„Ich könnte mir nichts anderes vorstellen."
Ich war ein Arschloch.

Die Zuneigung und Liebe eines Menschen erkennt man unter Umständen auch an seinen Tieren. Katja hatte eines, einen Dackel, der, wenn ich sie besuchen kam, oben am Ende der Treppe des elterlichen Hauses schon wartete und mit seinem Schwanz wedelte, sie dann ansah, spürte, dass sie sich freute und aus lauter Begeisterung aufs Parkett pinkelte. Sein ganzer Körper bebte dabei, schwang hin und her wie bei einer Schlange. Damit er sich beruhigte und wir auch außerhalb der Reichweite ihrer Eltern waren, sind wir oft spazieren gegangen, Gassi. Aber Stummel, ihr Hund, musste meistens nicht mehr. Das war uns gerade recht. So verging die Zeit nicht am Baum an der nächsten Ecke, sondern Hand in Hand auf einem Weg, der aus dem Dorf herausführte. Wir waren unbeobachtet, ungestört, unbekümmert.

Kamen wir nach Hause, folgten für einige Minuten Höflichkeitsgespräche mit ihren Eltern. Mal im Wohnzimmer, mal noch im Flur. Über die Wachsblume in der Küche, die unaufhörlich zu blühen schien und von der ich anfänglich glaubte, sie sei aus Plastik, über das neue Auto, das sie sich kaufen wollten oder meine Vorhaben. Letzteres ein peinliches Thema, wenn ich noch Schüler gewesen wäre und keinen Beruf gehabt hätte. So konnte ich an solchen Abenden über einen herkömmlichen beruflichen Alltag berichten. Manchmal luden sie mich ein, mit ihnen zu essen und verwickelten mich in längere Gespräche. Katja saß daneben und hörte zu. Erst wenn ein bestimmtes Pensum abgeleistet war, wenn ich genügend gute Antworten gegeben hatte, durften wir einen Stock höher in ihr Zimmer gehen. Zuweilen lernten wir zusammen für ihre Schule: Vokabeln, Mathematik, Geschichte. So häufte auch ich wieder Wissen an. Manchmal redeten wir über Gott und die Welt, manchmal hörten wir Musik, manchmal sahen wir uns Dias an und manchmal gaben wir uns selbstredend unseren neugierigen Fingern hin. Frei nach dem Motto, nicht für die Schule, sondern für das Leben zu lernen. Und in diesem Fach wollte ich Nachhilfeunterricht durch andere in jedem Fall vermeiden.

Merkwürdig, ich ertappe mich jetzt dabei, immer häufiger an Katja zu denken. Trotz Yasmin, Ilka und der anderen Mädchen. Trotz Katharina, die ja immer noch neben mir saß und versuchte, in dem Film – ich hab gerade vergessen, welchen wir eingelegt hatten –, die Handlung zu erkennen. Doch im Grunde ist mir klar warum - ganz abgesehen von den Gefühlen –, denn von den anderen – auch hier von Silke abgesehen – und Katharina habe ich nicht ein Foto, von Katja Hunderte. Es ist daher ein Leichtes für mich, Katharina und Katja in Gedanken auszutauschen.

Katja mit verwehten, strubbeligen Haaren vor einer alten Kirche. Katja mit aufgekrempelten Hosenbeinen durch einen Bach irgendwo in Sizilien watend. Katja am Strand in einem lustigen Bikini. Katja vor einem mit Grünzeug geschmückten Brunnen in Taormina. Ok, ja, stimmt schon, wenn ich ehrlich bin, braucht man ein wenig Fantasie. Katja hatte kurze Haare, Katharina eine Mähne. Katja war ein junges Mädchen, Katharina eine

Frau, Katja hatte ein Händchen voll, Katharinas füllten sicher zwei. Und Katharina im Bikini war – noch – undenkbar:

„In hundert Jahren nicht! Hast du mich schon mal in 'nem Badeanzug gesehen? – Gotteswillen, allein die Vorstellung reicht vollkommen."

„Du spinnst", ist dann jedes Mal meine ehrliche Antwort. Manchmal von einer Hand begleitet, die den Stoff ihrer Jeans oder ihres Shirts zärtelt, um wenigstens die Nähe ihres Körpers zu ahnen.

Eines Tages hatte ein hässliches Heinzelmännchen, Abtrünniger oder Verräter, einen Schalter in meinem Kopf umgelegt. Und mich regelrecht über Nacht Schluss mit Katja machen lassen. Weil ich glaubte *jemanden* kennengelernt zu haben. Doch was verstand ich in diesem Moment unter *kennen*-gelernt? Dieses Wort klingt so abgeschlossen: nun kenne ich etwas, habe es gelernt, *fertig*-gelernt, ausgelernt, sachkundig, ausgebildet, versiert. Mehr als nur Wissen angehäuft. Doch selbst manchen Freund kennt man nicht, obwohl man zusammen gewesen war, vielleicht nur für Tage, oder doch Wochen, Monate oder gar Jahre. Siehe all das, was ich hinter mich gelassen hatte. Auch *diese Jemand* kannte ich also nicht. Und glaubte doch, sie *kennen*-gelernt zu haben. Hatte sie nur gesehen, mit ihr gesprochen und an einem Wochenende mit ihr zusammen meinen Garten umgegraben. War fasziniert von ihrer Natürlichkeit, ihren Bewegungen und deren Selbstverständlichkeit. Betört von der Unbekümmertheit, als sie sich bis aufs Unterhemd und einen wie eine kurze Hose wirkenden Schlüpfer entkleidete und weiter Löcher in die Erde hackte. Verschwitzt wie sie war, verführerisch wie sie dabei aussah, ging sie dann zurück in die Wohnung und duschte. Ohne mich. Alleine. Im abgeschlossenen Bad.

Das war alles. Alles zusammen reichte trotzdem für diese vier Wörter: *Ich habe jemanden* kennen-*gelernt*. Die ganze Liebe, diese angeblich unendliche, für Katja, war dabei sozusagen auf der Strecke geblieben. In die Duschwanne gespült, durch das Wühlen im Garten ausgeatmet und begraben worden. *Ich habe jemanden kennengelernt*, wurde dadurch gleichbedeutend mit *Aus der Traum*. Es kommt nur darauf an, wer Sprecher oder Hörer ist. Wer es sagt und wer es aushalten muss. Katja musste es hören, aushalten und ihren Traum beenden. Aber von diesem Moment an sollte ich beides sein und werden, mal Sprecher mal Hörer. Nur wusste ich es noch nicht. Vielleicht liebte ich Katja all die Zeit ohne zu wissen, dass es Liebe war. Aber *vielleicht* ist die Restmöglichkeit von Zweifel.

Jetzt mit dem Foto von ihr in der Hand, genau dem mit der Dusche, zunächst versteckt hinter dem Handtuch, denke ich verwundert daran. Und sehe sie tropfend nass, mit heller, jugendlicher Haut und ihren verführerisch und gleichzeitig mokant lächelnden Lippen; das Wasser fließt als Rinnsal aus ihrem blonden Schopf der Scham zu Boden. Ich höre es jedes Mal rauschen. Gleich würde sie den Duschkopf auf mich richten, lachen und sagen: *Och, tut mir das leid!* Das mit dem Handtuch habe ich, das andere ist in meinem Kopf eingebrannt. Besser als jedes Zelluloid es hätte einfangen können. Katharina sehe ich nun nicht mehr in ihr. Gott sei Dank. Für dümmliche Vergleiche ist sie zu erhaben. Auch als ich das Foto für eine Weile zur Seite lege und wieder betrachte.

Doch auch die schönsten Momente sind geblieben. Es sind für immer die Minuten danach, in denen die noch warmen Körper den Duft der geschehenen Liebe verströmen. Auch wenn die gemeinsame Zeit begrenzt sein sollte. Wer in dieser zuvor gelogen hatte, dessen Seele explodiert in der Sekunde gleich darauf. Dessen Blick wird scheu. Der darf nicht auf Liebe, Zuneigung und Vertrauen hoffen. Und schon gar nicht auf eine seelische Befriedigung. Der sucht und fahndet ein Leben lang. Der sät Zweifel und für jeden folgenden Tag ein Mehr an Distanz. Klingt pathetisch oder sentimental, ist aber nach näherer Betrachtung immer so. Es betraf auch mich. *Weil ich glaubte, jemanden kennengelernt zu haben.* Aber dass Beziehungen scheitern, liegt nicht nur daran. Auch vor einem halben Jahr nicht, bei Silke und mir. Wir erlitten Schiffbruch, weil wir statt langer Liebe einen kurzen Trost oder gar nur eine Ablenkung gesucht hatten und nie ehrlich genug waren, zu sagen, für was oder aus welcher Stimmung heraus oder unter welchem Eindruck. Gegenseitige Hilfe war deswegen ausgeschlossen.

Erinnern wir uns an vergangene Lieben, ergeht es uns wie beim Zappen durch Programme, man denkt, fünf Filme und mehr auf einmal ansehen zu können, deren Inhalt zu kapieren, doch 99% flutschen einem durch. Die Gliederung, Reihenfolge, Zuordnung oder was auch immer gehen verloren, werden falsch gemischt, kriegt man nicht mehr mit und plötzlich sieht man beim nächsten Tastendruck einen Abspann, der nicht nur gefühlt zu früh kommt, sondern einem beweisen müsste, fünf Filme einen Abend lang umsonst angeschaut zu haben.

Aber nochmal, schon wieder könnte man meinen, ich hätte, wenn ich von Mädchen und Frauen rede, nur *das* im Sinn. Das stimmt wirklich nicht. Seit ich Katharina kenne, könnte ich mir Abende vor meinem Sofa vorstellen. Viele Abende und noch mehr. Mit unseren Hintern rubbelten wir für Stunden den Flor des Teppichs ab. Quatschend, ratschend und über weiß Gott was palavernd. Selbstverständlich angezogen. Selbstverständlich ohne Lüsternheit. Selbstverständlich voller Respekt für den anderen. Ich könnte mir sogar vorstellen, mit ihr Streit zu bekommen. Einen, den sie bei sich und Gerd vermisst hatte. Zuzuschauen, wie sie vor mir stehend, sitzend, hockend, zappelnd mit bebenden Fäusten und zitternden Gliedern, alles was recht ist, einfordert, um ihre Freiheit und sich zu schützen. Verbunden mit einem feurigen Blick, der jedwede Lunte in Brand setzen würde.

Sich dann irgendwann im Taumel der nicht verlorengegangenen Gefühle einander hinzugeben ohne danach auch nur eine Sekunde die Neugier auf den anderen zu verlieren, fände ich einfach nur schön. Dass sie mir zuhören würde, weiß ich schon lang. Dies alles wäre zum ersten Mal in meinem Leben. Denn spätestens seit heute Abend hatte Katharina eine eigene Kraft. Eine, die sie auf der vorletzten Stufe einer Treppe nicht durch irgendeinen Blödsinn verlöre. In ihr kulminierte alles, was ich mir unter Frau bis dato, nur in ungerecht verteilten Dosen vorstellen konnte.

## II.

**Fastrewind**

Neben mir hörte ich einen tiefen Seufzer. Ich linste zu ihr hinüber. Katharina hatte die Beine angezogen und stierte auf das Regal mit den Video-Kassetten, dann auf die diversen Stapel davor, danach zu meinen dünnen, pflegebedürftigen Zimmerpflanzen, anschließend auf ihre Hände, die sie fortwährend knetete, und wieder zurück in den Fernseher. Nach einigen Sekunden griff sie zu der Fernbedienung und drückte eine Taste. Wollte sie lauter stellen? Oder zoomen? Und das Ganze nochmal wiederholen? Hatte diese Szene im Film es ihr etwa angetan? War diese das, was sie eigentlich heute von den Filmen erwartete? *Haste überhaupt welche?* Eine, wie sie selber sagte, anturnende Szene für Liebe, anturnend genug, um sich und alle selbstauferlegten Hemmnisse zu vergessen? Um bestimmte Löschvorgänge in sich in Gang zu setzen? Jetzt, fast mitten in der Nacht?

Tony Leung Ka-Fai, der den Chinesen spielt, hatte gerade noch das Mädchen direkt hinter der Tür des Hauses mit aller Heftigkeit auf dem Boden geliebt und dabei regelrecht über die Fliesen geschoben. Während durch die Ritzen der Fensterläden die vorbeilaufenden Menschen zu sehen und der Lärm von der Straße zu hören waren. Nun ruckte er hoch, stand dem Mädchen gegenüber und kleidete es mit umständlichen Bewegungen wieder an[4]. Es ähnelte einer Mischung aus Breakdance und Rückenbeschwerden. »*!fuA !tnemoM*«, hörte ich das Mädchen noch sagen. Ich brauchte mindestens genauso viele Sekunden bis ich kapierte, dass Katharina vermutlich die falsche Taste erwischt hatte. Fastrewind.

---

4  „Der Liebhaber" von Jean-Jacques Annaud und Claude Berry

Schneller Rücklauf. Jane March im wieder übergestreiften weißen Leinenkleid umarmt den Chinesen wie zum Abschied. Wieder ein Seufzer. Mit einem Mal sah Katharina nicht glücklich aus. Mit dem Film hatte es wohl doch nichts zu tun. Ihr Kopf kippte auf dem Knie zu mir. Die Aureole von vorher hing nun wie ein aufgeplusterter Vorhang über ihrem Rücken und die Beine. Sie schaute mich fast abwartend an. Mit einem leichten Glanz in den Augen, so meinte ich. Dann aus heiterem Himmel:

„Ich hatte jemanden kennengelernt."

Peng.

Pause.

Schluss.

Totenstille auf allen Kanälen.

Vakuumierter Zustand zwischen meinen Ohren.

Irgendwo da drinnen piekste es plötzlich.

Hoffentlich artete das nicht in Kopfschmerzen aus!

In meinem Kopf begannen kleine Männchen etwas zu sortieren. – Und zu kapieren.

Leise taten sie die Ergebnisse meinem Großhirn kund.

Katharina hatte jemanden kennengelernt.

Sie also auch. Nur das Wort *glauben* fehlte in ihrem Satz. Jane March ging derweil rückwärts aus der Tür hinaus. Gar nicht mehr mädchenhaft oder geschmeidig wirkend. Eher einem heimlichen Entfernen gleichend. Eckig und ungelenk. Sie stahl sich sozusagen aus der eigentlichen Handlung. Schlug dem Regisseur ein Schnippchen. Ihre Gedanken fast lesbar auf der Stirn: Was habe ich mit dem Kerl nur machen wollen? Einem Reflex gleich schaute ich auf Katharinas Stirn. Schlug sie etwa auch mir ein Schnippchen? Doch einen ähnlichen Zweifel bezüglich mir und des heutigen Abends konnte ich nicht entdecken. Derweil verschwand Jane

March weiter rückwärts in Richtung einer Straßenkreuzung. Vielleicht würde sie nun an der Ecke stehen bleiben und sehen wollen, was Ka-Fai nun vorhätte. Unter Umständen mit einem anderen Mädchen? Oder wollte sie gar ihre eigene, nackte Ungehörigkeit beobachten, dort drüben durch und hinter den Jalousien, die eigentlich Thema dieser Szene war, wenn sie denn richtig herum laufen würde.

Mit einem Mal war es mir egal und ich sah wieder in Katharinas Augen. Statt abwartend, schauten sie mich nun fragend an. Irgendwie ultimativ wirkend. Gleichzeitig war die Bedeutung ihres Satzes bei mir angekommen. Leider. Mit voller Wucht. Irreversibel. *Ich hatte jemanden kennengelernt.* Meine Zunge klebte augenblicklich am Gaumen fest, an den Zähnen, überhaupt, überall im Mund. Sie war ein aufgeblasener Luftballon, der gerade unaufhörlich wuchs und mir die Sprache verschlug. Wie der von Ilka, der dann ohne weitere Ankündigung geplatzt war. Als mein Traum? Meine Vorstellung? Meine Hoffnung? Wenn es tatsächlich ein Gefühl für in die Augen schießende Tränen gab, dann hatte ich es jetzt. Und falls ich etwas erwidern wollte, waren mir die Wörter abhandengekommen.

Das kommt davon. Hirngespinste. Fantasiegebäude. Wahnvorstellungen. Ich hatte tatsächlich gedacht, ich stünde zumindest auf Platz Zwei. Hinter Gerd. Mit den besten Chancen auf seine Nachfolge. Und genau deswegen wäre sie nun hier. Nix da. Durchgefallen. Abgerutscht. In der Tabelle nach hinten durchgereicht. Nicht mal den Relegationsplatz in der Tasche. Ich hatte meinen Stellenwert bei Katharina überschätzt. Ich war nicht der Nachfolger, ich war das Erste-Hilfe-Kästchen. *Ich hatte jemanden kennengelernt.* Mich konnte sie nicht gemeint haben. Denn wäre ich es gewesen, hinge sie jetzt an meinem Hals. An meinen Lippen. Hätte sie sich anders verhalten. Hätte sie mich unter Umständen nicht für plemplem gehalten. Hätte ich zu handeln gewusst. Hätte ich längst gewusst, handeln zu dürfen. Wäre sie sicher dichter an meine Seite gerückt. Unmissverständlich. Hätte. Wäre. Könnte.

Aber was tat ich überrascht? War doch nicht ungewöhnlich für mich. Ich war eine Kommunikationsniete. Kein Wunder, dass sie nicht auf letzte Äußerungen einging. Der Kloß in meinem Hals wurde größer. Der Ballon war mir heißer Luft gefüllt. Ein Wust an Sätzen, Fragen und Eifersüchteleien schoss mir durch den Kopf. *Ist er nett? Sieht er gut aus? Behandelt er dich anständig? Ist er gut zu dir? Was ist er von Beruf? Wie alt? Schläft ihr etwa miteinander? Will er Kinder? Oder hat er schon?* Mein Hirn löste eine infarzierende Schnappatmung aus. *Warum nicht ich? War ich so unbestimmt in den letzten Wochen oder gar zu anzüglich mit meinen SMS? – Ich bin ein Depp und hätte dich schon viel früher einladen sollen. Lass mich jetzt bloß nicht im Regen stehen! Verdammt nochmal, **ich** lieb dich!* Aber es wurde nur ein:

„Jemanden kennengelernt", und es klang nach Hustenanfall, plötzlicher Heiserkeit und Rabenschwarm.

„Du hattest da noch Silke und ich keine Ahnung, dass du ... Ich wollte dir das schon am Telefon sagen, aber ... deshalb dachte ich, heute Abend ...", ich wartete die nächsten Worte ab. Doch Katharina blieb stumm. Gerade deshalb:

„In letzter Zeit dachte ich immer, wir ...", weiter kam ich erst mal nicht. Meine Stimme glich dem Kratzen von Katzenkrallen auf einer Fußmatte und ich stellte den Betrieb meines Kehlkopfes ein. Der Typ war mir jetzt schon scheißegal. Dennoch löste sich meine Zunge ohne Vorankündigung und spielte ohne zu überlegen die Neugierige, mein Kloß im Hals war ihr dabei auch egal, „... und was ist das für einer?"

Ihre Augen wurden unpassenderweise feucht.

„Ein netter Kerl und ganz anders als Gerd. Aber ...", wieder eine überlange Pause. Als kämen nun die pikanten Details. Dachte sie etwa, sie könnte mir nichts zumuten? Dann hatte sie für diesen Abend recht, „... er verlangt so viel. Manchmal ist es mir zu viel. Und manchmal weiß ich nicht, was ich machen soll. Ich hab keine Ruhe. Komme gar nicht richtig zur Besinnung. Immer läuft alles an mir vorbei. Gerd ist noch nicht richtig raus aus meinem Leben und er noch nicht richtig drin, da finden ihn alle anderen schon nett, sympathisch, genau richtig für mich. – Verdammte Scheiße! Das hatte ich mit Gerd schon. Ich will niemanden adoptieren müssen, weil die anderen meinen ...", die Wand hinter mir war interessanter als alles andere im Zimmer, „... sondern – ich weiß nicht, ob ich's richtiggemacht hab – was ist, wenn – und du – es geht immer alles so schnell – mein Leben ist doch kein Kinofilm ..." Ihre Augen wurden wieder feucht. Ein Tropfen sammelte sich in einer Ecke und rann dann die Wange runter. Sie wischte ihn erst weg, als er ihr Kinn erreicht hatte. Ich hätte es tun können und behielt die Finger bei mir. Ich hatte den Mut dafür verloren, überhaupt daran zu denken. Im Hintergrund glucksten die Dialoge weiter falsch herum, ».thcin s'nnak hcI – .gnuj os dnis eiS«, Katharina schaute genervt zum Bildschirm. Die verdrehten Sätze regten sie sichtlich auf. Oder weil ich keine Initiative zeigte. Ihr Daumen hämmerte wieder auf eine Taste. Für einen Moment lief das Band nun richtig herum. Das Mädchen schaut den Chinesen an: »*Mir wäre es lieber, wenn Sie mich nicht lieben würden. – Ich möchte, dass Sie das tun, was Sie sonst mit Frauen tun*«. Klang wie Henning damals, nur falsch rum. Klang wie eine Aufforderung an mich. Doch Katharina und ich siezten uns nicht. Und doch hatten sich alle meine

Vorhaben nun in Luft aufgelöst. Dann blieb das Bild stehen. Pause. Jane March in ihrem dünnen weißen Leinenkleid vor dämmrig blauem Hintergrund. Ein Standbild, das jede Fantasie förderte. Allein mit ihrem Blick. Würde ich nur lang genug gucken, verschwände das Kleid und das Höschen und ... Die echte Tragik des Films blieb uns nun vorenthalten: »*Mein Körper will nicht länger diejenige, die ihn nicht liebt. – Ich werde sterben aus Liebe zu dir*«. Annaud, der Regisseur, schien auch den Rest des Drehbuchs unseres Abends zu kennen. Zumindest mein Ende. Heute Nacht würde ich im Bett liegen und sterben. Durch Atemlähmung oder Ersticken. Denn der Kloß in meinem Hals war mittlerweile zu einem Betonklotz geworden, der mich in die Tiefen zog. Ein Strohhalm war nicht in Sicht.

„Ich bin kein so junges Ding mehr wie die da und kann mir nächste Woche nach ein paar Tränen den nächsten anlachen. Irgendwann muss mal Schluss sein. Muss man zu dem stehen, was man sich eingebrockt hat ... Nicht, dass wir uns falsch verstehen, ich hänge den Jahren mit Gerd nicht hinterher."

„Aber du bist dir nicht sicher."

„Es ist halt immer nur ein Tropfen, der ein Fass zum Überlaufen bringt. Und wenn er drin ist, unterscheidet der sich nicht mehr von dem ganzen anderen Mist, der vorher schon drin war. Aber das Bisschen, was dann rausläuft, ist ja viel mehr als ein Tropfen und reicht schon, um besser auf den Grund sehen zu können."

„Und der heißt Alltag."

Katharina schaute mich an und kniff dann die Augen zusammen.

„Sei nicht so zynisch!"

„Ich bin nicht zynisch. Du hast selbst gesagt, dass sich vielleicht die Ansprüche von uns geändert haben und der Alltag nervt."

„Es sind auch viele andere Sachen, die dazugekommen sind."

„Die aber vielleicht erst im Alltag sichtbar wurden."

„Oder sich ergeben haben."

„Tja, mal muss Schluss sein."

„Oh Mann! Jetzt tu doch nicht so! Du und ich, wie soll das funktionieren? Schon mal drüber nachgedacht? So was trau ich mich gar nicht aufzuschreiben."

„Schreiben hilft auch nicht wirklich. Trau dich einfach! Sehe ich etwa so schlimm aus?"

„Blödmann! Das alles hat doch gar nichts mit dir zu tun, sondern weil ich einen ..."

„... kennengelernt hab. Schon kapiert."

„Also, was dann?"

„Vielleicht nabelst du dich ja auch nur ab?", schepperte meine Stimme, „und er ist so 'ne Art Sprungbrett." (Gott oh Gott, welche Hoffnung wollte ich denn damit kundtun?)

„Kann sein." Ohne Überzeugung.

„Und was die nächste Woche angeht, ich bin ja auch noch da."

„Danke! Aber im Moment macht es nichts leichter." Katharinas Blick wanderte zwischen meinem und dem kindlich neugierigen des Mädchens hin und her, das im Standbild immer noch den dusseligen Chinesen anschaute. Nach wie vor bekleidet. Währenddessen entstand in meinem Kopf das reinste Tohuwabohu. Petra, Yasmin, Katja. Sachen, die dazugekommen sind. Dieses ganze Hin und Her. Hätte Katharina stattdessen gesagt: *Ich möchte, dass du das tust, was du sonst mit Frauen tust,* hätte ich natürlich eine Antwort gewusst. Sogar auf eine Frage wie *Was bedeute ich in deinem Leben?* wäre wie aus der Pistole geschossen gekommen: *Alles!* Diesmal wirklich. Ungebremst. Aber Katharina würde solche Fragen niemals stellen. Und über die: *In fünf Jahren werde ich vierzig. Wirst du mich dann noch mit der gleichen Leidenschaft nehmen? Mich lieben? Und uns ein Kind zeugen?* musste ich mir aus vielerlei Gründen nun keine Gedanken mehr machen. Der Neue war einer der gewichtigsten Gründe.

Eine Abnabelung? Wie kam ich nur darauf? Und von was? Eher wohl eine Wunschvorstellung zu meinen Gunsten. Weil ich glaubte, ich müsste nur die Arme aufhalten. Dann. Anschließend. Mich wunderte, dass ich einen einigermaßen vernünftigen Satz zustande brachte, nachdem ich gerade alles verloren hatte:

„Dann ist es vielleicht auch nicht das letzte Mal. Du kannst immer, jederzeit zu mir kommen. Ich bin harmlos und will dir nur helfen. Immer. So gut ich kann."
Das mit dem *harmlos* hätte mir damals einfallen sollen, als Silke in ihrem Sessel saß und fror.

„Ich weiß doch, dass ich mit dir nicht alleine bin."
Punkt. – Warum nimmst du dann nicht mich? Wollte ich fragen. Doch Katharina erstickte mein Vorhaben.

„Er ist lieb zu mir und ich weiß nicht, ob es für eine Liebe reicht. Er ist fürsorglich und ich habe keine Ahnung, ob es für ein Leben reicht. Er ist zärtlich, aber ich weiß nicht, ob es für Gefühle reicht. Er gab mir Sicherheit und ich bin mir nicht mehr sicher, ob es meinem Selbstbewusstsein oder meiner Zukunftsvorstellung geholfen hat. – Er ist im Moment einfach da."

„Dann lass es für einen Moment zu", ich war stolz, endlich eine weitere gute Antwort gefunden zu haben, „und sag ihm, wenn es dir zu viel wird. Er sollte deine Antworten ertragen können. – Wie ich. Ansonsten ..."
Ich machte eine wegwerfende Handbewegung.

„Du sagst das so einfach. Gerd war auch gut zu mir und ich weiß nicht, was besser ist. Bleiben oder gehen. Manchmal ist das nicht ganz leicht. Da weiß ich echt

nicht, was ich will oder erwarte. Da würde ich am liebsten Gerd anrufen und fragen. Reicht es, wenn man glaubt, dass es so besser ist?"
Etwas entgeistert schaute ich sie an, auf meiner Zunge lag eine Frage, etwa wie: *Und was sagt dein Herz, Bauch oder Gefühl dazu? Nix?*
Doch ich hielt meinen Schnabel. So ist es halt: Liebe allein nützt nichts. Liebe allein kann nichts. Liebe allein ist arbeits- und wirkungslos. Liebe braucht jemanden, der sie braucht und jemanden, der sie gibt. Liebe will genutzt werden.

### Remote control

„Was machst du denn da?", fragte ich stattdessen verwundert, als ich Minuten später aus der Küche mit neuen Getränkeflaschen in meinen Armen zurückkam.
„Ich such die Bedienungsanleitung von deiner Fernbedienung", meinte Katharina so beiläufig, als sei auf der Welt im Moment nichts selbstverständlicher geworden als die Suche nach einer Bedienungsanleitung.
Katharina sucht die Bedienungsanleitung von meiner Fernbedienung, äffte mein Hirn also nach. Auf der Suche nach den Antworten fürs Leben. Halbwegs belustigt schaute ich ihr dabei zu, allein das fiel mir schon schwer. Akrobatisch streckte sie sich vornüber, verrenkte sich fast, um an den unüblichsten Stellen im Wohnzimmer vielleicht fündig zu werden. Nur wieder nicht bei mir, stellte ich enttäuscht fest, denn sie hatte ja jemanden kennengelernt. Der war wohl besser. Dafür rutschte ihr grünes T-Shirt an ihrem Rücken hoch, als sie nun auch noch versuchte, unter den Schrank zu kriechen, weil sie ein dünnes weißes Heft hervorfischen wollte, dass früher, das heißt in all den Wochen

und Monaten zuvor, ich schwöre, dort noch nie gelegen hatte. Sie ließ sich seltsamerweise damit Zeit. Viel Zeit. Gab ihrem T-Shirt somit die Chance, zwei Handbreit ihren Rücken hinaufzurutschen, ihren wundervollen Po – hatte ich schon erwähnt, dass ich genau diesen unglaublich sexy finde? Auch wenn das nun wahrscheinlich keine Rolle mehr spielen würde – trotz der Jeans verheißungsvoll zu präsentieren und den BH in dem verrutschenden Stoff sich einzuhaken, dass ich hoffte, er würde deswegen gleich aufschnappen und den grünen Stoff wie von einer Gummizwille beschleunigt nach oben fluppen lassen. Was er allerdings zu verhindern wusste. Leider.

Das macht sie doch jetzt mit Absicht, oder?, dachte ich trotzdem noch und wollte mich vorbeugen, um ihr knapp über dem Bund des Slips, der nun auch sichtbar wurde, einen Kuss in die kleine Senke des Rückgrats knapp über diesem formidablen Po zu drücken. Aber schon hockte sie keine Sekunde später auf untergeschlagenen Beinen wieder neben mir, zupfte, wie sollte es auch anders sein, ihr Shirt zurecht und schnaufte, als kehrte sie gerade von einer Bergtour zurück. Triumphierend hielt sie das Heftchen in die Höhe. Tatsächlich stand *Remote-Control HD 415* drauf.

„Ich hab' da gesucht, wo ich bei mir zuhause auch suchen würde, irgendwie ist Ordnung doch überall ähnlich", und verbrachte die nächsten Sekunden damit, in dem Ding vor- und zurückzublättern. Und ich damit, die Wassergläser wieder aufzufüllen.

„Das wär' doch was. So ein Heft als Betriebsanleitung fürs Leben. Oder noch besser für die Liebe", begann sie plötzlich zu sinnieren.

„So ein dünnes Blättchen? Mit 16 Seiten?", gab ich zurück und stellte die Flasche neben mich.

Katharina zuckte mit den Schultern und ließ sich wieder gegen das Sofa fallen.

„Passt doch", sie tippte auf einen von Ausrufezeichen eingerahmten Absatz. „Bei einem Wechsel entnehmen Sie die beiden leeren Batterien und legen neue in das Fach. Achten Sie auf die Polarität der Batterien. Pluspole nach oben. – Brauchst nur das Wort Batterien gegen Herzen tauschen und schon hab' ich den ersten Tipp."

„Toll!", lachte ich gequält, dachte an den Neuen und schüttelte gar nicht belustigt den Kopf, eigentlich war mir zum Heulen zumute, „achten Sie auf die Polarität. Super!"

„Oder hier: Halten Sie die Power-Taste der Fernbedienung so lange gedrückt, bis sich der Fernseher ausschaltet. Wäre doch gut, wenn man das mit Zweifeln, schlechtem Gewissen oder dem ganzen Hin und Her im Kopf auch machen könnte. Taste drücken und Schluss. Schaltest du wieder ein, fängt man neu an."

„Hilft das dann tatsächlich? Wir sind doch keine Geräte oder Maschinen. Das kannst du vielleicht mit Computern machen?!" Jetzt klang ich sogar unwirsch.

„Aber ganz schön viele doofe Sachen im Leben passieren dauernd ganz automatisch. Als seien sie antrainiert. Ist doch blöd! Also abschalten bevor es wieder passiert", erwiderte sie fast entrüstet und blätterte weiter. Ich beugte mich zu ihr und las seufzend ein paar Zeilen mit, dann meinte ich:

„Aber da steht auch: Manchmal kann die Fernbedienung verschiedene Codes finden, die leider nur scheinbar zu ihrem Fernseher passen. Trotzdem funktionieren manche Tasten nicht. – Scheint also nicht ganz hilfreich zu sein. Erst recht nicht im Fall von Liebe."

Meine Erkenntnis hielt ich für einen Hoffnungsschimmer.

„Quatsch! Dafür ist ʻne Bedienungsanleitung doch da, dass sie mir auch in so einem Fall hilft. Lies doch! Hier: Sie müssen dann lediglich den Suchlauf neu starten."

„Okay, nach einem Suchlauf findet man immer was, aber ob es zu gebrauchen ist, weiß man trotzdem nicht."

„Das Ding hat ʻne Exit-Taste."

„Ich hoffe, die brauchst du nicht für mich!?"
Katharina schaute mich gedankenverloren an, der Blick war verräterisch, sie schien sich ernsthaft mit den technischen Tipps aus dem Heft beschäftigen zu wollen, um ihr Leben geregelt zu bekommen.

„Hast du eine Alternative?"

„Für mich?"

„Für ein paar gute Tipps gegen schlechte Erfahrungen."

„Ich glaube nicht, dass ich jetzt dafür noch besonders gut geeignet bin. Du hast doch einen kennengelernt, dachte ich."

„Siehst du, so geht mir das mit allen, die ich frage. Frag deinen Neuen. Echt klasse! Deshalb wäre so ein Heft gar nicht so schlecht."

„Im Grund genommen, gibt es doch sogar jede Menge Bücher mit Ratschlägen, selbst in der Bravo gibt Dr. Sommer seit Jahrzehnten ..."

„Hör mir bloß auf mit dem Typen. Meine erste Nacht mit ʻnem Kerl ist wegen dem in die Hose gegangen."

„Ich dachte Gerd ..."

„Nee, ist aber auch egal! Du darfst dir bis zum ersten Mal so viel Zeit nehmen, wie du brauchst, hat's geheißenʻ und mach's mit jemandem, dem du vertraust, am besten an einem schönen Ort und lasst euch Zeit. – Hab' ich alles befolgt und getan, aber der hat nur gekeucht und war schon fertig. Keine Minute später. Danach war Schluss."

„Mit 15 oder 16 ist das doch wirklich schnurz. Andere Mütter haben auch schöne Söhne", lachte ich auffordernd.

„Mag sein, danach hätte ich aber gern mehr als diese zehn dämlichen Tipps gehabt. Deshalb eine Betriebsanleitung. Bei denen steht hinten drin, was man tun muss, wenn was nicht klappt."

„Vielleicht braucht man dafür aber auch nur jemanden, der einfühlsam ist."

„Klar, so einen wie dich, wolltest du sagen, oder?"

„Ausnahmsweise nicht", wieder seufzte ich und erinnerte mich dabei an mein erstes Mal, „aber das mit dem ersten Mal ist doch häufig so, vielleicht sogar immer, egal ob Frau oder Kerl. Die Erfahrung als solche hat leider nicht das erwartete Erlebnis gebracht. Und von wegen, an dein erstes Mal wirst du immer denken, das wirst du nie vergessen. Ist doch alles vollkommener Quatsch. Ein Mythos. Eigentlich sollte das Erlebnis besser werden je älter man wird, oder nicht?"

„Hmm", Katharina hypnotisierte die Zimmerdecke, „nach all den Erfahrungen kennt man sich besser, hat vielleicht weniger Hemmungen, ist sich sicherer darin, was einem gefällt und was nicht. Man darf nur nicht an den Frust vom ersten Mal denken. Meinst du das?"

„Auf jeden Fall hilft da keine Betriebsanleitung, hat ja immerhin auch mit Gefühlen zu tun und nicht mit Technik, von der ist am wenigsten abhängig, man sollte nur wissen, was man will."

„Wenn das nur so einfach wäre. Damals dachte ich im ersten Moment zu wissen, worauf ich Lust hab, als ich mit ihm zusammen war. Im nächsten war ich mir verdammt unsicher. Als ich anfing mich auszuziehen, kamen die Hemmungen und ich war mit einem Mal davon überzeugt, nur noch Fehler zu machen. Dann lag ich da, vollkommen verkrampft, und prompt war alles weg. Der ganze Dr.-Sommer-Schmu. Ich war nicht mal mehr neugierig. Hier, die letzten Seiten: Was Sie tun können, wenn ... die gefallen mir."

„Ja, das ist so 'ne Sache mit der Lust", gab ich schulterzuckend zurück, „hat man sie, ist sie häufig auch schon wieder weg. Und das leider oft genug im falschen Moment."

Katharina sah mich an. Wie auf einer Party ohne Gast. Wie Lindenstraße. Keine Ahnung, was ich in ihrem Blick nun finden sollte.

## Time shift backwards

„Jetzt bist du dran! Jetzt musst du sagen worauf du Lust hast! Du hast doch auch eine Meinung! Oder weißt du nicht, was du willst?! Mein Gott! Immer deine Fragerei *Worauf hast du jetzt Lust?*', sie äffte meine Stimme nach, „also – jetzt du! Worauf hast DU Lust?"

„Auf das grad eben immer", antwortete ich.

„Und dafür fahren wir in den Urlaub?"

„Dann gehen wir jetzt halt in die Stadt, trinken einen Kaffee, und heute Abend lade ich dich in die *Spaghetteria* ein."

Ich drehte mich zu ihr und küsste eine ihrer kleinen kecken Brustspitzen, die in unserem abgedunkelten Zimmer wie aus Bronze gegossen schimmerten. Der Rest ihres Körpers glitzerte als sei er mit Milliarden Tröpfchen überdeckt. Diamantenstaub auf Kupfer oder Gold oder wie auch immer dieser bronzene Ton von schimmernder Haut genannt wird. Zudem war ihre dichte blonde Scham die reinste funkelnde Verführung. Wenn wir nun stattdessen – also in die Stadt gehen und Kaffee trinken – noch etwas länger liegen blieben, hätte ich auch nichts dagegen. Meine Hand dachte das Gleiche und ging auf einen weiteren Erkundungsgang. Schon hatte sie tänzelnd und gleitend ihren Nabel erreicht. Mir war, als würden meine Finger dort in eine kleine Pfütze platschen.

Wieder ist es Katja, die mir einfiel. Wieder ist es sie. Die erste große Liebe. Auch weil sie länger andauerte als alle *Lieben* davor. Heute trotzdem lange her. Ich war zu der Zeit gerade erst ins Berufsleben eingetaucht und versuchte mir auch in diesem Gebiet neues Wissen anzueignen. Dennoch gilt, was die Leute sagen. Und sie haben damit recht: Nichts prägt die Unzufriedenheit im späteren Leben so sehr wie die erste Liebe. Den einzigen Fehler, den diese hat, ist, sich im Unglück der letzten an sie zu erinnern; doch Hilfe bietet sie dann nicht.

Drei Jahre waren seit unserem Urlaub in Österreich vergangen. Seitdem ging es immer weiter weg. Drei Wochen lang Liebe nicht unter dem Dach der Eltern. Drei Wochen ohne Höflichkeitsgeplänkel und Gassi gehen. Drei Wochen nur für uns, mit eigenen Zielen, eigenen Ideen, ohne sich rechtfertigen zu müssen gegenüber anderen. Drei Wochen, in denen wir deshalb unter anderem jedes noch so aktive Liebespaar in den Schatten stellten. Wochen, in denen wir nur mit uns zu tun hatten.

Nach Holland im ersten und Spanien im folgenden Jahr, waren wir damals in Taormina auf Sizilien gelandet. In einem herrlich morbiden Hotel in diesem genauso herrlich morbiden Städtchen, in dem alte Menschen in alten Cafés an alten *piazze* saßen, sich in noch älteren Museen noch ältere Bilder und Statuen anschauten oder in schon antiken Kirchen und Ausgrabungen herumhumpelten und sich im Teatro Greco zusammen mit dem ewigen und manchmal rauchenden Ätna im Hintergrund für die nächste Ewigkeit fotografieren ließen.

Die jungen Menschen, wir, waren in dieser Kulisse wie Blüten, die aus einem herbstlichen Ambiente den Frühling herauskitzelten. Und das mitten in einem unendlich heißen Sommer. Mit unbegehbaren Stränden, einem Meer so warm wie Suppe, und Bussen, die selbst bei offener Tür und kräftigem Fahrtwind jede Sauna bestens ersetzten. In einem Sommer, dessen Nächte es möglich machten, morgens um zwei, nachdem in den Straßen das Durchschnittsalter der Passanten rapide gesunken war, auf einer Stufe des kleinen Platzes Santa Caterina Eis zu schlecken. In einem Sommer, in dem ich mir an einem Abend einen Pullover kaufte, weil die Nacht *nur* noch 25 Grad kalt war, nachdem der Tag nur knapp an einer 50 gescheitert war. In einem Sommer, in dem ich ausschließlich nackt schlief, höchstens von einem Leintuch bedeckt, und morgens trotzdem verschwitzt und vor allem mit einer heftigen Erektion aufwachte, über die ich mich ungeachtet unserer freizügigen Zärtlichkeiten gleichzeitig wunderte und schämte. Und die so dicht neben Katja schlecht zu verstecken war. Und die Katja deshalb eines Morgens bemerkte, mit einer Hand zupfend prüfte und sarkastisch murmelnd meinte:

„*Das* könnt ihr. – Und sonst?"

Ulkigerweise stellte ich mir in diesem Moment vor, in einem Krankenhaus zu liegen, wie, im ganzen Land verstreut, schätzungsweise eine weitere Viertelmillion Männer oder mehr. Morgens um fünf, halb sechs oder sechs wenn die Schwestern kamen, das Licht anmachten, um die Betten zu richten oder das Frühstück zu bringen oder um eben mal so nur die Decken zur Seite zu ziehen. Eine Viertelmillion frühmorgendliche Erektionen oder mehr streckten sich von Männern unterschiedlichen Alters ihnen entgetgen, und ich hörte die Schwestern sagen: *Immerhin, das könnt ihr – noch*, und zogen eine Spritze auf oder fühlten den Puls. Verabreichten anschließend ein Barbiturat oder Schmerzmittel, zusammen mit einer Tasse Hagebuttentee, und Schluss war es mit der Männlichkeit.

Doch vergeudete ich diesen Sommer nicht in einem Krankenhaus. Diesen Sommer, in dem es manchmal – glücklicherweise – besser war, während der Mittagshitze nicht das Zimmer zu verlassen und Dinge zu tun, für die man nachts für gewöhnlich zu müde war und die man nie als Anstrengung bezeichnen würde. Vor allem, wenn dabei regelmäßig aus einer Jukebox vom Pool unten Eros Ramazzottis *Adesso tu* zu uns heraufschallte. Mit Katja so wie gerade eben im Schatten die Nachmittage zu verbringen, war wirklich nicht das Schlechteste. Ich stippte wieder meinen Zeigefinger in die Mitte ihres Bauches, längst zum Refrain und Mantra unseres Beisammenseins geworden. <u>Om mani padme um</u>. Und wollte mich zurück zwischen ihre Beine schieben. Doch sie drehte sich weg, zog die Beine an und saß keine Sekunde später auf der Bettkante.

„Kaffee hattest du gesagt?!"
Ich erinnere mich, als sei es gestern gewesen, wie sie mich dabei ansah, frech, herausfordernd und hinreißend. Auf ewig wirksam. Dachte, glaubte, hoffte ich. Ich hatte keine Lust daran zu denken, was in zwanzig oder dreißig Jahren sein, was sich je zwischen uns schieben könnte. Und schon gar nicht daran, dass wir auch älter werden, auch in alten Cafés an alten *piazze* rumhängen und uns noch ältere Sachen anschauen könnten, statt unsere Körper den dampfenden Ätna anzugucken; was für eine demotivierende Vorstellung in solchen Momenten, wenn das grelle Licht der Sonne durch den Schimmer von so junger Haut überstrahlt wird. Wenn selbst ein Sommer es nicht schaffte solch schwindelerregende Momente weiter zu steigern.

Bevor ich sie neben mich ziehen konnte, stand sie cowboylike etwas breitbeinig neben dem Fenster. Die Hände in die Seiten gestemmt. Ohne Gurt, Patronen und Colts. Solche Waffen hatte sie nicht nur in diesem Augenblick nicht nötig. Da fragte ich mich, was ich zu mäkeln hatte. Warum ich manchmal den Unzufriedenen oder schrecklichen Besserwisser spielte. Dabei zauberten die Sonnenstrahlen mit ihrem unnachahmlichen mediterranen Licht doch gerade genau an den richtigen Stellen goldene Sprenkel durch die Läden auf ihren Körper. Von keinem Stoff oder einer verhüllenden Hand gestört, von der Stirn bis zu ihren schlanken Fesseln. Die Farbtöne der edlen Metalle waren dadurch nun wirklich komplett.

„Also? Auf! Oder?", tönte sie und blinzelte mich an. Ihre Augen funkelten mit den Sonnenstrahlen um die Wette. In diesem Moment hatte ich das Gefühl, das erste Mal im Leben richtig angeschaut zu werden. Und gleichzeitig selber etwas zu sehen, was mir mein Leben ohne triftige Gründe bisher vorenthalten hatte. Es war um einiges mehr als die perfekte, nur von außen sichtbare Schönheit. Es hatte nichts von dem, was in einer fernen Zukunft möglich sein könnte, um Angst zu machen. Doch half es nicht.

Eine Stunde darauf hatten wir uns, trotz oder gerade wegen dieser Überwältigung, etwas in die Haare bekommen. Wie schon zwei Tage zuvor, als ich sie unbedingt zum Kauf eines Minirocks mit Ethnomuster in grellen Farben überreden wollte. Sie zog das knappe Ding in der Umkleide an und eine Sekunde später wieder aus. Gesehen hatte ich es nicht. Nicht an ihrem Körper. Nur an dem des Mädchens, das in einem Eiscafé uns gegenübergesessen und mit dem bunten Etwas meinen Blick in die Tiefen zwischen ihre Schenkel gelockt hatte, weshalb ich überhaupt auf die Idee gekommen war. Doch hinter dem Vorhang ertönte Katjas unüberprüfbare Begründung:

„Nicht mit so einem Muster und solchen Farben."

„Hab es ja nicht mal sehen dürfen!", protestierte ich beleidigt.

„Brauchst du auch nicht. Würde ich sowieso nie anziehen. Warum also dafür Geld ausgeben?", ihre lakonische Antwort.

„Immer musst du das alleine entscheiden", erwiderte ich übertrieben entrüstet, aber wieder mal beleidigt.

„Ich muss das ja auch anziehen und tragen, oder? Schon mal was von Wohlfühlen gehört? Auf mich gaffen braucht keiner."

„Aber ..."

Das Aber fand keine Beachtung und ich wollte partout recht behalten, wie von einem Zwang getrieben, und schwätzte auf sie ein. Hartnäckig. Unnachgiebig. Dickköpfig. Pubertär. Mit immer blöderen Argumenten. Von wegen *tolle Figur, ist doch jetzt in, andere Mädchen tragen auch so was, mit dem stichst du sie alle aus, wenn nicht du, wer dann hat die optimale Figur* und so weiter und so fort. Auch am Abend nach dem Essen fing ich wieder an und zerstörte damit vollends die eigentlich schöne Stimmung.

„Jetzt hör doch auf! Ich ziehe ja kurze Sachen an. Sogar extra für dich. Siehst du doch an der kurzen Hose. Meine Eltern haben mich Weiß-Gott-Was genannt, als ich sie anprobierte und dann in den Koffer getan habe. Aber nur damit du glotzen kannst, kauf ich so was nicht."

Eigentlich hätte diese Antwort reichen müssen, doch die nächste Stunde ließ ich nicht locker und übersah am Ende ihre Tränen.

Jetzt war der Anlass für mich genauso vollkommen nichtssagend und in meinen damaligen, chauvinistischen Augen ein typisches Frauenthema. Zukunft und Sicherheit. Nicht unbedingt für einen Urlaub geeignet. Wenn er so schön wie dieser war, bildete ich mir ein. Genauso wenig wie das Bügeleisen zu Hause, von dem man fernab von der Heimat und Stunden nach der Ankunft im Hotel nicht wusste, ob es ausgeschaltet war. Am liebsten hätte ich sie damit aufgezogen. Doch etwas Ähnliches wie Einsicht hielt mich zurück. Über den Rand der Tasse hatte sie mich fixiert und dann die *meine* Stimmung zerstörende Frage gestellt:

„Was hast du eigentlich noch vor in deinem Job?"

„In meinem Job?", ich schaute sie verdattert an. *Vor in meinem Job.* Zunächst war ich mal froh, einen zu haben. Und schlecht war er ja nun wirklich nicht. Klang als hätte nicht sie, sondern ihre Eltern auf einmal gewisse Zweifel an mir geäußert, bevor wir hier in Catania gelandet waren. Und nun stellte sie die erwünschten Nachforschungen an.

„Ja", entgegnete sie knapp.

„Ich versteh nicht", meinte ich nur und hatte schon gelogen und schaute deshalb zur Seite. Genau auf den in diesen Moment eine Rauchwolke spuckenden Vulkan und wusste: Millionär würde ich sicher nicht werden und eine Familie davon zu ernähren, sicher nicht leicht.

„Nun, ich meine, in dem Laden kommst du ja nicht viel weiter. Ich denke, das kann dich für die nächsten Jahre nicht viel glücklicher machen."

„Fürs Glück ist mein Job nur bedingt zuständig. Fürs Glück habe ich dich", lächelte ich sie an.
Katja hatte die Tasse abgestellt ohne mich aus den Augen zu lassen und wischte mit einem Daumen einen Tropfen Kaffee vom Rand. Ihr Blick unverändert.

„Danke. Aber das wird nur so lange funktionieren, bis wir andere Herausforderungen zu bewältigen haben. – Ich habe jetzt mein Abi in der Tasche. Nach dem Urlaub fang ich die Lehre an. Auch für mich beginnt ein neues Leben."

„Du verdienst dein erstes, regelmäßiges Geld. Bist viel unabhängiger. Du lernst neue Menschen kennen. Und vor dir steht keiner mehr, der meint, er müsste irgendwelche Formeln oder Vokabeln in dich reinquetschen. Endlich lernt man das, was einen interessiert. Ich fand das während meiner Lehre nicht schlecht."

„Und wir beide tun so, als ob der Rest nur aus Nachmittagen in Sizilien besteht?!"

„Ich versteh immer noch nicht."

Ihre Fragen glichen einem Lackmustest für unsere Beziehung, die wir beide – hoffentlich – Liebe nannten. Von meinen Antworten würde ihre weitere Lebensplanung abhängen. Sie sah es etwas pragmatisch und ich eher männlich.

„In drei Jahren habe ich ausgelernt. Vielleicht möchte ich danach noch weitermachen und studieren. Ich bin noch jung genug – und ehrgeizig, das weißt du."

Natürlich wusste ich das. In dem war sie mir voraus. Schon immer. Wären wir, wie auch immer, zusammen zur Schule gegangen, hätte ich mich erst gar nicht an sie rangetraut. Sie wäre als Ikone der guten Noten unberührbar für mich gewesen. Aber ich wusste in diesem Moment auch, worauf sie hinauswollte. Bis es soweit war, würden wir sicher mit ihrem und meinem Geld gut auskommen, aber studieren mit nur einem Gehalt war nur möglich, wenn wir auf vieles verzichten würden. An erster Stelle stünden dann sicher Urlaube wie dieser. An zweiter unbeschwerte Abende, weil sie lernen und sich auf den Hosenboden setzen müsste, statt sie mit mir zu verbringen. An dritte und vierte Stellen wollte ich schon nicht mehr denken, diese kämen dann nicht mehr vor. Ihre Frage vor Tagen bezüglich Kinder war nun nicht mehr aktuell. Doch die Antwort, die sie hören wollte, jetzt, hier, unter einem grünen Dach betörend duftenden Jasmins, der mir zusammen mit Katjas Aussehen und einer Vermengung uralter Erinnerungen die Sinne raubte – sie trug die kurze blaue Hose und darüber nichts weiter als die weiße luftige Bluse, die nichts Besseres zu tun hatte, als frech zu flattern – hätte nicht nur die Leichtigkeit dieses Urlaubs, sondern auch unseres Lebens, unserer ständigen Romanze zerstört. Von nun an miteinander zu leben, tagaus, tagein, auf diese Art, würde darüber hinaus sicher auch Abnutzung bedeuten.

„Aber du weißt ja noch nicht mal, wo du studieren wirst."

„Deshalb fragte ich nach deinen Vorhaben, du musst doch Ziele und Ambitionen haben?!"

„Ambitionen. Das klingt so fremd, wenn du das so sagst."

„Das sind die Dinge, die sich in einer Beziehung ergeben sollten. Die unsere Zukunft bestimmen könnten."

„Aber das hat doch noch Zeit", versuchte ich abzulenken.

„Dann bin ich einundzwanzig und du fast dreißig. Schon mal was von Verantwortung gehört? Seit mehr als vier Jahren kommst du nach der Arbeit zu mir, manchmal essen wir, manchmal spazieren wir, manchmal reden wir, aber viel häufiger schlafen wir miteinander und anschließend gehst du wieder nach Hause. Mein Gott, wir haben doch nicht dauernd Feierabend, Ferien oder Urlaub. – Eigentlich dürfte nicht *ich* dir die Frage stellen, aber hast du keine Lust mit mir *zusammen*zuleben?"

Volltreffer! Hatte ich vor nicht mal zwei Minuten genau das gedacht? Von nun an miteinander zu leben, tagaus, tagein, auf diese Art würde sicher Abnutzung bedeuten? Und exakt dafür war sie mir eindeutig zu hübsch und zu jung ... und ... und ... ja was? Vor was lief ich weg? Was für eine Ausrede könnte passen? Sie war doch meine große Liebe. Dachte, hoffte, glaubte ich. Genug Ansporn für Ambitionen. Warum hingen ihre Kleider nicht längst im Schrank neben meinen? Warum gab es nicht auch von Montag bis Freitag ein gemeinsames Frühstück? Gemeinsames Einkaufen? Planen? Was wollte ich denn noch? Mir fielen nichts anderes als Oberflächlichkeiten ein, und ich suchte nach etwas, das einem Friedensangebot gleichkommen konnte.

„Ich könnte mich höchstens selbständig machen, ansonsten bin ich immer der kleine Angestellte. Aber dazu braucht man Geld. Und das nicht zu knapp. Und ich weiß beim besten Willen nicht, ob ich das überhaupt will. Auf der anderen Seite: Wenn du in Hamburg studierst hänge ich hier erst recht fest. Mit jedem Job. Einen à la Campingplatz, also Zelt aufbauen und wieder abbauen, wenn du fertig bist, gibt es nicht."

Katja lehnte sich zurück. Ein lauer Wind wehte eine mächtige Portion Jasmin zu uns und hob anschließend den dünnen Stoff ihres lässig geknöpften Ausschnitts zum wiederholten Mal an. Ich versuchte, nicht hinzuschauen und tat es natürlich doch. Katja war auch jetzt Verlockung pur. Trotz der ungewohnten Härte in ihrem Blick. Sie verfolgte meine Augen, begann doch zu lächeln und ließ mir diesen Genuss.

„Es geht nicht um Hamburg. Wer weiß, wo ich dann bin, sondern ..."

„... um das hier", unterbrach ich sie und machte eine ausholende Bewegung, die den Duft des Jasmins rührte.

„Und wir zwei?"

Ihr Lächeln hatte maximal die Fünfzig-Prozent-Marke erreicht. Eine wirklich gute Antwort darauf war kaum möglich. Jede war richtig und falsch. *Bleiben zusammen. – Ziehen zusammen. – Heiraten. – Kriegen Kinder. – Werden alt.* – Nutzen uns ab.

„Machen jetzt Urlaub."

Ich wollte nicht mehr diskutieren. Ich wollte nur noch sie. Wie die ganzen Jahre zuvor. Leicht, locker, unbeschwert. Ohne irgendwelche Probleme und Zweifel. Es hatte doch bisher funktioniert. Mein Blick erhaschte ein kleines Stück des für eine Sekunde lang bloßgelegten Hofs ihrer rechten Brust. Ein blasser rotbrauner Schimmer. Das Kupfer unserer Liebe. Nur aus meinem Winkel zu erhaschen. Angenehm, wenn sich das Leben auf das Körperliche reduzieren kann. Ohne Erwartungen. Mit einer unbeschreiblichen Innigkeit. In meinem Kopf tauchten deshalb Bilder der letzten Tage auf. Katja unter einem unverschämt rot blühenden Oleanderbaum in der *Wunderbar* an der *Piazza Nove Aprile*. An der offenen Tür der Seilbahn, oben an der Station in Taormina gegenüber der *Villa Nettuno*, als der Fahrtwind den leichten Rock hochwehen und sie ihn lächelnd, als sei nichts geschehen, wieder über ihren Blümchenslip und damit über Po und Beine fallen ließ. Unten am Strand, an dem sie erst geziert und dann doch ganz freizügig ihr Oberteil ablegte, weil sie neben sich eine Frau sah, die sogar nackt in der Sonne brütete und das damals, zu diesen Zeiten. Laut lachend in einem Lebensmittelgeschäft, weil sich plötzlich herausstellte, dass der Mann hinter der Theke ihren Onkel kannte, *Was? – Ja, si si! Viele arbeite in gleiche Firma aus unser Dorf bei euch*, und deshalb einen Witz machte. Beim Schlecken ihres Eises und Schäkern mit dem schnurrbärtigen Eisverkäufer, der ihr prompt eine Extrakugel Limoneneis auf das Waffelhörnchen pflanzte. Ich daneben mit meiner dummen und dauernden Eifersucht, die trotz dieser von ihr gefühlten Feierabendliebe überbordend war. Oder Katja in der Kabine einer Boutique, in die ich nicht hineinschauen durfte, weil sie mich mit einem neuen Bikini überraschen und ich es nicht kapieren wollte und stattdessen beleidigt war.

Dann schaute ich ein weiteres Mal zur Seite, sah dort eines dieser alten Ehepaare miteinander schwätzend sitzen und stellte mir vor, wie ich oder sie abends nach der Arbeit an unserer Wohnungstür klingelte und der andere aufmachte. Im Grunde keine allzu schlechte Vorstellung, aber in diesem Moment die äußerste, jeder von uns war aufgehoben, jeder von uns wusste, wohin er gehörte. Ich bräuchte noch einige Zeit, um mich daran zu gewöhnen – und wusste nicht warum. War es nicht das, wonach wir alle suchten? Ich schielte wieder auf die wehende Knopfleiste ihrer Bluse. Gleich hätte mich diese flatternde Blöße genug bestochen und ich würde deshalb beginnen, mich mit Katjas Vorstellungen von Zukunft anzufreunden, die darüber hinausgingen, nur die Wochenenden zusammen in meiner Wohnung zu verbringen. Schon war ich sogar bei der Überlegung angekommen, wo es bei uns Zelte zu kaufen gab oder mir tatsächlich vorzustellen, meinen Job für ein paar Jahre in Hamburg zu machen. Verdammt nochmal, ich war der Kerl! Ich hatte gefälligst dafür zu sorgen, dass eine gemeinsame Zukunft ein Gerüst bekäme, dass Spinnen im Schlafzimmer von mir in einem Glas nach draußen gebracht würden, bevor sie Katja erschrecken konnten, dass sie auch keine Angst vor Gewittern, großen Hunden oder möglichen Krokodilen haben müsste und dass für sie immer eine Schulter zum Anlehnen da war, ein Ohr, das zuhörte und ein Hirn, das mitdachte. Bevor sie etwas entgegnen konnte, fügte ich hinzu:

„Immerhin habe ich ja schon ein Doppelbett."

Es sollte ein Angebot sein. Sie könnte ja kommen, wann sie wollte. Dann den Schrank zu öffnen, für all ihre Sachen im Koffer, sollte das kleinste Problem sein.

„Immerhin."

In ihren Augen war ein feuchter Schimmer. Ich suchte nach etwas Tröstendem. Zu lange und erfolglos. Feigling, schoss mir durch den Kopf. Katja kniff ihre Lippen zusammen und sah zur Seite. Leise ergänzte sie:

„Gibt's sonst noch was in deinem Leben für mich?"

Unsere Liebe schien dem Schicksal eines Nichtrauchers in einem Gartencafé zu gleichen, egal wo man auch sitzt, man ist umwölkt vom Dunst der Raucher statt der frischen Luft. Mir schwante viel zu langsam, dass die Zutaten dafür bei uns miteinander und auch noch untereinander vertauscht waren. Allerdings durch mich. Fatal, wenn man dies nicht rechtzeitig kapiert.

## Realtime mode

„Und auf so was könnte ich auch gut verzichten."

Katharina saß mit offenem Mund neben mir, steckte einen Zeigefinger in ihn rein und schrappte mit dem Nagel über ihre Zähne.

„Tut grad weh. Wahrscheinlich alles morsch. Hab ich sicher geerbt. Gene oder so. Scheiße! – Rat mal, was das kostet! Kronen, Brücken und dieser ganze Mist. Prost Mahlzeit."

Ka-Fai durfte das Mädchen nicht heiraten. Es gehörte sich nicht für ihn. Er war viel zu adelig, vornehm oder so'n Quatsch. Vor allem zu reich für das arme Ding. Sie hingegen hatte nur ihre Schönheit, den Hunger auf Leben, ihre Jugend, Unbedarftheit und wieder ihre Schönheit. Dekoriert und geschmückt wie ein Pfingstochse und doch hundertprozentig phlegmatisch gab der Chinese-Schönling sich seiner aufgezwungenen Hochzeit hin. So ist das nun mal in seinen Kreisen. Ein Haschbruder auf Entzug sah genauso glücklich aus. Durch die unzähligen Gäste hindurch suchte Jane March seinen Blick. Lass den Kerl doch ziehen, wenn er nicht will, dachte ich.

„Meinst du etwa, meinem Freund gefällt das? Wenn ich jetzt auch noch irgendwelche Fäden im Mund hab und wie 'ne Kloschüssel schmeck", Katharina gab keine Ruhe, „und immer dieses blöde Frauengedöns."

„Das hat doch jede. Auch er könnte sich darauf einstellen."

War mir grad recht, wenn er nicht zum Zuge kam. Dass der Typ Katharina schon nicht nur küsste, machte mich mehr als nervös.

„Aber nicht so, wie ich es immer hab. Mit den üblichen Tagen hat das nichts zu tun. Den Spaß, den die Kleine da hat, habe ich dann mindestens eine Woche nicht. Oder soll ich ihn dann zu einer anderen schicken?"

Meine Stimme drohte mitsamt meiner Stimmung zu kollabieren. *Spaß. Eine Woche nicht.* Das hieß dafür jetzt aber umso mehr oder was? Wie macht ihr's denn? Klassisch? Französisch? Doggy? Mit dem Rücken anner Wand? Glühender Wacholder? Oder nach dem Studieren der restlichen Kamasutra-Bildchen mit Yoga-Verrenkungen? Vielleicht liegt's daran! In meinem Kopf taumelte etwas. Tatsächlich glaubte ich eine Kreislaufschwäche zu spüren. Doch dann schoss mir das Blut heiß in den Kopf. Wahrscheinlich wäre es nun besser den Mund zu halten, wenigstens dieses eine Mal, weil ich Katharina schon in lasziven Posen herummachen sah, stattdessen krächzte ich:

„Und du lässt das dann trotzdem zu?"

Jane March und der Chinese hatten sich nicht gekriegt. Kein gutes Omen. Der Schluss des Films machte keinen Mut. Aber so einer wie der wollte ich nun auch wieder nicht sein. Der nun beginnende Abspann bestätigte das für mich trotzdem unbefriedigende Ende.

„Wie lange würdest du denn ein Nein hinnehmen?", fragte Katharina, „wenn du Lust darauf hast. Als Kerl wohlgemerkt! Einen Abend? Zwei?"

So fühlte sich sicher ein plötzlich grassierender Grippevirus oder eine neue Seuche oder die Wirkung des Schierlingstrunks an. Die dazugehörige Atemnot mit Erstickungsanfällen hatte bei mir bereits eingesetzt. Ich schaute wieder zum Bildschirm. Wäre er ein Spiegel, sähe ich mich in grandiosem Selbstmitleid zerfließen. Gerade wurden die Namen der Stunts aufgeführt. Für was brauchte man in einem solchen Film Stunts? Bei einer solchen Hauptdarstellerin? War Ka-Fai auch dazu nicht fähig? Dann sollte er bei Paolo in die Lehre gehen. Vielleicht könnte sogar ich es ihm zeigen. Meine Nase lief voll. Meine Kehle war kurz vor einem weiteren Hustenanfall. Die schätzungsweise zwei Millionen Wörter, die zur Antwort bereitstanden, hatten sich in meinem Kopf in Luft aufgelöst. Der Ballon war geplatzt. Kurzerhand drehte ich mich zu Katharina, fasste ihren Kopf und zog ihn mitsamt ihren Lippen an meine. Auch wenn sie geschlossen blieben, nahm ich ihre Weichheit und Katharinas Duft wahr, es entsprach dem Drücken der Reset-Taste und drängte mich an sie. Von irgendwo hörte ich das Meer bei Taormina rauschen. Fielen mir Bilder aus alten Tagen ein. Sah ich die beiden Heranwachsenden, die glaubten, sie wären an diesem einen Baggersee bei Olching westlich von München mitten in der Nacht alleine, als sie sich hinter ungenügendem Gebüsch nackt in die Arme nahmen. Einsfünfundachtzig an höchstens einssechzig und umgekehrt. Sie musste sich strecken, damit die Spitze ihrer Zunge überhaupt die Chance hatte, an seine Lippen zu kommen, ohne dass er sich zu ihr runterbeugen musste, weil er sonst den intimen, von jugendlicher Erregung gekennzeichneten Kontakt, irgendwo auf ihrem Bauch zwischen den werdenden Brüsten und der Scham, bei ihr verlor. Mit den Händen auf ihrem Po, den er an sich hinaufzuschieben versuchte, was aber scheiterte, da er sich wiederum hätte hinunterbeugen müssen, um unter ihn schlüpfen zu können. Es blieb somit bei einem Bild wie von Gustav Klimt gemalt. Aus dem Beethovenfries, *Diesen Kuss der ganzen Welt*, nur die Engelchen drumherum fehlten. Wie passend für den Namen der Epoche, in der dieser gemalt hatte, Jugendstil. Ein Bild voller Versprechungen und Zusagen. Zusagen, die ich endlich zu treffen hatte. Augenblicklich fiel mir eine Antwort ein. Mit der würde ich ihren Neuen auf Grund ihrer Schilderungen ohne Mühe ausstechen. Drei Sekunden hatte ich sie geschmeckt! Warum nicht länger? Ich Feigling. Wie immer.

„Verdammt lange! Das kann ich dir versprechen. Ehrlich."
Ich japste.
Sie schluckte.

### Repeat

Es passt und es passt nicht. Aber nun doch nochmal Barbara und nicht Katja, Yasmin, Ilka oder Silke. So was wie eine Erklärung steht noch aus. Eine, damit von ihnen nicht nur eine Episode bleibt, aus Babs keine Regine und aus mir kein Nymphomane wird. Eine die meine Theorie bekräftigt, dass zu allem im Leben zwei gehörten. Die erste Erklärung wäre: Babs und ich kannten uns schon vor Jahren. Ausgangspunkt: eine Episode. Weit bevor ich Katja kennengelernt hatte, die in der ganzen Aufzählung eigentlich ja die Erste gewesen ist, was Ernsthaftigkeit betrifft. Also große Liebe. Und damit unendliche Zeiten vor Silke und weitere vier Jahre vor Katharina. Mitgekommen? Ja? Somit hatte die ganze Sache, wenn man so will, ein viel älteres Vorspiel. In jener Zeit waren wir beide noch zu jung und leider wie vernarrt. Wie das junge Mädchen vorher im Film. Mit ihrem Hunger auf Leben, ihrer Jugend, Unbedarftheit und wieder ihrer Schönheit. Wie zwei Kometen schwirrten wir umeinander und doch überschnitten sich unsere Bahnen nur gelegentlich. Genau genommen sogar nur einmal auf dieser Abiparty, was Heftigkeit und Weise anbelangte. Unreif. Unerwachsen. Unvernünftig. Ihr Busen in meiner Hand. Eine Episode. Wie gesagt.

Jahre später, wir hatten uns längst aus den Augen verloren, glaubte sie einen Mann fürs Leben gefunden zu haben. Wie so viele, die das Glauben mit Gefühlen gleichsetzen und daraus ihre Gewissheit ziehen. Und ich meinte, mit meinen Liebschaften, Beziehungen und Freundschaften längst zum Establishment zu gehören. Doch wiederum nicht einmal drei Jahre später war dies, wie bereits erwähnt, bei ihr ungut zu Ende gegangen und sie blieb mit einem Kind allein. Dieses Allein war die Basis für die Wiederholung der Heftigkeit unserer Begegnung, sowohl beim ersten als auch zweiten Wiedersehen.

Geplant war nichts. Nach dem ersten Rendezvous waren wir ohne ein *Ich melde mich* oder Ähnlichem auseinandergegangen. Keiner von uns sagte einen Satz, der auf die Wiederholung eines unverhofft intimen Abends hätte schließen lassen können. Keiner sah eine

Verpflichtung *darin*. Auch wenn sie es vielleicht hoffte und nur nicht ausgesprochen hatte. Aber ich kann keine Gedanken lesen. Auch nicht nach so einem heftigen Wiedersehen.

Nach diesem Abend ging zumindest ich davon aus, dass wir uns höchstens per Zufall wiedersehen würden. Immerhin waren bis zu diesem *Zufall* ja auch schon mehr als sechzehn Jahre vergangen. Man sollte alte Zeiten auch nicht zu sehr strapazieren. Doch solche Zufälle kommen oftmals schneller als die bloßen Statistiken glauben machen und finden dann an unvorhergesehenen Orten statt. In unserem Fall in einem entlegenen Supermarkt.

Sie stand vor dem Regal mit Dosengemüse. Ich musste schmunzeln, aus der ehemaligen, eher offenherzig gekleideten Schülerin war eine Frau im strengen Business-Dress geworden. Schwarzes Sakko, passender knielanger Rock, die Beine von einer Strumpfhose verhüllt. Selbst ihre Handtasche ein steifes, kantiges Ding. Kennt man Menschen nicht näher, eine absolut unnahbare Verkleidung.

Barbara nahm Erbsen und stellte sie unentschlossen zurück. Nahm Bohnen und stellte sie ebenso zurück. Als sie wieder zu den Erbsen griff, ging ich hinter ihr unbemerkt einen Schritt auf sie zu, während sie das Etikett studierte. Ich umfasste sie von hinten, auf Höhe ihrer Taille, schlupfte ein wenig unter die Jacke, vielleicht sogar in die Knopfleiste ihrer Bluse, zog sie an mich und gab ihr einen Kuss wie in alten Zeiten oder in der Woche zuvor, ohne groß darüber nachzudenken. Die Aktion dauerte keine Sekunde. Währte nur einen Augenblick. Sie zuckte nicht einmal und lehnte sich an mich. Verhinderte den Schritt von mir nach hinten. Verhinderte das eigentlich geplante Zurückweichen.

Mein Fehler war die freche Wiederholung einer intimen Zärtlichkeit, ihr nämlich dabei über Bauch und Po zu streicheln und bekanntes Terrain zu spüren. Dadurch verhinderte ich selbst den Schritt nach hinten und katapultierte mich damit zurück. Nicht nur um diese eine Woche, sondern bis in die Zeiten damals an den Getränkekisten. Zu ihrer Bewegung, wie sie die Cola-Flasche herauszog und Zeit gehabt hätte, den ganzen Kasten leerzuräumen, oder als sie nach der Sektflasche griff und vielleicht noch weitere neben dieser erhoffte. Und nun gab sie dieser Beschleunigung nach.

Mein Gott, wir waren älter geworden und trotzdem dachten wir beide wohl noch, die Siebzehn-, Achtzehn- oder Neunzehnjährigen zu sein, die sich auf der Schulfeier in den Armen gelegen und schnell danach begrapscht hatten. Mit *The Boxer* von Simon & Garfunkel im Hintergrund, weil es so gut passte. Als ich sie nun Jahre darauf fühlte, war ich tatsächlich in Nullkommanichts zurückgebeamt in diese Zeit. Egal von welchen Klamotten wir verunstaltet wurden. Und als Babs, eine Hand in meinen Nacken gelegt, mit ungewöhnlich rauer Stimme meinte: „Ich wollte gerade zur Kasse. Wenn du magst, kannst du mitkommen, und ich lad dich auf einen Kaffee ein – bei mir", war ich in dieser alten Zeit auch gelandet.

Ihr immer noch unverwechselbares Lächeln war deshalb vollkommen ungeeignet für ein Ablehnen. Jedes Nein wäre geheuchelt gewesen, egal wie ich es hätte anfangen wollen. Wörter und Ausreden waren dafür eh nicht vorhanden. Alles war vergessen, ein Termin am Abend, mein eigener Einkauf, eine noch ausstehende Whatsapp an eine Ehemalige. Minuten später saßen wir deshalb zusammen im Auto, sah ich ihr altbekanntes und plötzlich wieder vertrautes Profil. Während der Fahrt verloren wir uns in losen Sätzen, die hungrig und lüstern die Zeit fraßen, bis wir endlich bei ihr zu Hause waren. Ohne Inhalt. Ohne sogar die alten gemeinsamen Bilder und Erinnerungen zu berühren. Da sie mögliche Vorwürfe beinhalten konnten. *Warum sind wir nicht zusammengeblieben? – Weil ich auch bei dir ein Blödmann war*, wäre für damals die ehrliche Antwort auf ihre Frage gewesen.

Unterwegs landete meine Hand, als verstünde es sich von selbst, mit schöner Regelmäßigkeit auf ihrem Oberschenkel, genau dort, wo ihr Rock der super dünnen Strumpfhose Platz machte, ihn allein zu verhüllen, und machte damit den Yasmin tätschelnden Henning nach. Getarnt als überraschte Reaktion auf das soeben von ihr Gesagte. Als Reaktion auf die schwächer werdende Tarnung von ihr, auf die Bilder der Erinnerungen in meinem Kopf. Nach dem weiß Gott wievielten Mal hielt sie diese dann fest und schob sie auf ihrem Schenkel entlang. Dabei streichelte sie mit dem Daumen meinen Handrücken. *Zufälle gibt's?!,* hörte ich sie hauchen.

Keine halbe Stunde später standen wir beide hinter der aufgeschlossenen Tür in ihrem Flur. Ohne Zögern oder Anhalten. Sogar ohne einen dummen Spruch von mir. Es brauchte keine Einladung, keine Antworten auf ungestellte Fragen. Alles war klar. Ein eingeübtes Ehepaar war wieder nach Hause, der Mann von der Arbeit zurückgekehrt. Man könnte sagen: wie jeden Abend hängte ich meine Jacke an einen Haken, küsste sie auf eine Wange und ging ins Bad.

Es mag sein, dass ich so kurz nach Silkes Auszug etwas den Faden verloren hatte. Trotz allem haltlos war und daher dachte: echte Freuden erlebt man nicht, die muss man sich halt nehmen. Koste was es wolle. Die Blätter fallen im Herbst auch immer auf den Boden. Immerhin hatte ich ja in den Tagen danach verschiedene

Telefonnummern ausprobiert. Mit negativen Ergebnissen. Die süßen Seiten des Lebens werden, trotz des bis hierhin Erzählten, nun mal nicht im Stapel angeboten. Schokolade gibt es im Sonderangebot, einigermaßen ehrliche Gefühle oder gar eines wie Liebe nicht. Aber dass Mann und Frau sich in solchen Momenten genau als das begegnen, nämlich als Mann und Frau, sexuell begehrenswert, genug, um dies als Trost zu verstehen und zu nutzen, hat zu viele Gründe und Auswirkungen. Und weil es so viele sind, verletzen sie sich einander. Die Spannbreite der Missverständnisse ist einfach zu groß. Denn nichts von diesem Eigennutz wird erklärt. Ich für meinen Teil hatte in dieser Zeit schlicht aus Angst, den richtigen Zug für mein Leben zu verpassen, den letzten dafür verpasst.

Babs und ihr Sohn Simon hingegen waren im Trott der Zeit einsam geblieben. Verlassen wie ein leeres Gemäuer, das zu verwittern beginnt. Auch wenn Barbara, nicht nur dank meiner Erinnerungen, bei Leibe nicht so aussah. Irgendwo in ihr war der Rest einer im Vorruhestand befindlichen Möglichkeit von Liebe. Eine, die wiedererweckt werden könnte. Die Hoffnung, nicht alleine bleiben zu müssen. Und wenn sie beides kombinierte, Hoffnung und Möglichkeit, und dies mit den Gründen Trost und Begehren verknüpfte, kostete sie es nur ein Entkleiden. Genau diesen Hunger strahlte ihr Gesicht aus. Sie wollte nicht länger warten müssen. Sie wollte begehrt und dadurch getröstet werden.

Doch daran denke ich erst jetzt. Damals stand ich in ihrem Bad, ließ das Wasser laufen und summte eine Melodie. In meinem Kopf flogen Teile meines bereits vor Tagen zerschellten Lebens-Puzzles umher. Ich schaute in den Spiegel über dem Waschbecken. Mein Gesicht blieb mir aber eine Antwort schuldig. Doch eine Sekunde später erledigte dies ein Wort auf einer

Pillen-Schachtel. Denn ich ließ meinen Blick sinken und sah sofort die Packung namens *Yasmin*. Was für eine Metapher! Gleichsam eine Aufforderung zum Tanz. Ich spürte nackte Haut, fühlte eine Hand und sah einen Po in den Alpen. Warum brauchte Barbara diese, wenn sie all die Jahre allein geblieben war? Ich schmunzelte und tat deshalb das, was ich in den letzten Wochen am besten konnte: ich handelte ohne Verstand. Denn ich hatte gerade einen Freibrief erhalten, glaubte ich. So nahm ich die Seife und wusch nicht nur meine Hände.

Als ich das Bad verließ, hatte sie schon ein paar Stücke Käse und Brot auf Teller und diese auf dem Tisch verteilt. Daneben Gläser, Wasser und den Sekt. Ich war daheim und setzte mich, dümmlich meine Position korrigierend, damit es locker aussah, auf ihre Couch. Während sie aus der Küche noch das Besteck brachte. Seltsam, was man in so einem Moment als erstes sieht, nämlich die nun mit einem Mal nackten Beine unter dem Rock und seltsam, was mit einem passiert, der so eine alte Liebschaft wiedersieht, auch im Wissen, was er zuvor im Bad entdeckt hatte. Sie war wieder die Jugendliche, der Schwarm, der plötzlich neben mir stand, dem ich einst verfiel, der sich neben mich setzte und wie damals einen Arm um mich legte. Damit unser Hunger auf Leben, unsere Jugend, Unbedarftheit und ihre Schönheit. Yasmin. Eine ausreichende Version von tröstendem Alltag. Eine Version, bei der man nicht aufpassen musste.

„Und? Einen guten Tag gehabt?"
Sie sah mich an, schob ihr rechtes Bein angewinkelt hoch. Kämmte sich die Haare, viel dünner und fludriger als Katjas, Silkes oder später Katharinas, mit den Fingern hinter den Kopf. Ihr Gesicht lag schon frei, und der Blick, eine Antwort auf die Frage mit der Packung und

der fehlenden Strumpfhose. Der Rock rutschte entsprechend, aber wenig businesslike und legte absichtsvoll die blasse Haut des Schenkels bloß. Schon hielt ich mit beiden Händen ihr Gesicht und küsste sie auf den Mund. Ich sog ihre bereitwillige Zunge zwischen meine Lippen, und die gestern noch gültigen Formeln in meinem Kopf zerbröselten gefährlich zu Staub. Das Rechenspiel endete dadurch ohne ein logisches Gleichheitszeichen. Die beiden herumschwirrenden Kometen von damals knallten nun mit voller Wucht aufeinander. Wie wir es wollten oder auch nicht.

„Dass du hier in der Nähe wohnst ...?", stellte ich dann um den Schwung etwas abzubremsen fest, und damit ihre Antwort nicht nur aus einem Wort bestand, fügte ich hinzu: „du arbeitest auch in der Nähe?" Barbara nickte und schüttelte den Kopf:

„Nun ja, ich schlage mich durch. Leider nicht immer erfolgreich. Es ist die dritte Stelle, seit Simon auf der Welt ist. Deshalb gehe ich ab und zu in Supermärkte und nicht in Feinkostläden."

„Das war jetzt gut für einen schönen Zufall."

„Dabei wusste ich die ganze Zeit, wo du arbeitest." Ich stutzte und zögerte, bevor ich verdutzt meinte:

„Dann hättest du vorbeikommen können?!"

„Ich habe es mir oft überlegt."

„Und ich hätte mich gefreut."

„Worüber? Über die Erinnerungen an mich, an uns, die damit wieder hochgekommen wären? In einer Zeit, in der keiner von uns frei gewesen wäre. Bestimmte Blicke in die Vergangenheit sind zudem eine schlechte Basis, wenn man die Details erkennt. Die Jahre nach dem Abi waren nicht besonders lustig, und ich war dumm genug, auf die angeblich große Freiheit danach hereinzufallen."

„Wir hätten wenigstens miteinander plaudern können?!"

„Über alte Zeiten? Glaub mir, besser nicht. Dass wir auseinander waren und ich Peter geheiratet hatte, ist schon schlechte Basis genug. – Es tut erst seit letzter Woche nicht mehr so weh."

Es war ein müdes Lächeln. Seit letzter Woche. Unser erstes oder letztes Treffen, je nachdem wie man es betrachten wollte. Ich hatte ihr also einen Teil des Schmerzes genommen. Bildete ich mir ein. Aufgrund ihrer Worte. Oder gab es doch weitere Nutznießer des Schachtelinhaltes?

„Vielleicht hätte ich dir helfen können."

„Es gab keinen Grund für deine Hilfe", jetzt war es ein bemühtes Lächeln, „die Schulparty hatte ja nicht gereicht für Zukunftspläne. Aber …"

Sie wischte den Rest der Wörter mit ihrer Hand fort. Den Rest, der Vorwürfe hätte bedeuten können. Mehr wollte sie nicht sagen. *Aber das spielt jetzt keine Rolle mehr...* Diese Geste war stärker als die möglichen Vorwürfe. Stattdessen beugte sie sich vor, hielt meinen Kopf – und ihre Lippen umschlossen, ohne zu zögern, wieder meinen Mund, während ihre Hand in meinem Nacken wieder ein Zurückweichen verhinderte. Scotty hatte ganze Arbeit geleistet. Ich war aus alten Zeiten bei ihr zu Hause angelangt. Von nun an war alles egal. Seit letzter Woche tat es nicht mehr so weh. *Aber jetzt können wir ja von vorne anfangen...* Wenigstens einen Trost hatte sie erfahren. Jetzt wollte sie wohl ihre Lust befriedigen. Und die hatte vielleicht nur mit einem der Tipps von Dr. Sommer zu tun. Vertrautheit.

Ich ließ meine Hand auf ihrem Schenkel wandern und ihr Rock verrutschte schneller als sie es hätte kontrollieren können. Schon war ich zwischen ihren Beinen angelangt, nur noch der Stoff des Slips war dazwischen. Mein Daumen erkundete Schenkel und Saum auf der linken, auf der rechten schlupften meine Finger unter die schmale Barriere, umfassten mit den Innenflächen den Zwickel und fühlten auf der Rückseite ihre zarte Scham. Sie gab nach, wurde weich, übersprang vielleicht sogar in ihrem Plan zumindest einige Minuten, wenn nicht Tage und öffnete mit nervös nestelnden Fingern meine Kleider, während ihr Rock durch eine geschickte Bewegung gänzlich unter ihr nach hinten glitt. Ein Zufall wollte es, dass sie auf meine Armbanduhr sah, als ich ihr half das Hemd von meinen Armen zu streifen und aus meiner Hose schlüpfen wollte. Sie sah hin und erschrak.

„Um Gottes Willen. Ich hab's fast vergessen. Gleich kommt Simon von der Schule nach Hause. – Wenn er uns so sieht?"

Der Zauber der gerade wiederbelebten Schulparty war dahin. Doch schon standen wir uns viel zu nackt gegenüber. Beinahe Haut an Haut. Zwischen uns auch noch meine Männlichkeit, eine viel zu herausfordernde Nacktheit, die nicht einfach zu verstecken war. Sie trat zurück, griff unsere Kleider und zog mich in ein Zimmer. Verschloss die Tür, umarmte mich und legte mit funkelnden Augen einen Finger auf meinen Mund, während sie mit der anderen mein aufragendes Glied zur Seite klappte. Meine Hand unter dem dünnen Stoff zwischen ihren Schenkeln.

„Normalerweise geht er etwas später mit Freunden zum Fußball", ihre Augen flackerten, meine Finger vibrierten, „bitte stell jetzt keine Fragen und sei gleich einfach still, wenn er kommt."

Sie schaute flehend in mein fragendes Gesicht und sah, wie ich lediglich nickte. Augenblicklich fern jeder Lust strich sie über mein Gesicht, zog ihren Unterleib fort, legte sich auf das Bett und forderte mich trotzdem auf, es ihr gleichzutun, *und wenn sie beides kombinierte, kostete sie es nur ein Entkleiden*:

„Komm schon her! Sei leise, warte nur einen Augenblick."

So gewährte sie mir neben sich einen schmalen Platz, ohne mich zu berühren. Meine Hände schoben sich hingegen auf ihrem Körper sachte voran, als aus dem Flur schon der erwartete fragende Laut zu hören war:

„Mama?"

Es begann ein vorhersehbarer Film. Tränen kamen von selber und die Verzweiflung war schon da. Sie rollte auf den Rücken, ergriff mit einer Hand meine rastlosen Finger und mit der anderen ein Wäschestück, das sie sich auf ihren Unterleib legte. Als sei durch die geschlossene Tür die anstößige Nacktheit der Mutter zu erkennen.

„Ja! ... Ich ... Simon, ich kann jetzt ... es geht nicht. Ich bin in meinem Zimmer. Deine Sachen habe ich schon in den Flur gestellt. Im Wohnzimmer ist noch etwas Käse und Brot. Entschuldige. – Bitte! – Aber ich kann jetzt wirklich nicht. Wir sehen uns später."

„Alles in Ordnung Mama? Bist du allein?"

„Alles in Ordnung!" Der Rest blieb ohne Antwort. Simon legte sicherlich für einige Momente ein Ohr an die Tür. Bestimmt sah er sogar durchs Schlüsselloch und entdeckte, statt Licht – wieder einmal (?) – *Bist du allein?* – ein unverständliches Halbdunkel. Ich zog meine Hände zurück und setzte mich auf. Alles an mir war wieder normal. Besser so. Ansonsten würde ich ein Versprechen geben, dass ich wieder nicht einhalten könnte. Ich suchte nach meiner Kleidung. Gerade wollte ich nach dem Hemd greifen und ihr sagen, dass alles nicht so schlimm sei, aber es wohl dann besser wäre, wenn ich nun nach Hause ginge, als sie mich wieder neben sich zog und anfing leise, unruhig, ja, etwas hektisch getrieben, mir mit einer Handvoll Worte die vergangenen Jahre zu erzählen. Ihre Finger nach wie vor wie ein Schraubstock um das eine Handgelenk gelegt.

„... er wird nächstes Jahr vierzehn. Seinen Vater hat er all die Jahre nie gesehen. Er war nicht mal drei, als er verschwand. Er kennt mich nur allein. Ich würde ihm gerne etwas anderes bieten können. Aber es hat sich nie ergeben. Er ist ein ganz lieber Kerl. Du wirst schon noch sehen. Stellt nie eine Frage. Er hat hier noch nie einen anderen Mann gesehen. Ich möchte ihm das vorher erklären können."
Ich drehte mich zu ihr um und lächelte. Trotzdem war ich aufgestanden und hatte mein Hemd in der Hand. Ihre Haltung mit weiß verkrampften Fingergelenken, das eingeklemmte Stück Stoff unförmig zwischen ihren Schenkeln und dieser eine Satz, *Ich möchte ihm das vorher erklären können*, war wie eine Erwartung an das restliche Leben. Ein Satz an Stelle eines Dialogs, einer, der ein ganzes Gespräch ersetzte. Er war das, was ein Versprechen später einfordern konnte, vielleicht sogar würde. Er war Hoffnung und Möglichkeit. Sie hatte es sich als Rechtfertigung eingeredet und gehofft, mich in einer ähnlichen Situation zu finden. Getrennt, allein, auf der Suche nach Begleitung, die die folgenden Jahre weniger einsam machte und nicht nur diese eine Nacht. Ihre Einschätzung, ihre Berechnung waren falsch gewesen, obwohl sie richtig waren. *Denn wenn sie beides kombinierte, kostete sie es nur ein Entkleiden.* Doch ich war im Begriff, ihr die Erfüllung der kleinsten Sehnsucht zu zerstören und wusste nicht warum. Eine Liebe zu bekommen, wäre nie einfacher gewesen.

„Du kannst jetzt noch nicht hinausgehen, bitte bleibe noch hier. Es tut mir leid. Er ist sicher in ein paar Minuten gegangen."

Ich ließ das Hemd fallen und setzte mich auf den Rand des Bettes, streichelte ihre Wangen und wischte mit einem Daumen Tränen aus ihrem Augenwinkeln. Dann glitten meine Finger über ihren nackten, zarten und immer noch elektrisierenden Körper, unterbrochen von einem Klopfen an der Tür.

„Mama? Alles klar? Ich geh dann jetzt. Bis später. Hörst du?"

Gerade war meine Hand unter dem Wäschestück verschwunden. Das Gefüge des Tages war spätestens damit durcheinandergebracht und ihre Antwort würde daran nichts verändern.

„Alles klar. Bis später. – Ich hab dich lieb."

„Ich dich auch Mama."

Dann hörten wir dir Wohnungstür und es war über Sekunden vollkommen still. Ich wartete und lauschte, hielt die Luft an. Meine Aufgabe, still zu sein, war erfüllt. Langsam und zögernd zog ich die Hand zurück und streichelte über ihre linke Brust. Zaghaft drückte ich Barbara neben mich, bis wir beide wieder Seite an Seite lagen. Ich stützte meinen Kopf mit einem Arm ab, fuhr mit einem Daumen über ihre Lippen und schaute sie an. Eigentlich hätte mir klar sein müssen, nun nichts mehr von ihr zu verlangen. Dann sagte ich den blödsinnigsten Satz seit Wochen:

„Es tut mir leid, dass ich dir mit mir nicht helfen kann. Trotzdem würde ich den Abend gerne mit dir ..."

Ohne weiterzusprechen, koste ich wieder eine ihrer Brüste, mein von ihren Lippen feucht gewordener Daumen glitt über eine zögerlich reagierende Spitze, bevor sich meine Finger schlängelnd wieder auf ihren Schoß zubewegten und diesen endlich von der textilen Barrikade befreiten. Sie sah mich an. Überspielte ihre werdenden Tränen und lächelte, als sei mein Satz bedeutungslos. Versuchte sich zu entspannen, sich im Tausch mit *einem* solchen Abend zufrieden zu geben und ließ sich nach hinten sinken. Eine Hand von ihr auf meinem Schenkel abgelegt. Routinemäßig. Gerade so wie es empfohlen wird. Die andere befreite ihr Gesicht wieder von dünnen Haarsträhnen und blieb hinter dem Kopf liegen.

Plötzlich war ihr Kuss ungestüm und wild, und in der Sekunde drauf drückte sie meinen Kopf in ihren Schoß. Die Scham mehr als nur für einen Bikini zurechtgemacht. Für wen hatte sie sich so rasiert, wenn in der Zwischenzeit kein anderer Mann eine Rolle gespielt hatte? Irgendwo in ihr war wohl tatsächlich der Rest einer im Vorruhestand befindlichen Möglichkeit von Liebe. Eine Hoffnung nicht alleine bleiben zu müssen. Und wenn sie beides kombinierte und dies mit den Gründen Trost und Begehren verknüpfte, kostete sie es nur ein Entkleiden. Ich strich mit einem Finger an der Kante ihres Dschungels entlang und küsste die jetzt erregend glatte Stelle mit streifender Zunge.

Im Grunde war ich nicht bereit für diese starke Art der Nähe, die Ewigkeiten miteinander verspricht oder gar verlangt, denn nur für einen Abend war diese zu viel. Trotzdem schmeckte sie nach Begehren und Lüsternheit, Traum und Erlösung. Ich war von der Zartheit verführt, verließ den ansonsten üblichen Übungsparcours der Fantasie, schob meine Arme unter sie, hob ihren Körper meiner Zunge entgegen und bescherte wahrscheinlich nur mir, Augenblicke später, das egoistischste der unteilbaren Gefühle.

Diese Gefühle sind keine Illusion. Eher das, was man aus ihnen macht, wenn man sie wegen der Verführungen überschätzt: wie Ankündigungen, Versprechungen und Beteuerungen. Treue, Familie, Zukunft oder gar

Liebe. Jedes Wort schon nach dem ersten Tag geheuchelt. Doch Gefühle können auch einen übermannen, durchströmen, erfüllen, beseelen, durchfluten, umhüllen, auf mannigfache Weise einwickeln und einlullen. Sie reichen für vielerlei, manchmal auch nur für eine Nacht. Liebe hingegen ist zu groß dafür, damit hält sie sich nicht auf und verlangt stattdessen einiges ab, sie will eine Zukunft haben. Und Liebe ist dann keine Illusion, wenn statt des dahergesagten Wortes tatsächlich Gefühle eine Rolle spielen. Dann kann sie knospen, wachsen und blühen. Was kümmert da das natürliche Ende einer Blume. Was gilt das alles, im Augenblick der größten Intimität?

Wir Menschen sind seltsame Geschöpfe. Wir lieben und sorgen uns. Sehnen und verwünschen. Sind gierig auf Zuneigung, Träume, Liebe und Erfüllung. Wir wenden uns einander zu und voneinander ab. Wir reden und schweigen. Streiten und bewerfen uns mit Unrat und Schmutz, den der Alltag nur für uns alleine hinterlässt. Wir haben Angst vor Bindungen und können ohne sie nicht leben. Bis wir erkennen, dass wir den anderen brauchen, haben wir bei ihm schon genügend Zweifel genährt: *Sehen wir uns wieder? – Mal sehen, ich habe ja deine Telefonnummer.* Und manchmal reicht es, wenn wir alles nur behaupten und erreichen dennoch unsere Ziele. Egal in welcher Reihenfolge. Somit ist die Liebe selten genug ein Keks, der jedem schmeckt. Meiner bröselte darüber hinaus.

Doch in diesem Moment war ich an einem Ort angelangt, an dem ich immer noch nichts wusste und lügen musste. Wenngleich es genug weitere Lebensweisheiten gegeben hätte, die Lehrsätze hätten sein können. Wie zum Beispiel der: Glaube nicht, du könntest den Lauf der Liebe lenken, denn die Liebe, wenn sie dich für

würdig hält, lenkt deinen Lauf[5]. Es war an dieser Stelle wie in alten Schulzeiten, bei Hausaufgaben, Klassenarbeiten und Prüfungen. Las ich zum Beispiel eine Geschichte, die ich interpretieren sollte, erkannte ich, dass es sich dabei um einen Text mit Inhalt gehandelt haben musste, erst bei der Zeugnisausgabe.
Setzen! Sechs.

## Delete

Lust und Sicherheit, das sind die beiden Begriffe, die miteinander kollidieren können, wenn man für eine der beiden Sachen nicht einstehen will. Was aller Wahrscheinlichkeit nach für einen von zwei eine schmerzliche Enttäuschung bedeuten würde, falls vorher nichts anderes ausgemacht war. Nur wenige schaffen sonderbare Abmachungen ein Leben lang einzuhalten. Sicherheit war in diesem Falle das, was ich Babs nicht geben konnte, weil ich nach wie vor nur das Mädchen in ihr gesehen hatte, was damals zu jung für alles gewesen war. Wie die meisten Mädchen, und auch Jungen oder gerade die, die in so einer Zeit einfach zu jung sind, um mehr als ihre Pubertät zu leben.

Lust, was Babs vorgab mir dafür zu geben, im Tausch wenn ich ihre Abmachung annahm, gab es nicht als Handel und Handeln in unserem Alter. Lust ist etwas Besonderes. Lust ist gewachsen. Lust hat eine eigene Kraft. Lust hat man auf jemanden, den man liebt, das andere nennt man Trieb. Und weil Barbara *es* nicht nur an diesem Abend tun wollte: sogar nur Zufriedenstellen. Im Tausch mit der Einsamkeit. Wären für uns zwischen all diesen Geschehnissen nicht so viele Jahre

---

5   Khalil Gibran, Von der Liebe

vergangen, hätte manches reifen, hätten Lust und Sicherheit sich perfekt ergänzen können. Das Alter dafür hatten wir beide erreicht. Doch nicht die Beständigkeit. Vernunft, Verstand und Respekt waren abhandengekommen. Das Schlimme daran: Nur auf meiner Seite. Ich wäre sozusagen der Prinz auf der berühmten Erbse gewesen, irgendwas stört, oder noch schlimmer, weil man glaubt, dass es noch mehr juckt, der Prinz, der auf den Bröseln schlief.

Sicherheit hatte am Ende auch meine Mutter von meinem Vater verlangt. Sicherheit leben zu können. Allein. Für sich. Ohne ihn. Ohne es in jeder Nacht erdulden zu müssen, dass sie sogar nicht mal mehr den Trieb wert war. Weil er zumindest diesen in einem anderen Haus auslebte. Und er sie jedes Mal mit einem *Unzutreffend* belog, auch wenn er erst spät in der Nacht nach Hause kam und damit seine Worte ad absurdum führte. Ein Leitbild für mein Leben konnte er so nicht werden. Doch ahmte ich ihn variantenreich nach.

In einem Kästchen habe ich all ihre Notizen, Merksätze und Briefe aufgehoben. Keiner hat mit den Blättern, die in einem Ordner abgeheftet in meinem kleinen Zimmer stehen, das Geringste zu tun. Keiner beinhaltet einen Vorwurf an die eigene Vergangenheit. Nur einer, ganz klein gefaltet und versteckt in einem anderen Brief, lässt darauf schließen, warum sie auf ein Blatt Papier in diesem Ordner *einen Rest Liebe erhalten* geschrieben hat. Sie wollte meinen Vater, als er das letzte Mal die Wohnung verließ, nicht im Hass gehen lassen. Denn dieser hätte ihr eigenes Leben, die eigene Zukunft zerstört.

Daher rechne ich es auch Katja hoch an, dass sie mich damals nicht die Treppe hinuntergeworfen hatte, als ich ihr fast auf der letzten Stufe stehend lediglich vier Worte sagte, ohne jegliche Vorwarnung, ohne weitere Erklärungen, ohne ihr dabei ins Gesicht zu sehen: *Es geht nicht mehr.* Dann drehte ich mich um. Diese vier bescheuerten Worte reichten. Mehr als fünf Jahre nachdem wir uns kennengelernt hatten. Eine Woche zuvor hatte sie noch ihren neunzehnten Geburtstag gefeiert und war an diesem schöner als je zuvor. In der gleichen Nacht liebten wir uns, wie nie zuvor. Am Morgen danach schaute sie mich an, glücklich wie nie zuvor. Und ich dachte in den folgenden sechs Tagen an nichts anderes als ihre Frage von einst: *In fünf Jahren werde ich zwanzig. Wirst du mich dann noch mit der gleichen Leidenschaft nehmen? Mich lieben? Und uns ein Kind zeugen?* Diese sechs Tage später wären es nur noch 358 Tage gewesen und ich hatte immer noch keine Antwort parat, außer dieser dämlichen: *Es geht nicht mehr.*

Auch ihr kleiner Dackel konnte mir nicht mehr helfen und uns zum Gassigehen nach draußen locken, zu einem klärenden Gespräch, einem Hand-in-Hand auf dem Weg, der aus dem Dorf herausführte, auf dem wir wieder unbeobachtet, ungestört und unbekümmert hätten werden können, denn er war im Monat zuvor gestorben. Wie ihr Vater erzählte, glücklich und friedlich, auf einer letzten Reise beim Autofahren, hinter der Kopfstütze, auf der Hutablage, die er immer so gerne mochte.

Die ganze Zeit war Katharinas Makel also unser Glück. Da er uns vor vielen falschen Entscheidungen und Entwicklungen bewahrte. Dieser Makel schien ein Punkt auf unserer Karte des Lebens zu sein. Einer den man braucht, um einen Ausgangs- oder Zielpunkt zu haben. Ein Ort, von dem Mutters Spruch Kenntnis hatte. *Um zu erlangen, was du nicht weißt, geh dorthin, wo du nichts weißt.* Denn als ich bei Katharina ankam, wusste ich nichts. Das habe ich erst jetzt erkannt.

Jetzt, nach über einem halben Jahr, in dem nichts zu schnell gelaufen war, in dem nur der Provider unserer vielen SMS Anzüglichkeiten weiterleitete, bei deren Lektüre er rot geworden wäre, in dem wir vor lauter Zeit zu wenig davon hatten, in dem wir viel und nichts miteinander gesprochen haben, in dem ich vieles falsch gemacht und übersehen hatte, war jeder auf seine Art verzweifelt. Weil sie von mir nichts wusste und ich dachte, sie müsste es von alleine sehen. Und weil ich das Fehlen bestimmter Antworten falsch interpretierte. *Ich* war verschossen, verknallt, verliebt, aber sie nicht in mich. Im Moment war jemand anderes da. So war unsere Beziehung unbefleckt, von vornherein dekontaminiert und im Endeffekt sogar ungelebt, weil nur von mir eingebildet.

Schlagartig war mir klar, dass ich Katharina abgeben musste, obwohl ich sie noch nie besessen hatte. Egal welche SMS, Mail oder Nachricht ich ihr geschrieben oder welche Sprüche ich am Telefon geklopft hatte. Ich musste ihr diesen noblen Akt nicht einmal verkünden. – Ich war einer der vielen Feiglinge, die es nicht einmal nötig hatten, es wenigstens kundzutun, wenn man einen Menschen überdurchschnittlich mochte. Die verkündete Lust hat damit nichts zu tun. Sie konnte als Witz gewertet werden.

## Chapter – step by step

Katharina griff zur Seite und zog die Box mit den selbst gebrannten CDs von dem kleinen Tisch. Auf dem Bildschirm war seit einigen Sekunden nur noch der Abspann des letzten Films zu sehen.

„Mal sehen, was du sonst noch hast."

Ein Stapel Zeitungen und ein paar Fotos fielen zu Boden. Kein Wunder bei meiner Ordnung. Sie stellte die Box wieder ab, schubste die Zeitungen zur Seite und nahm die Fotos. Es waren ausgerechnet die von Katja. Neulich beim Aufräumen und Vernichten früherer Zeiten gefunden. Katja war davon ausgeschlossen und von mir in den letzten Tagen nur immer wieder betrachtet worden. Im Unglück der Letzten erinnerte ich mich an sie. So blieb Katja beim Ausziehen. Katja unter der Dusche. Katja vor einem Schaufenster, in dessen Scheibe sie sich spiegelte. Katja in einem grünen, luftigen Kleid. Katja in der von ihr selbst genähten, blauen kurzen Hose. Ein paar Jahre zu früh, was die mutige Kürze anbelangte und seinerzeit noch Grund genug für eine kleine Auseinandersetzung mit ihrer Mutter war. *Wen willst du damit bezirzen? – Hab' ich nicht mehr nötig, muss ihm nur gefallen.* Es gefiel mir – nicht nur damals. Überraschenderweise blieb Katharina nicht an der nackten Katja, sondern gerade an den Bildern mit dem Kleid und der blauen Hose hängen.

„Wer ist das?"
„Katja."
„'Ne neue?"
„Quatsch! Das ist doch ein uraltes Bild."
„Hmh?!"
„Ihr seht euch ein bisschen ähnlich, find ich."
„Was? Die sieht saugut aus."
„Du etwa nicht?"
„Und die hat kurze Haare."
„Trotzdem."
„Aber doch nicht so."
„Ich seh dich immer, wenn ich's anschau. Das Kleid zum Beispiel würde dir auch stehen."
„Oh Mann! Manchmal spinnst du nicht schlecht. Du hast meine Beine wohl noch nicht gesehen."

„Leider nicht so richtig, außer auf dem Foto von dieser Hochzeit. Und da hat mir das, was ich gesehen hab, gut gefallen. Und ein Kleid hattest du da ja auch an", griente ich sie an.

„Krautstampfer würde mein Vater sagen. Bleich und unförmig dazu."

„Quatsch! Was ihr immer habt!? Sogar solche Hosen könntest du gut tragen", ich zeigte auf das Foto 'Katja in kurzer blauer Hose', „das sind ja nun auch keine dürren Stängel, oder?"

„Aber guck dir doch ihre Figur an!"

„Tu ich doch!", und schaute Katharina frech von oben bis unten an. Sollte ich ihr sagen, dass so verhüllte Beine schon vor Jahren ein Lockmittel für mich waren? Stichwort Yasmin? Und ich fühlte mich dabei nicht als Esel, der einem Büschel Gras hinterherrannte. Katharinas Blick war nicht nur verständnislos.

„Und jetzt spinnst du wirklich! Hab' ich dir schon mal alte Bilder von mir gezeigt? Dann wüsstest du, wie lang das her ist, dass ich das hätte tragen können und so eine Figur hatte."

„Haste schon mal welche von mir gesehen? Klassenfoto von anno Tobak? Schmierfrisur mit Seitenscheitel, staksige Beine in Schlaghose und insgesamt naiv wie'n Kindergartenkind. Und da war ich sechzehn, zwanzig oder was weiß ich. – Lass also gut sein."

Ich war achtzehn. Das waren noch Zeiten. So sagt man ja bisweilen. Und das klingt wiederum anders, als sie tatsächlich waren. In dieser unsäglichen Optik, die wir uns gruppendynamisch angeeignet hatten, saßen wir abends in sogenannten Hobbykellern zusammen und diskutierten weltverbessernd über die bescheuerten Hitler-Tagebücher und die US-Invasion auf Grenada. So war das halt in der zwölften Klasse. Damals. Nicht nur bei uns. *Diesen imperialistischen Aggressoren muss man das Handwerk legen. Reagan sollte selbst mit dem Fallschirm abspringen, dann weiß dieser Schauspieler, was er dort anrichtet,* meinte Stefan, der TAZ-Leser, unser Edelkommunist, der zehn Jahre später ein knallharter Rechtsanwalt oder besser Rechtsverdreher geworden war. Franz, sein Spezi, deklamierte: *Der will doch nur die legitimen revolutionären Herrschaftsverhältnisse zerstören. Wie überall auf der Welt, wenn sich die Amis einmischen.* Und ich entgegnete, weil der Premierminister Bishop nun mal durch eigene Leute hingerichtet wurde, Nationen müssten grundsätzlich selbstbestimmt handeln können. Beide schauten mich an, als sei ich minderbemittelt, und mein letztes Statement war damit für diesen Abend kundgetan. Nebenbei fabrizierten wir die letzten Ausgaben unserer revolutionären Schülerzeitungen, gespickt mit überaus kritischen Artikeln, vor allem von Stefan, zum Beispiel mit der Beschwerde über den wenig aktuellen Inhalt der Geschichtsstunden in dieser Hinsicht, weil sie stattdessen das Thema Römisches Imperium und den Erbanfall Siziliens und den Machtverfall des Königtums im staufisch-welfischen Thronstreit behandelten, während Birgit, Monika und Astrid Schals, Pullover und Socken mit viel zu großen Maschen in Popfarben strickten.

An einer Wand saß Dagmar. Die Unscheinbare, mit der etwas krummen Nase, den schmalen Lippen und grünen Augen. Mit Abstand zu den dreien. Auf Dutzenden von Kissen. Den Kopf an die bunten Muster der Reststücke verschiedenster Tapeten angelehnt. Die Beine im Wust der weichen Polster etwas angezogen. Haltung zwischen Schneidersitz und Schmetterling. Als mache sie Yoga und suche in sich die Mitte. Gelangweilt vor sich hinschauend. Sie war immer noch dabei. Wie einst im und trotz Freibad. Man hatte sie damals nicht

ausgeschlossen, warum also heute? Aber keiner interessierte sich für sie. Keiner wollte etwas von ihr. Keiner sprach sie an. Ich auch nicht. Aber sie sagte auch selten einen Ton. Doch immerhin hatte sich ihr neutraler Blick geändert und sie schaute manchmal zu mir hinüber, mit einem fragilen Lächeln, manchmal zu den anderen. Meist nahm sie ein Buch, eine Zeitung oder eine der von den Jungs verpönten Illustrierten, die sie zuvor im Haus gefunden hatte, legte sie über ihren Schoß und die Schenkel, beugte sich vor, ließ ihre schwarzen schulterlangen Haare vor dem Gesicht baumeln und las.
Dachte ich.
Bis ich an einem dieser Abende mitbekam, was sie wirklich machte, weil ich durch eine Lücke zwischen den Kissen ihren Mittelfinger der linken Hand – von der ich dachte, sie hielte die Blätter der Magazine – in ihrem Schritt ständig auf der Naht ihrer Jeans herumreiben sah. Bis zu dem Augenblick, in dem sie für einen Moment kurz den Kopf hob und die Augen mit flatternden Lidern schloss. Plötzlich war mir dieses Lächeln klar und ich fühlte mich wie ein ganz spezieller Komplize und lächelte zurück. Was ansonsten keinen interessierte.

An irgendeinem solchen Abend hockte sie sich daraufhin neben mich. Genauso lächelnd wie ich zuvor. Mag sein, dass sie es tatsächlich mitbekommen hatte, dass ich es mitbekommen hatte und sie herausfinden wollte, wie ich darauf reagierte. Etwas ausdruckslos musterte sie mich und meinte: *Stefan ist heute aber wieder gut drauf!* Fangfrage? Ich antwortete mit einem Schulterzucken und *Egal!* Das schien ihr zu genügen. Sie nickte zur Kellertreppe und ich folgte mit Blick auf ihren Hintern, den ich ja besser kannte, als sie dachte, ihr die Stufen hinauf. Zunächst einmal um den Block.

Abstand fünfzig Zentimeter und dann in den riesigen, nicht gemähten Garten. Weder großartig in ein Gespräch vertieft noch Händchen haltend. Weder mit provozierenden Kommentaren noch die alten Zeiten im Freibad erwähnend. Eine Stunde später lagen wir in unserem sommerlichen Schülerzeitungscamp im kniehohen Gras etwas abseits und hinter einer vor Wind schützenden Hecke in meinem Schlafsack. Angezogen. Wie einst das Mädchen, dessen Namen ich vergessen habe.

In so einem Ding ist nicht besonders viel Platz. Schon gar nicht, wenn man zu zweit darin liegt. Und erst recht nicht, wenn dies absichtlich geschieht. Kein Wunder also, wenn dies dann irgendwann Spuren hinterlässt. Vor allem an einem männlichen Körper. Diese Nähe erzwingt förmlich Zärtlichkeiten. Dagmar legte auch gleich und ziemlich unmissverständlich eine Hand auf meinen Schoß, genau auf den Reißverschluss und rieb sie, ohne ihn zu öffnen, verdammt geschickt rauf und runter. Und ohne dieses Mal erschrocken zu sein. Keine halbe Minute später konnte sie den anschwellenden Erfolg unter dem Stoff spüren. Hätte ich mich deshalb schämen müssen? Als ich mich zu ihr drehte und versuchte sie zu küssen, schüttelte sie nur den Kopf und meinte leise:

„Pst! Jeder Kuss und Satz würde nur eine Zukunft verlangen. – Da denkst weder du daran noch ich. Aber du bist wirklich von der schnellen Truppe. Ich wollte es nach all den Jahren nochmal wissen."

Und als ich ihr unter die Jeans gehen wollte:

„Nur von außen! Ich nehm nix und du hast sicher nix dabei."

Dafür wollte sie von mir noch mehr wissen, vielleicht, weil es seinerzeit nicht klargeworden war oder sie es nicht mitgekriegt hatte:

„Nachdem damals bei uns nichts mehr lief, hast du nach dem Freibad dann bei einer von denen dürfen?" Sie deutete mit der freien Hand hinter sich zum Haus. Und ich schüttelte den Kopf. Birgit, Monika und Astrid. Ich war chancenlos. Die drei teilten sich, Summerhill war in aller Munde, dank antiautoritärer und demokratischer Erziehung hintereinander Stefan, Franz und – ich weiß es nicht. Aber warum fragte sie mich ausgerechnet in so einem Augenblick, zumal sie es doch wissen musste? Ich konnte allerdings auch nicht mehr viel darüber nachdenken und etwas entgegnen, denn in diesem Moment füllte ich dank ihrer Geschicklichkeit meine Unterhose und hatte damit zu tun, es einigermaßen still zu gestalten.

Anschließend rollte sie so gut es ging und mit einem zufriedenen Lächeln auf den Rücken, und ich wusste, ohne dass sie etwas sagen musste, nun war ich an der Reihe. Nur von außen! Mein Gesicht war durch ihre Drehung auf ihrem Busen gelandet. Wenigstens diese Nähe erlaubte sie. BH und Bluse dazwischen. Mit einem Duft wie von Omas Waschkünsten geschwängert. Flieder oder Rose oder Lilien. Und meiner nassen Unterhose weiter unten. Ich brummelte *Nein!* als längst fällige Antwort in den kleinen Spalt neben ihrer linken Brust und versuchte sie endlich zu küssen, da mich verständlicherweise eine unbändige Lust gepackt hatte und ich diese durch meine nahezu vollendete Geschlechtsreife formvollendet ausleben wollte. Doch sie drückte nur meinen Kopf in die Kuhle zwischen ihren Brüsten zurück. Immer fester, bis ich fast Atemnot bekam und sie, soweit der Schlafsack es erlaubte, ihre Beine doch etwas öffnete und es ihr kam, von einem drolligen Stirnrunzeln und sonderbarem Zischen durch ihre Zähne begleitet. So linkisch war ich also wohl doch nicht.

Sie blieb bis zum frühen Morgen bei mir. In der Nacht bekam ich und meine längst klebrige Unterhose noch zwei Mal ihre Fingerfertigkeit zu spüren. *Mein lieber Scholli, sogar deine Jeans ist jetzt nass,* flüsterte sie und ich durfte wieder bei ihr. Drei Mal sogar. Meine Lippen in ihrem Busen, meine Nase an ihrer rechten Brust, weil ich es mit meinem Kinn endlich geschafft hatte, ihren BH zur Seite, ja, sogar nach oben zu schieben. Sie ließ es zu. Aber auch nur deshalb, weil sie es sich nicht alleine machen wollte. *Ist doch viel spannender so.* Meine Hand dabei in ihren Schritt pressend. Angezogen. Beim dritten Mal allerdings unerwartet zügellos – wie ich fand. Denn sie öffnete selbst den Reißverschluss ihrer Hose, schob sie ein wenig nach unten und erlaubte mir eine Etage tiefer vorzudringen, während sie selbst meine Hose öffnete und meinen feuchten Schlüpfer untersuchte. So ließ sie mich bis auf ihren gleichfalls feuchten Slip vor, den ich im entscheidenden Moment zur Seite schob.

Fast eine Stunde lang blieben wir so liegen, bis der Morgen dämmerte. Still, ohne Worte, meine Hand in ihrer feuchten und mittlerweile fast entblößten Scham, aber von ihren Schenkeln nahezu manövrierunfähig eingeklemmt. Und ihre inzwischen auf Erkundungsgang sogar unter meinem Slip. Doch diesmal war ihre Hand nicht kalt. Und diesmal klimperte sie nicht herum, sondern ließ sie einfach dort so lange einen humanistischen Fortpflanzungslehrgang betreiben, bis ich für die praktische Fortsetzung geeignet gewesen wäre. Dieses Mal zog sie die Hand nicht zurück. Dieses Mal schien sie zu genießen. *Ist ganz schön spannend so!* meinte sie wieder und ich konnte nur mit einem unterdrückten Keuchen antworten. Jeder Versuch von mir, sie dann nochmals zu streicheln, wurde von ihr mit einem Kopfschütteln unterbunden.

Etwas später schloss sie umständlich ihre Hose und kroch wortlos aus dem Schlafsack heraus. Ich lag auf dem Rücken und schaute zu ihr hoch. Voller Erwartung doch noch was zu hören. Nur was? Während sie zu Stefans Schlafplatz hinübersah. Der blickte tatsächlich zu uns herüber, mit einem überheblichen Grinsen, hob den Daumen und ließ einen blöden Kommentar vom Stapel: *War immer schon gut, Petting statt Pershing.* Dagmar sah zu mir runter, legte wieder einen Finger auf die Lippen und verschwand.

Danach taten wir beide wieder, als hätten wir uns nie näher kennengelernt. Vielleicht ist sie mit Stefan, Franz und den anderen zuvor auch nicht anders umgegangen. Und jeder von ihnen tat seitdem so, als wäre nie etwas gewesen. Kaum vier Wochen später, beim Schulfest, war die Sache ohnehin schon wieder fast vergessen, Dagmar war nicht da und vielleicht kamen Barbara und ich uns deshalb näher.

Ich frage mich inzwischen, was passiert wäre, wenn ich damals oder in den Monaten darauf schon Katharina begegnet wäre. Ob ich auf sie schon genauso reagiert hätte, wie ich es heute tue. Oder ob diese Reaktion von den Erfahrungen und Veränderungen eines Lebens abhängig ist, die ich damals und später vielleicht noch nicht zur Genüge hatte. Weshalb Dagmar oder Barbara kleine Episoden blieben. Weshalb ich gerade eben *naiv wie'n Kindergartenkind* gesagt hatte. Und was sind schon Erfahrungen?

„Meinst du etwa, ich bin Brad Pitt oder einer der Sixpack-Schönlinge auf diesen dussligen Postern? – Ich mag diese alten Zeiten nicht. Damals war ich auch schon ein Arsch. Ein paar Mädchen von damals, und vor allem Katja", ich tippte auf das Bild, „könnten dir ein Lied davon singen."

Das konnte sie, Katja, wirklich. Mehr als Dagmar oder Barbara. Ich schien die Intensionen von Summerhill, um einige Jahre verspätet, immer intensiver ausleben zu wollen. Denn einen Tag nach der Spaghetteria gingen wir am Nachmittag nach Castelmola hinauf. Ich hatte gehört, dass es dort oben eine ganz besondere Pizzeria geben sollte und grinste in mich hinein, als sie mir beschrieben wurde. Auf der kleinen Piazza angekommen, sahen wir eine Handvoll einfacher Gebäude. Schmal, relativ unscheinbar und zwei, drei Stockwerke hoch. Mit kümmerlichen Wänden, aber arrangiert wie für einen Film und mit einer spektakulären Aussicht. Getrennt von steilen Treppen. Ein paar Stufen und wir waren in einer ebenso einfachen und allenfalls rustikalen Kneipe. Man hatte mich ja vorgewarnt. Überall standen hölzerne Phallusse, geschnitzte Mönche mit offenen Kutten, Satyrisken, Bauern und nackte Figuren mit übergroßen Penissen herum. Ein Showdown aus Erektionen. Ein sexistisches High Noon. An der Wand aus schwarz-weißen Steinchen auf alt gemachte Mosaike mit kopulierenden Pärchen. Die Scherben sollten wohl an griechische Vasen oder so erinnern. Katja blieb wie angewurzelt stehen, schluckte und schaute mich an.

„Auf was soll ich hier Hunger bekommen?"

„Erst auf eine Pizza, dann ... ", den Rest musste ich nicht mehr verraten, ich wackelte affig mit den Händen und griente albern. Katja setzte sich derweil auf eine Bank an die Wand. Blick durch die riesige Fensterfront auf die kleine Piazza. Fantastisch mit Blumen und Kisten voller Orangen für Touristenfotos hergerichtet. Von den Provokateuren war für sie nun nichts zu sehen. Hinter ihr ein pelziger, weinflaschengroßer Selin mit einem sehr menschlich wirkenden und aufgerichteten Penis.

„Hoffentlich sieht die Pizza anders aus."

Sie tat es und war überteuert. Jede Supermarktpizza wäre besser gewesen. Die originelle Zugabe war die Armee der vermehrungswilligen Gestalten. Schweigend aßen wir die fettigen Teigplatten nur zur Hälfte auf und schielten zu den hölzernen Darstellern. Nach ein paar Minuten kam der Wirt, lachte und bediente bei einem der Mönche einen Hebel am Rücken. Eine Kutte aus groben Stoff öffnete sich, und der plötzlich sichtbare und überlange Penis schleuderte einen Zahnstocher heraus. Er landete genau auf Katjas Pizza und blieb in einem Stück weicher Tomate sogar stecken. Sie legte ihr Besteck zur Seite und der Wirt schüttelte sich vor Lachen.

„Gut, dass der Trottel mich nicht versteht", raunzte sie leise zu mir rüber.

Am späteren Abend saßen wir am Strand. Die Temperatur hätte zu Hause immer noch für einen prächtigen Sommertag gereicht. Aber die groben Kieselsteine im Sand glühten nun nicht mehr, so dass man sich die Sohlen verbrannt hätte, sondern heizten sicher für die nächsten Stunden noch ausreichend mit wohliger Restwärme. Die Spitze der Isola Bella wurde derweil von einem letzten Sonnenstrahl getroffen und glühte sekundenlang fast golden auf. Das Meer glitzerte dabei wie Katjas Haut am Nachmittag. Ich stellte zwei Sonnenstühle als Sichtschutz auf und zog mich anschließend bis auf die Badehose aus, die ich schon vorsorglich angezogen hatte.

„Was wird das, bis es fertig ist?", fragte Katja.

„Kommst du mit?", war meine Antwort und zeigte auf das Meer.

„Ich hab' kein Oberteil dabei. Du Blödmann, hättest ja was sagen können. Dann hätte ich einen Bikini angezogen."

„Gestern hast du mich gefragt, auf was ich Lust hab. Heute Abend hab' ich Lust mit dir zu schwimmen. Am liebsten um die halbe Welt. Zieh die Sachen einfach aus. Ich fänd' es schön, wenn du nackt wärst. Oben ohne hast du doch schon hier gelegen, und andere liegen sogar bei Tag hier nackt herum. In der Nähe ist auch keiner. Und in weniger als einer halben Stunde ist es dunkel."
Katja verzog ihr Gesicht. Kurz hatte ich die Befürchtung, sie könnte fortgehen, doch dann zog sie sich ihre Kleidung aus. Derweil rannte ich los und ließ mich ins Wasser fallen. Es war herrlich, ja geradezu verführerisch warm. Als ich mich zum Strand umdrehte, huschte sie los, die Arme vor die Brust gekreuzt. Darunter hatte sie nur ihr dünnes Blümchenhöschen an. Schon nach den ersten Spritzern war es so gut wie durchsichtig. Und ich fragte mich, ob nicht auch Katja dies mit einer gewissen Absicht statt unbedacht tat, nur um mich vollends zu bezirzen, vollends kopflos zu machen, obwohl sie vor einer Handvoll Sekunden genau das Gegenteil behauptet hatte. Hamburg und Zelte ließen sich vielleicht auf diese Art erpressen.

Leise gab ich einen erstaunten Pfiff von mir und schimpfte mit mir, weil ich *erpressen* gedachte hatte. Wie sie neben mir auftauchte, umarmte ich sie und drückte sie an mich. Ihr nackter Körper an meiner Haut blieb nicht wirkungslos. Doch statt ihr nun meine Liebe zu gestehen, die sich in diesem Moment riesig anfühlte, ihr Teile der Fragen, auch bezüglich Hamburg oder dem, was ich mir noch alles mit ihr vorstellen konnte, zu beantworten, oder wenigstens mein Herz zu versprechen, musste ich lachen.

„Zahnstocher. Was für eine Idee!"
„Bescheuert! Man muss es ja nicht übertreiben."
„Ach, ich fand's lustig."

„Ich nicht. Das war billig. Damit wird etwas Schönes, Inniges und Intimes, etwas, das nur zwei Liebenden gehört, in den Schmutz gezogen."

„Komm, sei nicht so."

„So was macht mir Angst. Und wie der mich angeguckt hat. – Du lachst dann auch noch."

Ich zog ihren Kopf näher und küsste sie. Mein Blick war wohl warmherzig genug. Widerwillig öffnete sie ihre Lippen. Dann schloss sie die Augen und erwiderte den Kuss. Zwischen unseren Gesichtern schielte ich zum Strand. Die Dämmerung war schon fast in Dunkelheit übergegangen und wir waren gute dreißig Meter von einer eventuell neugierigen Zivilisation entfernt. Eine paar Jungs kickten etwas weiter abseits mit einem Ball herum. Die dazugehörigen Mädels hockten züchtig angezogen um ein paar Kerzen im Kreis und reichten eine Flasche herum. Auf der Promenade ein paar Touristen. Alle hatten kein Interesse an uns. Und die Schaumkronen der Wellen imitierten wunderbar eine genügend undurchsichtige Decke. Ich glitt mit einer Hand über ihre Schulter zu den Brüsten, die, wie ich mir einbildete, sogleich reagierten und mit der anderen Hand über ihren Rücken, ihren Po und schob sie an mich. Ich hatte Lust, sie inmitten der sanften Wellen zu nehmen. Meine Shorts hatte ich schon runtergeschoben. Ich lächelte in mich hinein, denn ich sah jetzt da unten sicher nicht anders aus als der Selin auf dem Bord hinter ihr in der Pizzeria. Katja hatte nichts mitbekommen. Ihre Schenkel spreizten sich durch den Druck meiner Hand automatisch. Gleich darauf spürte sie meine Erregung. Ich ließ meine Hand tiefer rutschen und schob den Schlüpfer in ihrem Schritt zur Seite. Mitsamt den Blümchen, die schon längst im Wasser standen. Gerade wollte ich in Katja eintauchen, als sie sich mit einem Stoß von mir abdrückte und mich böse geworden anschaute.

„Kannst du auch noch was anderes", zischte sie in gereiztem Ton und schwamm langsam zurück, „ich glaub, ich hab' heute wirklich genug davon."
Beleidigt schaute ich sie an. In meiner Hand meine ausgezogene Badehose. Ich zuckte mit den Schultern. Mehr als ein paar Schwimmzüge konnte ich ihr nicht folgen. Mein großes Getue löste sich mit einem Mal in Scham auf. Egal wie ich an mir herumhantierte, in diesem Zustand war die nächsten Minuten nichts mit Strand, außer ich wollte die Blicke der Jugendlichen doch noch auf mich ziehen oder die Carabinieri auf den Plan rufen.

„Bleib bitte. Ich kann nicht mit", gab ich mit gedämpfter Stimme zurück und deutete an mir herunter.

„Das wirst du aushalten müssen", fassungslos schüttelte sie den Kopf, „... fast am Strand. Vor all den Leuten. Du hast sie ja nicht alle. – Ich wollte mit dir schwimmen. Und du denkst immer nur *daran*. Das hat nichts mit Gefühlen und Zärtlichkeiten zu tun. Sondern mit einem egoistischen Trieb. – Man kann doch nicht den ganzen Tag ... Ehrlich, manchmal regst du mich ganz schön auf."

Dann schwamm sie zurück, ohne einen weiteren Satz, eine Bemerkung oder sich noch einmal umzudrehen und ließ mich viele Meter hinter sich. Linkisch zog ich mir die Hose wieder an, machte ein paar Züge kreuz und quer und wartete, bis ich glaubte, aus dem Wasser gehen zu können.

Durch die beiden Liegen vom Rest des Strandes verborgen, saß sie mit angezogenen Beinen im Sand und beobachtete mich. Ihr Schlüpfer war an der kleinen sichtbaren Stelle zwischen den Schenkeln wie Transparentpapier. Ich schluckte. Hier draußen wirkte ihr Körper noch sinnlicher. Warum nur war ich zu blöd für uns, für wenigstens eine Antwort? Eine, die entscheidend und ehrlich genug war. Eine, die mit meiner angeblichen Liebe zu tun hatte. Drei Meter bevor ich in unserem Winkel ankam, lehnte sie sich zurück, streckte ihre Beine und offerierte mir damit den an einer bestimmten Stelle durchsichtigen Slip, ließ mich weiter fantasieren, statt nachzudenken und zeigte mit einem Finger auf mich. Ihre Miene zwischen Vorwurf und hämischem Grinsen.

„Das geschieht dir recht. Wenn dich einer anguckt, sieht er alles. Den Rest kann er sich denken."
Ich schielte auf die Stelle zwischen ihren Beinen und dachte: Hätte ich auch sagen können. Ließ mich aber maulfaul neben sie plumpsen und schaute an mir runter. Da war sie, die Apokalypse. Die Selbsterschaffene. Gut, dass ich das Maul gehalten hatte. Die Hose war nicht nur ausgebeult, sondern auf links gedreht. Der weiße Stoff des Futters flatterte nun mitsamt dem der Taschen außen. Mehr als unüblich.

„Mach so was nie wieder!", raunte sie. Das Grinsen in ihrem Gesicht war verschwunden. Dann griff sie nach dem Handtuch, legte es sich über ihren Bauch und Schoß und trocknete sich ab. Kurz war sie gänzlich nackt, ihr Slip war ihr zu nass, um mit ihm in ihre Hose zu schlüpfen. Nur wenige Sekunden später war sie angezogen. Fast scheu hatte ich ihr Tun verfolgt. Der Abend und alles rund um Hamburg war ohnehin gelaufen. Und ich darüber hinaus unfähig.

Heute denke ich manchmal, Liebe ist wie Urlaubmachen. Ja, vielleicht auch ein wenig wie Liebemachen. Nein!, eine Mischung aus beidem, von Neugier getrieben: Komm, gehen wir mal da oder dort hin! Lass uns mal dies anschauen! Oder jenes! Da hinaufgehen und da hinunter. Dort hinein und dort heraus. Im Buch wurde das empfohlen, beschrieben und dargestellt.

Also wird dies und jenes betrachtet, betatscht und befingert, manchmal befühlt. Man eilt von Höhepunkt zu Höhepunkt. Nimmt alles anders wahr. Von manchen Unternehmungen ist man enttäuscht, von den meisten aber hingerissen und bisweilen außer Atem. Doch nach dem fünften, sechsten oder siebten Mal geschieht alles ohne Aufforderung ohne Animation. Nach dem 100. Mal wird's automatisch. Und der Alltag will von alldem nichts wissen.

Der Inhalt der zweiten Flasche war verteilt und ich trank das letzte Glas in einem Zug leer. Allein dieser Umstand reichte für ein Arsenal an Bildern. Doch vermochte deren Inhalt die aufkommenden Gedanken nicht zu betäuben. Aus diesen alten Zeiten, speziell denen mit Katja, hatte ich, wie ich nun hinlänglich bemerkte, nur immer halbe Erfahrungen mitgenommen. Also im Prinzip nichts dazugelernt. In gewisser Weise bestrafte ich damit Yasmin, Barbara und sogar Silke. Ich schaute zu, ich guckte hin, aber begreifen tat ich nur wenig. All die Jahre lang. Ohren, Augen und Hirn hatten keine Verbindung. Was ich aufnahm, rutschte in irgendwelche Löcher und verschwand. Ich war wohl doch auf Äußerlichkeiten fixiert. Und das am liebsten nach dem Motto: Und ewig grüßt das Murmeltier.

Damals an unserem letzten Nachmittag in Sizilien, wenige Wochen bevor ich oben am Ende der Treppe stand, lehnte ich am Geländer des Swimmingpools und sah über die Via Capuccini hinweg den engbebauten Hang hinunter, beobachtete dabei eine Frau in einem Garten gegenüber, *dass* sie Brombeeren pflückte, aber nicht *wie*. Ein Stück weiter einen Handwerker, der eine Tür reparierte und verfolgte auch dies nur wie eine langweilige Fernsehsendung, anstatt neugierig den ein oder anderen Handgriff abzugucken, wie es vielleicht andere machen würden, wie es vielleicht auch normalerweise von selbst geschieht. Verfolgte ich ein mir unbekanntes Spiel einiger Kinder, ohne hinter die Regeln zu kommen und belächelte ein Pärchen, das sich wohl vor Minuten gestritten hatte und nun bemüht war, sich wieder zu versöhnen. Ich hätte sogar zuhören können. So laut redete er auf sie ein. So laut antwortete sie mit tränenerstickter Stimme, ihren Kopf an seine Schulter gelehnt. Doch das Wie-sie-es-taten interessierte mich genauso wenig, wie der Hotelkoch, der in einer Ecke der Poolterrasse stand und von morgens bis abends unentwegt Nudeln kochte oder briet und dazu verschiedene selbstgemachte Soßen reichte. Er wurde dafür bezahlt, dass er es tat und dass es schmeckte. Wie er es hinbekam, war für mich ohne Bedeutung. Meine Neugier auf das Leben um mich herum war auf Konsumieren beschränkt.

Aber als ich den Schweden, der zwei Tage vor unserer Abreise mit seiner Frau eingetroffen war, in der vis-à-vis liegenden, von Büschen nahezu verdeckten Ecke auf einem blau-weiß gestreiften Handtuch ein Sonnenbad nehmen sah, schaute ich genauer hin. Denn hinter dem sporadisch lückenhaften Blattwerk schien sich etwas zu entwickeln, was dem Leben, insbesondere meinem, auf die Sprünge helfen konnte. Neben ihm hockte seine Frau. Nordisch schön, sportlich, vielleicht Mitte oder Ende dreißig. Auf Knien, etwas breitbeinig und vielleicht dadurch irgendwie lasziv wirkend. Sie beugte sich zu ihm herab und küsste ihn, intensiv und hemmungslos, ihre langen blonden Haare und die Zweige der Büsche wirkten dabei wie ein Vorhang – darüber hinaus war ich der einzige interessierte Zeuge. Für die beiden von einer kleinen Palme in einem riesigen Topf verborgen.

Der Rest der Gäste döste, wie Katja, auf den Liegestühlen oder tummelte sich im Becken. So nahezu unbeobachtet, tat sie es aber umso leidenschaftlicher, mit einer wandernden Hand auf seinem Bauch. In seiner Badehose entstand eine Beule. Eindeutig. Unübersehbar. Üppig. Alles andere als vorzeigbar. Und er fuhr ungeduldig für Sekunden mit krummen Fingern in ihre sündhaft kleine schwarze Hose, direkt zwischen die Beine. Sie kam seinen Fingern entgegen, hob ihre Hüfte hoch und tat es bei ihm unter seiner Shorts gleich, kaum einen Lidschlag lang. Dann sprang er unvermittelt auf, leckte sich laut lachend die Finger und hüpfte umständlich, wie Stefan einst robbend, den anderen den Rücken zugewandt, in den Pool, während sie grinsend ihre Haare nach hinten warf, sie zu einem Bausch zusammenknotete und den Sitz ihres Bikinis mit einem lässigen Griff wieder herrichtete.

Sein lang gewordenes Ding war von meinem Platz aus allerdings bestens zu erkennen. *Alter Schwede!*, dachte ich und drehte mich wieder um. Genau in dem Moment, als Katja sich nach mir suchend umschaute und dafür aufrichtete. Ich hockte mich neben sie auf die Liege und sie wunderte sich, wie ich sie sogleich mit beiden Armen umfing und mit einer wohl unerwarteten Zärtlichkeit ihren Bauch küsste.

Stunden später fand ich heraus, dass die beiden das Zimmer über der Bar am Pool und damit in unserem Gang direkt nebenan hatten, wenn auch durch Zufall, weil ich nachts um 11 nur mit einer hastig übergestreiften Shorts schnell zur Musikbox hinuntergesprungen war, 200 Lire einwerfen und abermals *Adesso tu* laufen lassen wollte.

Als dort plötzlich ein Lichtstrahl von oben das Wasser anstrahlte, ich mich deshalb umdrehte und hinaufschaute, sah ich die Schweden-Frau auf dem kleinen

Balkon stehen. Leicht schwankend, sodass sie sich an dem dünnen Geländer festhalten musste. In der freien Hand ein gut gefülltes Glas Rotwein, das dies und meine jetzige Erinnerung erklärte. Über ihrem Körper nur ein flatternder Kimono, der durch ihre Bewegung aufschwang und damit eine ihrer Brüste und das Bikinihöschen vom Nachmittag freilegte. Ein Schatten an der Zimmerwand hinter ihr zeigte ihren Mann, der vermutlich mit der Bettdecke zugange war.

Ich blickte wohl zu lange hinauf, denn mit einer leichten, eher affektiert wirkenden Drehung zur Seite verdeckte sie nicht besonders wirkungsvoll ihre Blöße und trank das Glas lächelnd in einem Zug leer. Ein Schwall des Weins lief dabei an ihren Lippen vorbei über das Kinn und an der Kante des Kimonos entlang über ihren Körper. Mir fielen dazu einige unanständige Dinge ein. Für diese war sie in diesem Moment trotz des Altersunterschieds zwischen uns jung genug. Mit dem Absetzen des leeren Glases prostete sie mir zu. Ein leichter Wind öffnete den Kimono-Vorhang noch mehr und sie verteilte mit der anderen Hand die verschüttete Flüssigkeit provozierend langsam über ihre rechte Brust und den Leib. Doch ein paar Tropfen ließ sie mit durchgebogenem Rücken und weiter auseinanderfallenden Kimono hinter das Höschen laufen, dessen bereits feuchtglitzernden Bund sie dafür extra etwas anhob. Kurz nickte sie mir zu, als wolle sie wissen, ob es mir gefiele. Ich bildete mir ein, das sie lächelte. Dann verschwand sie, mit den Fingern der nassen Hand in meine Richtung klimpernd, nach innen. Der dusselige Kimono war leider eine Handbreit zu lang, um dabei ihren Hintern zu verfolgen.

Ich tat, als ginge ich wieder aufs Zimmer, wartete im Eingang des Hausflurs, zählte bis zehn und kehrte zurück. Stellte mich in den dunklen Schatten neben das hellerleuchtete Rechteck neben dem Beckenrand. Durch die nun halb geschlossene Tür und deren Lamellen sah ich sie. Jetzt von der Seite und ohne den Kimono. Mit festen spitzen Brüsten. Die auffallend schönen Beine auseinandergestellt. Wie Katja vor einigen Tagen. Cowboylike. Zwischen den Schenkeln das Ende eines Arms. Die dazugehörige Hand in ihrem Höschen verschwunden. Der Winkel verriet, dass er saß. Vielleicht schon auf dem Bett. Sehnsuchtsvoll. Der Rest von ihm war durch das Wandstück neben der Balkontür verborgen.

Ich stellte mir vor, dass er ihr die Spuren des Weins von ihrer Haut ablecken würde und fühlte das Ziehen weiter unten. Sie strich sich die Haare hinter den Kopf und ihre Lippen bewegten sich. Was sie flüsterte, konnte ich nicht hören. Es reichte auch so. Meine Fantasie war wie beflügelt. Mit einem schnellen Griff schob der Schwede ihre Hose bis zu den Knöcheln hinunter und sie stieg langsam aus dem schwarzen Etwas heraus. Während ich mit einer Hand automatisch in meine Hose fuhr, legte sie den Kopf in den Nacken, bog wieder ihren Rücken durch und bewegte ihren Unterleib langsam auf seiner, wieder zwischen ihren Schenkeln verschwundenen Hand vor und zurück. Ihre Hände dabei im Nacken. Ich machte einen Schritt weiter nach links. Genau an die Grenze zwischen Licht und Schatten. Nun sah ich beide Brüste und ihre Scham, die vollkommen glatt war und mit dem letzten Schimmer, den der Wein hinterlassen hatte, das Licht der Nachttischlampe spiegelte. Sah die erregten Türmchen auf ihren Brüsten und wie seine Finger in ihrer deutlich sichtbaren Ritze entlangfuhren. Dass ich sie dabei beobachtete, wusste oder interessierte sie nicht oder reizte sie erst recht. Denn sie erhöhte langsam die Geschwindigkeit und begann ihren Busen zu streicheln, zu kneten und ein wenig zu bearbeiten, als stellte sie sich vor, wie ich es mit meiner Erregung tat. Doch für keine stimulierende Sekunde blickte sie in meine Richtung. Ich glaube, dann hätte ich meine Shorts runtergeschoben und es ungeachtet möglicher weiterer Augen vollbracht.

Obwohl Katja und ich uns bis vor fünf Minuten ebenso im Bett geräkelt hatten und Eros Ramazotti uns nun ein letztes Mal begleiten sollte, war ich froh um die weite Hose. Wäre ich jemanden begegnet, hätte eine enge Badehose wieder nur alles verraten. Ich ging nochmal zur Jukebox zurück, warf weitere 200 ein und drückte auf *Wiederholung*. Dann ging ich ohne einen weiteren Blick nach oben. Die Musik, das Gesehene und mein Zustand ließen mich schneller werden. Katja würde mich vielleicht noch einmal zulassen. Gerade als ich die Zimmertür aufmachen wollte, hörte ich hinter der Schweden-Tür eine Stimme, rau, fordernd, deshalb verführerisch und nicht besonders leise: *Vad för en ståpitt! Låt oss knulla!*[6]. Ich hatte zwar nichts verstanden, grinste trotzdem, weil ich mir meinen Teil dachte und trat in unser Zimmer ein.

Katja stand links im kleinen Bad und putzte sich die Zähne. Auch sie nur mit einem Slip bekleidet. Dem mit den breiten roten Streifen, den, den ich so mochte. Als sie mich bemerkte, umarmte ich sie von hinten und schmiegte mich an sie. Warum war ihr sofort klar. Ihre in diesem Moment ganz besonders zarte Haut spornte mich nur noch mehr an, und ich ließ meine Hose an den Beinen nach unten rutschen. Unser Spiegelbild beobachtend, legte sie den Kopf zur Seite, machte somit meinen Lippen Platz und verfolgte meine Hände auf ihrem Körper. Mit nahezu angehaltenem Atem. Eine auf der rechten Brust, die andere unter dem Stoff des Slips

---

6  Was für 'ne Latte! Lass uns vögeln!

verschwindend. Wie die Frau im Zimmer neben uns machte sie eine kleine Bewegung zur Seite und öffnete ihre Beine, legte den Kopf in den Nacken und erwartete meine drängenden Finger. Erst jetzt nahm sie die Zahnbürste aus dem Mund, ließ sie klappernd ins Wachbecken fallen, an dessen Rand sie sich sogleich mit einer Hand festhielt und meinte mit einem Schaumkranz um ihre Lippen:
„Du bift wirkwich unersättwich."
Ihre rechte Hand lenkte dabei meine unruhig gewordene Hand zwischen ihren Schenkeln. Da sagte ich noch:
„Aber nur auf dich."
Am nächsten Tag konnte ich mir dank eines Wörterbuchs in einer kleinen Buchhandlung am Corso Umberto die Übersetzung zusammenreimen und erzählte Katja dabei die ganze Zeit blöde grinsend die Story. Ganz. Ihre Antwort bestand nur aus einem verächtlichen Blick und einem Wort:
„Spanner."
Wir gingen den Corso Umberto weiter und an einer von rotglühenden Bougainvilleen übergossenen Mauer die Stufen in den Garten des Klosters San Domenico hinunter. Sie ging mit Absicht einige Schritte vor mir und stellte sich neben den wie ein kleiner Teich wirkenden Brunnen. Lehnte sich an eine steinerne Säule, die von einem kümmerlich bepflanzten Topf gekrönt wurde, und sah irgendwohin, aber vor allem an mir vorbei. Sie verschränkte die Arme vor ihrem Körper und hob ihren Kopf in den Nacken und ihre ganze Körperhaltung zeigte, dass sie schmollte. Ihr Mund schmollte. Ihre Augen schmollten. Alles. So hatte sie auch etwas Aristokratisches, Hochnäsiges. Was mich dazu hinreißen ließ, plötzlich:
„Was ist, meine Prinzessin?", zu fragen.

Ihr Blick unnachahmlich. Ich hob meine Kamera und sie ließ ihre Arme fallen. Die Hände ruhten auf ihren Oberschenkeln am unteren Rand ihrer kurzen blauen Hose. Ihre Miene unverändert und sie wiederholte:

„Spanner! Und ich dachte immer ..."

Spätestens ab diesem Augenblick hätte ich sie für immer lieben müssen. Aber ich kapierte nichts.

Erst jetzt, wo ich die alten Bilder vor mir habe, erkenne ich manchen Quatsch, den ich gesagt und getan habe. Der durchweg dazu gereicht hätte, exkommuniziert, oder zumindest als Ministrant mit einem Makel versehen zu werden, wenn unser alter Pfarrer davon erfahren hätte. All das ist mit auf das Zelluloid der Bilder gebannt. Ich kann ihn nun im Nachhinein, auf den Fotos, in den Gesichtern *meiner Frauen*, vor allem in Katjas erkennen. Demnach viel zu spät. Wie wollte ich das an einem Abend wie heute ändern? All die uneingelösten Versprechen. Nie durchgeführten Vorhaben. Ich war und bin der Lernverweigerer, sieht man von den hormongesteuerten Lehrsekunden durch die beiden Schweden ab. Nicht unbedingt ausreichend um vorwärts zu kommen.

Nun schaute ich nach links. Vor einer Minute hatte Katharina noch an sich herumgemäkelt, sich auf den Bauch und die Schenkel geklopft. Das, was ich früher bei Katja meinte machen zu müssen, obwohl an diesen Stellen nichts zu finden war. Jetzt beugte sie sich vor und startete eine neue CD. Im DVD-Player drehte sich nun eine Scheibe mit einem englischen Mythos. Doch vorher wurden wir mit einer Reihe von Trailern beworfen.

„Ich meine nur", fing Katharina nochmal an und lehnte sich wieder ans Sofa, „vor zehn, fünfzehn Jahren

war alles anders. Gute zehn Kilo leichter. Keine Zahnschmerzen. Kein Nix. Da hab ich noch ..."
Ich unterbrach sie mit einer Handbewegung. War es nicht gerade ihre Art, ihr Wesen, ihr Aussehen, das mir inzwischen den Kopf verdrehte? Egal in welcher Reihenfolge? In meinem Kopf schwappte noch das Bild mit Katja in einer Boutique, eine alte Erinnerung an die vermeintlich dicke Yasmin und an den Mann, den Schweden, der beim Sprung in den Pool mit einer Hand versuchte, Ordnung in seine Badehose zu bekommen, weil seine Frau ihn betört hatte. Alles hatte mit diesen drei Wörtern zu tun – oder auch nicht. Den Wirrwarr in meinem Kopf konnte Katharina nicht sehen, trotzdem quasselte ich los.

„Da kommt es doch gar nicht drauf an. Ich dachte auch immer, solchen Idealen hinterherlaufen zu müssen. Weil die Cover der Zeitungen so etwas propagierten. Völliger Blödsinn. Der Mensch, von dem man behauptet, ihn zu lieben, wird dadurch nicht schöner, besser, charmanter ..."

„... aber schlanker."

„Und warst du glücklicher damals? Hat es etwas gebracht? Wo ist der reiche Millionär, den du dir mit deinem Aussehen geangelt hast? Wo ist die Karriere, der Erfolg? Welchen Doktortitel hast du? Weder bei dir noch bei mir lief es deshalb besser. Kann sein, aus jeweils anderen Gründen. Wir haben für unser Glück niemand bestechen können. Keine Lottogesellschaft, kein Engelchen. Kein Spieglein an der Wand. Nicht einmal uns selbst. Es ist ziemlich viel an uns vorbeigelaufen. Speziell bei mir. Der eine merkt's früher, der andere später. Ich später, falls du das meinst."

Warum sagte ich nicht einfach, dass sie doch gut aussah, allein schon wie sie dasaß, ungezwungen, ungekünstelt und ein wenig ungeniert, nicht nur, weil sie mich jetzt an Katja erinnerte, die genauso zurückgelehnt am Strand auf mich zeigte.

„Warum sagst du das alles so sarkastisch?"

Ich pustete in die Luft, als hätte ich gerade eine große Anstrengung beendet und schaute an ihr vorbei. Ein paar Rädchen in meinem Kopf versuchten meine Hirnleistung zu erhöhen. Doch die Übersetzung in diesem Getriebe war überfordert, der Gedankenklops löste sich nicht auf.

Früher als Kinder ahmten wir beim Seilhüpfen, Gummitwist oder Kästchenhüpfen die Alten nach, weil wir im Spiel die anderen genauso betuppen wollten wie die Großen es in ihren Spielen, in ihrem Leben taten, diese allerdings in ganz anderen Dimensionen. Was wussten wir schon von der Welt oder gar der Liebe? Wir waren unschuldig, sagten die einen, gut erzogen, die anderen. Dabei wussten viele von uns schon mehr darüber, als viele hofften. Wir schnupperten wie Bienen an den Blüten, verdrehten die Augen und schrien: *Ach wie schön!*

Ich entschied mich daher für eine gute Portion Pathos.

„Früher sah ich in der Liebe zu oft nur ein großes Gefühl. Das war schön, das war herrlich, etwas ganz Neues. Bis ich merkte, dass es nach einer ersten Phase etwas anderem Platz machte. Nämlich dem, was Katja von mir forderte, und als das eine Rolle hätte spielen müssen, habe ich diese Verantwortung missachtet und bin einfach davon ausgegangen, dass ich dieses Gefühl nur aus Übermut, sozusagen aus Versehen Liebe genannt hatte und alles nur aus einer Laune heraus geschehen war. Ich bin irgendwelchen Wünschen, Vorstellungen und Fantasien nachgegangen. Aber man muss Gefühle erkennen, mit ihnen umgehen und auch wachsen wollen, wenn es denn wenigstens ehrliche Gefühle sind. Andernfalls läuft man Gefahr, den Anderen zu missbrauchen. – So moserte ich an Katjas Aussehen herum und das hat nichts mit Gefühlen zu tun, sondern mit diesen dusseligen Vorstellungen, die nicht einmal das Wort Wünsche wert sind."

„Und die ändern sich dann?"

„Vielleicht. – Nein. – Ja. Ich weiß es nicht. Ich habe manches davon erst später verstanden. Ein Kumpel, der unglaublich viel fotografiert, hat mir Tipps gegeben und auf einem Ausflug mal gesagt: Mach nicht immer gleich ein Foto, wenn du glaubst ein Motiv zu sehen. Es sei denn, du willst nur noch Schnappschüsse mit nach Hause bringen. Lauf erst mal vor und zurück, drei, vier Schritte können viel bewirken, geh in die Hocke oder such einen Platz weiter oben. Du wirst sehen, manches Bild wird von einem anderen Standpunkt aus besser. Aber das, was du fotografierst, nie. Das muss von vornherein gut gewesen sein. Er hat recht, das weiß und sehe ich jetzt, vor allem seit ich dich kenne. Es hat also ziemlich lang genug gedauert. Vorstellungen können einen Menschen nicht verändern. Da kannst du dir wünschen, was du willst. Er ist, wie er ist. So simpel ist das. – Deshalb sieht eine Frau entweder gut aus oder nicht. Deshalb könntest du auch heute noch kurze Hosen tragen. Verstehst du? Es sieht entweder immer gut aus oder nie. Wie bei Katja, Barbara und auch Yasmin. Ein paar von ihnen wäre viel erspart geblieben, wenn ich das schon früher kapiert hätte. Aber nachdenken war damals noch nicht meine Sache. Obwohl ich eigentlich alt genug war."

Ich war so frei und strich ihr mit einer Hand über die Wange, dann mit den Fingern ihre Haare hinter den Kopf. Ab heute war nur noch Katharina wichtig, deshalb ergänzte ich:

„Und wenn ich dich sehe, gefällt mir das jedes Mal verdammt gut. – Manchmal fehlt dir nur ein wenig Mut und Selbstbewusstsein, dich ruhig so fraulich und sexy wirken zu lassen. Du bist doch alles andere als eine graue Maus."

„Und jetzt bist du dir sicher darin?"

„Mehr als."

„Die alten Bilder von mir würden aber zeigen, dass ich mich verändert habe."

„Ich mag dich aber, wie du jetzt bist."

Katharina hob den Kopf. Ihr Blick eher forschend neutral als erfreut.

„Danke für die Blumen. Was rätst du mir?"

Verwundert sah ich sie an.

„Nach allem, was ich dir erzählt habe, beziehungsweise nun von dir und deinem Freund weiß, steht es mir nicht zu, dir etwas zu raten. Was dabei herauskäme, wäre sehr egoistisch, aber ..."

Plötzlich war mir etwas eingefallen. Ich stand auf. Bekam dabei mit, dass ich vor Jahren *Alexander* im Kino hätte angucken sollen. Das hektische Werbefilmchen mit Kampfgetöse und einer unerwartet schönen Angelina Jolie, die ich sonst nicht so mochte, ließ keinen anderen Schluss zu, als den, dass ich wohl was verpasst hatte. Dann ging ich ins kleine Zimmer und holte drei Bücher und den abgewetzten Ordner. Den von meiner Mutter, die vor viel zu vielen Jahren allzu früh gestorben war. In vielerlei Hinsicht unerwartet. In ihrem eigenen Wohnzimmer. Wie ein krankes Bäumchen im Sturm einfach umgeknickt und umgefallen. Allein. Ohne Aussicht, noch lebensrettend entdeckt zu werden. Nicht zuletzt, weil wir alle an diesem Tag unerreichbar in alle Himmelsrichtungen verstreut waren.

Seitdem träume ich nachts nicht nur irgendwelche Kinofilme mit ganz eigenen und bisweilen intimen Schlussszenen, vor allem wenn es dabei um diverse weibliche Verlockungen geht, sondern hin und wieder von meiner Mutter, der ich in jedem Traum nach Schilderung meiner dann folgenden Problemchen durchgehend die gleiche Frage stelle: *Was rätst du mir?* Aber was sollte sie ausgerechnet mir raten? Jedem ihrer vier Kinder, so verschieden wie die Jahreszeiten, wie die vier Temperamente, wie die vier Elemente – und mit den vier Kardinaltugenden hatten wir schon gar nichts zu tun – musste sie über weiß Gott wie viele Jahre einen Rat in allen erdenklichen Situationen geben. Meinem stürmischen jüngeren Bruder: *Kind nimm dir Zeit!* – nicht lachen! Sie haben keine Ahnung, wie gut dieser Tipp war –, meinem älteren, der nichts anderes war als ein Heißsporn, meiner kleinen Schwester, die zwar zuhörte, aber dann ganz was anderes zu tun pflegte und mir, der in und zu allem still blieb und manchmal gar nichts machte. Verwunderlich, dass sie nie ausflippte. Verwunderlich, dass sie nie resignierte. Verwunderlich die Fülle der Ratschläge. Aber die Aufforderung „Nimm dir Zeit!" gab sie sich auch selber.

Sie, meine Mutter also – ich träume ja –, hält inne und schaut mich mit nachdenklichen Augen an. Gerade hatte sie noch am Esszimmertisch sitzend auf der alten Torpedo-Schreibmaschine aus den 40er oder 50er Jahren einen langen Brief an ihre Mutter, Schwester oder gar ein Amt verfasst. Konzentriert und mit einem ständig wechselnden Gesichtsausdruck. Zwischen Clownerie und Charakterdarstellung schwankend. Das Gesicht genauso wie der Text, der auf dem Blatt langsam sein Leben begann. Mutter dabei auf der Suche nach den richtigen Wörtern, nach einem Spaß oder einer Pointe. Nach einer Wendung, die selbst den größten Ernst lesenswert und dadurch beachtet werden ließ. *Und wenn Sie bis hierhin durchgehalten haben, werden Sie merken, wie erfolgreich es sein kann, sich darüber Gedanken zu machen...*

Kaum dass ich sie gefragt habe, greift sie neben sich und steckt sich die obligatorische Zigarette an. Inhaliert den Rauch, lehnt sich zurück und bläst ihn, einer weißen Säule gleich, senkrecht an die Decke. Einige Schwaden scheinen in ihren etwas lockigen Haaren hängen zu bleiben. Der Kopf raucht. Sie schaut mich an, kneift langsam die Augen zusammen, bis sie Schlitze sind und zieht ein weiteres Mal an ihrer Zigarette. Dann steht sie auf und geht in die Küche, nimmt die Kanne mit kaltem Kaffee, den sie so liebte und extra süß trank, vom Kühlschrank und schenkt sich eine Tasse ein. Mit dieser dreht sie sich um, steht in der Tür, zieht wieder wie eine Süchtige an ihrer Zigarette und lässt den Rauch jetzt nur noch aus dem Mund quellen, ihr Kopf wieder umwölkt, der Moment der Antwort naht. Doch bevor sie mir etwas erwidern kann, löst sich ihre Gestalt wie der quellende Qualm aus ihrem Mund in einen diffusen Nebel auf, den ich zu erhaschen versuche. So bleibt sie mir jedes Mal eine Antwort schuldig und zerrinnt mir förmlich zwischen den Fingern, wie einst die schwadenhaften *Frogs* in den Folgen der Fernsehserie *Raumpatrouille*. Gerade so, als wenn sie mir dadurch sagen wollte: *Was fragst du mich immer? Hab' ich dir nicht genug beigebracht? – Überleg mal! Wie erfolgreich es hätte sein können, sich darüber Gedanken zu machen... Wird' endlich erwachsen!* Werd' endlich erwachsen, – mein lieber Scholli, leichter gesagt als getan.

In der Tür blieb ich kurz stehen. Katharina sah in Richtung des Fernsehers, aber ich zweifelte, ob sie etwas von dem Film mitbekam, der nun endlich nach den endlos erscheinenden Trailern seit ein paar Minuten lief. *»Sagt ihr uns, wie lang wir fort sind?«* – *»15 Jahre. Nicht mitgerechnet die Monate, die wir unterwegs sind«*[7].

---

7  „King Arthur" von Jerry Bruckheimer

Für den Jungen, den ich sah, war das Leben somit verdorben. Die Schergen Roms würden ihn nun mitnehmen und damit seiner bald weit entfernten Heimat endgültig entreißen, die in seinem Kopf Jahre später nur noch schemenhafte Bilder erzeugen würde. Diese Zuneigung, diese Liebe wäre in jedem Falle zerstört. Das Gesicht des Jungen zeigte Enttäuschung, aber auch den Willen, entgegen der gerade kundgetanen und eher illusionslosen Zukunft, wieder zurückzukehren. Doch ihm wird es genauso ergehen wir mir, fünfzehn Jahre reichen nicht.

Wieder neben Katharina hockend deponierte ich die Bücher neben mir und schlug den Deckel des Ordners auf. Auf dem ersten Blatt in Mutters kleiner aber klaren Schrift mein Leitspruch. Ihr Spruch. Der Wegweiser für unser Leben und eines Urlaubs für mich. *Um zu erlangen, was du nicht weißt, geh dorthin, wo du nichts weißt.* Trotz ihres frühen Todes schien sie mehr daraus gemacht zu haben. Die nächste Handvoll Blätter erklärte mir dies bei jedem Lesen. Denn sie hatte nicht nur ein gelungenes Vorhaben, sondern einen Plan dafür hinterlassen.

Das erste Blatt trug die Überschrift: Wünsche. Das zweite: Ziele. Drei: Notwendigkeiten. Vier: Vorhandenes. Fünf: Hilfe durch? Eine sechste Seite gleichen Papiers war leer. Ich rätselte jedes Mal, was darauf hätte stehen sollen. Und dachte lieber nicht daran, weil ich befürchtete, sonst meinen Namen mit einem Kommentar oder durchgestrichen lesen zu müssen. Hinter diesen Blättern Kopien von Briefen, eine Handvoll davon an mich, drei an ihre Mutter, nochmals drei an ihre Schwester. Amüsante Berichterstattungen aus einer anderen Zeit, die von umgestürzten Kränen auf der nachbarlichen Baustelle oder einem schwäbischen Postbeamten in seinem Element berichteten und deren Herstellung vor Jahren eingestellt wurden, gerade weil sich die Zeiten für Mutti so dramatisch geändert hatten. Den Rest des Ordners hatte ich im Grunde genommen noch nie genauer durchforstet. Den hatte ich damals abgearbeitet und er bestand aus Formularen und altem Schriftverkehr, deren Inhalt ich nur überflogen hatte. Es gab eh nichts mehr, was davon noch zu erledigen gewesen wäre.

> *Wünsche*: Keinen Streit mehr – alleine zurechtkommen – aufmerksam werden – Glück erkennen – Geduld haben – Sorgen und Freuden teilen können – noch viele Bücher lesen – Geld zum Leben – loslassen können – einen Rest Liebe erhalten
> *Ziele*: Nichts aus sich, sondern seinem Leben etwas machen – hinsetzen und zuhören, aufstehen und standhaft bleiben – Israel – eine Stunde am Tag aus dem Fenster schauen – den Rest der Liebe teilen können
> *Notwendigkeiten*: Vertrauen – Zuversicht – Liebe – Geld
> *Vorhandenes*: Zuversicht
> *Hilfe durch?*:

Als ich den Ordner wieder in die Hand nahm, fiel ein kleiner Zettel aus ihm heraus. Mein Gott, wie oft hatte ich schon diese wenigen vorderen Seiten mit den Briefen durchblättert. Wie oft diese Ansammlung von Formularen und Schriftstücken, wenn schon nicht Zeile für Zeile gelesen, so doch durch die Finger laufen lassen, weil ich doch ab und zu eine kleine Sehnsucht nach meiner Mutter verspürte und ich mir einbildete, die raschelnden Papiere seien wie herunterfallende Blätter, die mir dadurch Mutti für einen kurzen Moment näherbrachten, sowie den Geruch von kaltem Kaffee und Zigarettenrauch, vom Wachstuch auf dem Esszimmertisch und dem Wäschekorb vor der Waschmaschine – und ihre Antworten auf meine Frage.

Aber nie war mir ein Zettel oder ein Schnipsel aufgefallen, außer dem mit meinem Spruch. Schon gar nicht lose hineingesteckt. Zum Finden vorgesehen. Wie diese Bedienungsanleitung unter meinem Schrank. Für genau diesen heutigen Tag. Nun torkelte also einer wie ein welkes Blatt zu Boden. Oder besser: eine Schneeflocke. Von ihrem Platz im Himmel zu mir heruntergeweht. Und nicht in den Jahren zuvor, sondern genau an diesem Abend. Verwundert schaute ich ihm hinterher. Das letzte Blatt von Mutters Bäumchen. Vor unseren Füßen liegen geblieben, lasen wir seine Nachricht: *Geh ich die Dinge leicht – sensibel – an, so können mich auch Spitzen nicht verletzen.* Zumindest Barbara hätte sich über diesen Ratschlag gefreut.

Lancelot wirft einen wehmütigen Blick auf die so gut wie nackte Guinevere, der hinter einem transparenten Vorhang eines Streitwagens die Schulter gewaschen wird. Nun genauso zerbrechlich wie unbesiegbar wirkend. Seine Augen sprechen Bände. Er wird seine Angehimmelte nie bekommen. – Keine Parallele, hoffte ich. – Die Loyalität zu seinem Freund Arthur verbietet selbst den Gedanken daran. Diesen Anstand kannte ich weder Gerd noch dem Neuen gegenüber. Bis jetzt. Schnitt. Plötzlich steht Guinevere neben ihm, in einer eisigen Nacht mit treibenden Schneeflocken nur von einem Tuch umhüllt, und fragt: »*Wie ist es dort, wo du herkommst*«. Lancelot, der Junge aus der fernen Heimat, länger schon als fünfzehn Jahre nicht in seiner angestammten Welt unterwegs, schaut sie an, überrascht, gerade war sie doch noch ...: »*Wir opfern Ziegen, trinken ihr Blut und tanzen nackt ums Feuer«.* Er lacht über seinen eigenen Spruch, über diesen Witz, aber Sekunden später fügt er in sich gekehrt hinzu: *»Ein Meer aus Gras. Es gab keine Grenzen.«* – *»Was du beschreibst, ist die Freiheit, genau das, wofür wir kämpfen«,* antwortet Guinevere. Genau das, womit wir nicht mehr umgehen können.

„Sie ist früh gestorben, stimmt's?"

„Zu früh! Keiner von uns war in diesem Moment in ihrer Nähe. Keiner konnte helfen. Seit ich die Begleitumstände kenne, nagt das Ganze an mir."
Traurig verzog ich das Gesicht. Begleitumstände. Auch so ein Wort. Mutter war in ihrer kleinen und etwas engen Wohnung vermutlich gestolpert und fürchterlich unglücklich gestürzt. Katharina sah mich an, forschend und nachdenklich und erwiderte dann:

„Manchmal geh ich auf den Friedhof und mach das Grab meiner Oma. Da sitzt jedes Mal bei Wind und Wetter ein alter Mann auf einer Bank. Gegenüber: ein immer frisch gemachtes Grab. Bei dem denke ich auch immer, was ihm wohl alles durch den Kopf geht. Ob es die Erinnerungen sind oder das Gefühl, hier weniger allein zu sein, oder aber nur abwartet und dabei die Blumen betrachtet, die er selber zweimal in der Woche bringt. Und der sieht auch so aus wie du grad eben."
Ich presste die Lippen aufeinander und zuckte kurz die Schultern. Katharina ergänzte:

„Der da liegt ist also auch zu früh gegangen, zumindest für den alten Mann. – Wie deine Mutter für dich oder meine Oma für mich. Sie hat alle Ratschläge mitgenommen."

„Alle, die man liebt, sterben zu früh. Leider merkt man das viel zu häufig viel zu spät. Sowohl das eine wie das andere. Und das mit der Liebe auch. – Ihr hättet euch sicher gut verstanden."

„Wie kommst du darauf?"
„Ihr habt beide eine vorsichtige Art."
„Eine vorsichtige Art?"
„Sie hat nie etwas unbedacht gemacht."
„Dann frag ich mich, warum ich danebenlieg, wenn ich ihr darin ähnlich sein soll."
„Tust du das wirklich? Danebenliegen?"
„Sagst du doch dauernd. – Mehr oder weniger."
„Aber ihr habt beide Ziele im Kopf. Bei mir sind es meistens nur Ideen. – Weißt du, Israel, das war ihr großes Ziel, ich fand toll, wie sie darangegangen ist. Es war dann das einzige, bei dem ich helfen konnte. Ich gab ihr damals einen Hunderter mit. Das war recht viel Geld für mich."
„Aber das ist doch nett."
„Ja, aber ich fühlte mich dadurch als derjenige, der ihr das Unternehmen überhaupt erst möglich machte. – Ich sag ja, ich war damals schon ein Arsch. Dauernd lebte ich mit Einbildungen. Zum Beispiel der, dass sie unter *Hilfe durch?* dann meinen Namen eingetragen haben müsste. Oder der, ihn überhaupt in ihren Aufzählungen zu finden."
„Hat sie dich darum gebeten?"
Ich schüttelte den Kopf. Katharina überlegte nur kurz und tippte auf die Blätter, dann meinte sie:
„Es ging nicht um dich, sondern um das, wofür sie im Leben hätte einstehen müssen. Hilfe durch, ist keine Erwartung, sondern eine Bitte, die sie hätte aussprechen müssen. Aber sie hatte nicht die Kraft jemanden zu bitten. – Ich bin auch zu blöd dafür."
Gedankenverloren blätterte sie weiter
„Gibt es einen anderen Punkt, der mir helfen könnte? – Ich sehe nicht unbedingt einen."
Ich schaute automatisch, sicherlich wieder fragend, in die Zimmerecke. Dort stand meine Mutter. Vielmehr

ein Bild von ihr auf ihrer alten Nähmaschine. Ich hatte diese, quasi als erste Amtshandlung, in der Woche nach Silkes Auszug bei Freunden abgeholt. Dort war sie für fast vier Jahre deponiert und hatte als Blumenbank gedient, ihre Familiengeschichte war somit von Ranken zugedeckt, da Silke solche alltäglich sichtbaren Erinnerungsstücke nicht mochte. Zu mir zurückgekehrt war es ein erstes Möbelstück für ein ansonsten leeres Zimmer. Der Inhalt des sogenannten Utensilienfachs, ein klappbares Fach an der Front, lag in dieser Zeit unbeachtet und doch wohlverwahrt in einem alten Schuhkarton bei mir im Keller. Jetzt lag alles durcheinander, wie ich es glaubte, richtig abgespeichert zu haben, wieder darin: Nadeln, Druckknöpfe, Ösen, Einfädler, Riemchen, Gummibänder, zwei Stopfpilze und eine leere Zigarettenschachtel R6 neben roten Fäden; einem Schatz gleich in der Nähmaschine neben dem digitalen Ungetüm, auf das wir seit ein paar Stunden starrten. Jedes Teil in dem Fach ein Andenken und Blick in die Vergangenheit. Jedes Teil gut für eine neue Gegenwart mit einem Gedenken an früher. Mutti steckte dadurch in jeder Ecke der Wohnung.
Ich deutete auf *loslassen können*. Mir blieb Katharina gegenüber nichts anderes übrig. Bildete ich mir ein.
Ihre Antwort:
„Das sagt sich so einfach. Und ist das wirklich besser?"
Wieder schaute ich in die Zimmerecke. All die Erinnerungen, die in und auf der Nähmaschine, die in dem Ordner neben mir, die Bücher mit ihren Verhaltensregeln, die verstreuten Fotos und Videos umgaben uns jetzt wie eine abwartende Kohorte, der die Waffen abhandengekommen war. Nicht besonders praktisch, wenn man an eine offensive Verwendung von dieser dachte. Alle bis auf die Bücher hatte ich heute Abend

auch schon hervorgezogen, aufgefaltet, dargelegt und vorgeführt. Bis auf die Bücher, schoss es mir durch den Kopf. Vielleicht hätten diese noch etwas zu bieten. Einen Spruch, eine Sentenz oder einfach nur einen klugen Satz. Ich nahm den kleinen Stapel, wog ihn, als ob das Gewicht für die Güte der erhofften Tipps entscheidend wäre.

„Früher haben die ihr Leben doch auch geregelt bekommen. Vielleicht mit solchen Büchern?!", versuchte ich den nächsten Ansatz, „die hat mir meine Mutter vor Jahren mal geschenkt. Ich fand die allein vom Titel her schon so witzig, dass ich sie behalten habe. Reingeguckt hab ich allerdings nie richtig."
Dann legte ich die drei Bücher zwischen uns, dort wo Katharinas Schenkel leider zu weit von meinen entfernt waren, tippte auf das schwarze Titelbild des obersten und schaute Katharina schmunzelnd an. In einer weißen Strichzeichnung kniete ein offensichtlich nackter Mann vor einer ebenso nackten, fast auf Fußspitzen stehenden Frau, die ihren Körper ihm entgegenwölbte, was er prompt zum Anlass nahm, ihre Schenkel zu umfassen und ihren Schoß zu küssen. Sie schien es zu genießen, hielt seinen Kopf in Position, legte verzückt ihren in den Nacken und ließ die langen, offenen Haare fast bis zu ihrem schönen Po baumeln.

„Von wann sind die denn?", fragte sie fast ungläubig mit hochgezogenen Augenbrauen. Ihr Ton ließ keinen Zweifel daran, dass sie eventuelle Tipps aus diesen Büchern nicht ernst nehmen würde. Meine nicht gänzlich durchdachte Idee war demnach bereits gescheitert.

„Das von 1958 und das da ist sogar noch fünf Jahre älter", ich zog das Buch darunter hervor, dessen Titel: *Ich liebe und heirate.* Kurz hatte ich es aufgeschlagen, als ich es aus dem Regal gezogen hatte. Die Zeilen darin *Mann und Frau dürfen sich in der Ehe nicht gleichmachen wollen. Selbst eine Liebesehe wird in ihrem tatsächlichen Verlauf von Mann und Frau ganz verschieden erlebt*, überzeugten mich zwar in keiner Weise, dennoch hoffte ich jetzt noch, Katharina zumindest auf andere Gedanken bringen zu können. Obwohl ihre Reaktion mich nicht sonderlich optimistisch stimmte.

„Da muss deine Mutter aber noch jung gewesen sein", stellte sie fest und schien beruhigt.

„Oma, ihre Mutter, meinte, sie müsse gut gerüstet sein für das, was da kommen werde. Und damit nichts schiefgehen würde, hat Mutti sich das Kochbuch damals noch selber dazu gekauft", das dritte Buch legte ich ihr in den Schoß, *Was Männern so gut schmeckt*, „daraus hat sie das Rezept unserer allwöchentlichen Linsensuppe. - Die ist aber wirklich sensationell."

„Und du meinst, die Schwarten helfen mir jetzt, beziehungsweise heutzutage weiter?" Katharina tippte sich an die Stirn.

„Lass mal sehen!" Meine Idee wollte ich nicht einfach aufgeben. Ich nahm ihr *Liebe, Lust und Leidenschaft* aus den Händen, betrachtete das Bild, fantasierte im Stillen von Katharina, ihrem Körper, der sich mir entgegenwölbte, ihre langen lockigen Haare streichelten meine Hände auf ihrem Po – und ließ währenddessen die Seiten durch die Finger laufen. Als suchte ich in einem Atlas ein Reiseziel, stoppte ich und tippte auf einen Absatz, „Es hängt damit zusammen, dass ihr erotischer Wert früher und dann mehr sinkt als bei einem alternden Manne. Sie muss aber nach Sicherheit vor allem als potentielle Mutter für ihre Kinder streben", las ich vor und musste bei den letzten Worten laut auflachen. Das Titelbild für damalige Zeiten ungewöhnlich freizügig, aber der Text so antiquiert wie im anderen Buch, dachte ich.

„Herr Pauly scheint nicht mehr besonders zeitgemäß zu sein", stellte Katharina lapidar fest und fügte nach einer kleinen Pause hinzu: „Das Schlimme ist aber, ich habe irgendwie das Gefühl, dass sich trotzdem nicht viel geändert hat."

„Stimmt! Der Satz davor klingt nicht viel anders, als ich es von meiner Mutter erfahren habe: Sich in einer Ehe gesichert zu sehen, entspricht dem fraulichen Wesen. – So in etwa hast du das heute Abend doch auch schon gesagt. Wolltest du nicht auch Sicherheit?"

„Ich habe es anders gesagt!"

Das klang eindeutig eingeschnappt. Ihr schönes, noch nicht ganz durchorganisiertes Lebensziel wollte sie nicht mit Zeilen aus einem so alten Schmöker in Verbindung gebracht bekommen.

„Hier klingt es nicht viel besser: Selbst eine Liebesehe wird in ihrem tatsächlichen Verlauf von Mann und Frau ganz verschieden erlebt. Wenn sich die Frau verheiratet, dann hat sie erst einmal das Gefühl, ein Lebensziel erreicht und sich bewährt zu haben", ich hielt das Buch *Ich liebe und heirate* in die Höhe, „klingt altertümlich, aber wenn ich an deine Sicherheit denke ..."

„Oh Mann, das spielt doch inzwischen eine ganz andere Rolle. Heute wird doch fast jeder geschieden und dann stehst du alleine da. Unter Umständen mit Kindern. Und der Arsch zahlt nicht."

„Das war wohl früher tatsächlich anders: Der Mann ist ebenfalls auf die Ehe angewiesen, aber in seinem Berufs- und Lebenskampf, der sich meistens außerhalb der Familie abspielt, kommt ihm das nicht so zum Bewusstsein", las ich vor und Katharina fiel mir erbost ins Wort:

„Das ich nicht lache, Lebenskampf außerhalb der Familie. Die haben früher genauso Freundinnen gehabt wie heute, aber für die Familie haben sie sorgen müssen. Und für deren Sicherheit. Das gehörte sich damals einfach so. – Und bekocht und gestreichelt wollten die auch werden. – Wie heute, volles Programm. Oder was denkst du?"

„Du glaubst nicht an Liebe."

„Ach, verdammt, ich weiß auch nicht. Gerd ist weg und ich bin nicht mal unschuldig daran."

„Neues Spiel, neues Glück."

„Also manchmal bist du wirklich ein Vollidiot!"

„So hab' ich das doch gar nicht gemeint!"

„Sondern?"

„Es kommt stets der Augenblick, wo der erste große Rausch verflogen ist und vielleicht ein anspruchsloses Leben geführt werden muss. Bisweilen ist die Frau von Hause her verwöhnt, ihre Gesundheit und Leistungsfähigkeit sind nicht die stärksten", las ich wieder vor.

„Das ändert meine Meinung über dich nicht einen Millimeter!"

„Wenn du es so liest, vielleicht eher: Leider kommt allzu oft der Augenblick, wo der Rausch der Liebe verfliegt und das Leben wegen mancher daraus resultierenden Konsequenzen anspruchsloser geführt werden muss. Bislang war die Frau verwöhnt, nun leidet ihre Gesundheit und Leistungsfähigkeit. – Hat auch irgendwie mit Loslassen zu tun, oder?"

Diesen Blick werde ich bis zu meinem 150. Geburtstag lieben. Ich saugte ihn auf wie ein trockener Schwamm das Wasser. Irgendwas zwischen Verwunderung, Überraschung, aber auch die entscheidende Prise Verachtung und Spott und dann noch dieses unnachahmliche Lachen dazu.

„Du verdrehst es, wie es dir passt!"

„Trotzdem, die Linsensuppe ist sensationell."

Nach dem ersten Loslassen, dem ersten Loslassen-müssen, hatte mich meine Mutter zur Seite genommen, die Tränen getrocknet und mich aufgeklärt. Nicht in dem Sinne, wie es Schmetterlinge und Blumen miteinander trieben. Auch nicht wie es zwischen Jungen und Mädchen, zwischen Mann und Frau geschehen könnte oder sollte. Also nicht den Akt als solchen. *Da erzähl ich dir ja nichts neues, dass Kinder dabei herauskommen könnten, also pass entweder auf oder schützt euch davor, denn für die seid ihr noch zu jung. Ob du es glaubst oder nicht. Da täte mir immer das Kind und nicht ihr leid.* Sondern wie ich mit dem anderen Geschlecht umzugehen, wie ich es dann zu behandeln hätte. Das Mädchen, dass mich liebte, zumindest so sehr, um sich hinzugeben und mit mir zu schlafen. So forderte sie von mir Respekt und Ehrlichkeit. Da musste sie schon eine Ahnung gehabt haben, was ihr selbst geschah. Am Ende fügte sie noch zwei weitere Punkte hinzu, Vernunft und Verstand, und schaute mich mit einem seltsam ernsten Gesicht an, ohne dass Rauch um ihren Kopf waberte.

Ich strich mit den Fingern über das Papier, auf dem ihre Liste geschrieben war und wusste, ich hatte meiner Mutter nicht aufmerksam genug zugehört, leider nie richtig in diesen Büchern geblättert, genauso wenig in den Ordnern und aus den Dialogen der Filmchen nichts, aber auch gar nichts gelernt und erst recht nicht über all dies genügend nachgedacht. Ausgerechnet das von ihr Unerklärte klappte, aber der wichtigere Rest in all diesen Jahren umso weniger. Ich war nicht nur in der Schule ein grauslicher Schüler gewesen, sondern auch in Sachen Liebe. Und in dieser gibt es keinen Nachhilfeunterricht, sondern ein Bestanden oder Durchgefallen. Das Wiederholte musste also besser gelingen, ansonsten war man unfähig und flog ganz von der Schule. Und meinem Zeugnis drohte genau dieser Kommentar.

„Warum bist du mit deinen Mädchen nicht zusammengeblieben?"
Sie nahm eines der Fotos, Katja beim Ausziehen, und schaute es sich nachdenklich an. Dann hielt sie es mir unter die Nase und meinte:
„Die sieht richtig klasse aus. Guck sie dir an! So 'ne Figur hätt' ich gern. – Daran kann's also nicht gelegen haben."
Ihre Feststellung verursachte einen plötzlichen Anflug von Wehmut bei mir. Nein, daran hatte es nicht gelegen. Eher daran, dass meine Mutter bei ihrer Aufklärung auf taube Ohren getroffen war oder ich mich nach dem Gummitwist für schlauer hielt. Ich ahnte, worauf sie hinaus wollte und tippte auf das Bild:
„Es reichte nicht. Im Grunde genommen nie. Es war nur eine Äußerlichkeit. Optik. Nur auf die habe ich reagiert oder angesprochen oder Wirkung gezeigt. Innere Werte habe ich nicht erkannt. Bislang. Liebe kann gelegentlich etwas komisch sein. Wie ein Parfum oder Hauch, manchmal auch wie Dampf oder Schweiß. Sehr dünnhäutig also sozusagen. Sie umgibt und umhüllt dich in den schönsten und innigsten Momenten. Du genießt. Du schwelgst. Du würdest in dieser Sekunde das Blaue vom Himmel herunter versprechen und doch verflüchtigt sie sich eines Tages, trocknet geradezu ab und ist unsichtbar, sprich verflogen. Bisweilen kann das etwas dauern, bisweilen geht es schnell. Aber es bleibt nichts übrig. Was man dann sieht, sieht sicherlich nicht anders aus als vorher. Und trotzdem fängt man an zu mäkeln, motzen und meckern. Ab diesem Moment macht man zu viele Fehler." Ich lehnte mich an das Sofa und starrte zum hundertsten Mal an die Decke, dann versuchte ich es zu erklären und zeigte auf Katja. „Aus einem Gefühl wurde Routine, und prompt habe ich sie

nicht gut behandelt. Trotz der Ratschläge meiner Mutter, trotz der genialen Urlaube, trotz ihres – wie sagtest du? – Klasseaussehen, hatte ich immer etwas auszusetzen. Manchmal waren andere hübscher. Hatten andere die schöneren Sachen an. Dann machte ich ihr Vorschläge. Manchmal war ich plump, anzüglich und ordinär, das nervte sie. Manchmal hatte ich schlicht und ergreifend keine Ahnung, was ich überhaupt wollte. Ich glaube, manchmal war sie lebenserfahrener als ich, reifer. Liebe ist zu schade für Routinen. – Katja und ich hatten miteinander geschlafen, da war sie noch keine sechzehn, aber ihre Art schon da die einer Erwachsenen und ich acht Jahre älter und trotzdem blöd wie ein kleiner Junge. Ein kleiner Junge, der am Ende, als ich die Treppe hinuntergegangen bin, das Mädchen, das erwachsen geworden war, nicht ernst genug genommen hat. – Darüber hätte sich nebenbei vielleicht auch Barbara gefreut. Über das Erwachsene in mir. – Ich wollte auch in ihr weiterhin das junge Mädchen sehen, das wie eine Erwachsene Liebe machte. Und nicht die erwachsene junge Frau, die mich tatsächlich liebte, stattdessen wollte ich immer, dass sie so aussah, mal wie die, mal wie jene. *Probier doch mal dies, probier doch mal das.* Ich traute ihr nicht einmal zu, einen Bikini alleine kaufen zu können. Am Ende hab ich es wohl übertrieben. Ich, der viel schlechtere Schüler, spielte den großen Klugscheißer. Den Lebensklugen. Dabei war sie viel weiser als ich. – Vier Jahre später, an einem fürchterlich heißen Nachmittag auf Sizilien, hatten wir auch miteinander geschlafen, ungewöhnlich heftig, da meinte Katja: *Wenn du dies nicht vergisst, liebst du mich.* Ich habe es bis heute nicht vergessen, aber wo ist dann diese Liebe hin verschwunden?"

Ich nahm das Bild und betrachtete es. Irgendwo in der Schachtel musste noch ein weiteres liegen, mit dem ich es hätte erklären können. Das auf dem sie ihre ohnehin schon kurze blaue Hose noch mehr nach oben aufgerollt und umgeschlagen hatte, um beim Durchschreiten der Alcantara Schlucht nicht gänzlich nass zu werden. Auf dem ihre wirklich schönen Beine richtig gut zur Geltung kamen. Auch weil sie durch das strömende Wasser eher zu schreiten versuchte. In einer Hand hielt sie ihre Schuhe und in der anderen ihre kleine Tasche über dem Wasser und ich fotografierte sie dort so oft wie im ganzen Urlaub nicht. Aber auch nur deshalb, weil von Anfang an ein junges Mädchen um sie herum war. Vielleicht sechzehn, vielleicht auch jünger, von der Sonne gebräunt, ihre Figur mädchenhafter als Katjas, schmaler, aber trotzdem von verführerischer Statur, mit dunklen wildlockigen Haaren – Katharinas Frisur in kürzer – großen dunklen Augen und einer langen, eigentlich viel zu großen Nase. Eigentlich. Sie machte ihr Gesicht nur noch anziehender. Dieses Mädchen trug einen grellgelben Bikini und sonst nichts. Dieser mutig knapp. Betonte er doch das leichte Gewicht ihrer Brüste und durch seine Farbe die trapezförmige Lücke zwischen ihren Schenkeln, quasi ein lichtdurchflutetes Spiegelbild ihrer Scham. Auf nahezu jedem Bild zu sehen. Auf einem sie sogar allein. Vor einer der schwarzen Basaltwände. Von hinten. Natürlich. Das Höschen fast in die Ritze ihres kleinen, festen, gerade genügend großen Pos gerutscht. Gleich darauf war sie verschwunden. Plötzlich in einem Loch des Flusslaufs zwischen den Steinen untergetaucht. Vermutlich ausgerutscht. Prustend, kreischend und laut lachend tauchte sie aus dem recht kalten Wasser wieder auf und hüpfte in die Höhe. Mit ihr ihre unter den kleinen Dreiecken des Oberteils sichtbar frierenden Brüste. Da drückte ich wieder auf den Auslöser und hörte nichts. Kein Klick oder Klack. Das letzte Foto hatte ich bereits vertan. Ein letztes Foto mit dem Mädchen war nun nicht mehr drin. Ein letztes Foto mit einem jungen Mädchen, das nicht mal erschrocken zu meiner Kamera schaute. Ein letztes Foto mit einem jungen Mädchen, das keinen Bikini, sondern lediglich gelbe, jetzt feuchte Unterwäsche angehabt hatte. Unter der sich ihre dunkle Scham zur Schau stellte, wie bei Katja an dem Abend, an dem ich alles falsch machte.

Zurück im Hotel meinte ich beim Abendessen zu ihr, *So ein Bikini könnte mir gefallen,* und sie antwortete:
„Für einen solchen bin ich zu blass."
„Was hältst du von Locken?"
„Meine Haare sind zu strohig dafür."
Sie legte das Besteck aus der Hand, wischte sich langsam mit einer Serviette den Mund ab, lehnte sich zurück und musterte mich. Ausdruckslos. Nie zuvor war sie schöner. Das Mädchen hatte keine Chance mehr und ich schämte mich. Nach ein paar Sekunden meinte sie:
„Die Frisur habe ich extra für dich wieder so machen lassen, weil sie dir *vor* dem Urlaub so gut gefiel. Genauso wie der Bikini, von dem du meintest, ich bräuchte gar nichts weiter mitnehmen. So gut sähe ich in ihm aus."
Und nach einer kurzen Pause:
„Meinst du, ich hätte nicht gesehen, wie du sie angestarrt hast?"
Ich schluckte und blieb stumm. Wahrscheinlich wurde ich nun sogar auch ein wenig rot. Denn so dumm wie ich dahergeschwätzt hatte, *So ein Bikini könnte mir gefallen,* wusste sie natürlich längst Bescheid und wusste, dass ich an dieses Mädchen dachte.

An jenem Abend kaufte ich in einem der Souvenirläden einen neuen Film. An jenem Abend machte ich das Bild mit der Dusche. An jenem Abend sagte sie *Wenn du dies nicht vergisst, liebst du mich.*

Innerlich schüttelte ich den Kopf und dachte jetzt auch an Yasmin, Dagmar, Barbara und Silke. Spontan fiel mir eine Sortierung oder Ordnung ein. Egal wie man es nennt. Männliches Schubladendenken. Katja, Yasmin, Dagmar, Ilka, Barbara, Silke. Müsste ich jeder eine Aufschrift geben, wäre vermutlich folgende Betitelung zu lesen: Liebe, Lust, Spontanität, zweimal Schwelgen in Altem, Sicherheit. Und in Klammern bei jeder darunter: Ich war dumm. Es würde nur für meine Perspektive gelten, denn die sechs hatten für ihr Leben jeweils eine andere Vorstellung gehabt. An dieser war ich gescheitert.

Eine halbe Stunde war seit der Liebesszene und dem Satz »*Ihr Ritter, unsere gemeinsame Reise endet hier*« vergangen, ohne dass Katharina und ich ein Wort gesprochen und trotzdem das Gefühl hatten, für heute nahezu alles gesagt zu haben. »*Alles was war, hat mich hierher geführt zu diesem Moment*«. Arthurs Satz. Unnachahmlich. Maßgeschneidert für diesen Abend. Punktgenau und für immer gültig. Auf dem Bildschirm metzelten sie sich dann ab. *Lasst uns Sachsen schlachten*. Blutig und brutal. *Directors Cut*. Ich würde nicht schlafen können. Wir saßen nebeneinander. Allein und doch zusammen. Unsere linke beziehungsweise rechte Hand nur ein halber Millimeter voneinander entfernt. Im Grunde nur ein halber Millimeter zu viel, um mehr zuzulassen. Die Filme hatten bis hierher unsere Wünsche, Probleme und Wirklichkeiten erzählt. Es war den Hauptpersonen in ihnen sicher nicht bewusst.

Clive Owen und die spröde Schönheit (Katharina würde sagen komplizierte) Keira Knightley, Arthur und Guinevere, standen sich für das letzte Versprechen gegenüber: »*Unsere Völker sind eins, so wie ihr*«.

Man mag mich ja für bescheuert oder einen Weichling halten, dass ich solche Schinken und Szenen dann doch liebe und immer wieder ansehe, aber gerade deswegen wusste ich auch, dass, egal wie dieser enden würde, dies ein großer Abend war.

## III.

## Preview

Die ganzen Filme und Erinnerungen wirkten und in erheblichem Maß der Alkohol. Daher schaute ich etwas umständlich auf die Uhr und las leise die Zeit ab, eigentlich nicht für ihre Ohren bestimmt, eher ein verwunderter Reflex, weil ich dachte: Wo ist die Zeit geblieben?:
„Halb zwei."
„Was? – Schon? – Klasse! Zwei Flaschen Sekt intus, die Filme nur halb mitbekommen. Dafür Zahnschmerzen, Liebeskummer und meinen Scheiß bei dir abgeladen. Und, was noch viel besser ist, keinen Schlafanzug dabei. Genauso hattest du dir das vorgestellt, oder?"
Mit einem Lachen zwischen marodem Witz und Angst vor der eigenen Courage.
„Quatsch! Ich fahr dich heim, wenn du willst. Sogar mit deinem Auto. Kein Problem."
„Klar, wenn man Schlangenlinien mag. Und dann ist das Auto kaputt oder der Führerschein weg. Deiner wär mir ja noch egal, aber mein Auto? – Oh Mann! So'n Scheiß! Nein! Ich bleib hier! Ich sollte doch mal von zu Hause weg, wenn ich dich richtig verstanden hab; und loslassen, das Leben leichter nehmen. Darum nehme ich jetzt alles ganz leicht. Mit dem Sekt im Bauch geht das bestimmt wunderbar. Verdammt nochmal – oder auch nicht", aus ihrem Inneren kullerte ein leiser Rülpser und dann ein nun doch drolliges Lachen, „und wir kennen uns ja nicht erst seit gestern, sondern schon seit *vier* Jahren. Also, zeig mir meinen Schlafplatz, bevor ich kapier, was ich da sag und es mir anders überleg."
Meine Augenbrauen wussten nicht mehr wohin und blieben auf der Stirn eingerastet. Ich brauchte ein paar

Sekunden. Schwerfällig stand ich auf. Meine Knochen waren wohl durch den Sekt biegsam geworden, sodass ich weiche Knie bekam oder mich wie auf schwabbeligen Kissen fühlte und schwankte. Ein plötzlich aufgetauchter Ordnungssinn oder eine dieser komischen Übersprunghandlungen ließ mich die beiden leeren Flaschen und die übereinandergestapelten Teller mit in die Küche nehmen. Ein paar Meter später blieb ich in der Tür zum Schlafzimmer stehen und fühlte mich wie aufgedreht. Wahrscheinlich hatte ich mich ohnehin nur verhört und das Blubberwasser ließ mich fantasieren, pubertäre Gedanken haben und unzüchtige Sachen ausdenken. Wieder mal. Wie immer. Schläfrig oder müde machte es auf jeden Fall nicht. Also Schluss damit! Ihr neuer Freund würde das im Endeffekt nicht anders sehen als Gerd. Meine halbherzige Abwehr war daher:

„Ich müsste erst noch dein Bett beziehen."
Diese Feststellung beinhaltete nebenbei ein Dilemma: Ich hatte keine Ahnung, wo für den unwahrscheinlichen, aber dann doch eintretenden Ernstfall die zweite Decke und das andere Kopfkissen abgeblieben waren. Ein Teil meines Hirns hatte sich in den letzten zweieinhalb Stunden nach Bekanntgabe ihrer neuen Liaison *Ich hatte jemand kennengelernt* widerwillig und erfolglos nicht nur von Katharina, sondern in den Wochen zuvor, aushäusig wie ich gewesen war, wohl auch von anderen Frauenbesuchen verabschiedet.

Mein Unwissen kaschierend, öffnete ich die Truhe und zog ein paar Bezüge heraus, um damit die herumliegenden Kissen im Wohnzimmer herzurichten, mein Lager dort aufzuschlagen und ihr das Schlafzimmer mit dem ohnehin viel zu gefährlich schmalen Bett zu überlassen. Die Decke vor dem Sofa, mit ihrer potentiell romantischen Zukunft, bekäme wenigstens jetzt was zu tun. Wenn auch nur als gelangweilte Single-Zudecke.

Mit meinen Funden zurückgekehrt, stand ich im Wohnzimmer, lud sie neben dem Sofa ab und schielte auf den Fernseher. Katharina zappte im 5-Sekunden-Takt durch die Programme. Mitternächtliche Soap-Operas, ein hibbeliges Ballett, nichtssagende Talkshows, uralte Western, NTV, Bruce Willis in Action, Golf, Brunetti, Fußball, Al Jazeera – wie kam der denn in die Programmliste? – noch 'n Willis, diesmal in einem Pool mit der schon wieder nackten Jane March, die 367. Folge Tatort, die Kanzlerin, ein Modemagazin, krakeelende Popbands, Ägyptens Pyramiden, Panda Gorilla & Co., Watch me, nochmal zurück zum Pool – Willis war sichtlich angetan von dem zugegebenermaßen sehr schönen Jane-March-Po – und weiter zu einem zweiten, ebenso nackten Liebespaar, das wusste, was man um diese Zeit zu tun hatte. Und zwar ziemlich genau und länger als die üblichen drei, vier oder fünf Sekunden. Katharina legte die Fernbedienung, von der sie immer noch nicht genau wusste, wie sie zu bedienen war, zur Seite und schaute hin. Richtig hin. Nach einer Minute legte sie ihren Kopf schief und rappelte sich nach einer weiteren auf. Dann drehte sie sich um, stand mir gegenüber und deutete mit einem Daumen hinter sich. Amüsiert. In ihren Augen klebte die letzte Szene von gerade eben, Laureen Lee Smith, auch nicht gerade hässlich, drückte den Hintern und damit Eric Balfour[8] in ihren Schoß, der Rest der Szene spielte sich nun hinter Katharinas Rücken ab, dort kamen die zwei zum Schluss. Ohne hinzusehen bekam es Katharina auch so mit. Zu überhören war es nicht. Ich glaubte eine Bewegung zu spüren und schlüpfte mit beiden Händen unter ihr Shirt, traf auf ihre nackte Haut darunter, und bevor

---

8 „Lie with me" von Clement Virgo

ich feststellen konnte wie zart, verführerisch, anziehend *und* ausziehend sie war, wand und drehte sie sich sogleich weg. Sie biss dabei auf ihre Unterlippe ohne zu lachen, was eigentlich gepasst hätte, denn:

„Bin kitzelig, das weißt du doch."

Wusste ich nicht und ließ meine Hände fallen. In ihrem Gesicht also kein Kitzellächeln. Eher die befürchtet verhaltene Reaktion, die nun bestimmte Antworten zur Folge haben würde. Das durch ihre Mimik Sekunden vorher angedeutete Amüsement war jedenfalls beendet. Dann schaute sie auf den kleinen, mitgebrachten Stoffhaufen.

„Was haste denn jetzt vor?"

„Nun, ich glaube nicht, dass du mich nach all den Schilderungen und so neben dir ertragen würdest."

„Was soll denn der Quatsch? Oh Mann ..."

Ich sah auf meine Hände:

„Ich könnte meine Finger garantiert nicht bei mir halten."

„Da hätt' ich ja auch noch ein Wörtchen mitzureden, oder?"

Ich zuckte unbestimmt mit den Schultern, *Mach so was nie wieder*, fiel mir dazu ein und blieb stumm. Die Smith und der Balfour hatten es geschafft, sie klangen nicht unzufrieden. Katharina tat, als hätte sie nichts davon mitbekommen, ging an mir vorbei und blieb im Flur stehen, unentschlossen, vor der alten Fotografie. Schwarzweiß. Unzählige Dutzend Jahre alt. An einem Rand wie von Mäusen angefressen, weil es genauso viele Dutzende von Jahren in unserem Keller fast vergammelt war. Nun aber schön eingerahmt, nachdem ich das Bild bei Vaters Auszug einfach an mich genommen und dadurch gerettet hatte. *Nimm das Gespoke nur mit*, sein Kommentar nach einem kurzen prüfenden Blick. Die Mäuse kamen jetzt auf jeden Fall nicht mehr ran.

„Wer ist das eigentlich?", fragte sie und zeigte auf das Bild, an dem sie schon ein paar Mal vorbeigelaufen war.

„Meine Oma, ihre Eltern, Geschwister und ihr späterer Mann. Also mein Opa. Drei Monate nach dem ersten Weltkrieg aufgenommen. Da war sie achtzehn. Ihr ältester Bruder Eugen war lebend zurückgekehrt."

Ich deutete auf einen Mann mit Schnurrbart in der zweiten Reihe, inmitten der kinderreichen Familie. Alle etwas steif wirkend, in bescheidener, aber sonntäglicher Garderobe, eine ältere Schwester meiner Oma mit einer steifen Schleife im Haar, die wie ein Flugzeugpropeller aussah, „ein Grund zum Feiern und für die Ewigkeit. Wenn schon nicht für den doofen Kaiser, dann wenigstens für die Familie. Eigentlich sollte Eugen in dem Stuhl da sitzen, aber er schämte sich und stellte sich nach hinten, er hatte schon in der dritten Woche seine linke Hand verloren. Das sollte keiner sehen."

„Richtig glücklich sehen die aber nicht aus."

„Vielleicht liegt das an Oma, sie hatte ein paar Tage vorher ihren kleinen Bruder August in eine Jacke gezwängt, mit einem halben Kilometer Paketschnur gefesselt und an einen Türrahmen genagelt. Wie so oft sollte sie in der Funktion der noch unverheirateten Frau im Haus ihre jüngeren Geschwister, in diesem Fall August, hüten und den Haushalt machen. Aber sie hatte sich verabredet für ein kurzes Treffen – mit Eduard, meinem späteren Opa, den hatte sie vier Wochen zuvor bei einer Freundin kennengelernt. War damals natürlich undenkbar. Von wegen die Tochter verlässt das Haus für ein Schäferstündchen. August konnte sich befreien und alles kam raus. Also gab's nach ihrer Rückkehr alle erdenklichen Strafen, weil sie ihren Bruder und das Haus in Stich gelassen hatte. Unter anderem die, Opa musste nicht nur mit aufs Bild und dankbar lächeln, was auch ihm misslang, sondern es musste auch geheiratet werden. Ihre eigenen Kinder hat sie aber erst viele, viele Jahre später bekommen. – Die Geschichte gehört zur Familientradition."

„Ein kurzes Treffen. Aha! So heißt das bei euch", sie machte wieder einen halben Schritt auf mich zu und lächelte nun doch, „von ihr hast du dann also diese Vorgehensweise geerbt. Sie nagelt ihren Bruder an die Tür und ich häng stundenlang vor deiner Flimmerkiste. Fast dasselbe."

„Und was ist meine Strafe?", fragte ich erwartungsvoll.

„Wenn ich's weiß, macht's mir nichts aus", Katharina nahm meine Hände und legte sie auf ihrer Hüfte ab. Genau unter den Rand des Shirts. Mein Daumen schon auf ihrer Haut. Ihre Augen beseelt von einer unendlichen Sanftheit. Und nicht vom Sekt, hoffte ich. Meine Hände begaben sich also auf eine zweite kleine Kreuzfahrt, eine Handbreit unter ihr Shirt, zwei über ihren Po, nachdem ich den Knopf an ihrer Jeans aufgeschnippt hatte. Katharina blieb derweil bewegungslos. 15 Zentimeter zwischen uns. Ihr Blick nun irgendwo zwischen amüsiert, unentschlossen und distanziert herumirrend, zwischen *Lust, Liebe und Laster*. Bildete ich mir ein. Ich verkürzte den Abstand um mindestens zwei Finger breit und versuchte mich zu erinnern, was Mutter mir dazu gesagt hatte.

„Weißt du, dass du einen verdammt schönen Hintern hast? Ich kann das beurteilen."

„So wie du dauernd guckst, fang ich langsam an, nicht nur das zu glauben."

Wenn ich bei mir aus der Küche schaue, sehe ich sowohl morgens wie abends häufig Jung und Alt von der Bushaltestelle durch die Straße laufen. Sie kommen dabei meistens nicht auf das Fenster zu, sondern laufen von ihm weg. Warum auch immer. Man steigt aus und nicht ein. Kann sein, dass es an den Uhrzeiten liegt. So sehe ich also nur ihre Rücken. Ich gebe zu, dass ich Frauen und Mädchen ein, zwei Sekunden länger hinterherschaue. Vielleicht auch drei. Es hat schon etwas von einem Ritual. Vor allem in den wärmeren Jahreszeiten, wenn deren Kleidung es zulässt, mehr noch, verlangt. Zwar dann nicht ganz mit dem delirierten Blick dieses Robert Crumb, der in seinen Comics ja nichts anderes tat, als Frauen auf ihr Hinterteil zu schauen, die darüber hinaus – nicht unbedingt mit meinem Geschmack übereinstimmend – auch noch mehr als üppig waren, sondern eher um zu genießen und zu träumen und zu sehnen und mitunter zu fantasieren. Vor allem dann, wenn mir der ein oder andere Po gefällt, wenn die Proportionen stimmen und mich beim Kaffeekochen oder Spülen innehalten lassen. Und das tut der ein oder andere recht häufig. Egal welche Haarfarbe ihn auf dem dazugehörigen Kopf bekrönt. Dann freue ich mich, ihn in den nächsten Tagen ein weiteres Mal zu sehen. Vielleicht sogar regelmäßig. Ich gebe zu, manchmal dabei zu seufzen, den Atem anzuhalten und bewundernd die Augenbrauen hochzuziehen. Besonders die jungen Dinger wissen in sommerlichen Zeiten sich entsprechend darzustellen. Nur manchmal schüttle ich den Kopf und das fast immer aus nur zwei Gründen: Entweder ist die Verpackung schlecht gewählt oder die Füllung für die gewählte Verkleidung doch zu üppig. Aber die verschiedenen Formen können mich durchaus begeistern. So gibt es kleine, große, breite, flache, kugelige, runde, pralle, volle, unscheinbare, magere, lange, kurze, und auch nahezu jeden mit dem Zusatz *zu*. Sie schwingen, zittern, wackeln, pendeln, wippen, vibrieren, und, ja, manchmal wabbeln sie, während andere eine absolute, mitunter elegante Einheit mit dem Körper bilden. Aber von diversen Körpern könnte man vom Hals an die Kleidung herunterziehen, ohne dass ein Po sie stoppen würde. Bei anderen ist dies kaum durchführbar. Manche Hinterteile scheinen kontur- und übergangslos zu Oberschenkeln oder Oberkörpern zu werden, im Gegensatz zu denen, die wie ein gut gebackenes Brötchen fast ein Hineinbeißen erbitten. Nackt und entblößt würden sie in Form und Farbe mit ihren Ritzen und Rundungen den verschiedensten regionalen Arten von Semmeln, Wecken und Weggla, Muggerln, Kipferln, normalen Brötchen, Schrippen, Rundstücken oder gar dicken Knauzen ähneln. Etliche wirken in einem Kleid oder Rock, deren Stoffe sie umspielt. Manche in einer engen Jeans, Leggins oder einer Hose mit Schlag. Für den ein oder anderen ist ein knapper Mini und eine ebenso kurze Shorts herausfordernde Verpackung genug. Einige werden durch High-Heels geradezu geadelt, wesentlich mehr dagegen verdienen so etwas nicht. „Billig" ist dann die treffendere Beschreibung für diese Kombination. Vor allem wenn dann auch noch der sichtbare Gummi eines Slips mit seiner einschneidenden Art aus einem Po vier Hälften macht. Interessieren täten mich viele in einem knalligen und farbenfrohen Bikinihöschen. Gelb zum Beispiel. Ein großer Teil wäre es wert, verewigt zu werden, sei es als Gemälde, Putte oder anmutige Statue. Rodin fällt mir wieder ein oder auch Wilhelm Lehmbruck mit seinen überlängten Figuren. Über die meisten würde ich gerne einmal mit meinen Fingern streichen. Wie bei Yasmin damals an der Stelle, an der sich Oberschenkel und Po begegnen. Zumindest sollte ich anfangen, sie zu fotografieren. Deshalb bin ich neidisch auf den jungen Mann von gegenüber, der wenn er mit seiner Freundin das Haus gemeinsam verlässt, und kaum dass er vor der Tür angekommen ist, seine Hand bei ihr in eine der Gesäßtaschen schiebt und sichtbar genüsslich ihren Po krault, walkt, knetet und massiert. Dieser eine Po ist eine der Messlatten für die anderen. Ich bilde mir also tatsächlich ein, ein Urteil über diesen Körperteil abgeben zu können. Er ist für mich so wichtig wie Augen. Ich würde sogar behaupten, die Frau oder das Mädchen, deren Charakter, Wesen und Selbstbewusstsein ziemlich treffsicher einschätzen zu können. Bezüglich Katharina konnte ich demnach nicht danebenliegen.

Nur wenig später lag sie, nur mit einem Schlüpfer bekleidet, neben mir und sah auf die Wand am Kopfende über sich. Auch dort hingen zwei Bilder. Die ich in und auswendig kannte und deswegen jetzt nicht mehr anzuschauen brauchte. Die Schwarz-Weiß-Fotografie einer schönen jungen Frau. Von hinten aufgenommen. Nackt, mit einem dieser wunderschönen Pos vor einem Spiegel, in den sie hineinschaut, ihre halblangen dunklen Haare nach hinten gekämmt, feucht, vielleicht vom Duschen, ein Handtuch vor die Brust geklemmt. Und eine Radierung von Klaus Böttger, die ein liegendes Mädchen darstellt, das Hemdchen nach oben und unten verrutscht, dadurch ihre rechte Brust halb und die andere gänzlich entblößt, mitsamt ihrem Schoß. Verträumt und schon fast entrückt streichelt sie sich selbst. Jedes Detail war mir hinlänglich bekannt, deshalb betrachtete ich lieber den nahezu nackten Körper Katharinas. An keiner Stelle weniger verführerisch als diese beiden über uns. Ihre weichen Schultern, ihre Arme, die gerade ihre hellen, üppigen Kuppen, von zwei leuchtend hellbronzenen Spitzen gekrönt, beschützten. Den Bauch, der entgegen ihrer Annahme mich nicht entsetzte, weil er Gott sei Dank keiner Twiggy gehörte. Ihr Nabel, der ein Nabel war und sonst nichts, kein Loch oder Trichter, und den noch verhüllten Schoß, der allen Beschreibungen der Venus zu Ehren gereichte.

„Mein lieber Scholli!", war Katharinas Kommentar, der von einem kurzen aber wirr klingendem Kichern begleitet wurde. Danach schaute sie mich verwundert von oben bis unten an, „was du alles hast?"
Mein Blick verriet, dass ich dasselbe dachte. Deshalb schien sie sich genauso nackt zu fühlen, bedeckte mit einem Mal schamhaft noch mehr ihre Brüste, zog das dünne Leintuch über sich und drehte mir den Rücken zu. Gut. Ich hatte verstanden, nun sollte geschlafen werden. Ich versuchte Abstand zu erzeugen und blieb wie ein Brett auf dem Rücken liegen. Doch robbte sie auf der Seite liegend näher an mich ran, bis ich ihren feinen, fraulichen Po in meiner Seite spürte und sie meinte:

„Ich weiß nicht, ob das alles jetzt so 'ne gute Idee war, aber da ich jetzt schon mal hier lieg, kannst du mir den Rücken wärmen."
Ein unverständliches Konglomerat aus *Uups*, *Zu Befehl*, *Kein Problem* und *Ich glaub, ich liebe dich* blubbernd, drehte ich mich langsam zu ihr um, bis auch mein nun nackter Bauch ihren Rücken wärmte und mein Gesicht ihren Duft einatmend in ihrer Mähne verschwand. Meine rechte Hand war da schon längst an der Stelle angelangt, von der ich in meiner Küche so oft träumte, nämlich auf ihrem Po, und ein Finger bereits genau dort, wo die Nahtstelle von Oberschenkel und Po den Weg wiesen. Sie war weder kitzelig noch schien sie sich

zu genieren. Mein Kopf wurde dabei plötzlich von Filmszenen geflutet. Johnny und Baby waren natürlich auch wieder dabei, spielten aber überraschenderweise nicht die Hauptrolle. Denn deren Anschwärmerei wurde mit einem Mal von einem anderen, meiner Meinung nach einem der besten Liebesdialoge der Filmgeschichte verdrängt, leider ausgerechnet aus einem der schlechtesten Filme, den ich kenne: »*Du bist tief in meiner Seele, und du folterst mich*«, sagte plötzlich Anakin Skywalker, der zukünftige Darth Vader. »*Ich werde alles tun, worum du mich bittest*«, setzte er noch fragend hinzu und weil sie nicht antwortete: »*Wenn du ebenso leidest wie ich, dann sag es mir*«. Padmé Amidala, die Senatorin von Naboo ließ sich viel Zeit. »*Ich kann das nicht tun*«, erwiderte sie und fügte noch hinzu: »*Wir können es nicht tun, ganz gleich, wie wir empfinden*«. »*Dann empfindest du also etwas*«, entgegnete er. Es klang fast zufrieden, ja siegesgewiss. Wahrscheinlich hatte George Lucas die Sätze sogar irgendwo geklaut. So schön schwulstig wie sie waren, aber auch so schön zu Herzen gehend. Allerdings hatte er Natalie Portman dafür eine derartig fürchterliche Frisur verpasst, auch wenn es sich bei dem Ganzen um Science-Fiction-Fantasy dreht, dass alles bis dahin eher einer Persiflage glich. Denn später lief sie mit einer sexy Lockenpracht à la Katharina und in einem weißen und aufregend hautengen Dress, durch das die Perlen ihrer Brüste stachen, durch die Gegend. Prüde war Lucas also nicht.

Ich hätte die Kissen im Wohnzimmer also nicht beziehen müssen, mein Kopfkissen reichte für uns beide. Mit einem dickeren Plaid bedeckte ich uns zusätzlich. Selbstverständlich fein darauf achtend, ihre Brüste gefühlvoll zu bedecken. Das heißt, meine Fingerspitzen streiften sie. Ka-Fai schoss mir nun auch noch dazwischen und damit durch den Kopf, Kino in Breitwand, 3-D und Reality: »*Ich werde sterben aus Liebe zu dir*«. Und so sog ich sogleich das Parfum von Katharinas Haut noch einmal tief in mich ein. Sie hob ihren Oberkörper etwas an und ich schob einen Arm durch die Lücke, mit dem anderen machte ich die Umarmung vollkommen und presste mich und meine Lippen an sie.

„Meintest du das mit der kurzen Hose ernst?", fragte sie und rollte sich ein wenig in meiner Umarmung ein.

„Vollkommen. Ich lüge nicht mehr."

„Na denn."

Hände, Finger und Nase verschwanden in einem Paradies. Meine längst nackte Südhälfte war mit ihrer *Position* schon nahezu einverstanden. Katharina schob ihren Schlüpfer über die Füße, rutschte ein wenig und machte sie perfekt. Erregt bis zum geht nicht mehr, lungerte ich vor ihrem Eingang, derweil ich über die Haut ihres Pos und Schenkel hooverte. Gänsehaut. Nicht nur bei mir.

Das Philosophieren hatte ein Ende. Die letzten Jahre hatte ich ein wenig zu viel ausprobiert und immer wieder von vorne angefangen. Dachte ich. Das war für manche der beteiligten Seiten nicht besonders lustig verlaufen. Beziehungsweise nicht mit dem erhofften Ziel versehen worden. Aber wenn beide einverstanden sind, siegt manchmal ganz zum Schluss die Lust ohne jegliche Sicherheit und Versprechungen. Gefühle, die beide haben, ohne Illusionen und Vorstellungen. Bestenfalls mit einer lauen Hoffnung. Aber in Verbindung mit Lust keine schlechte Kombination. Wohlgemerkt Lust und nicht Trieb. Nur mit ihr kann man sich für einige Augenblicke vergessen. Zusammen im Beieinander. Das ist zwar keine neue Erkenntnis, aber wie auch in diesem Fall schön.

## IV.

**Stop at last picture**

Ein genauerer Blick auf die Landkarte am nächsten Morgen hätte mich über meine im Grunde genommen vollkommen verrückte Idee aufklären können. Aber manchmal muss man da durch, denn so werden wider Erwarten oft die besten Voraussetzungen geschaffen. Andererseits war mir spätestens nach der fünfzehnten Kurve derart schwindelig, dass ich dachte, in der nächsten schraubten wir uns nun auf direktem Weg in den Himmel. Ich beugte mich vor und schaute über das Lenkrad hinweg den Berg hinauf. Der Himmel, zumindest der Gipfel des Punta Rosas, neben dem man wieder umkehren musste, wenn man denn wieder zurück nach Südtirol wollte, war allerdings noch ein gutes Stück entfernt. Ich geriet ins Grübeln und setzte die nächste Kurve an. In diesem Augenblick schnitt ein Radfahrer mit halsbrecherischem Tempo die Kurve und raste knapp an uns vorbei den Berg hinunter. Im Rückspiegel verfolgte ich ihn ein paar Meter. Aber ihn hatte die gefährliche Begegnung offensichtlich in keiner Weise erschreckt. Es waren die Autofahrer, die zu bremsen hatten. Immerhin war er nicht vollends todesmutig und ahmte den armen Francisco Cepeda nach, der 1935 bei einer Abfahrt während der Tour de France vom Galibier in rasender Fahrt auf diese Art in den Tod stürzte. Langsam fuhr ich wieder an und bedauerte, nicht mehr eine Hand auf Katharinas Oberschenkel legen zu können wie zuvor auf der Autobahn. Eine Zärtlichkeit, die sie merkwürdigerweise nur zögernd erwidert hatte, und das, nachdem sie meine falmdende Hand in ihrem Schoß vor ein paar Stunden nicht nur geduldet, sondern sich ihr entgegengestemmt hatte. Kurz schaute ich meine Finger an, erinnerte mich und schmunzelte. Das Stilfser Joch war wirklich in vielerlei Hinsicht eine Herausforderung. Auch in Zurückhaltung.

Doch zunächst hatte mich Katharina nach dem Frühstück verblüfft. Unverhofft hatte sie mit den Schultern gezuckt und gleichzeitig, wenn auch etwas unentschlossen, genickt, als ich sie fragte, ob sie eine Spritztour mitmachen würde. *Och ja, warum nicht?! Spritztour klingt gut. Ein schöner Ausklang.* Stumm packte sie daraufhin ihre Tasche, das tragbare Kaufhaus, und stellte sich, einem kleinen Kind ähnlich, in den Flur. *Wohin willste denn?* Voller Erwartungen, gepaart mit erwachsenen Zweifeln und einer guten Portion Fluchtgedanken. Ich antwortete mit einem Schulterzucken und tat, als sei es eine Überraschung. Dabei hatte ich selbst keine Ahnung. Dass sie mitmachen würde, war vielleicht erhofft, aber nicht ernsthaft von mir in Erwägung gezogen. Sie aber fügte noch eine Mischung aus *Okay! Sowieso-egal, Weiß-eh-nicht-was-machen* hinzu. Demzufolge erwartete sie, von mir an die Hand genommen zu werden. Bedenken, dass es danebengehen könnte, sollte ich also gar nicht erst aufkommen lassen.

Ehrlich gesagt hatte ich entgegen meines Angebots noch keine Ahnung, wohin genau ich mit ihr wollte. Aber etwaige Zweifel in ihr sollten keine Nahrung erhalten. Alles unter hundert Kilometer Entfernung, noch besser zweihundert, fiel daher nicht in Betracht. Lieber unmöglich weit weg, damit wir später ein feines Problem zu lösen hatten.

Ich schummelte von Anfang an und tat, als wenn ich die hundert Mal gefahrene, aber mir nicht mehr ganz bekannte Strecke nochmal ansehen müsste. Also blickte ich kurz in einen Straßenatlas, peilte in ihm einen Punkt in den zufällig aufgeschlagenen Alpen an und forderte mit diesem viel zu entfernten Ziel nicht nur ihre Vorstellungen über diesen Tag heraus. Trotzdem merkte ich mir ein gutes halbes Dutzend der Zwischenstationen, die wir auf unserer Fahrt ansteuern mussten. Für den nächsten Tag würde mir dann schon noch etwas einfallen.

Ein Umkehren war jetzt auch nicht mehr so schnell möglich, obwohl ich dies am liebsten getan hätte, um mit ihr in einer Pension in Meran oder Bozen unterzutauchen. Doch frühestens in einer Dreiviertelstunde käme dafür die nächste Möglichkeit. Außer ich wollte den Verkehr hinter mir, mitten auf dieser winkeligen Strecke mit ihren voll geparkten Ausweichbuchten, zur Verzweiflung bringen.

„Wie fandest du die Filme gestern?", fragte ich.

„Die Filme?"

„Ja! Oder haben wir keine gesehen?"

„Doch. Ich dachte nur ..."

Belustigt schüttelte ich den Kopf und konzentrierte mich für die nächsten Minuten wieder auf die kurvige Straße.

Logischerweise hätte ich sie auch auf die Qualitäten unserer, ich hoffte nicht nur körperlich vollzogenen Liebe ansprechen können, aber vor solch dussligen Fragen warnen nicht nur Ratgeber verschiedenster Verlage. Sondern ich ahnte ein entsprechendes und daher vernichtendes Urteil meiner Mutter, wenn sie denn von ihrer Wolke aus hätte etwas sagen können. So hatten wir uns im Laufe der Nacht unübersehbar und in den entscheidenden Minuten auch unüberhörbar genossen. Keiner brauchte sich wegen irgendeines Details zu schämen. Jedes wurde im Übrigen von weiteren kaum zu überhörenden Passagen aus dem Fernseher begleitet, in dem sich dann im nächsten Film ein zweites Pärchen aufreizend an das Thema Liebe heranmachte. Zwar nicht öffentlich-rechtlich, aber frei ab 18. Lange Erotik-Nacht eines Privatsenders. In der Nacht als Anleitung im Hörbuch-Format. Zum gefälligen Nachahmen. Mit einem stellenweise befremdlichen Vokabular. Wir lauschten, lachten und taten es. Mit zum Fernseher gewendeten Kopf, um in ihm, vor ihm und unter ihm nichts zu verpassen – und dennoch nichts mitzubekommen. Warum sollten wir also dieses Erlebnis jetzt totquatschen? Wir hatten alles gehabt, sogar für *alle* Sinne. Irgendwann hatte Katharina auch die letzte festgelegte Grenze überschritten und dies mit dem eher unpassenden Wort *Scheiße!*.

So hatte ich es beim Frühstück dabei belassen, ihr Gesicht abzubusseln und ihr zu sagen, wie *schön* dies alles für mich gewesen war. Ohnehin schon klebrig genug. *Das war schön heute Nacht.* Was für eine bescheuerte Feststellung. Aber wie sonst sagen? Ihre mögliche Antwort, unter Umständen voller Scham und daher relativierend, weil sie rot anlief, erstickte ich mit einem weiteren Kuss, den sie in allem erwiderte. Froh darüber, nun keinen Kommentar abgeben zu müssen. Hätte Katharina allerdings ein Handtuch gehabt, hätte sie es vermutlich anschließend über ihren Kopf gestülpt, um unsichtbar zu werden. Zu sehr hatte sie sich wohl in den letzten Stunden, quasi über Nacht, neu kennengelernt.

Seitdem versuchte ich sie auf unserer Fahrt immer wieder in ein Gespräch zu verwickeln. Mit ungefährlichen Inhalten. Unverfänglich und harmlos. Aber sie machte den Ausflug nur mit, um Abstand zu bekommen und blieb mehr oder weniger einsilbig. Ein, zwei Sätze, dann war Schluss. In ihrem Kopf beharkten sich beinahe erkennbar ihr neuer Freund und die letzte Nacht. Zwei Dinge, die nicht so recht zusammenpassen wollten. Vor allem als sie spürte, dass die Wirkung des

Sekts nachließ und sie einen Blick in die Zukunft versuchte. Mit mir in ihrer Nähe war es auch ein schweres Unterfangen. Eine Lösung kaum zu finden. Der Blick auf der Autobahn nach vorne war frei, der Blick in die folgende Zeit blieb nach drei oder vier Millimetern nicht an einer Wolke oder einem Hirngespinst, sondern an einer unüberwindbaren Felswand hängen. Ständig erwartete ich darum einen Satz wie: *Du, das mit gestern war zwar geil, aber...* Erst recht, wenn ich in frischen Erinnerungen schwelgte. Wie bei Memmingen, als wir an einem blühenden Rapsfeld vorbeifuhren und ich meinte: *Wow, riecht das gut! Ich liebe diesen Duft!*, und ich dann mit einem Finger in ihre linke Beinbeuge stupste, dadurch auf die gestern Nacht entdeckte und erschnupperte Stelle in ihrem Schoß, knapp neben ihrem Dschungel tippte und hinzufügte: *Wie du! Genau an dieser Stelle*. Eine Hand wedelte vor ihrem Gesicht, die andere beförderte meine Hand wieder ans Lenkrad. Aber zu Hause in der Duschkabine hatte sie vor dem Frühstück wenigstens noch eine Umarmung von mir zugelassen, und mich erst hinauskomplimentiert, als sie Gefahr lief, nochmals weich zu werden.

Auch der kilometerlange Tunnel bei Nassereith konnte sie nicht umstimmen. In welchem ich nach der mehr oder weniger bewusst gezählten 57. Deckenlampe meine Hand auf ihrem Oberschenkel nicht nur auf der Ober-, sondern auch auf der Innenseite entlanggleiten ließ. Immerhin durfte ich meine Hand dort belassen, selbst als sie vorher noch verbotenes Terrain berührte.

Manche Männer labern in Gesprächen und halten dies für weise, ohne eine Antwort, Perspektive, einen Standpunkt mitgeteilt zu haben. Spricht man sie darauf an, fehlt sogar das Erinnerungsvermögen. Solche Typen heißen Manager und sind bei mir nicht gut angesehen. Wenn ich labere, weiß ich, zwar Sekunden zu spät, dass

es meist totaler Blödsinn war. Somit blieb es trotzdem bei unglaublich existenziellen Dialogen, die das übliche Alltagsdrama darstellten:
„Und was hast du für dieses Jahr noch geplant?"
„Bitte?"
Ich hatte sie aus den hintersten Winkeln ihrer Gedanken geholt. Schwelende Entscheidungswettkämpfe.
„Urlaub?"
„Mal sehen. Eigentlich wollte ich mit einer Freundin noch weg. Aber wir haben bislang nichts auf die Reihe bekommen. Und nach dem ganzen Theater mit Gerd."
Oder als ich dummerweise meinte:
„Dein Auto hätte letzten Monat zum TÜV müssen."
„Schnellmerker. Kostet halt."
Hinterm Fernpass kamen dann von ihr die ersten Einsprüche zu meiner Tagesgestaltung.
„Was hast du eigentlich vor?"
„Meine Filmschachtel haben wir gestern ja leergeguckt, jetzt sehen wir uns halt alles in natura an."
„Oh Mann, der Schwarzwald oder Bodensee hätten es auch getan, glaub ich", erwiderte sie tonlos und schaute in die Landschaft, „In den Bergen rumwandern ist nicht. Guck dir meine Schuhe an."
„Keine Sorge, ich such nur eine einsame Wiese mit warmen Halmen für uns zwei. Da brauchst du keine Schuhe."
Sie verdrehte die Augen, dass einem schwindelig werden konnte. Das Drehbuch meines heute Morgen spontan beschlossenen Roadmovies, das bislang nicht richtig in die Gänge kommen wollte, sollte zum allermindesten mit einem Happy End versehen sein. Mit einem, das wir uns dann abends statt der anderen wenig inspirierenden Filmchen anschauen könnten. Ich musste nur noch die Kamera startklar machen. Und die lag für solche Kurven unerreichbar im Handschuhfach.

„Eigentlich wollte er jetzt auch mit mir am Wochenende wegfahren."
Erst nach einer weiteren Stunde Fahrt sagte sie wieder einen vollständigen Satz. Wir waren gerade durch Schlanders gefahren.
„Ach. Und was ist euch dazwischengekommen?"
„Ich weiß auch nicht. – War irgendwie etwas plötzlich. Spontan ist ja eh nicht mein Fall."
„Und das mit mir war besser geplant?", lachte ich.
„Hmh. – Na ja, vor allem aber nicht so weit weg."
„Warum weit weg?"
„Er wollte in seine Heimat. Irgendwo im Norden, an die dänische Grenze. Ein paar Sachen erledigen und auf die Reihe kriegen. Jetzt ist er mit 'nem Kumpel gefahren. Ist mir auch recht."
„Tja, weit weg sind wir auch bald."
„Das weiß ich inzwischen. – Eigentlich zu weit. Viel zu weit. Aber ..."
„... *du* willst jetzt auch was auf die Reihe kriegen. Oder sammelst Ausreden für ihn? Für den Fall der Fälle."
„Mensch! Was du immer hast! – Ausreden."
„Immerhin biste ja mit mir mitgefahren."
„Testweise. Um neben dir zu sitzen und gleichzeitig Abstand zu gewinnen. – War ja gestern etwas überraschend oder nicht?"
„Überraschend? Lust zu haben ist überraschend?"
„War nicht geplant. – Eigentlich ..."
Ich grinste, flüsterte leise *eigentlich* und nutzte den nächsten geraden Streckenabschnitt, um ihr über die Wange zu streicheln.
„Das klingt nett, nach so einer Nacht."
„Ach, war schon in Ordnung."
„... wäre es dir lieber, wenn nichts passiert wäre?"
„Wie hätte ich noch was verhindern können?"

„Wolltest du denn was verhindern?"
„Wie denn?"
„Ich im Wohnzimmer. Du im Schlafzimmer."
„Weiß nicht. Neugierig war ich dann schon."
„Das ist aber eine feine Feststellung. Neugierig."
„Du fragst manchmal auch Sachen ..."
„...und du bist manchmal auf liebenswerte Weise unsicher und stellst dein halbes Leben in Frage."
„Es ist halt alles nicht so einfach, wie du immer tust, ich kann mich nicht ständig von jetzt auf gleich entscheiden. Einiges sollte überlegt sein."
„Also lass mich mal überlegen, ob ich heute Abend Zeit habe, Lust haben zu können?!"
Ich hatte wieder meine Frotzeltour.
„Blödmann!", war ihre gerechte Antwort und beförderte meine krabbelnde Hand ein weiteres Mal ans Lenkrad.
„Ich zum Beispiel würde gern mit dir mal nach Positano oder Amalfi fahren wollen. Oder nach Barcelona oder Bilbao. Nach Paris oder Rom. Dahin wo du noch nie warst, weil du unsicher bist, ob du überhaupt so weit weg wolltest. Da muss ich nicht lang überlegen."
„Aber du kannst es nicht einfach entscheiden."
„Und wenn ich mich schon entschieden hab?"
„Dann nur du dich."
Katharina machte eine Schnute, lehnte ihren Kopf an die Kopfstütze und betrachtete verärgert den hier oben noch grasgrünen Berg durch die Seitenscheibe. Eine Kehre später, da sie den Kopf nicht bewegte, das Tal unter uns. Wenige hundert Meter später wieder den Berg, der bald aussah wie ein glattrasierter Schädel. Nach all den Beschreibungen, die ich in diversen Reiseführern gelesen hatte, sah es hier nun doch etwas arg öde aus. Spektakulär war für mich was anderes. Dazu musste ich nur zu ihr hinübersehen.

„Liebst du ihn denn?"
Weitere drei Sekunden Schweigen. Dann war die Zeit aufgebraucht, um so zu tun, als hätte man während der letzten Meter ein Nickerchen gemacht, nicht richtig zugehört oder die Frage nicht verstanden. Ich schaute nach rechts. Katharina indes war natürlich hellwach und starrte wieder durch die Frontscheibe. Dabei drehten die Augenbrauen auf ihrer Stirn die gleichen Kurven wie das Auto durch den Berghang des Punta Rosa. Sie suchte sichtlich das passende Wort für eine schwierige Stelle in einem unerwartet erhaltenen Kreuzworträtsel. Dies benötigte weitere drei Sekunden. Dann so ungläubig wie möglich:
„Was?"
„Würdest du für ihn bedingungslos dein Leben aufgeben?", formulierte ich neu.
„Mein Leben? Ich versteh nicht. Was hab ich denn für eines?", sie sah zu mir herüber, ihre krausziehenden Brauen hatten die Fläche ihrer Stirn nun um die Hälfte verkleinert, „ich dachte du wolltest mit mir ..."
„Na, ist er denn das was du willst? Zukunft und so?" Mit einem Mal stellte ich ihr Fragen, die mir gestern noch unverschämt vorgekommen, aber besser *gestern* und *davor* gestellt worden wären, „würdest du zum Beispiel tatsächlich deine Wohnung aufgeben? Raus aus dem Haus, rein in ein fremdes? Zusammen mit ihm? Obwohl du wahrscheinlich auch für ihn nicht mal für einen Urlaub nach Amalfi, Positano oder so fahren würdest. Warum sonst hast du dich gegen Gerd entschieden und von ihm getrennt?"
Katharina zuckte mit den Schultern.
„Ja. Nein! Doch, ich glaub schon. Aber... Das hatten wir doch schon?! Ach, ich weiß nicht. Er war halt nett und ... – Mein Gott, was für eine Frage nach so einer Nacht? Jetzt sitz ich doch bei dir im Auto."

„Ja, testweise. Um neben mir zu sitzen und gleichzeitig Abstand zu gewinnen. Hast du ja grad selbst gesagt. – Du machst immer wieder ein paar Schritte von denen du selber nicht weißt, was du von ihnen halten sollst."

„Hä?"

„Zum Beispiel heute Nacht, das reut dich und freut dich, scheint mir."

„Vor allem hab' ich mich gewundert."

„Über dich selbst?"

„Über das, was ich gemacht und zugelassen habe."

Die letzte, also unsere erste gemeinsame und daher viel zu kurze Nacht verlief wie wahrscheinlich die meisten ersten Nächte, die nicht nur darauf aus waren, ein schnelles, egoistisches Glück auszulösen. Wir übten uns beide in der ersten Stunde in Zärtlichkeiten, von denen wir überzeugt waren, dass sie nicht erschrecken, verschrecken oder gar abschrecken würden.

Wer mit seinem nackten Bauch der angehimmelten Frau den ebenso nackten Rücken wärmte und endlich den herrlichen Po streicheln durfte, war in Anatomie bewandert genug, um auch andere Regionen zu finden, die er liebkosen konnte. Und wenn diese Frau dies nach nur kurzem Zögern zuließ, war es wahrscheinlich, dass sie sich selbst mehr gestattete.

Danach war schnell klar, dass dies alles genau richtig war. Nebenan im Fernseher klang es nicht anders. *Scheiße, lass dir Zeit, mach schnell!* Lediglich den ersten Momenten fehlte eine gewisse Vertrautheit und sie erzeugten ein paar kichernde Laute. *Mein Gott, als wenn es das erste Mal wäre?!*, meinte sie, als wir versuchten, uns anders nah zu kommen. Dann erklommen wir neugierig und lüstern einige wilde Gipfel mit ungeahnten Aussichten. Ka-Fai und das Mädchen, Laureen und Eric und die anderen zwei, oder waren da noch mehr?, deren

Namen wir jedenfalls nicht erfahren hatten, die verführenden Helden der gestrigen Nacht waren dabei rücksichtsloser miteinander umgegangen.

Spät am Morgen zog sie sich umständlich unter der Decke ihren Schlüpfer an, den sie vom Boden neben sich gefischt hatte, ging zum Schrank und dann mit einem auseinandergefalteten Handtuch vor die Brust gepresst ins Bad. Folglich genierte sie sich. Angesichts dessen, was wir an Intimitäten hinter uns hatten, schaute ich ihr amüsiert hinterher. Kurz darauf hörte ich das Wasser in der Dusche plätschern. Ich zählte bis ungefähr zwanzig und folgte ihr, nackt wie ich war. Als ich eintrat, ertönte hinter der Duschtür ein missglücktes Kreischen. *Was willst du denn hier?* Ich öffnete die Tür und Katharina bedeckte mit einem Arm hektisch ihre Brüste und mit dem anderen versuchsweise den Rest ihres Körpers. Mit meinen Händen schob ich langsam ihre Arme zur Seite, küsste eine ihrer nassglänzenden Brustspitzen und meinte schon da:

„Ich glaub, du machst immer wieder ein paar Sachen, von denen du selber nicht weißt, was du von ihnen halten sollst."

Weia, manchmal klang ich wie der letzte Oberlehrer, obwohl ich selbst keine Ahnung hatte.

Auf dem Parkplatz, oben auf dem Pass, herrschte das reine Chaos. Parkplatzsuchende und Ausparkende machten sich neben den zahlreichen Radfahrern und Schaulustigen Plätze streitig und dadurch das Leben schwer. Von den Café-Terrassen des Refugio schauten Dutzende belustigt zu. Zwei-, dreimal hörte man einen Autofahrer heftig schimpfen, weil er dachte, unter all den Idioten hier den einzigen rechtmäßig erworbenen Führerschein zu haben. *Kannste nicht fahren? Biste blind? Ich steh hier schon ne halbe Stunde und will endlich weiter – und nicht übernachten.* Das Leben zeigte manchmal seltsame Wichtigkeiten auf. Ich quetschte den Wagen gleich nach der letzten Kurve in eine schmale Lücke. Zuvor ließ ich Katharina raus, in der Hoffnung selbst noch genug Platz zu haben, um auszusteigen.

2757 Meter über dem Meeresspiegel sind schon eine tüchtige Höhe, aber Katharina stand an dem Geländer und schaute in das Panorama, als fände sie sich an einem nebligen Küstenstreifen wieder und suchte den Sonnenuntergang am Horizont oder den Sack voller Antworten. Seltsamerweise hatte ich nun keinen Kinofilm mehr im Kopf, der passte. Auch wenn mich die Szene an einen Film aus den 50er Jahren erinnern wollte. Doch hatte Katharina weder das schicke weiße Kostüm, noch die mit einem Lederblümchen bekrönten Stöckelschuhe aus diesem Streifen an. Ich war auch nicht mehr Popcorn essender Beobachter in einem Fernsehsessel, sondern einer der Hauptdarsteller, der nicht einmal schauspielern musste.

Eine neugierige Wespe flog neben mir her und betrachtete wie ich Katharinas Silhouette und natürlich ihren Po. Ihrer war speziell für diese Art Jeans geschaffen worden. Zwei perfekte runde Backen. Die frauliche Variante des Mädchen-Pos aus der Alcantara-Schlucht. Fast. Aber dafür die viel perfektere Version von Lady Nachbarin. Während ich an der Kamera vergeblich den Schalter für Videoaufnahmen suchte, hörte ich neben mir einen jungen Kerl über seine Scalability-Werte faseln, bis ich dicht bei ihr stand. Dann drehte die Wespe fröhlich summend ab und der junge Mann, Marke aufstrebender Student, auch. Neben ihm nichts anderes als ein Girl, das nichts Besseres zu tun hatte, als ihn anzuhimmeln.

Unverrichteter Dinge steckte ich die Digi, nur mit ein paar Fotos gefüttert, in eine Tasche, trat leise von hinten an Katharina heran und umarmte sie. Fest und unmissverständlich. Wie gestern Nacht vor dem Fernseher, wie anfangs im Bett, wie auf der Herfahrt, als wir in der Nähe des Holzleitensattels an einem Hochsitz eine Pause machten. Irgendwelche komischen Worte hatte sie nicht nötig, hätten ohnehin alle anderen, eventuell hier oben vorhandenen, zerschellen lassen. Wieder ließ ich meine Hände unter ihr Shirt gleiten und streichelte die Haut, krabbelte auf dem nackten, durch den Stoff versteckten Teil ihres Körpers herum, begleitet von einem Kuss in ihren Nacken. Mein Gesicht unter ihrer Haarpracht verborgen und daher ein Geschenk für meine Nase. Sie legte dafür sogar den Kopf etwas schief. Hautduftoffensive.

„Und?", fragte ich schnuppernd.

„Wer weiß, wofür's gut ist?!"

„Ich meinte den Ausblick."

„Ich auch."

Just als ich ihr einen weiteren Kuss geben wollte und ein paar Finger unter dem Nabel leicht hinter ihren Hosenbund schob, drückte sie mich mit ihrem Po nach hinten und schubste mich weg. Dabei rammte ich fast einen der unzähligen Neugierigen, der direkt hinter mir stand. *Hoppla! Augen vergessen?* Dann drehte sie sich um. Mit den Fingern zuppelte sie wieder einmal das T-Shirt zurecht.

„Wieder kitzelig?", fragte ich grinsend.

Sie ging nicht darauf ein:

„Meinst du, wir haben überhaupt 'ne Chance?"

Ich schaute an ihr vorbei. Bergab. Eine grüne Matte hinunter, vielleicht Wohnstätte für Hunderte von Murmeltieren, auf der Ostseite von den vielen Serpentinen der Straße wie ein mäandernder Bach durchzogen, ohne große landschaftliche Dramatik. Eher eine abstrakte, manchmal graue, nahezu minimalistische Gebirgsanhäufung. Das einzige, was in den Reiseführern gestimmt hatte, war der lange Anfahrtsweg.

„Ich tät dass alles nicht, wenn ich nicht davon überzeugt wäre. – Gestern hast du gesagt: du hättest keine Ruhe. Immer liefe alles an dir vorbei. Und: Irgendwann müsste mal Schluss sein. Muss man zu dem stehen, was man sich eingebrockt hat. So viel zu gestern. – Jetzt kommt es darauf an, welche Chancen *du* noch siehst."

„Chance war vielleicht das falsche Wort."

„Warum? Chance bedeutet Möglichkeit. Oder günstige Gelegenheit, die haben wir gestern Nacht genutzt, ich denke sogar genossen – oder ist dir Abstand doch lieber?"

Katharina verschränkte die Arme vor ihrem Körper und wendete sich ein wenig ab. Für mich Anlass genug besonders geistreich zu werden:

„Wir sind keine Kinder mehr."

„Was du nicht sagst", es klang nicht nur bissig.

„Wir dürfen zulassen, loslassen und sogar Gefühle zeigen. In allen Versionen. Ohne das ist doch keine Liebe möglich."

„Hier oder hier?", sie tippte auf ihre Brust und dann unterhalb ihres Hosenbunds. Fast wie Silke. Aber ihr Blick ohne diese Überheblichkeit.

„Ist sie so lokalisierbar?", fragte ich zurück.

„Als Gefühl glaub ich schon."

„Ich habe häufig Herzrasen, wenn ich dich seh. Und seit heute Nacht noch viel mehr."

Ihre Gesichtszüge entspannten sich und ich schlug ihr vor:

„Ich kann dir nur meine Hand anbieten. Garantieren kann ich für nichts. Genauso wenig wie du. Aber *ich werde alles tun, worum du mich bittest"*, und weil Katharina auf Anakin Skywalkers Worte nicht gleich antwortete, fügte ich hinzu:

*„Wenn du ebenso leidest wie ich, dann sag es mir!"*

„Spaßvogel. Den Film kenn ich – und den Schluss. Ist nicht gut ausgegangen."

Nun sogar ein bezauberndes Lächeln von ihr. Sie ließ die Arme fallen und stippte mit einem Finger an meine Brust. Wenigstens das hatte das Stilfser Joch heute noch zu bieten, bevor es nachher wieder abwärts ging.

„Ich bin nur unsicher", meinte sie, „weil ich etwas getan habe, was ich noch nie getan habe."

„Ich weiß. Aber du brauchst keine Angst zu haben."

„Unsicher hab' ich gesagt, nicht Angst. All deine Erwartungen ..."

„... die ich nicht habe."

„Was machen wir, wenn der Schwung der ersten Wochen vorbei ist?"

„Weiter! Zusammen! Tolle Sachen!"

„Tolle Sachen!?"

„Ja! Was war toller? Gestern oder heute?"

Kaum dachte ich meine Antwort zu Ende und wollte sie nochmal in den Arm nehmen, als Katharina einen Schritt zur Seite machte und auf ihre Uhr schaute. Ihr Gesichtsausdruck durchlief mehrere Metamorphosen auf einmal.

„Ja, scheiße! Weißt du wie spät es ist?"

„Annähernd", lächelte ich zurück ohne hinzusehen.

„Wie lang waren wir unterwegs?"

„Fünfeinhalb Stunden – in etwa."

„Oh Mann, das wird ja Mitternacht, bis wir wieder zurück sind."

„Könnte passen. Aber wer sagt denn, dass wir zurückfahren. Da unten liegt Südtirol. Sauschön. Und eine wunderbare – Chance."

In ihrem Blick Verwunderung, Entsetzen und Vorwurf. Entsprechend der Reihenfolge *Du meinst es wohl ernst mit mir*, d*ie ganzen Scheißkurven etwa?*, und *Jetzt geht's wohl los, wie?*. Gegenüber sich selbst und mir natürlich. Wenn sie all das sagen wollte, schluckte sie es runter, denn:

„Nee du! Schon mal was von Arbeit gehört? Da muss ich morgen nämlich hin."

„Dafür kann man sich krankmelden. – Falls du nur deswegen zurückwillst. Aber falls es wegen ..."
Katharina löste sich vom Geländer. In ihren Bewegungen war eine leichte Wut zu erkennen. Oder Enttäuschung oder ein plötzlicher Anflug von Sauersein. Automatisch zuckte ich und in meinem Kopf begann sofort wieder ein beunruhigender Tiefflug von durcheinandergeratenen Gedanken, die mich nicht unbedingt weiterbrachten. Liebe hat etwas Anzügliches. Liebe hat etwas Verpflichtendes. Liebe hat etwas Loses, etwas Verwirrendes, etwas, das einer Erpressung gleicht. Dann der passende: Liebe hat etwas von einem Wetterbericht, laut dessen Vorhersage soll die ganze Zeit Sonne scheinen, aber mitten am Tag kommt ein Regenschauer. Keiner ist vorbereitet und der Ausflug ist zu Ende. Meran, beziehungsweise Bozen, war gestrichen. Weiterer Versuch zwecklos. Unser Roadmovie drohte das falsche Ende zu bekommen. Deshalb meinte ich noch:

„Wenn du uns eine Chance gibst, klappt es. Versprochen. Hast du heute Nacht eigentlich schon was vor?"

## Picture pause / Stop function now activ

Mein neuer Plan war, keinen zu haben. Doch unverhofft kommt oft. Gegen halb neun abends half mir der Verkehrsbericht. Gerade waren wir durch den Grenztunnel bei Füssen gefahren. *...auf der A7 Vollsperrung zwischen Bad Grönenbach und Woringen wegen eines LKW Unfalls. Vorsicht! Es laufen brennbare Chemikalien aus. Die Umleitungsstrecken sind überlastet. Es muss mit bis zu eineinhalb Stunden Verzögerung gerechnet werden.*
„Oh Mann! So'n Scheiß!"
Katharina stampfte gegen das Ende des Fußraums und ich steuerte vierhundert Meter später die nächste Ausfahrt an. Eine Hand am Steuer, eine auf Katharinas Schenkel. Die eine brachte eine feine Kurve zustande, die andere eine warme Hand, weil ich sie, zwar zu Katharinas Beruhigung gedacht, aber wie ein Verrückter auf ihr herumrieb.
„Bin ja selbst schuld! Schöner Tag, aber blöde Idee! Und jetzt?", fragte sie mich.
„Fahren wir einfach weg."
„Was?"
„Urlaub machen. Wir haben doch im Grunde nichts Besseres zu tun[9]. Oder du meldest dich krank und wir gehen Pizza essen. Ich lad dich natürlich ein. Und wenn's nen Stau beim Italiener gibt, findet sich sicher irgendwo ein Unterschlupf. Ist ne gute Entscheidung."
Ihr Gesichtsausdruck ersetzte alle Antworten der Welt. Ich brauche ihn nicht weiter zu beschreiben.
„Nee, komm jetzt! Hier gibt's doch Straßen en masse. Da wird doch eine die richtige sein?!"
Ihre Hände flatterten nervös zwischen ihrem Körper und dem Armaturenbrett herum.

---

9 Anspielung auf den Roman „Tschick" von Wolfgang Herrndorf

Zwanzig Minuten später war der Tank auf Reserve, zumindest mein Magen in der Brummphase und Marktoberdorf erreicht. Das *La Trattoria* lag direkt an der Straße. Extra für uns mit einem freien Parkplatz. Ohne einen weiteren Einspruch abzuwarten, zwängte ich mich in ihn hinein. Katharina wedelte wieder mit ihren Armen herum, wie ein kleines Kind, das, egal was als Belohnung winken würde – Püppchen, Lego-Steine, neue bunte Streifensöckchen, von Papa auf den Arm genommen werden – nichts von alledem haben wollte. Nur der dafür typische quengelnde Protest war um einiges geringer. Aus einem Ich-brauch-nur-was-Kleines wurde ein riesiger italienischer Salat. Groß genug für mich, um in der gleichen Zeit eine extra große Pizza zu verschlingen.

„Und wenn ich dich jetzt einfach mitnehmen täte?", fragte ich mit vollem Mund.

„Mitnehmen?"

„Ja! Einfach an die Hand und dir wie in dem einen Film mit Walter Matthau sagen würde: Reg dich ab!"
Der Film war Mist, aber die Stelle mit der zukünftigen Ex-Braut, die sich im Bad einschloss, weil sie sich plötzlich ausgedacht hatte, nicht heiraten zu wollen, und ihr baldiger Ex-Freund an die Tür klopfte und sie nur mit diesen drei Worten zur Vernunft brachte, fand ich schon immer gut. Ein dicker Tropfen Salatsoße, der zu ihrer Kinnspitze hinunterlief machte die Wirkung ihres ernsten Gesichtes zunichte.

„Mein Gott, was du immer hast. In deinem Kopf blubbert's wohl dauernd. – Klar, ich hab auch immer 'nen Koffer dabei. Hab genau darauf gewartet, von einem Cowboy wie dir entführt zu werden. Und bin nebenbei auch noch auf mich selbst reingefallen", sie wischte sich mit der Serviette etwas burschikos über den Mund. Dann:

„Gib mir Zeit. Ich will nicht, dass der Sekt gestern Abend schuld gewesen ist. Wenn das stimmt, was da alles passiert ist und ich heute Morgen gefühlt habe, möchte ich morgen noch verrückt danach sein und dich anrufen und wieder unvernünftig sein und uns noch intensiver spüren und danach deine Wohnung inspizieren wollen und sehen, dass ich Platz in deinem Leben habe. Aber bitte überfall mich nicht. – Deine Hand nehme ich dann gerne. – Versprochen!"
Eigentlich fast ein Heiratsantrag. Eigentlich die beste Antwort auf all das, was wir gestern erlebt hatten. Eigentlich alles, mehr konnte ich nicht erwarten. Mehr war auch gar nicht drin. Der Rest wäre der Tropfen zu viel gewesen, der alles wieder nur überlaufen hätte lassen. Ich kniff die Lippen zusammen, weil mir nicht einmal ein Danke einfiel. Ich lächelte, vermutlich etwas gequält, und nickte lediglich.

Eine Viertelstunde später bogen wir wieder auf die Autobahn Richtung Ulm ab. Die Vollsperrung war nämlich, schon kurz nachdem wir runtergefahren waren, wieder aufgehoben worden. Plötzlich ihre Hand auf meinem Schenkel. Nach einer halben Minute meine auf ihrer. Mit dem Daumen streichelte ich ihre Finger.

„Tut mir leid", meinte sie, „ich versuch immer ein grades Leben hinzulegen und sorge dabei andauernd für Chaos. Musst nur meine Wohnung ansehen. So durcheinander wie meine Lebensplanung. – Klingt vielleicht ein bisschen doof, aber es tut gut, wenn ich jetzt jemanden kenne, der das weiß."
In ihrem Gesicht dieses Lächeln, wie am Nachmittag oben am Pass. Und daher genauso so tröstend.

„Immerhin war ich ja derjenige, der dich verführt hat. – Tut mir auch leid. Ich hatte es sozusagen geplant, weil ...", ich drückte fest ihre Hand, „ich hatte Lust auf dich und jetzt ... jetzt ist es mehr geworden. Viel mehr!"

☐☒☒

Die letzten drei Jahre mit Silke hatten zum Ende hin darunter gelitten, immer stiller geworden zu sein. Man hatte sich nichts mehr zu sagen, sondern nur noch zu fragen: *Na, wie ging's heute? Hast du an XY gedacht? Wann hat Der oder Die nochmal Geburtstag?* oder an sich selber: *Was für einen Sinn hat das alles noch?* Antworten wurden nicht erwartet, außer man war mit einem *Hmh* oder dem Mitgebrachten XY zufrieden, das bis vor fünf Minuten für vergessen gehalten wurde. Die Antwort an mich selber blieb wortlos.

Aber nun war diese Stille unerträglich. Schon seit drei Wochen hatte ich nichts von Katharina gehört und gesehen. Kein Lebenszeichen. Keine Nachricht. Keine erklärende, Hoffnung machende SMS. Musik stattdessen vermag keinen Raum füllen zu können. Das Lesen eines Buches nicht den Kopf. Und Spazierengehen ist so schlecht wie Davonrennen und füllt höchstens die Lunge mit Sauerstoff. Aber das Herz bleibt trotz des warmen Blutes (gefühls)kalt. So fühlte ich mich ausradiert, erledigt und alle. Wie ein Tagesabreißkalender zum Ende des Jahres. Nur noch wenige Blätter und ich war fertig. Ab in die Tonne. Altpapier oder Restmüll. Aber ich wollte ausharren. Hatte es ihr versprochen. Morgens um halb zwei. Vor ihrem Haus. Nach ihrer Bitte, kurz bevor sie ausstieg. Die Finger schon am Türöffner. *Lass mich einfach ein paar Tage in Ruhe! Ja?* Klack! Die Tür schwang auf. Ihr rechter Fuß drohend auf dem Asphalt. Trotzdem hatte ich sie dann noch an mich herangezogen, heftig umarmt und geküsst. Nichts weiter. Die Hände züchtig bei mir gelassen. Eher widerspenstig tat sie es mir dann mit kaum weichen Lippen nach einer Weile gleich. Halb draußen, halb drinnen, halb liegend, halb flüchtend. Halb vergiss es, halb alles klar. Eine Handvoll dann doch nasse Sekunden später, wegen ihrer Tränen und unserer Zungen, öffnete sie mit einem Schubser und Seufzer die Tür ganz und meinte: *Denk nicht drüber nach! Ich meld mich! Okay?* – Ich. Verstanden?

Seitdem höre ich ihre Stimme und Worte in meinem Kopf, wenn ich zufällig bei ihr vorbeifahre und versucht bin, einfach bei ihr zu klingeln. Seitdem träume ich nachts von ihr, wie ich an einen Baum lehne und sie sich zwischen meinen Beinen sitzend an mich lehnt. Meine Zuneigung, meine Wärme, meinen Atem sucht. Und wie ich meinen Mund mit allerlei Worten in ihr Ohr vergrabe und meine Finger, da es sonst keinen anderen vernünftigen Platz für sie gibt, unter ihr Shirt, ihren Hosenbund und Slip schiebe. Wie sie einerseits halb entrüstet und andererseits halb gespannt die Luft durch die Zähne zieht und mit irgendwelchen Sätzen von ziemlich bestimmten Wirkungen abzulenken versucht. Doch jedes Mal, wenn ich dabei bin, ihre Bluse, Hose, oder was weiß ich zu öffnen, um noch leichteres Spiel zu haben, höre ich ihren Satz: *Lass mich einfach ein paar Tage in Ruhe!* – und bin eine halbe Sekunde später hellwach. Torkle in die Küche, um etwas Abkühlendes zu trinken und erwische mit fahrigen Fingern statt des Lichtschalters ziemlich alle Knöpfe des Radios. Gleich darauf seufzt mich Howard Carpendale mit dicker Zunge an: »*Nachts, wenn alles schläft, solltest du bei mir sein*«. Und keine Minute später träumte Vanessa Mai von: »*Verbotenen Spielen im Cabriolet*«. Schon gestern Morgen behauptete sie im Edeka »*Ohne dich schlaf ich heut Nacht nicht ein!*«, während ich die letzten zwei perfekten Brötchen in der Auslage betrachtete, weil sie mich an den genauso perfekten Po von Katharina erinnerten. Wie recht die beiden doch hatten, also Carpendale und die Mai, denke ich, und dass nachts in diesem vierten Programm wieder einmal viel mehr Liebe gemacht wird, als manche Bücher vertragen. Ich trinke einen Schluck, höre dem Text zu, der mich neidisch macht und hämmere auf die Aus-Taste, gerade als einer dieser Stars »*Let's talk about sex*« anfängt zu intonieren.

Filme angucken brachte auch nichts mehr. Hatte im Grunde genommen noch nie geholfen. Welchen Tipp hatte ich genau studiert und übernommen? Welches Beispiel hat mein Leben geprägt? Richtig! Keines. Es ist wie im anderen Leben, man liest Zeitungen, hört und sieht Nachrichten. Hört und sieht von den Schlechtigkeiten der Welt, von Unvernunft, von Leid, von unlösbaren Problemen, vom schlechten Wetter, das kommen wird, so wie die Kinder schwangerer Prominenter, von der gewonnenen oder verlorenen Medaille, von gescheiterten und gelungenen Verhandlungen, von Lösungsansätzen und Tipps. Doch nichts hilft. Nichts wird übernommen. Irgendwann wirft man ohne Hirn eine leere Metalldose zum Altpapier, streichelt man einem weinenden Kind nicht mal über den Kopf.

Gestern Nachmittag ging ich hinter einer Frau her. Sie erinnerte mich an jemanden, den ich kannte. Schöne Pos vergesse ich einfach nicht. Vor allem wenn sie so bekleidet waren. Von einem langen, enganliegenden Kleid. Ähnlich Katharinas. Oder Silkes. Nur in einem dunklen Grau und schulterfrei. Aber die Figur erschien mir einer zu jungen Frau zu gehören, als dass ich sie hätte kennen können. Doch die halblangen schwarzen Haare ließen mich nichtsdestotrotz leise und verblüfft genug einen Namen rufen:
„Dagmar?"
Und sie blieb stehen. Verharrte für einen Moment und schaute in den Himmel. Die Engel verkündeten schon

ihren Namen. Er war aber aus keiner der Wolken herabgesegelt. So drehte sie sich um. Langsam. Mit einem unüberhörbaren Seufzer. Ich glaubte von einem sonderbaren Zischen durch ihre Zähne begleitet. Kaum sah ich ihr Profil, dachte ich einen Zeitsprung zu erleben. In diesem Moment waren keine dreißig Jahr vergangen. Denn sie stand vor mir. Die Unscheinbare, mit der etwas krummen Nase, den schmalen Lippen und grünen Augen. Dagmar. Die ich durch ein Loch einer Umkleidekabine beim Aus- und Anziehen beobachtet hatte. Die mir im Freibad trotz ihrer eisigen Hand bewies, dass ich ein Mann wurde und viereinhalb Jahre später in einem engen Schlafsack dann doch nicht mehr zuließ als Petting statt Pershing.

„Das gibt's ja nicht. – Nein! – Du?", gab sie zurück. Ihr Gesicht unverändert. All die Jahre. Als hätte es sie nie gegeben. Diese Jahre. Ich bekam keinen Ton raus. Sah uns in dem Hobbykeller sitzen. Klassenzimmer. Freibad. Wo auch immer. Mehr als ein krächzendes:

„Klar. – Ich. – Der von der schnellen Truppe", kam nicht. Ich fügte noch ein kurzes, weil genauso krächzendes Lachen hinzu – und verstummte.

„Was machst du denn hier?", fragte sie.
Meine Arme fuhren durch die Luft. Irgendeinen Weg beschreibend. Mit zuckenden Schultern. Völlig chaotisch. Hampelmann. Und sie machte einen Schritt auf mich zu. Dann einen zweiten. Und dritten. Nach dem vierten spürte ich ihre Lippen auf meiner rechten Wange. Sodann auf der linken. Und ihre Hand in meinem Nacken, die dort einfach liegenblieb. Die Zeit stand mit einem Mal still. Für Stunden, wie ich empfand. Dagmar zog im Schwimmbecken ihre Bahnen, saß auf meinem Rücken, schloss umständlich den Reißverschluss ihrer Jeans. Schaute mich mit einem seltsam fragilen Lächeln an.

„Mann, ich habe immer gedacht, du würdest am nächsten Tag bei mir klingeln. Eine ganze Woche habe ich gewartet. – Nichts", sie warf ihren Kopf nach hinten und lachte, „dann habe ich aufgegeben. – Und dich drei Wochen später mit Barbara rummachen sehen. Scheiße! Echt – und schade. Mein Gott, habe ich dich verflucht."
Erst jetzt löste sich ihre Hand von meinem Genick. Prompt wehte ein kalter Wind in den Kragen. Bis hinunter auf meinen Bauch. Wieder zuckte ich die Schulter und schaute auf den Boden.

„Wenn ich das gewusst hätte", flüsterte ich.

„Ach, tu nicht so. Die doofe Dagi hat doch niemanden interessiert. Sonst hättest du doch angerufen oder so."

Ich schaute wieder hoch. Höchstens ein halbes Dutzend Fältchen waren jeweils links und rechts in den Augenwinkeln zu sehen. Vielleicht hatte ich sie aber auch schon damals übersehen.

„Du hast dich überhaupt nicht verändert", murmelte ich deshalb.

„Quatsch! Total! Guck richtig hin! Die Haare muss ich inzwischen färben. Und 'nen Badeanzug muss ich auch tragen."

„Na und?!", Schulterzucken konnte ich gut.

„Ein Unfall. Bin fast draufgegangen."

Automatisch schaute ich auf ihren Bauch. Natürlich war durch den Stoff nichts zu sehen. Sie schüttelte den Kopf.

„Nee, hier!", griff nach einer Hand von mir und legte sie an ihre Taille, „hat mir fast die ganze Seite aufgerissen."

Direkt unter dem Stoff spürte ich ihre Haut und Narben.

„Franz sitzt seitdem im Rollstuhl."

„Was?"
Ich war wieder unter den Zurechnungsfähigen. Franz, ausgerechnet er hatte Dagi bekommen.
„Weißt du nichts?"
Sie hatte einen meiner wunden Punkte getroffen. Ich wusste nie was. Nichts, was noch die Schulzeiten anging. Oder die Leute, mit denen zusammen ich sie verbracht hatte. Nur die Mädchen waren mir im Kopf geblieben. Also Dagmar und Barbara. Zwei von 843 Schüler und Schülerinnen. Nicht gerade viel, wie ich nun feststellen musste. Überrascht schüttelte ich den Kopf.
„Franz und ich haben drei Jahre nach der Schule geheiratet. Als ich schwanger wurde, fing er an zu trinken."
Dagmar schaute zur Seite, holte tief Luft und sah anschließend an mir vorbei, als sie weitersprach. Eine Fensterscheibe reflektierte immer stärker einen einfallenden Sonnenstrahl, der nun wiederum ihr Gesicht unwirklich aufleuchten ließ. Sie blinzelte und eine Träne rann die Wange hinunter. Innerhalb von geschätzten fünf Minuten hatte unser Wiedersehen eine dramatische Wendung erhalten.
„Nach einem Geburtstag bei Freunden setzte er sich trotzdem hinters Steuer. Lieber besser gefahren, als schlecht gelaufen, meinte er noch lachend. Es ging bis fast zu Hause gut. Doch für die Abzweigung in unsere Straße war er zu schnell. Wir krachten mit dem Wagen gegen einen Strommast. Seitdem ist mein Leben ein anderes."
Ein schmallippiges Lächeln.
„Verletzt. Geschieden. Ohne Kind."
Eine Hand von ihr strich über meine rechte Wange. Jetzt zuckte sie mit den Schultern.
„Wahrscheinlich wäre alles anders geworden, wenn – schade – wirklich schade!", plötzlich schaute sie auf

die Uhr, „ich muss leider weiter." Sie lächelte aufgesetzt, drehte sich um und weg war sie. Ich hatte höchsten zwei Dutzend Wörter gesagt.

Später, spätabends, fiel mir die Decke erst recht auf den Kopf. Filmchen, Bücher, Fotos gucken. Jede Beschäftigung, mit der ich mich bisher versuchte abzulenken, brachte mich nicht weiter. Lehrreich war das alles sowieso nicht mehr. Fast mitten in der Nacht fuhr ich in die Stadt in eine Disco, zahlte den üblichen Getränkemarkenobulus und gesellte mich unter die oft bunt, manchmal knapp und häufig nicht altersgerecht Bekleideten, die La-Ola nachäffend in den Musiktempel hineinquellten. Mit Tanzen hab ich's nicht so, ich glaube Katharina auch nicht. Lernen musste ich somit nichts. Es ging nur darum, auf andere Gedanken zu kommen, das Oberstübchen zu sortieren. So stellte ich mich auf einen der Balkone und schaute in die bisweilen hüpfende Menge. Beleuchtet von den üblichen Stroboskopen, Lichtorgeln und Discokugeln. Gegen eins, halb zwei wechselte das Programm. Oldies. Very old. Das konnte ja heiter werden. Barry-White-Special mit *Standing in the shadows of love* als erstes. Danach *You're The First, The Last, My* Everything, ziemlich gelogen, wenn ich es Katharina sagen würde, was das You're the first anging. Und dann noch *Love's Theme*, ich dachte an die Cola-Flaschen und musste grinsen. Das Hüpfen hatte auf jeden Fall ein Ende und ein oftmals engumschlungenes Wogen ging durch die Menge. Vom Rand löste sich eine junge Frau, eroberte unterhalb von mir genügend Platz und streckte ihre Arme palmwedelgleich, wie von einem sanften Wind hin und her bewegt, in die Luft. Ihr Körper war für meine Stimmung spärlich genug bedeckt: mit einer hautengen Leggins im Safarilook, einem sehr knappen dunkelgrünen Top und passenden Sneakers. Mehr nicht. Vier Teile. Mehr war nicht nötig. Ein dicker dunkler Zopf pendelte auf ihrem Rücken hin und her und streifte dabei sogar fast ihren Po, dieser: Typ Katharina, wie ich zu meiner Freude feststellte, wie auch die übrige Figur. Insgesamt war sie nur größer. Ich konnte also träumen. Geschmeidig und weich schwang sie im Rhythmus, ließ sie ihre Füße wie nicht gemachte Schritte über den Boden vor und zurück gleiten. Drehte sich dabei und ich sah ihr Gesicht. Lächelnd mit geschlossenen Augen. Ganz jung war sie doch nicht mehr. Ihr Alter sogar eher wie Katharinas. Mann, Katharina, dachte ich prompt und ließ die Frau dort unten zu ihrer dunkelhaarigen Doppelgängerin werden. Übergangslos folgte das nächste Lied. Der Disc-Jockey verstand sein Geschäft. Robert Palmer, *Every kind of people*, ich dachte mich runter auf die Tanzfläche, neben diese prächtige Frau – was für ein unübliches, aber passendes Wort ... *it takes every kind of people to make the world go round* ... Wie recht er hat. Sie war die perfekte, menschgewordene Symbiose aus Sound, Musik, Licht, Klang, Haut und Kleidung. Alles umgab sie, alles umschmeichelte sie, als stünde sie unter einer warmen Dusche. Alles schmiegte sich an sie wie herunterlaufendes Wasser. Ein Bild, das süchtig machte. Jetzt ähnelte sie sogar der Frau, die als Strichzeichnung das Cover von Muttis Buch zierte. Hingebungsvoll. Und ich klopfte mit meinen Füßen schon den Takt. Wieder wechselte der Song: Soft Cell, *Tainted Love*, der DJ hatte es wirklich drauf, suchte ich zuhause länger, würde ich alle drei Singles finden und könnte Disco spielen, wenn sich Katharina doch noch für mich entscheiden würde. In diesem Moment tauchte unter mir eine weitere Frau auf, in ähnlichem Outfit, nahezu genauso schön, steuerte geradewegs auf die dunkelhaarige Version von Katharina zu und schon streichelte sie zärtlich, aber auch bestimmt mit einer Hand über deren Po, mit den Fingerspitzen über die Naht der Leggins, die tief in seiner Furche verschwunden war und packte sich dann eine Pobacke und hielt sie fest wie einen Ball. Katharina, die Dunkle, warf ihren Kopf in den Nacken, öffnete ihre Augen, sah ihre Freundin an und ihr Blick schien zu brennen, während die andere eine Hand in ihren Nacken schob, den Kopf heranzog und sie küsste, leidenschaftlich, eindeutig und wild. *I give you all a boy could give you – Take my tears, and that's not nearly all – Tainted love.* Ja, auch das ist Liebe. Ein Gefühl, eine Sucht, ein Sehnen. Lust. Ohne auf Geschlechter Rücksicht zu nehmen. Wahre Liebe ist einfach übergeordnet und löscht auch die letzten Konventionen aus.

Jetzt sitze ich, kaum zehn Minuten, nachdem ich nach Hause gekommen bin und in der Bar an der Ecke noch zwei Bier getrunken habe, wieder auf dem Boden vor meinem Sofa. Den Kopf an ihm angelehnt. Verwirrt von den Begegnungen. Verwirrt von meinen Gefühlen. Um gleich darauf festzustellen, dass es nur zwei sind. Nämlich Mitleid, was Dagmar anbetrifft, und die bislang noch nicht ganz bestätigte Liebe gegenüber Katharina. Die Disco spielte schon keine Rolle mehr. Eher noch der Kiosk, an dem ich vorbeigelaufen bin und vor dem ein kleiner Lieferwagen hielt und dessen Fahrer verschnürte Zeitungspakete vor ihm ablud. Oberste Zeitung eine *Bild*. In ihrer linken unteren Ecke der Standard: Liebe ist... in diesem Fall ...wie der Wind, man kann sie nicht sehen, aber fühlen. Habt ihr 'ne Ahnung dachte ich noch. Manchmal doch eher wie ein Sturm, der leider in seiner Wirkung auch zu sehen ist. Aber auf solche Schicksalsschläge bin ich im Moment nicht eingestellt. Jetzt, wo ich versuche, mein Leben mit Katharina auf die Reihe zu kriegen, kann ich diese Art von

Prüfungen nicht brauchen, obwohl ich mal geschworen hab, einer bestimmten Art von Kerlen die Leviten zu lesen. Prima, ich bin also in meinem Leben immer noch nicht besonders weit gekommen.

Um mich herum die auseinandergerupften und gelesenen Teile von Zeitungen, aufgeschlagene Bücher, leere Gläser, Flaschen und etliche vollgebröselte Teller. Ähnelt auch dem Ergebnis eines Sturms. Wie die zu einem Berg zusammengeknüllte Decke und die zwei Kissen, neben den immer noch herumliegenden Hüllen der DVDs. Alles Monumente der Erinnerungen. Mahnmale meiner anderen Versprechen. Ein Pantheon danebengegangener Ratschläge. Daher unaufräumbar. Die Telefone griffbereit neben dem aufgeklappten Laptop und daneben ein halbes Dutzend Fernbedienungen. In Ermangelung eines Films, auch weil ich in den ganzen Wochen dann doch zu blöd gewesen war, wenigstens das ein oder andere Video von Katharina aufzunehmen, rappt im Hintergrund, diesmal mit Absicht, wie die Tage zuvor, Max Herre aus den Lautsprechern der Stereoanlage: »*Ich lieb's wie deine Lippen von Lipgloss glänzen. Scheißegal, ich will deinen G-String zupfen wie Georg Benson*«. Und denke: auch er hat recht, verdammt recht sogar. Und: Ist mir doch scheißegal, dass sie keine Strings trägt, geht auch anders.

Doch stell ich mich auch nicht in die Küche ans Fenster und schau den Leuten hinterher, obwohl die Zeit passen würde und ich erst neulich eine junge Frau gesehen hatte, die mit einer Katharina ähnlichen Haarpracht mir in einer unverschämt engen Jeanshose ihren Po präsentierte. Wäre ich hinuntergestürmt und hätte ihr diese vom Leib gerissen, hätte ich – da bin ich mir vollkommen sicher – den von dem Foto über meinem Bett zu Gesicht bekommen.

Nein, ich bleibe vor dem Sofa sitzen. Auf dem Fernsehschirm flimmert derweil auch nicht der vorgestern aus lüsternem Frust heruntergeladene Erotik-Film *Hotel Desire* oder der längst bekannte mit Ka-Fai und dem Mädchen, sondern steckt der Stick mit den Bildern von unserer Fahrt zum Stilfser Joch. Natürlich auf Repeat gestellt. Wahrscheinlich sogar ein weiteres Mal bis weit nach Mitternacht. Einhundertachtundsiebzig Bilder. Nur sieben von ihr. Davon zwei verwackelt, drei mit entrüstetem Blick, weil sie sich nicht gern fotografieren lässt und nur zwei mit ihrem unnachahmlichen Lächeln, das sie in dieser Pose, genau in dieser Sekunde allein – wie hab ich das nur geschafft? – mit sonnenglühenden Haaren vor dem Geländer und einem strahlend blauen Himmel, verdammt sexy macht. Ich bilde mir ein, die Befriedigung aus der Nacht davor in ihren Augen zu sehen. In drei Stufen kann ich das Bild vergrößern. Ich tue es jedes Mal. Betrachte minutenlang ihr Gesicht in der Superzoom-Einstellung und scrolle anschließend ihren Körper ab. Auf Höhe ihres Bauches greife ich nach einem der Telefone und untersuche das Display. Vielleicht finde ich ihren Anruf und hatte diesen dämlicherweise nicht gehört. Auf Höhe ihres Pos überkommt mich eine hungrige Sehnsucht, die ich auf altbekannte Weise befriedigen könnte. Fühle ich ihn, sie und meine Lust auf beides.

Der Schirm ist wieder beim ersten Bild angelangt. Zum gefühlten dreitausendsten Mal. Nach jeder Runde blendet er unten rechts Aufnahmedatum und Uhrzeit ein. Automatisch rechne ich nach. Drei Wochen, vier Tage und über zwölfeinhalb Stunden sind es her, dass wir uns gesehen haben. Mit der Taste »Schneller Vorlauf« suche ich das zweite Bild, auf dem sie lächelt, und zoome ihr Gesicht auf Bildschirmgröße. Das gleiche Bild, das als Hintergrundbild für mein Handy und den

Laptop dient, das ich mit dem letzten Rest der Tinte als kleines Foto ausgedruckt und wie ein braver Ehemann in meine Geldbörse und als Lesezeichen in das zuletzt gelesene Buch gesteckt habe. Einen Tag will ich ihr noch geben. Dann werde ich ihr morgen, Freitagabend, eine SMS schreiben. Bestehend aus einem Wort: *Und?*

Gerade will ich diese Nachricht in meinem Nokia unter Entwürfe speichern, als mein damit gepaartes Selbstmitleid rüde von einem Klingeln unterbrochen wird. Ich stehe zähneknirschend auf, blicke noch einmal sehnsüchtig auf ihren Po, drücke anschließend den Öffner und schaue erst dann durch ein Fenster in den Hof hinunter. Es ist niemand zu sehen. Gleich darauf höre ich ein Klopfen an der Wohnungstür. Irgendjemand hat mal wieder vergessen, die Haustür zu schließen, und damit steht der Klingler, gerade noch unten, schon oben.

Kein Klingler. Sondern Klinglerin. Nämlich sie. Katharina! Kurz wundere ich mich, Dagmar in ihr zu erkennen oder auch erwartet zu haben, aber es ist tatsächlich Katharina. Sie steht mit dem Rücken zu mir und sieht die Treppe runter. Erstaunt darüber, es hoch geschafft zu haben. Fast hat es durch ihre Haltung den Anschein, dass sie in diesem Moment wieder hinuntergehen will. In dieser vermeintlichen Bewegung hält sie inne. Ewige zwei Sekunden betrachte ich sie. Verwundert. Entgeistert. Ungläubig. Sie muss eine Außerirdische sein. Oder Spider-Girl: *Ich habe immer schon vor deiner Tür gewartet.* Scrolle wieder, als sähe ich auf den Fernsehschirm, ihren Körper ab. Doch diesmal live und in Anfassdistanz. Katharina hat zugelegt. Ihrem Po steht es nicht einmal schlecht. Der Rest ist von dem dunkelgrünen T-Shirt verdeckt. Fast spüre ich ihre Haut darunter, rieche ich deren Duft. Wie am Geländer beim Stilfser Joch oder als wir an dem Rapsfeld vorbeifuhren oder auf dem Hochsitz bei Nassereith, als wir von der österreichischen Bundesstraße abgebogen waren, um eine Pause zu machen.

Hundert Meter vom Parkplatz stand er versteckt und kaum einsehbar am Rand einer Baumgruppe. Sofort fiel mir eine alte Geschichte von Thommie Bayer ein, *Vorsicht Paradiesalarm!* So lockte ich Katharina auf die Kanzel und wir schauten von dort oben, für nahezu alles genügend von Brettern verborgen, in ein grünes Tal. In eine bisweilen tödliche, grüne, aber verführerische Falle. Tödlich für Tiere, verführerisch für meine Fantasien. Ich stand hinter ihr und dachte an die Geschichte. An den jungen Kerl in ihr, der ich nun sein wollte und Regina, die nun Katharina heißen und sein sollte, weil es so wunderbar passte. Also ließ ich mich bereitwillig verführen. Umarmte sie und legte mein Gesicht an ihren Hals. Ihr Kopf machte mir Platz wie in der einen Nacht oder später am Joch. Mit meiner rechten Hand glitt ich unter das Shirt und streichelte ihren Bauch. *Wenn ich's weiß, macht es mir nichts aus.* Mit heftigen Folgen für den männlichen Teil meines Körpers. Keine zwei Minuten später war ihr BH nach oben verrutscht und ich mit meinen Fingern weiter nach unten, hinter den Gürtel, hinter den Bund ihres Slips, während ihre Hand meinen Arm hielt und noch nicht wusste, ob er mich nun aufhalten sollte, nachdem ich auch noch den Knopf ihrer Jeans und den Reißverschluss geöffnet hatte.

Als ich die ersten Härchen an meinem kleinen Finger spürte, hörte ich auf zu drängeln, obwohl ihre Hand nun begonnen hatte, meinen Arm zu streicheln und zu schieben, und atmete, wie jetzt wieder, ihren Duft ein, da sie keine dreißig Zentimeter vor mir steht. Was für eine schwere Erinnerungs- und Verführungsattacke.

Paradiesalarm. Über ihrer Schulter hängt das lederumhüllte Kaufhaus, auch dies dicker als am Filmeabend.

„Guck nicht so. Ich weiß es. Jede Woche ein Kilo. Gummibärchen, Haribo und Kekse in allen Variationen. Ich hab' es mir nicht leicht gemacht. Wahrscheinlich krieg ich jetzt Gallensteine und kann bald mit denen 'nen Friedhof ausstatten. – Scheiße!"
Längst sehe ich in ihre Augen. Dick vom fehlenden Schlaf und gleichzeitig glänzend wie das Meer. In ihnen würde ich ewig versinken wollen. *Deep blue.* Ich bringe keinen Ton heraus. Mein kleiner Finger erinnert sich an den Wuschel in ihrem Schoß, mein Mund an ihre Lippen, mein Hirn an Worte, Sätze, Gespräche, jede gemeinsam verbrachte Sekunde, an die mitunter doch bescheuerten Filme, die Kurven, in denen mir schlecht, und an die, auf denen ich süchtig wurde und mein Herz an zigmillionen Gefühle, die ich nicht nur durch meine Lust für sie habe. Wieder einmal war Dagi chancenlos geworden. Irgendwo in mir drin höre ich ihr Lachen, als der Typ schimpfte: *Kannste nicht fahren? Biste blind?* Und muss vielleicht deshalb grinsen. Unpassend blöde. Zur Strafe wird sie gleich im Wohnzimmer mitten in diesem totalen Chaos mein tägliches Abendprogramm entdecken und sich selbst im Fernseher betrachten können.

„Und weil wir nicht immer so 'ne lange Erotik-Film-Nacht spielen können, hab' ich 'n Schlafanzug mitgebracht."
Sie öffnet die Tasche und hält sie mir unter die Nase. Ihr Lächeln missglückt und sie fügt hinzu:

„Unten steht ein Koffer. Der ist mir zu schwer."

## V.

### Testing new record

„Vierzehn Tage hab' ich mal gedacht. Länger reichen die Klamotten sowieso nicht."

„Du wirst es kaum glauben, aber ich habe eine Waschmaschine."

„Trotzdem!"

So energisch, dass es mich wundert, keinen erhobenen Zeigefinger zu sehen. Der zu dreiviertel leere Schrank verschluckt ihre Sachen mit Leichtigkeit. Er ist noch nicht wesentlich voller, als der Koffer schon halb leer ist. Auf einem Stuhl sitzend sehe ich zu.

„Und T-Shirts habe ich eine ganze Schublade voll", versuche ich es nochmal und zeige auf die Kommode.

„Hab' ich gesehen. *Mother's finest* und *Sixpack hatte ich schon, steht mir aber nicht.*"

Sie grinst etwas spöttisch und hält plötzlich ein langes dunkelgrünes Kleid in die Höhe. Nicht in grau. Doch knöchellang. Farbe klasse. Schnitt super. Stoff himmlisch weich. Ihr Blick unsicher. Ich sehe schon förmlich ihren Po darunter.

„Anziehen!", meine ich nur. Stimme Reibeisen.

„Jetzt?"

„Wann dann? Etwa in vierzehn Tagen, wenn du wieder auszieht? – Sozusagen zur Feier des Tages?"

Katharina verzieht das Gesicht, zuppelt mal wieder an ihrem Shirt und hampelt herum.

„Später. – Nachher. – Vielleicht. – Weiß nicht."

„Wenn da jetzt noch eine kurze Hose drin ist, ist nix mit später. Sag ich dir! Die zieh ich dir persönlich über."

„Sonst noch was?"

Ich presse meine Lippen zusammen und zieh die Augenbrauen hoch.

„Später. – Nachher", *vielleicht* und den Rest lass ich weg, „ich mach mal einen Kaffee."
Auf dem Weg zur Küche öffne ich den Sicherungskasten. In ihm hängen meine Zweitschlüssel. Ich nehme das passende Paar und kehre zu Katharina zurück.

„Guck! Und einen Ring mit dem passenden Schlüssel zu meinem Herzen habe ich auch schon. – Du bist min, ih bin din. des solt du gewis sin."
Ich mache eine theatralische Geste und strecke ihr den Schlüsselbund lächelnd hin.

„Einen Ring? Jetzt mach mal langsam. Was ich heute gemacht habe, war bis gestern Abend jenseits meiner Vorstellungen. Ich habe meine Wohnung bisher noch wegen keiner Liebe verlassen. Außer für einen Urlaub. Kapiert?"

„Immerhin hast du in diesem Zusammenhang das Wort Liebe benutzt. Da kann ich nur hoffen, dass in zwei Wochen kein Urlaub für dich rum ist?!"

„Hmh?!"
Katharina bückt sich und holt den letzten Stapel Wäsche aus ihrem Koffer heraus. Lauter Schlüpfer.

„Guck nicht so! Ich hab keine Reizwäsche. Die Dinger sieht man ja nicht. Und so wie ich dich kenne, brauch ich abends keine."

„Na, so schlimm bin ich ja nun auch wieder nicht, oder?"

„Du solltest mal deinen hungrigen Blick sehen. Da kriegt man ja Angst."

„Die hattest du neulich nachts aber nicht."

„Bei dem, was ich an Sekt intus hatte, kein Wunder. Und da hast du auch anders geguckt."

„Vielleicht sollte ich nochmal Busfahren?!"

„Hä?"

„Ach ja, erzähl ich dir später mal. War eine meiner vorbereitenden Unterrichtseinheiten. Jetzt geh ich und

mach wirklich einen Kaffee. Ist sicher besser."
Katharina legt derweil die letzten Sachen in ein Regal und schließt ihren Koffer. Die Schranktüren klappen zu. Die Bohnen zerbröseln im Mahlwerk. Während diese zu Pulver werden, hole ich aus dem Oberschrank zwei Tassen. Hinter diesen stehen seit Urzeiten zwei verstaubte Erinnerungen. Geschenke zu irgendeinem Geburtstag. Jedes mit einem eingravierten intelligenten Spruch. So was im Stil von *Mother's finest*. In den nächsten zwei Wochen muss ich ein Zeichen setzen und aufräumen. Der Plunder muss weg, damit Katharina meine Wohnung inspizieren kann und sieht, dass sie Platz in meinem Leben hat und nicht auf die sonst typischen Andenken an Verflossene oder bescheuerte Begebenheiten trifft. Ich nehme die zwei Museumsstücke und pfeffere sie in die Abfalltüte. Aufeinander knallend zerbrechen sie in mehrere Scherben. Noch einen Blick in den Schrank daneben und ich entsorge Silkes Tasse. Silke. In geschwungener Schrift. So schön schreibt doch niemand! Keine Ahnung, warum sie die hiergelassen und ich sie nicht schon längst entsorgt habe. Der Henkel bricht ab, als sie auf die Reste, der in die Stücke gegangenen Artgenossen donnert. Mit einem Salto schießt er in die Höhe und ich fange ihn gerade in dem Moment auf, als Katharina in der Tür stehend fragt:

„Was machst du denn?"

„Platz schaffen", ich öffne die Hand und der Henkel gesellt sich zu den anderen Bruchstücken. Sie nickt, als wüsste sie über alles Bescheid.

„Mein Koffer ist leer. Ich brauch keinen mehr."

„Keinen Platz?"

„Ja."

„In vierzehn Tagen vielleicht ..."

„Von denen ist jetzt grad mal ne Stunde rum", nach wie vor klebt sie an diesem dämlichen Türrahmen und ich gieß den Kaffee ein.

„Wann musst du morgen raus?", will sie nun wissen.

„Gegen neun."

„Hast du einen Wecker?"

„Logisch."

„Dann stell ihn mal auf viertel nach sechs. Ich fang um acht an. – Du wirst dich ein wenig umstellen müssen. Wenn du das alles ernst meinst. Ist nix mit durchgemachten Nächten. – Mal sehen, was du also in zwei Wochen dazu sagst."

Ich zucke mit meinen Schultern.

„Silke fing sogar um halb acht an."

„Und am Wochenende besuch ich eine Tante von mir. Habe ich schon länger ausgemacht."

„Da bleibt nicht viel."

„Südtirol ist auf jeden Fall nicht drin."

„Wäre auch viel zu weit weg."

„Ach, auf einmal."

„Immerhin bist du jetzt hier. Also carpe diem."

„Wie bitte?"

„Nütze den Tag."

Schon habe ich sie umarmt, meine Hände wieder – ich könnte auch sagen: automatisch – unter das Shirt geschoben und zu küssen versucht. Reaktion gleich null. Wie in den allerersten Tagen, als sie sich dauernd wegdrehte, wenn ich nur eine Hand nach ihr ausstreckte. Ich halte sie an der Taille fest, ohne die Finger auf Erkundungsgang zu schicken und schaue sie prüfend an. Immerhin dreht sie sich nicht weg.

„Was ist los? Nicht mal kitzelig?"

„Ab jetzt geht's nicht mehr um Filmchen, Berge, 'ne mögliche Unfallnacht mit anschließender Spritztour und so'n Gedöns. – Und das beunruhigt mich ein bisschen. Normalerweise bin ich nicht so der Schmusetyp, auch wenn wir neulich …"

Sie sucht nach der adäquaten Fortsetzung ihres Satzes.

„Neulich ...? Rumgemacht haben?", provoziere ich sie, verschiebe nun doch meine Finger und ertaste unter dem Shirt einen weiteren, glatten und enganliegenden Stoff. Fahre mit meinem Daumen auf ihm entlang. Start meiner Erkundungstour. Doch Katharina windet sich nun doch weg. Kitzelig sieht aber anders aus.

„Nicht jetzt. Oh Mann! Lass mich mal ankommen."
Um den Abstand zu beweisen, nimmt sie eine Tasse und geht ins Wohnzimmer. Ich verziehe das Gesicht und trotte hinter ihr her.

„Manchmal weiß ich gar nicht, wen du dauernd in mir siehst?! – Von wegen kuscheln, quatschen und schlau dabei sein."

„Eine Frau. – Mit allem was dazugehört."

„Weißt du, was bei dieser Frau bisher dazugehörte? Sonntags kann ich ohne Probleme bis elf im Bett bleiben. Falls ich dann aufstehe, ziehe ich mir 'ne Jogginghose an, umgehe großzügig Seife, Wasser und das ganze Geschminke und werfe mich aufs Sofa vors Fernsehen. Und da zappe ich mich, mehr oder weniger wach, bis in die Puppen durch. Da ist kein Platz für Kuscheln und Fummeln."

„Dann zappe ich halt mit und reiche dir Fruchtsäfte, Frühstück und Knabbereien."

„Die nehme ich auch so schon zu mir. In rauen Mengen wie du siehst."
Katharina klatscht sich mit einer Hand auf den Bauch, der so, wie sie meint, nicht vorhanden ist, sondern ein herrlicher Bauch ist.

„Na, da kann ich mich ja dazureichen."

„Das einzige, was du mir dann reichen kannst, ist ein Kissen. Mit mehr kuschel ich für gewöhnlich an solchen Tagen nicht. Warum nimmst du dir nicht eine richtige Frau?"

„Du bist eine richtige Frau."
„Eine Frau. Hmh?! – Vielleicht! Eine von vielen. – Mann, du könntest so was wie Models haben."
„Ich dachte, ich sollte weniger komplizierte Frauen lieben."
„Die sind doch nicht alle so. – Und wie die aussehen ist doch wohl entscheidender."
„Wie so Tanten aussehen? Was soll ich mit Äußerlichkeiten? Und all diese Klums und Schiffers mag ich überhaupt nicht."
„Na, es gibt ja auch noch ein paar frei herumlaufende Schönheiten. Auch mit Wallehaar und was weiß ich."
Kennt sie etwa die von neulich morgens? Mit der Haarpracht à la Katharina? Und dieser unverschämten Jeans. Bei allen fehlenden Berührungsängsten, wollen würde ich die trotzdem nicht wollen.
„Bist und hast du doch auch alles!", entgegne ich ehrlich verblüfft.
„Und für gewöhnlich bin ich träge, schwerfällig und faul."
„Sonst noch was?"
„Ich kann mich nur schwer entscheiden."
„Steht dir aber alles sehr gut", grinste ich sie an.
„Quatsch! – Red nich! – Guck mich an!"
„Tu ich ja dauernd", und schaue ins Wohnzimmer. Vor dem Sofa sieht es aus, als hätte eine Bombe eingeschlagen. Passend dazu mache ich ein paar unkoordinierte Bewegungen mit meinen Händen und Füßen.
„Verdammt! Hab' ich total vergessen."
Auf dem Bildschirm nach wie vor Katharina. Groß gezoomt. Flimmerfrei. Am Geländer oben am Stilfser Joch. Sie folgt meinem Blick, entdeckt den glühenden Schirm als sei er hier plötzlich aus heiterem Himmel wie ein Ufo gelandet und sieht sich in ihm verwundert

selber an. Hektisch schiebe ich die ganzen Zeitungen und den anderen Krimskrams mit meinen Füßen zusammen. Katharinas Blick immer noch auf den Fernseher geheftet. Ich bücke mich und sie fragt:
„Was ist das?"
Mit ein paar fleckigen Gläsern zwischen den Fingern schaue nun ich etwas irritiert zu ihr.
„Du. Oder? Siehst gut aus. Musst du doch zugeben."
„Was!?"
„Du bist doch nicht unsexy!"
„Ach so ... Stimmt ... Na dann ... Danke."
Ironie pur. Selbst die Bekanntgabe der unspektakulärsten Börsenentwicklungen hätte sich emotionaler angehört.

Ich verzieh wieder das Gesicht, schiele auf ihren Po und lasse die Finger vorsichtshalber bei mir. Es fällt mir allerdings schwer. Zum Ausgleich stelle ich mir vor, wie ich ihr die Jeans vom Leib reißen würde und stelle befriedigt fest, ihren Po ja bereits zu kennen und dass der andere, der von gegenüber, mich daher nicht mehr sonderlich interessiert. Dann drehe ich mich mit meinen Gläsern in den Händen wieder um. Unter mir und um mich herum nur etwas mehr Freifläche. Aufgeräumt kann man das nicht nennen, was ich mit meiner Aktion bewerkstelligt hab. Aber immerhin gibt es nun Platz zum Sitzen. Die Gläser stelle ich in die Küche, den Stapel Papier werfe ich in die Gitterbox und die Fotos mit der fast nackten Katja schiebe ich mit einem Fuß so gut es geht unter das Tischchen. Sie kennt zwar alle. Aber... ihre Stimme unterbricht meine Gedanken.
„Hab gar nicht gemerkt, dass du fotografiert hast."
„Tja, dich als Motiv konnte ich mir nicht durch die Lappen gehen lassen", gebe ich zurück, mein Blick im Zimmer kreisend, und als ich sie dann immer noch vor dem Fernseher stehen sehe: „ich hab auf Pause gestellt,

falls du darauf wartest, dass es weitergeht."

„Du hast noch mehr von mir?"

„Klar! Sieben Bilder insgesamt. Mindestens hundert zu wenig, wenn du mich fragst, aber jetzt habe ich ja zwei Wochen Zeit."

„So Bildchen wie mit Katja kriegste nicht von mir." Hinter ihr stehend lege ich meine Hände auf ihre Hüften und will sie in den Nacken küssen. Aber sie ist wieder steif wie ein Brett. Gerade als ich ihre Haare zur Seite schieben will, um trotzdem einen Treffer zu landen, bückt sie sich und hebt genau das eine Foto auf.

„Die ..."

„Was du immer hast mit deinem Aussehen. Mit der Kamera könnte ich sogar Videos drehen, hab nur noch nicht herausbekommen wie."

„Das lässt du auch schön bleiben!"

„Mein Gott, kann man auch normale mit machen."

„Hmh."

Ich kicke die halboffene Schachtel mit den Fotos von Katja unter den kleinen Tisch und sie schiebt sich über das andere Foto. Der Deckel klappt so auffallend laut zu, dass ich etwas zusammenzucke. Dann sammle ich die Flaschen und verkrümelten Teller zusammen. Langsam ist wieder ein Zimmer zu erkennen.

„Magst du dich eigentlich nicht setzen?"

Verwirrung scheint das Abendthema zu werden.

„Um mich selbst anzugucken?"

„Ich kann *Weiter* drücken. Sind noch andere drauf."

„Klar! Ein Dutzend nackte Weiber und irgendwann kommst du auf 'nem Fell?!"

„Quatsch! Das kannst du nachher live haben."

„Na denn."

Katharina lässt ihren Blick durchs Zimmer schweifen.

„Hast du hier was verändert?"

„Nee! Im Gegenteil. – Nicht aufgeräumt."

*Seit drei Wochen* behalte ich für mich.

„Ist irgendwie herb, so plötzlich hier zu sein. Findest du nicht?"

„Warum? Ich wohne hier schon länger", griene ich.

„Ich meine ..."

„... zuhause fühlst du dich sicherer."

„So in etwa."

„Hättest du denn bei dir Platz für mich?"

„Wie meinst du das?"

„Na, für diese Art Urlaub?"

„*Du* hast gesagt, *ich* sollte raus aus dem Haus?!"

Ich nicke lächelnd und sie Richtung TV.

„Der kann ja auch Fernsehen?! Oder?"

„Theoretisch fast fünfhundert Programme."

„Schalt ihn einfach ein. – Zum Ablenken."

„Zum Ablenken?"

„Ja doch. In meinem Kopf spielt alles Rugby. Und vielleicht weiß ich dann, wer gewonnen hat."

Nach einer eineinhalb Stunden Soap, mit gelegentlichen Reichungen von Cola, Fruchtsäften und süßem Knabberzeug, beuge ich mich zu Katharina rüber, schlüpfe süchtig mit einer Hand unter das Shirt und frage:

„Besser?"

„Was?", ihre bewegungslose Antwort.

Immerhin, denke ich, klopft sie mir nicht auf die Finger.

„Dein Rugbyspiel?"

„Ich guck da gar nicht richtig hin."

„Dann sollten wir die Sieger selber herausfinden."

Mutig krieche ich mit meiner Hand weiter, tue als interessiere mich der sinnfreie Blödsinn der Fernsehserie im Nebenbei und lande ungehindert auf dem von oben bis unten nahtlosen Stoff oberhalb Katharinas erogenen Zonen. Spätestens jetzt würde sie meine Hand fortjagen müssen. Doch schon erlischt das Bild mit einem

*Klack* ohne mein Zutun. Mit einem stillen *Aha* bemerke ich, dass es sich wohl um einen Body handelt, der ihren Körper so unverschämt intim bedeckt und dem ich daher Konkurrenz machen werde. *Nun denn*, denke ich deshalb und öffne so heimlich als möglich den Knopf ihrer Jeans. Lächelnd dreht sie sogar ihren Kopf. *Oh Mann! Was du immer hast.* Die Sieger stehen fest. *Für gewöhnlich – also normalerweise – ich weiß auch nicht!*, meint sie noch. Es sollte wohl ein Protest werden. Zumindest eine kleine Einwendung.

Nur drei kleine *Klicks* ohne Ohrfeigen in ihrem Schoß und einige Minuten später können wir unsere neue Verbindung eingehen.

## System setting

Der Wecker ist enervierend pünktlich und piept mindestens genauso nervend. Viertel nach sechs. Draußen beginnt es erst jetzt zu dämmern. Das habe ich das letzte Mal mit Silke erlebt. Ich strecke meine Beine, sortiere meine Gliedmaßen und drehe mich zu Katharinas Betthälfte. Doch die ist leer. Die Zudecke rüde nach unten getreten. Nichts ist's mit morgendlichen Zärtlichkeiten. Meine suchende Hand ist im nur noch wenig warmen Nirwana gelandet. Sie steht auch nicht vor dem Schrank. Aus dem Bad höre ich wieder die Dusche plätschern. Irgendwas Blödsinniges murmelnd stehe ich auf. Wieder fange ich an zu fantasieren. Leise öffne und schließe ich daher die Badezimmertür. Kaum habe ich, berauscht vom gestrigen Abend, die Duschtür an den Fingern:

„Untersteh dich!"

Sie hat mich in allem ertappt. Ich setze mich auf das zugeklappte Klo und warte ab. Die komisch geriffelten

Plexiglasscheiben machen ein lüsternes Betrachten unmöglich. Mehr als eine gerade mal schemenhafte Katharina ist nicht zu sehen, während das Wasser von oben auf sie draufpladdert, die Scheiben herunterläuft und der Dampf nach oben steigt.

„Hast du gut geschlafen?", frage ich so belanglos wie möglich.

„Geht so. Ist total ungewohnt. – Dein Bett knarzt, wenn du dich umdrehst."

„Hör ich nicht mehr, aber ich schau nach. Muss vielleicht ein bisschen Grafit drauf."

„Und du?"

„Neben dir wie ein Stein. Ist schön, jemanden neben sich zu wissen. – Manchmal bin ich nachts aufgestanden, weil ich nicht richtig schlafen konnte und hab gelesen oder so."

„Oder so, klar", witzelt sie, als wüsste sie Bescheid. Katharina schließt den Wasserhahn, schüttelt sich die Tropfen ab und schiebt die Tür keine dreißig Zentimeter zur Seite. Ein Arm wird lang, angelt sich das Handtuch und sie trocknet sich im Schutz der zugedampften Plexisichtverhinderung ab. Außer einem nackten Arm und einer Schulter bekomme ich nichts zu Gesicht. Egal wie ich mich anstrenge. Den zweiten Versuch, die Türe zur Seite zu schieben, lasse ich.

„Wenn ich mich angezogen hab, geh ich gleich los. Hab zu Hause noch was vergessen."

„Kann ich mit irgendwas dienen? Dann können wir wenigstens zusammen frühstücken."

„Nee! Ist schon in Ordnung. Wir sehen uns ja heute Abend. Soll ich was einkaufen?"

Endlich kommt sie hinter der nassen Tür zum Vorschein. Allerdings kunstvoll im Handtuch eingewickelt. Also nur nackte Schultern, Füße und die unteren Zentimeter von den Beinen. Ich weiß wirklich nicht, was sie gegen diese hat. Als ich aufstehen will, um den dämlichen Stoff zur Seite zu schieben, ist sie schon zum Bad hinaus. Mir bleibt nichts weiter übrig, als sie wieder zu verfolgen. Mit Anstand und Mindestabstand. Im Schlafzimmer setze ich mich aufs Bett. Auf die falsche Seite, wie ich sofort feststelle, denn Katharina öffnet den Schrank so geschickt, dass sie sich hinter der Tür fast verstecken kann. Immerhin drei Sekunden ihren nackten formidablen Po und die zwei genialen Falten, die ihn mit ihren Schenkeln verbinden. Sonst nichts. Kein Millimeter Busen oder Bauch. Nicht mal ihr Gesicht. Leider. Auch jetzt unterlasse ich das Vorhaben aus dem Bad. Eine halbe Minute darauf ist sie verpackt. Standardoptik. T-Shirt, Bluejeans und ein Schal. Sie dreht sich um und meint:

„Also tschüss dann. Wir sehen uns ja heute Abend."
Nun habe ich die Faxen doch dicke, geh zu ihr hin und halte sie so sanft wie möglich an den Schultern fest.

„Habe ich dir was getan?"

„Quatsch!", antwortet Katharina Bügelbrett.

„Wovor läufst du dann weg? Du bist doch extra zu mir gekommen."

Kurz schaut sie mich an. Nachdenklich und ernst.

„Heute noch vor mir selber, glaub ich. Heute Abend komme ich ohne Koffer hier an und bleibe. Ich glaub, das muss ich erst kapieren."

Etwas unschlüssig mein Blick. Doch fällt mir so schnell keine sinnvolle Antwort ein. Stattdessen sie:

„Wann kommst du?"

„Die Woche habe ich die frühe Schicht, also gegen sieben, nächste erst gegen viertel vor acht."

„Dann hab ich Zeit genug, deine Wohnung zu inspizieren. Okay?"

„Kein Problem. Ich habe keine Leichen gelagert."

„Und wenn das Telefon klingelt?"

„Nimmst du brav ab, nennst deinen Namen und fragst, wann wir den Gewinn abholen sollen."
Endlich lächelt sie.
„Also gut."
Ihre Lippen finden meine linke Wange. Ich aber halte ihren Kopf fest und küsse sie auf den Mund.
„So geht das! Ist vollkommen ungiftig."
„Wir können doch nicht dauernd rumschmusen!"
„Das nennst du schon schmusen?", protestiere ich und schaffe es noch einen Kuss auf eine Wange zu platzieren, bevor sie zurückweicht. Katharina nimmt ihre neuen Schlüssel, geht zur Tür und zögert eine Sekunde. Dann dreht sie sich nochmal um.
„Keine Angst, ich bin keine wie Silke, die nix mehr von dir wissen will", und: „war schön gestern. – Wollte ich ja!"

**Setting recall**

Ich klingle. Ungeachtet des Schlüssels in meiner Tasche. Will wissen, ob sie … Sie lässt mich nicht zu Ende denken, denn Katharina öffnet. Sofort. Ganz selbstverständlich. Als hätte sie gelauert. Ich geh die Treppe hinauf. Vor meiner Wohnungstür angekommen, schwingt diese auf und Katharina steht in ihr, als wenn es nachher noch zu einem überraschenden Festakt ginge. In ihrem grünen Kleid, mit passendem Schal und Haarband. Automatisch stoße ich einen Pfiff aus.
„Man sieht meinen Bauch, finde ich."
„Gott sei Dank!"
„Und für meine Oberweite ist es zu eng."
„Genau richtig! – Sieht verboten gut aus! – Ungelogen!"
Die junge Frau von drüben in ihrer Jeans hat ab dieser

Sekunde keine Chance mehr. Selbst wenn die Haare auch noch rot wären.

„Guck es dir noch mal im Licht an."

Sie zappelt herum, macht die Tür noch mehr auf und zieht mich in den Flur. Katharina steht im Lichtkegel der Lampe und noch vom Schein der offenstehenden Tür beleuchtet. Unschlüssig und fast genant. Eher einem Fragezeichen ähnlich. Ihre Arme schlenkern unruhig hin und her. Hätte sie ein Shirt an, würde sie daran mit ganzer Hingabe herumzuppeln. Ihre Miene schreiend komisch verzogen und in meiner forschend.

„Hinreißend!"

Ich stelle meinen Rucksack ab und küsse sie züchtig auf die Wange. Nicht dass sie denkt, ich will hier schon, wie vor Wochen angedroht, mit ihr rumschmusen, oder wie sie diese Zärtlichkeit nennen würde. Aber dennoch würde ich sie am liebsten dauernd anfassen.

„Ich hab's die ganze Zeit gewusst. – Ungelogen. Und jetzt könnt' ich mich glatt schon wieder vergessen", sage ich gerade deshalb trotzdem.

In ihrem Gesicht nun eine seltsame Mischung aus Stolz und Unsicherheit. Ich strecke meine Arme aus und halte sie nun doch fest. Betrachte sie wieder und wieder von oben bis unten. Endlich gibt sie die schüchterne Haltung auf und steht gerade. Mit einer Hand gleite ich über den Stoff an ihren Seiten. Detektivisch. Für diese Jahreszeit ist es noch warm genug. Denn darunter hat sie dieses Mal keinen Body oder Ähnliches an, nur die übliche Unterwäsche. Vermutlich. Oder hat sie noch mehr vor? Meine Hand gleitet weiter über ihren Po. Doch die übliche Unterwäsche. So oder so, sie fühlt sich gut an. Mich zu beherrschen ist eine schiere Herausforderung. Ich trete einen Schritt zurück und wiederhole:

„Ich hab's die ganze Zeit gewusst."

Katharina hebt den Saum des Kleides hoch.

„Der einzige Vorteil ist, dass man meine Beine nicht sieht."

„Dooffrau!", meine ich ehrlich und mustere ein weiteres Mal die vermeintlichen Krautstampfer. Keine Ahnung, was sie meint. Sie lässt den Saum wieder fallen und geht in die Küche. Ich hinter ihr her. Klar, dass ich hinschaue. Das Kleid ist mit das Beste, was ihrem Po passieren konnte. Ehe ich ihm zu nahe komme, sagt sie:

„Eine Köchin bin ich auch nicht. Ich hoffe, du magst so was."

Auf einem Backblech liegen zwei Flammkuchen.

„Habe ich beim Edeka entdeckt."

„Klar! Voll lecker! Soll ich ein Gläschen Wein dazu spendieren?"

Ein knappes Nicken als Antwort.

In Gedanken zählt sie sicher die Gläser, die sie sich heute leisten könnte. Weit kommt sie nicht, wenn sie den Abend genießen will. Ich aber auch nicht. Eine Viertelstunde später schaue ich unablässig zu ihr hinüber. Ich kann mich nicht daran erinnern, je mit einer so hinreißenden Frau an einem Tisch gesessen zu haben. Sie nippt an ihrem Glas und beißt in ein Stück Flammkuchen.

„Ich hab heute Morgen meiner Mutter gesagt, dass ich heute Nacht bei dir war und nicht ...", sie schiebt sich ein weiteres Stück in den Mund, „und dass ich die nächsten Nächte auch hier sein werde."

„Und was hat sie gesagt?", frage ich kauend.

„Sie hat es seit einiger Zeit geahnt."

„Seit einiger Zeit. Eine weise Frau."

„Ich soll dir eine scheuern, wenn du Scheiße baust."

„Oh, ich scheine keinen guten Ruf bei ihr zu haben."

„Vielleicht liegt es auch an mir. Sie hat gemeint, ich sollte keine weitere leere Flasche mitbringen, wenn ich eine andere schon abgegeben habe."

Mein verblüfftes Gesicht sieht sicher nicht besonders geistreich aus. Genauso wenig ist meine Antwort:

„Wir sind ja nun wahrlich keine Kinder mehr. Auch wenn du im Haus deiner Eltern wohnst ..."

„... ich weiß: Liebe unter dem Dach der Eltern ist wie Seepferdchen machen. Hast du erst vor ein paar Wochen gesagt. Hab's längst kapiert. Bin ja hier, um den Unterschied herauszufinden."

Sie schiebt ihr Besteck zusammen und trinkt einen Schluck Wein.

„Heute Abend kommt *Deutschland sucht den Superstar* im Fernsehen, oder was machst du so abends?"

„Das fragst du nach gestern und wo du jetzt hier bist?"

„Um zehn lieg ich aber normalerweise in der Falle."

„Dann lieg ich halt um zehn still neben dir. Okay?"

„Vorher DsdS?"

„Wenn du so viel Wert darauf legst?!"

Zehn war dann doch längst vorbei. Seit bald einer Stunde. In dieser hatte sie in meinem Bett, in meinem Arm und damit dicht bei mir gelegen. Fast nackt. Hatte ich vergessen zu erwähnen. Allerdings unter einer Zudecke. Einfach so. Ohne großes Rumschmusen, wie sie es genannt hatte. Eine Stunde voller Blicke und Sätze, die nicht aufgeschrieben werden müssen. Nun lässt Katharina sich wieder auf den Rücken rollen und dreht ihren Kopf. Mit schmalen, und doch lächelnden Augen schaut sie mich nochmal an und flüstert keine Sekunde später, mit einem Finger auf die beiden Bilder über sich zeigend:

„Deshalb! Da ich sonst eifersüchtig werde auf die zwei. Weiß ich, weswegen die das machen? Und weil ich glaube, dass wir von nun an ziemlich häufig zusammen frühstücken werden."

*Deshalb!* Endlich eine gute Antwort auf *Oder was machst du so abends?* Damit überspringt man jede Menge unnötige Zwischenfragen. Warum war ich nicht selbst darauf gekommen. Sie schlägt die Decke zur Seite. Samt meiner. Für einen Augenblick sehe ich zuerst die feine Häkelspitze des Saums ihres neuen Slips, die ich unter dem Stoff des Kleides nicht gespürt habe, schließlich den fraulichen, schon seit geraumer Zeit nackten Rest. Nahezu heimlich entblößt. Was hat sie bloß immer? Obwohl, ich packe auch gerne Geschenke aus. Katharina schaut in meinen genauso längst unverhüllten Schoß. Schwer und hart liegt das, was mich zu einem Mann macht, auf meinem Bauch unter dem Nabel. Nicht nur sie ist also bereit.

Die letzte Liebe ist doch die größte Liebe. Aus den vermeintlichen vorher habe ich gelernt. Da bin ich ganz sicher. Ich muss kein Geld spenden, niemanden älter machen, keine Eisstücke aushalten, Geschichtsbücher nur aus echtem Interesse lesen und auch kein Zelt in Hamburg aufschlagen. Vor allem ist es gleichgültig grau zu werden, solange wir es gemeinsam tun. Dumme Sprüche gelten nicht mehr, *Look at the shit we're calling love these days*. Einige Filmemacher werden nicht Recht behalten, ebenso ein paar Philosophen nicht, *Die Liebe wird ein Streber*, ein paar andere hingegen ganz bestimmt, *Die Liebe besteht zu drei Vierteln aus Neugier*. Ausgerechnet in diesem Moment bekomme ich die Idee, all das, was ich Ihnen nun erzählt habe, aufzuschreiben, damit sie es lesen kann. Denn wir hatten bisher ja nicht die Zeit, darüber zu sprechen. Sicher würde sie mich so noch besser kennenlernen. Dann hätte sie nicht nur meine Wohnung inspiziert, sondern in gewisser Weise auch mein Leben. Ich lächle sie an, als wäre mir ein Spaß eingefallen. Und sie lächelt zurück.

Was danach folgt, hat nichts mehr mit dem nahezu

blümchenhaften Sex unserer ersten Nacht oder dem schon mutiger und vertont vollzogenen der zweiten und auch nicht mit der Suche nach dem Sieger eines Rugbyspiels zu tun. Das hier ist von der ersten Sekunde an ernsthafter und vertrauter. Nein, es hat inzwischen sogar etwas Hingebungsvolles. Und Recht behalten hat sie auch, *so wie ich dich kenne, brauch ich abends keinen.* Denn schon schiebt sie ihre Hände unter den verblüffend dünnen Stoff und streift diesen an ihren gar nicht so festen Beinen, wie sie immer behauptet, bis zu den Füßen entlang. Sie ist schamlos schön.

Mein Kopf ist frei. Keine falschen Bilder. Keine anderen Namen. Nichts. Nur noch Katharina. Hautfarben. Unverhüllt. Pur. Dann fliegt die Oberdecke aus dem Bett, durch sie! Und den Platz des ausgezogenen Stoffs nimmt meine rechte Hand ein. Katharina hat sie bereits erwartet. »Sehnsüchtig« wage ich noch nicht zu denken. So stöbere ich mit meinen Fingern in ihrem herrlich widerspenstigen Büschel herum, begleitet von einer suchenden Hand von ihr, alles von unseren Augen und Lippen verfolgt, bis ich glaube, mehr machen zu dürfen. Die Helligkeit beider Lampen ist dafür nicht länger nötig. Angeschaut haben wir uns ja schon die ganze Zeit. Wir wissen einigermaßen wie wir aussehen, darum greife ich hinter mich und treffe wie geplant, lässig und zielgenau den Schalter. Gleich darauf erkunde ich mit meinen Lippen den restlichen Teil ihres Körpers. Mindestens genauso zielgenau. Von ihren Augen bis zum Nabel. Mit allerlei Zwischenstationen. Man könnte sagen stundenlang. Einschließlich der nach einem frisch blühenden Rapsfeld duftenden Beinbeuge, direkt neben ihrem, meine Nase kitzelnden Busch. Liebe ist einfach die genialste Halluzination eines Gefühls, nach der man süchtig werden kann.
*Wenn ich's weiß, macht's mir nichts aus.*

Nein, tatsächlich nicht. Sie dreht sich nicht weg.
Sie zuckt nicht. Sie ist nicht genant.
Im Gegenteil, dieses Mal hilft sie mir, jede wichtige Stelle zu treffen.
Sehnsüchtig.
Wage ich jetzt zu denken.

# Nachwort

„Jetzt muss ich nur noch das Cover gestalten."
„Hast du eine Ahnung, wie es aussehen soll?"
„Ja. – Eine ziemlich genaue sogar."
„Und?"
„Ich brauch dafür ein Foto von dir."
„Niemals!"
„Eine Art Aktfoto."
„Du hast sie ja nicht alle!"
„Man wird dich darauf nicht erkennen."
„Mein Gott, wie stellst du dir das vor?"
„Wunderschön."
„Klar, wie in deiner Geschichte oben, bisschen zurechtlegen, hier zupfen, bisschen knipsen, da schieben, nochmal knipsen, bisschen fummeln ... nee, nee, du ..."
„Wenn's dir nicht gefällt, nehm' ich's nicht."
„Aber deinen Spaß haste vorher gehabt?!"
Ich grinse, lächle Katharina an und schaue plötzlich rot geworden auf ihre Fußspitzen.
„Könnte ja sein, dass es auch für dich einer ist."
„Oh Mann! Darf ich wenigstens wissen, welches Motiv du dir ausgedacht hast?"
„Hochkant. Logisch. Ist ja für 'n Buch. Du hast einen BH und Slip an. Vielleicht hast du so etwas in einem Pastellton. Blau könnte ich mir gut vorstellen. Etwas transparent. Du liegst auf dem Rücken auf einem großen, farblich passenden Badetuch. Als Ausschnitt würde ich links zwei Zentimeter neben deinem Bauchnabel anfangen, weiter hoch zum Stoffsteg zwischen den Körbchen, einen halben Zentimeter unter deinen Spitzen ist die obere Kante, dann nach rechts zum blauen Hintergrund, der nimmt in etwa zwei Fünftel ein, in den schreibe ich den Titel: „Kommt davon" und

meinen Namen, deine Seite bildet etwa in der Mitte einen wunderbaren Schwung, der rechte Rand des Bildes geht runter bis eine Handbreit unter deinem Hüftknochen, sodass die Ecke unten links neben deiner Scham ist, von der man ja nichts sieht, weil du einen Sl ..."
„... gar nichts hab' ich an ..."
Jetzt schaute ich doch verblüfft. Sicher hatte ich mich verhört und meinte nur:
„Was?"
„Ich meine, träum von was anderem!"
„Aber ..."
„Du spinnst total!"
„Dabei stell ich mir das so schön vor."
„Was ist daran schön?"
„Du. Das Bild. Alles. – Das Ganze mit einer Polaroid aufgenommen wegen der Unschärfe."
Katharina verzog ihr Gesicht, holte dabei tief Luft, schaute sich um, und ich duckte mich, weil ich dachte, sie suche etwas, was sie mir gleich an den Kopf werfen könnte. Zu meinem Glück schien nichts Geeignetes in der Nähe zu liegen, auch nicht das schnurlose Telefon. Stattdessen ein tiefer Seufzer, als müsste nochmals die Welt erschaffen werden, und:
„Oh Mann! Warum lass ich mich immer auf so einen Scheiß ein?"

(Andreas Heßelmann, Tuschezeichnung von Rainer Simon)

1958, Duisburg, Niederrhein. Kaum drei Jahre alt, die ersten Märchenplatten, dann Jim Knopf, die ersten (Kinder)-Krimis von Enid Blyton und später die von Jean-Bernard Pouy. Eine von Anfang an spannende und überaus fesselnde Welt, in der ich versank und die ich als Kind mit eigenen Figuren ergänzte. Meine Phantasie war angeregt. Das gilt auch heute noch. Ich wurde Buchhändler, schreibe seit 30 Jahren, erwecke Personen und Handlungen zum Leben und mache daraus Bücher, die ich gerne selber lese. Das ist in meinen Augen entscheidend: Man sollte die eigenen Bücher mögen.

**Rainer Simon**

Einer der bekanntesten Zeichner, Cartoonisten und Illustratoren Deutschlands. Er arbeitete für das Handelsblatt, die Stuttgarter Zeitung und den Playboy. Illustrierte Bücher von Michael Ende für den Weitbrecht Verlag und gestaltete Bücher unter anderem von Gerhard Konzelmann, Arturo Pérez-Reverte und Salim Alafenisch. Rainer Simon gewann unzählige Preise und Auszeichnungen. - Er lebt in Böblingen.

**Judith Laaber**

Lektorin. Mit ihrer einfühlsamen Weise dachte sie sich in die Protagonisten und die Geschichte und gab mir an manchen Stellen entscheidende Tipps. Denn auch dieses Buch verlangte eine weibliche Hand.

Andreas Heßelmann
Keine Rückkehr
Ein Mallorca-Krimi

ISBN: 978-3-7407-1523-6

Oktober 2016

Verlag Twentysix/Random House
13,-- €

Ausgerechnet als er sich auf Mallorca von einem Mordanschlag erholen soll, findet der aus Padua stammende Commissario Berlingui schon nach wenigen Tagen in unmittelbarer Nähe zu einem kleinen Kloster die Leiche einer jungen Frau.
Am liebsten würde er sich aus den Untersuchungen heraushalten, doch Inspector Sanchez Olivero bindet ihn in einen immer komplexer werdenden Fall mehr und mehr ein.
Ein rasanter, harter, mitunter dunkler und leider immer aktuell bleibender Krimi.

„Andreas Heßelmann entspinnt geschickt eine Geschichte auf Mallorca, in der es nicht allein um das Katz-und-Maus-Spiel einer Mördersuche geht."

(Peter Bausch, Feuilleton, Sindelfinger Zeitung)

Andreas Heßelmann
Keine Zeugen
Der zweite Mallorca-Krimi

ISBN: 978-3-7407-4341-3

Januar 2018

Verlag Twentysix/Random House

14,-- €

„Ich hatte tatsächlich gehofft, derartige Fälle vorerst nicht wieder untersuchen zu müssen."
„Und doch landen solche früher oder später weder bei uns auf dem Tisch. Die Kundschaft dafür geht einfach nicht aus. - Die Nachfrage wird immer perfider, und die Angebotsseite passt sich an."
„Vielleicht ist es auch umgekehrt", seufzte Inés.
„Könnte sein, es geht ja dabei um viel Geld."
„Mein Gott, die armen Mädchen."

„Auch in „Keine Zeugen" geht es Heßelmann um mehr als die Suche nach dem Mörder. Er schaut hinter die Bühne des Postkarten-Mallorcas. Das schafft er nicht nur durch einen gelungenen Plot, sondern vor allem durch glaubwürdige Figuren. Allen voran der liebenswerte, keineswegs perfekte, aber stets Gerechtigkeit suchende Inspector Sanchez Olivero. Eine Ermittlerfigur, mit der man als Leser gerne seine Abende verbringt, mit der man mitleidet, mitfiebert und mitliebt."

(Tim Schweiker, Sindelfinger Zeitung)

Andreas Heßelmann
Schlammschlacht
Ein Padua-Krimi

ISBN: 978-3-7407-3027-7

Oktober 2017

VerlagTwentysix/Random House

12,50 €

Abano Terme bei Padua. Ausgerechnet in diesem weltbekannten Kurort wird in einem Hotel Monsignore Tossatello mit einem Eimer Fango umgebracht. Commissario Berlingui hat es nicht nur mit einer ungewöhnlichen Methode von Mord zu tun, sondern auch der Ermordete ist als kirchlicher Würdenträger des Vatikans nicht gerade alltäglich. Aber es bleibt nicht bei dieser Leiche, und Berlingui findet sich in einem zunächst unübersichtlichen und viele Jahre zurückreichenden Fall wieder, dessen Ende überrascht.

Andreas Heßelmann
Der Tote unter der Explanada
Ein Alicante-Krimi

ISBN: 978-3-7407-1125-2

Neuauflage Mai 2018

Verlag Twentysix/Random House

11,99 €

Nur noch wenige Tage bis zur Johannisnacht, den Hogueras de San Juan, eines der größten und buntesten Feste in Spanien. Doch ein grausamer Fund unter den Steinen der Flaniermeile Explanada de España in Alicante bedroht die Durchführung des Festes. Inspector Xarneracomte, manchmal etwas langsam, bisweilen ungelenk und viel zu lang schon allein, stößt bei seinen Ermittlungen zusammen mit seinem besten Freund und Kollegen und mit viel Intuition auf merkwürdige und ungewöhnliche Spuren.

Ein aufwühlender und aktueller Krimi vor dem Hintergrund der Flüchtlingskrise in Spanien.

»Kennen sie einen Afrikaner, der freiwillig nach Europa kommen würde? Das ist in solchen Situationen kein Wunschtraum, sondern nur der letzte Ausweg.«